DEAN R. KOONTZ

IN DER KÄLTE DER NACHT

Roman

WILHELM HEYNE VERLAG
MÜNCHEN

HEYNE ALLGEMEINE REIHE
Nr. 01/8251

Für Gerda

Titel der Originalausgabe
NIGHT CHILLS
Aus dem Amerikanischen übersetzt
von Rolf Jurkeit

Der Titel erschien bereits in der Reihe
»Unheimliche Bücher« mit der Band-Nr. 11/25.

5. Auflage

Printed in Germany 1993
Umschlagillustration: Photodesign Mall, Stuttgart
Umschlaggestaltung: Atelier Ingrid Schütz, München
Satz: IBV Satz- und Datentechnik GmbH, Berlin
Druck und Bindung: Elsnerdruck, Berlin

ISBN 3-453-04863-6

Vorwort

Auch wenn ich das nicht wünsche – ich kann nicht ausschließen, daß bei dem einen oder anderen Leser, wenn er dieses Buch aus der Hand legt, ein Gefühl des Unbehagens und der Angst zurückbleibt. Die meisten freilich werden ›Night Chills‹ lesen in dem Vertrauen darauf, daß es sich um eine fiktive Geschichte handelt, um einen Roman, der das Thema Besessenheit und Reinkarnation literarisch auslotet. Ich gebe zu, ich habe den Stoff so verarbeitet, daß er dem Bedürfnis der Leser nach Unterhaltung Rechnung trägt. Aber was ich geschrieben habe, ist kein Produkt meiner Fantasie. Die Dinge, von denen in ›Night Chills‹ die Rede ist, sind Realität. Eine Realität, die sich schon heute in unser aller Leben widerspiegelt.

Seit 1957 schon wissen wir, daß es möglich ist, das menschliche Unterbewußtsein mit Hilfe sogenannter *Unterschwelliger Botschaften* zu manipulieren. In jenem Jahr führte James Vicary der Öffentlichkeit sein neuentwickeltes Tachistokop vor, eine Anordnung technischer Gerätschaften, die es gestattet, Bilder in so rascher Folge auf eine Leinwand oder auf einen Fernsehschirm zu projizieren, daß sie zwar vom Unterbewußtsein des Betrachters, aber nicht mehr von seinem Auge wahrgenommen werden. Wie ich im zweiten Teil meines Buches ausführen werde, ist das Tachistokop inzwischen von weitaus raffinierteren, gefährlicheren Methoden abgelöst worden.

Wer das besorglich findet und deshalb vielleicht nicht mehr gut schlafen kann, sollte das zehnte Kapitel im ersten Teil meines Buches am besten ganz überschlagen. Dort wird nämlich ein Gerät beschrieben, mit dem man die Privatwohnung jedes beliebigen Anschlußinhabers eines Telefons abhören kann, natürlich ohne daß der Belauschte davon erfährt. Das Gerät existiert. Robert Farr, ein Experte für elektronischen Datenschutz, hat ein Buch über dieses Thema geschrieben.

In meinem Buch ist von einer Droge die Rede. Diese Droge ist das einzige Element der Romanhandlung, das dem Bereich der Fantasie zuzuordnen ist. Es gibt sie nicht. Noch nicht.

Die Methoden, das Unterbewußtsein mit optisch nicht mehr wahrnehmbaren Kurzbotschaften zu beeinflussen, sind von Werbefachleuten entwickelt worden. Die Fachleute sagen, es liegt nicht in ihrer Absicht, auf eine Welt von Robotern hinzuarbeiten. Indes, wir leben in einem Jahrhundert des Wandels. Wie andere Fachleute auch, so werden die Erfinder der genannten Manipulationstechniken die Erfahrung machen, daß es Nachahmer gibt, die bei der Anwendung der neuen Verfahren von keinerlei Skrupeln geplagt werden.

Der Beginn

Samstag, der 6. August 1977

Der Weg war ungepflastert und schmal, und die Zweige der Lärchen, der Rottannen und Pinien hingen so tief, daß sie vom Dach des Landrover erfaßt wurden.

»Halt«, befahl Rossner.

Holbrook, der am Steuer saß, war ein großgewachsener Mann Anfang Dreißig. Er hielt das Steuer umklammert, und Rossner sah, daß die Knöchel weiß waren. Er zog das Steuer nach rechts, bremste und brachte den Wagen in einer Lücke zwischen den Bäumen zum Halten. Er schaltete die Scheinwerfer aus, die Armaturenbrettbeleuchtung ließ er brennen.

»Prüf deine Waffe«, sagte Rossner.

Beide trugen eine SIG-Petter im Schulterhalfter, die beste automatische Pistole, die es gab. Sie vergewisserten sich, daß die Magazine gefüllt waren. Wer sie betrachtete, wurde an Tänzer erinnert, die eine einstudierte Choreographie abspulten, ein Ritual, das sie tausendmal geübt hatten.

Sie verließen das Fahrzeug.

Es war drei Uhr nachts. Der Wald war still und dunkel. Sie waren im Staate Maine.

Holbrook öffnete die Hecktür, im Innern des Rovers leuchtete eine Lampe. Er zog die Persenning zur Seite. Zum Vorschein kamen zwei Paar hüfthohe Gummistiefel, zwei Taschenlampen und eine Reihe weiterer Ausrüstungsgegenstände.

Rossner war kleiner und schlanker als Holbrook, er war auch schneller in seinen Bewegungen. Er war zuerst mit dem Stiefelanziehen fertig. Er ging zum Wagen zurück, um den Rest der Ausrüstung auszuladen. Wichtigstes Stück war ein zylindrischer Tank, ähnlich den Preßluftflaschen, die beim Tauchen Verwendung finden. Es gab zwei solcher Tanks, und an jedem hing ein Schlauch, der in einem Mundstück aus rostfreiem Stahl endete.

Sie schnallten sich die Tanks um, einer half dem anderen. Sie vergewisserten sich, daß die Waffen trotz der festgeschnallten Gurte erreichbar waren. Sie machten ein paar Schritte in der Runde, um sich an das Gewicht auf dem Rükken zu gewöhnen.

Es war 3 Uhr 10 als Rossner einen Kompaß aus der Tasche zog. Er prüfte die Himmelsrichtung im Licht der Taschenlampe, dann steckte er den Kompaß wieder fort.

Der Marsch begann. Rossner ging voran, Holbrook folgte ihm. Holbrook war geschickt und leise in seinen Bewegungen, was ungewöhnlich war für einen Mann seiner Körpergröße.

Es ging bergan. Das Terrain wurde so schwierig, daß sie innerhalb einer halben Stunde zweimal eine kurze Rast einlegen mußten. Um 3 Uhr 40 kam das Big-Union-Sägewerk in Sicht. In einer Entfernung von dreihundert Schritten zur Rechten war ein Komplex von zwei- und dreistöckigen schindelgedeckten Häusern zu erkennen. In allen Fenstern war Licht, es gab außerdem starke Bogenlampen, die den eingefriedeten Lagerplatz des Sägewerkes mit ihrem geisterhaften blau-weißen Schein übergossen. Aus dem Hauptgebäude drang das Kreischen und Dröhnen der automatischen Sägen. Das Poltern der Stämme und Bretter war zu hören und das Krachen der Werkstücke, die vom Förderband in große Metallbehälter gespuckt wurden.

Rossner und Holbrook umrundeten das Sägewerk in vorsichtigem Abstand. Es war vier Uhr geworden, als sie den höchsten Punkt des Bergrückens erreichten.

Es war nicht schwer, den künstlichen See auszumachen. In der Oberfläche spiegelte sich das Licht des Mondes, ein Teil des Gewässers war von einem zweiten Bergrücken verdeckt. Die Form des Sees war oval, die größte Länge betrug 300 Meter, die größte Breite 200 Meter. Gespeist wurde der See von einer Quelle, die am nördlichen Ende entsprang. Das Big-Union-Sägewerk verwendete das Wasser zur Lagerung von Stämmen, zugleich diente der See der Trinkwasserversorgung von Black River, einer Ortschaft, die fünf Kilometer entfernt in der Talsenke lag.

Sie pirschten sich an dem mannshohen Maschendrahtzaun entlang, bis sie an den Haupteingang gelangten. Die Umzäunung war angelegt worden, um das Wild vom Gelände des Sägewerks fernzuhalten. Das Tor war nicht verschlossen.

Sie schlüpften durch den Eingang.

Im Schatten des Bergrückens watete Rossner in den See. Schon nach drei Metern ging ihm das Wasser bis zu den Aufschlägen der hüfthohen Stiefel. Die Uferböschung fiel steil ab, der See war in der Mitte achtzehn Meter tief.

Rossner löste den Verschluß des Schlauchs und drückte auf einen Knopf an der Wandung des Tanks. Ein Zischen war zu hören, als die chemische Substanz aus dem metallenen Stutzen strömte. Die Substanz war geruch- und geschmacklos. Rossner hielt den Stutzen unter Wasser und bewegte ihn, soweit es ging, hin und her, um die ausströmende Substanz zu verteilen.

Es dauerte zwanzig Minuten, dann war der Tank leer. Rossner steckte den Schlauch am Tank fest. Er sah auf und erkannte Holbrook, der am gegenüberliegenden Ende des Sees aus dem Wasser watete.

Sie trafen sich am Tor.

»Okay?« fragte Rossner.

»Okay.«

Es war 5 Uhr 10, als sie den Wagen erreichten. Sie holten Schaufeln heraus, die beim Werkzeug lagen, und gruben zwei Löcher in den Waldboden. Sie verscharrten die leeren Tanks, die Gummistiefel, die Halfter und die beiden Waffen.

Holbrook fuhr. Zwei Stunden lang ging es über Feldwege.

Sie überquerten den St. John auf einer Holzbrücke. Auf der anderen Seite begann ein mit Splitt bestreuter Weg. Um halb neun rollte der Wagen auf einer asphaltierten Straße dahin.

Rossner hatte das Steuer übernommen. Sie sprachen nicht miteinander.

Mittags um halb eins ließ sich Holbrook vor dem ›Starlite Motel‹ absetzen, wo er ein Zimmer reserviert hatte. Er knallte die Wagentür zu, ohne sich zu verabschieden. Er ließ sich am Empfang seinen Schlüssel geben, ging auf sein Zimmer und verriegelte die Tür. Er nahm neben dem Telefon Platz und wartete.

Rossner hatte an der Sunoco-Station aufgetankt. Er bog auf die Schnellstraße 95 ein, passierte Waterville und Augusta, dann bog er Richtung Portland ab. An einer Raststätte machte er halt, er parkte den Wagen in der Nähe der Telefonzellen. Die Nachmittagssonne spiegelte sich in den Scheiben des Restaurants. Von den Kühlerhauben der geparkten Autos stieg flimmernde Luft in den Himmel.

Rossner warf einen Blick auf die Uhr. Es war 3 Uhr 35. Er blieb im Wagen sitzen und lehnte sich zurück. Er schloß die Augen. In Abständen von fünf Minuten sah er aufs Zifferblatt. Als die Uhr 3 Uhr 55 zeigte, verließ er den Wagen und ging zur letzten Telefonzelle in der Reihe.

Um vier Uhr begann das Telefon zu läuten.

Er nahm ab. »Rossner.«

Die Stimme am anderen Ende war kalt und hart. »Ich bin der Schlüssel, Mr. Rossner.«

»Ich bin das Schloß«, sagte Rossner.

»Wie ist's gelaufen?«

»Ganz nach Plan.«

»Sie waren nicht da, als ich um halb vier anrief.«

»Ich bin fünf Minuten zu spät gekommen, tut mir leid.«

Die Stimme schien zu zögern. Dann: »Sie verlassen die Schnellstraße an der nächsten Abfahrt. Sie biegen auf State Route ein. Sie beschleunigen den Wagen auf mindestens einhundertfünfzig Stundenkilometer. Nach drei Kilometern macht die Straße einen scharfen Knick. Sie erkennen die Stelle an der Begrenzung aus Feldsteinen. Sie fahren geradeaus, in die Mauer, mit einhundertfünfzig Stundenkilometern.«

Rossners Blick fiel auf eine junge Frau, die vom Restaurant zu ihrem roten Sportwagen unterwegs war. Die Frau trug weiße Shorts, an denen die schwarze Naht zu erkennen war. Eine hübsche Frau mit langen Beinen.

»Glenn?«

»Ja, Sir?«

»Haben Sie mich verstanden?«

»Ja.«

»Dann wiederholen Sie, was ich gesagt habe.«

Rossner wiederholte die empfangenen Anweisungen.

»Sehr gut, Glenn. Und nun *tun* Sie's.«

»Ja, Sir.«

Rossner kehrte zu seinem Landrover zurück, setzte sich hinters Steuer, startete den Motor und fädelte sich in den regen Verkehr auf der Schnellstraße ein.

Holbrook saß in seinem Zimmer, die Lichter waren gelöscht. Er hatte den Fernseher angestellt, aber er verfolgte das Programm nicht. Einmal war er ins Bad gegangen, um einen Schluck Wasser zu trinken, seine Abwesenheit hatte nur wenige Sekunden gedauert, er hatte die Tür offengelassen.

Um 4 Uhr 10 läutete das Telefon.

Er nahm ab. »Holbrook.«

»Ich bin der Schlüssel, Mr. Holbrook.«

»Ich bin das Schloß.«

Der Anrufer sprach eine halbe Minute lang. »Wiederholen Sie, was ich gesagt habe.«

Holbrook wiederholte die Weisung.

»Sehr gut, Holbrook. Und nun *tun* Sie's.«

Holbrook legte den Hörer auf die Gabel zurück. Er ging ins Bad und ließ eine Wanne mit heißem Wasser einlaufen.

Glenn Rossner hatte die State Route erreicht. Er trat das Gaspedal bis zum Anschlag durch. Er hörte den Motor aufheulen. Die Häuser und Bäume flitzten vorbei, Schemen in einem immer schneller laufenden Film. Das Steuerrad zitterte in seiner Hand.

Er nahm den Blick erst von der Straße, als er die Mauer erspähte. Der Geschwindigkeitsmesser zeigt auf 160 km/h.

Sein eigenes Weinen hörte er nicht, nur das Dröhnen des Motors und das Donnern der Karosserie. Er biß die Zähne zusammen und erschauderte.

Als das Fahrzeug auf die Mauer aufprallte, wurde der Motorblock in Rossners Schoß katapultiert. Die Mauer barst, ein Regen von Feldsteinen ging nieder. Der Wagen überschlug sich, kam aufs Dach zu liegen und ging in Flammen auf.

Holbrook hatte sich entkleidet. Er stieg in die Wanne. Er ergriff die Rasierklinge, die er auf dem Rand der Wanne bereitgelegt hatte. Mit einem entschlossen geführten Schnitt schlitzte er sich die Vene am linken Handgelenk auf.

Als er sich das rechte Handgelenk aufschlitzen wollte, entglitt ihm die Klinge. Er fand sie im rasch dunkler werdenden Wasser und schnitt sich die Vene am linken Bein auf.

Dann legte er sich zurück und schloß die Augen.

Er glitt in die Dunkelheit hinein. Es tat nicht weh. Nach dreißig Minuten war er im Koma. Nach vierzig Minuten war er tot.

Sonntag, der 7. August 1977

Die Nachtschicht war ein Problem. Wenn Buddy Pellerini die Woche lang Nachtschicht gearbeitet hatte, konnte er – wenn das freie Wochenende kam – nicht einschlafen. Es war in der Nacht vom Samstag auf den Sonntag. Die Uhr stand auf vier. Buddy Pellerini saß in der Küche seiner hübschen Apartmentwohnung und starrte auf die dunkle Straße hinaus. Er hatte das Radio, sein über alles geliebtes Radio, ganz leise gestellt. Eine kanadische Station, die rund um die Uhr sendete. Vor ein paar Sekunden hatte Buddy Pellerini eine Katze gesehen, die in einiger Entfernung die nächtliche Straße überquert hatte. Er hatte eine Gänsehaut bekommen bei dem Anblick.

Es gab zwei Dinge, die Buddy Pellerini haßte. Katzen und Spott. Er mochte die kleinen Raubtiere nicht, und er mochte es nicht, wenn sich jemand über ihn lustig machte.

Fünfundzwanzig Jahre lang hatte Buddy Pellerini mit seiner Mutter zusammengelebt. Zwanzig Jahre lang hatte es Katzen in Mutters Haushalt gegeben, zuerst Cäsar, dann Cäsar der Zweite. Irgendwie war seiner Mutter nie aufgefallen, daß die Katze schlauer war als ihr Sohn, schlauer und schneller. Die Katze lag auf dem Bücherbord, auf dem Schrank oder auf einer hochbeinigen Kommode und lauerte Buddy auf. Wenn der Junge vorbeigegangen war, sprang die Katze ihm in den Nacken. Sie fügte ihm keine Wunden zu, höchstens mal einen Kratzer. Aber sie krallte sich in Buddys Hemd fest, so fest, daß er sie nicht abschütteln konnte. Was dann passierte, war immer das gleiche, Buddy geriet in Panik. Er rannte eine Weile im Kreis herum, und dann raste er durch die verschiedenen Räume des Hauses auf der Suche nach seiner Mutter. Cäsar hing auf seinem Rücken und spuckte ihm ins Ohr. Es tat nicht weh. Was Buddy Angst machte, war die Tatsache, daß der Angriff immer so plötzlich, ohne jede Vorwarnung kam. Aber Mutter sagte, die Katze will nur spielen.

Ein paarmal stellte sich Buddy dem Angriff aus eigenen Stücken. Er forderte die Katze heraus. Er wollte ihr klarmachen, daß er keine Angst vor ihr hatte. Wenn Cäsar auf dem Fensterbrett lag, um sich die Sonne auf den Pelz scheinen zu lassen, baute sich Buddy vor ihr auf und starrte sie an. Er verlor das Blickduell jedesmal. Buddy war nicht sehr selbstsicher, wenn es um das Gespräch mit anderen Menschen ging. Katzen gegenüber war er noch unsicherer. Er kam sich dann sehr dumm, sehr unterlegen vor.

Dann gab es noch den Spott der anderen, mit dem er sich herumzuschlagen hatte, aber das war nicht so schlimm wie die Katze. Spott kam nicht so plötzlich. Als kleiner Junge war Buddy von den anderen Kindern erbarmungslos gehänselt worden. Er hatte das ertragen gelernt. Auf Spott konnte man sich innerlich einstellen. Buddy war nicht dumm, er hatte verstanden, daß er *anders* war. Wäre sein Intelligenzquotient etwas niedriger gewesen, er wäre sich seiner Andersartigkeit nicht einmal bewußt geworden. Wäre der Intelligenzquotient höher gewesen, so hätte Buddy es mit Katzen und grausamen Spielgefährten aufnehmen können. So aber badete er etwas aus, was er gar nicht verschuldet hatte. Buddys geistige Fähigkeiten waren nicht voll entwickelt. Folge eines technischen Versagens im Krankenhaus, wo er einst zur Welt gekommen war. Er war fünf Wochen zu früh geboren worden, und das Brutgerät hatte nicht richtig funktioniert.

Als Buddy fünf war, kam sein Vater bei einem Arbeitsunfall im Sägewerk ums Leben. Zwei Wochen später kam Cäsar ins Haus. Wenn Vater den Unfall nicht gehabt hätte, es hätte keine Katzen in Buddys Leben gegeben. Keine Katzen und keine Menschen, die sich über ihn lustig machten.

Es war zehn Jahre her, daß seine Mutter gestorben war. Buddy war damals 25 gewesen. Gleich nach Mutters Tod hatte er eine Stellung bei der Big Union Supply Company angenommen. Es blieb unklar, ob man ihm den Job nur aus Mitleid gegeben hatte; Buddy sprach nicht darüber. Er war Werkschutzmann geworden, einer der Männer, die das Gelände der Sägemühle bewachten. Buddys Dienst ging von Mitternacht bis acht Uhr früh, er arbeitete an fünf Tagen in der Woche. Er ging Wache, hielt nach defekten Kabeln Ausschau, nach Funken, nach Feuer. Er war stolz auf seinen Job, und nachdem er die Arbeit zehn Jahre lang machte, hatte er ein gewisses Maß innerer Sicherheit gewonnen. Buddy hatte eine Aufgabe.

Manchmal allerdings kam er sich wie ein Kind vor. Immer dann, wenn sie ihn demütigten. Sie, das waren seine Kollegen. Sie machten Witze über ihn, Witze, deren Bedeutung er nicht verstand. Sein Vorgesetzter war Ed McGrady. Ein Mensch, der keiner Fliege etwas zuleide tat. Allerdings grinste er, wenn die anderen Buddy verspotteten. Er sagte dann immer, Männer, laßt das doch sein, aber er grinste.

Das war auch der Grund, warum Buddy für sich behielt, was er in jener Nacht beobachtet hatte. Er wußte, die Kollegen würden sich über ihn lustig machen, wenn er die Wahrheit sagte.

Die Sache war jetzt 24 Stunden her. Buddy hatte den eingefriedeten Platz verlassen, er war in den Wald gegangen, um zu pinkeln. Er ging nicht gerne auf eines der betriebseigenen Pissoirs. Dort waren die Witze der Kollegen am deftigsten. Er stand im Schutz einer mächtigen Pinie, als er die beiden Männer aus dem Wasser kommen sah. Sie hielten Taschenlampen in der Hand, die gelben Lichtkegel tanzten ihnen voraus. Sie gingen an ihm vorüber, in fünf Schritt Entfernung. Er sah ihre hüfthohen Stiefel. Wie Angler, dachte er. Aber in dem künstlichen See gab es keine Fische. Und dann war da noch etwas. Die beiden trugen zylindrische Tanks auf dem Rükken. Wie die Taucher, die man im Fernsehen sah. Sie trugen Waffen. Es sah merkwürdig aus. Waffen im Wald.

Die beiden machten ihm Angst. Killer. Wie im Fernsehen. Wenn sie ihn bemerkten, würden sie ihn umbringen und seine Leiche im Wald vergraben, da war Buddy ganz sicher. Buddy hatte gelernt, im Leben immer das Schlimmste anzunehmen. Er verharrte in vollkommener Ruhe, bis die beiden im Wald verschwunden waren, dann rannte er auf das eingefriedete Gelände des Sägewerks zurück. Ihm war klar, daß er mit niemandem über seine Beobachtung sprechen durfte. Niemand würde ihm glauben. Die Kollegen würden sich ausschütten vor Lachen. Zwei Froschmänner mit Flaschen auf dem Rücken, nachts im Wald. Das kann nur dir passieren, Buddy. Sie würden ihn hänseln, ohne jede Frage. Buddy beschloß zu schweigen.

Und doch nagte in ihm der Wunsch, sich jemandem mitzuteilen. Es mußte ja nicht unbedingt ein Kollege sein. Er begann nachzugrübeln. Zwei Froschmänner im künstlichen See, das ergab keinen Sinn, wie man es auch drehte. Je länger Buddy über die Sache nachdachte, um so abwegiger erschien ihm das alles. Vielleicht konnte ihm irgend jemand erklären, was es mit den beiden Männern auf sich hatte. Wahrscheinlich sogar. Aber wenn nicht... Dann würde er wieder einmal ausgelacht werden, und davor fürchtete sich Buddy noch mehr als vor der Erinnerung an die beiden Gestalten.

Die Katze hatte die Main Street des kleinen Ortes überquert und lief auf Edison's General Store zu. Der Anblick riß Buddy aus seinen Gedanken. Er drückte die Wange an die Scheibe und starrte der Katze nach, bis sie hinter einer Ecke verschwand. Er hielt den Blick auf die Stelle gerichtet, wo die Katze verschwunden war. Denkbar, daß sie wieder auftauchte und die Feuerleiter des Apartmenthauses erklomm. Eine Wohnung im dritten Stock eines Hauses, für eine Katze war das eine Kleinigkeit.

Die beiden Froschmänner waren vergessen. Katzen waren gefährlicher, als Menschen je sein konnten. Fand Buddy.

Teil 1

DIE VERSCHWÖRUNG

1. Kapitel

Samstag, der 13. August 1977
Das Gefühl kam über ihn, als er in die Kurve einbog. Paul Annendale hatte eine lange Fahrt hinter sich. Gestern fünf Stunden, heute fünf Stunden. Er war müde, zum Umfallen müde. Aber plötzlich war die Mattigkeit fort. Sein Nacken hörte zu schmerzen auf, die Schultern strafften sich. Friede kam über ihn, so wie Friede über Hugh Conwy gekommen war, als er auf das Tal von Shangri-La hinabsah.

Natürlich war Black River kein Shangri-La, beim besten Willen nicht. Die vierhundert Einwohner existierten, weil es das Sägewerk gab. Für einen Ort, der auf Gedeih und Verderb von einer Firma abhängig war, sah Black River ganz hübsch aus. Vor allem sauber. Entlang der Hauptstraße gab es eine Reihe hoher Eichen und Birken, die einigen Schatten spendeten. Häuser im Neuengland-Stil. Paul Annendale hatte nur gute Erinnerungen an diesen Ort. Es gab eine Reihe anderer Orte, von denen sich das nicht sagen ließ.

»Da ist *Edison's Store*«, rief Mark Annendale. Er saß auf dem Rücksitz.

Paul mußte lächelnd. »Wie gut, daß ich einen tüchtigen Scout bei mir habe, sonst hätte ich den Laden nie wiedergefunden.«

Rya war genauso aufgeregt wie ihr Bruder, sie mochte Sam Edison, den Inhaber jenes Geschäftes, ebenso gern wie Mark. Aber sie konnte sich beherrschen. Sie war elf, und sie war sehr neugierig auf die Jahre, die ihr bevorstanden. Sie hob den Kopf und blickte zum Fenster hinaus. »Mark, manchmal benimmst du dich wie ein Fünfjähriger.«

»Und du wie eine Frau von Sechzig.«

»Touché«, sagte Paul, und Mark grinste. Normalerweise zog er den kürzeren, wenn er sich mit seiner Schwester anlegte. Es war nicht seine Art, mit Worten Florett zu spielen. Die Anspielung auf ihr altkluges Gehabe war ihm so herausgerutscht.

Paul warf einen Seitenblick auf seine Tochter. Ihr Gesicht hatte sich mit Schamesröte überzogen. Er nickte ihr freundlich zu, sie sollte wissen, daß er auf ihrer Seite war.

Sie erwiderte das Lächeln und lehnte sich zurück. Sie hatte ihre Selbstsicherheit wiedergewonnen. Sie hätte Marks Bemerkung mit scharfem Spott kontern können, aber sie verkniff sich die Rache. Was ungewöhnlich war für ein Mädchen ihres Alters.

Der Wagen, ein Caravan, war kaum in die Parklücke eingeschert, als Mark heraussprang und zur Veranda des Geschäftes hochlief. Er riß die Tür auf und war im Inneren verschwunden, noch ehe Paul den Motor abstellte.

Rya gab sich lässig. Sie stieg in aller Seelenruhe aus, streckte und reckte sich, gähnte. Sie stand da, zog sich die Jeans glatt und nestelte am Kragen ihrer dunkelblauen Bluse. Sie fuhr sich durch das lange dunkle Haar. Sie warf die Tür des Wagens zu. Gemessenen Schrittes stieg sie die Stufen zur Veranda hinauf. Aber oben angekommen, begann sie zu rennen.

In *Edison's General Store* gab es nichts, was es nicht gab. Es war das Shopping Center des kleinen Ortes. Ein einziger großer Raum, dreißig mal zehn Meter. Es gab eine Abteilung für Gemüse und Lebensmittel, eine andere für Textilien und Gemischtwaren. Eine Ecke des General Store war dem Drug-Store vorbehalten.

Sam Edison war der einzige Apotheker des Ortes, er hatte das Geschäft von seinem Vater übernommen.

In der Mitte des General Store gab es einen offenen Kamin. Heir standen auch drei Tische und zwölf Eichenstühle. Meist saßen hier ein paar ältere Männer und spielten Karten, aber als Paul eintrat, waren die Tische leer. Edison's General Store war nicht nur Supermarkt und Apotheke, er war auch Gemeindezentrum.

Paul wuchtete den Deckel der Kühltruhe hoch und holte eine Flasche Pepsi-Cola aus dem eiskalten Wasser. Er ging zum nächsten Tisch und setzte sich.

Rya und Mark standen an der altmodischen Theke und lachten über eine von Sams Geschichten. Paul sah, wie er ihnen die Hände mit Bonbons füllte. Sam deutete auf die Stände mit Taschenbüchern und Heftchen. Die Kinder sollten sich was aussuchen, sagte er. Dann kam er zu Paul und setzte sich. Er saß mit dem Rücken zum Kamin.

Sie schüttelten sich über den Tisch hinweg die Hand.

Wer Sam zum erstenmal sah, hielt ihn für einen hartgesottenen Burschen. Er war fast 1,80 Meter groß, breitschultrig, stark. Er trug ein kurzärmeliges Hemd, die Muskeln der Oberarme waren zu sehen. Das Gesicht war gebräunt und von einer Unmenge kleiner Falten durchzogen. Die Augen waren schiefergrau. Das Haar war weiß, aber wie ein Großvater sah Sam deswegen nicht aus. Er war 55 und konnte für 45 durchgehen.

Sam war ein warmherziger, freundlicher Mensch, jemand, der Kinder gern hatte. Er verschenkte mehr Süßigkeiten, als er verkaufte. Paul hatte Sam noch nie zornig erlebt.

»Seit wann bist du da?«

»Gerade erst angekommen. Wir sind gleich zu dir gefahren.«

»Du hast mir nicht geschrieben, wie lange du diesmal bleiben willst. Vier Wochen?«

»Sechs, denke ich.«

»Sehr schön.« Seine Augen wurden zu Strichen, und wer ihn nicht kannte, hätte den Ausdruck vielleicht als bösartig, als verschlagen empfunden. »Du übernachtest heute doch bei uns, hoffe ich. Ich meine, ihr geht doch nicht gleich in die Berge, oder?«

Paul schüttelte den Kopf. »Dazu ist morgen Zeit genug. Wir sind seit neun Uhr früh unterwegs, mußt du wissen. Ich habe wirklich keine Lust, heute noch ein Zelt aufzubauen.«

»Siehst aber ganz erholt aus.«

»Ich *fühle* mich auch erholt.« Er zögerte. »Seit ich in Black River bin.«

»Du hast die Ferien dringend nötig, stimmt's?«

»Das kannst du laut sagen.« Paul nahm einen Zug aus der Flasche. »Mir hängen die kranken Pudel und Katzen zum Halse heraus.«

Sam grinste. »Ich hab's dir ja gleich gesagt, du kannst nicht ernsthaft Tiermedizin praktizieren, wenn du dich in einer

Stadt wie Boston niederläßt. In Boston bist du das Kindermädchen für neurotische Haustiere und für die neurotischen Besitzer dieser Tiere. Warum ziehst du nicht aufs Land, Paul?«

»Ich helfe den Kühen beim Kalben, so etwa?«

»Genau das.«

»Vielleicht mach' ich das eines Tages«, sagte Paul und seufzte.

»Du solltest vor allem deine Kinder da rausholen. Laß die Kinder an einem Ort aufwachsen, wo die Luft sauber ist, wo man das Wasser noch trinken kann.«

»Vielleicht mach' ich das.« Er warf einen Blick auf den Vorhang, der einen Raum von der Ladenfläche abteilte. »Ist Jenny da?«

»Sie liefert Rezepte aus. Es ist merkwürdig, ich hab' in den letzten vier Tagen mehr Medikamente verkauft als sonst in einem Monat.«

»Eine Grippewelle?«

»Grippe? Ich weiß nicht.«

»Was sagt Doc Troutman denn dazu?«

»Er ist sich nicht ganz sicher, um was es sich handelt. Ein neuer Grippevirus, vermutet er.«

»Und was verschreibt er dagegen?«

»Tetracyclin.«

»Das ist eigentlich kein sehr wirksames Mittel.«

»Der Virus ist wohl auch nicht so gefährlich.«

»Und wie reagieren die Patienten auf die Behandlung?«

»Das kann man noch nicht genau sagen, dazu ist es noch zu früh.«

Pauls Blick wanderte zu Rya und Mark.

»Was die beiden angeht«, sagte Sam, »die sind in unserem Haus sicher aufgehoben.« Er schmunzelte. »Jenny und ich sind in etwa die einzigen in Black River, die von dem Virus verschont geblieben sind.«

Paul dachte nach. »Wenn mir die beiden nachher in den Bergen krank werden, wie sind die Symptome? Erbrechen? Fieber?«

»Nichts dergleichen. Nur Schüttelfrost. Die Kranken leiden an nächtlichem Schüttelfrost.«

Paul sah ihn fragend an.

»Ich versteh's ja auch nicht«, sagte Sam. Seine buschigen Brauen hatten sich zu einer einzigen weißen Linie zusammengezogen. »Du mußt dir das so vorstellen. Du wachst mitten in der Nacht auf, und dir ist, als hättest du einen Alptraum gehabt. Du zitterst wie Espenlaub. Du kannst nur mit Mühe gehen. Der Puls rast. Der Schweiß rinnt dir in Strömen herunter. Der Anfall dauert eine Stunde. Danach ist alles, als sei nichts geschehen. Mit Ausnahme der Müdigkeit. Am Tag darauf bist du hundemüde.«

»Hört sich nicht nach Grippe an«, sagte Paul.

»Es hört sich nach gar nichts an, was mir als Apotheker untergekommen ist«, sagte Sam. »Und die Leute machen sich Sorgen, was dahintersteckt. Ein paar sind schon Dienstag nachts krank geworden, die anderen am Mittwoch. Sie wachen nachts auf, der Schüttelfrost ist da, am Tag darauf sind sie müde.« Er zuckte die Schultern. »Es gibt kaum noch jemanden, der gut schläft in Black River.«

»Hat Doc Troutman keinen anderen Arzt hinzugezogen, um der Sache auf die Spur zu kommen?«

»Der nächste Arzt wohnt hundert Kilometer entfernt«, sagte Sam. »Ich weiß, daß Troutman gestern mit der Gesundheitsbehörde telefoniert hat. Die wollen einen Experten schicken, aber erst Montag. Ich glaube, die waren nicht sehr beeindruckt, als er ihnen was von Schüttelfrösten und Schwäche am nächsten Tag erzählte.«

»Der Schüttelfrost ist vielleicht nur die Spitze des Eisbergs.«

»Mag sein. Aber du kennst ja die Behörden. Da sitzen Bürokraten, wie sie im Buche stehen.« Er sah zu Rya und Mark hinüber. »Du brauchst dir wirklich keine Sorgen zu machen wegen der beiden. Wir werden sie ganz einfach von den Kranken fernhalten.«

»Ich hatte eigentlich vor, Jenny in *Ultman's Café* einzuladen.« Er räusperte sich. »Zu einem verschwiegenen Abendessen.«

»Laß das lieber sein. Wenn du dich bei der Bedienung ansteckst oder bei einem Gast, erwischen die Kinder die Krankheit, und dann passiert genau, was du vermeiden willst. Am besten ist, ihr eßt bei mir. Du weißt ja, das beste Essen in Black River gibt's bei mir.«

Paul zögerte.

Sam mußte lachen. »Wir werden früh zu Abend essen, sagen wir um sechs, dann bleibt dir noch genügend Zeit für Jenny. Ihr könnt nachher noch etwas herumfahren, wenn ihr wollt. Oder aber ich nehme die Kinder und verkrümele mich, dann habt ihr die Wohnung für euch allein.«

Paul lachte. »Was steht auf dem Speiseplan?«

»Manicotti.«

»Ich weiß nicht, wie ich auf *Ultman's Café* gekommen bin.«

»Ich auch nicht. Ihr eßt bei mir.«

Rya und Mark kamen angerannt, sie zeigten Sam, was sie sich als Geschenk wünschten. Mark hatte für zwei Dollar Comics zusammengesucht, Rya hielt zwei Taschenbücher in der Hand. Beide Kinder hielten eine Tüte mit Bonbons an sich gedrückt. Rya strahlte, und Paul schien es, als seien ihre Augen noch nie so blau gewesen. »Papi, das werden die schönsten Ferien unseres Lebens.«

2. Kapitel

31 Monate vorher – Freitag, der 10. Januar 1975

Ogden kam zehn Minuten vor drei. Zehn Minuten zu früh. Das war tpyisch für ihn.

H. Leonard Dawson, Aufsichtsratsvorsitzender und Mehrheitsaktionär der Futurex International, ließ Salsbury bis Viertel nach drei warten. Das war typisch für ihn. Dawson ließ seine Partner spüren, wie wichtig er war.

Die Sekretärin kam, um ihn in Dawsons Büro zu führen. Als er eintrat, umgab ihn die Stille einer Kathedrale. Draußen gab es die übliche Dauerberieselung mit leichter Musik. Hier drinnen war kein Laut zu vernehmen. Ein blauer Teppich, zwei Ölgemälde an den weißen Wänden, Dawsons Schreibtisch, sein Sessel, zwei Besuchersessel. Die blauen Samtvorhänge waren zur Seite gezogen worden. Durch die Fensterfront von 210 Quadratmetern ging der Blick auf Manhattan.

Die Sekretärin verneigte sich wie ein Meßdiener, bevor sie den Raum verließ.

»Wie geht's denn so, Ogden?« Dawson streckte ihm die Hand entgegen.

»Ganz ordentlich, Leonard.«

Dawsons Hand war hart. Salsburys Hand war schweißnaß.

»Und wie geht's deiner Miriam?« Er hatte bemerkt, daß etwas nicht stimmte. »Doch nicht krank, hoffe ich.«

»Ich habe mich von Miriam scheiden lassen«, sagte Salbury.

»Das tut mir leid.«

War da so etwas wie Kritik in Dawsons Stimme? Und wennschon! Salbury kam zu dem Entschluß, es konnte ihm egal sein, was Dawson von seiner Scheidung hielt.

»Wann habt ihr euch denn scheiden lassen?« fragte Dawson.

»Vor fünfundzwanzig Jahren, Leonard.«

»Nun«, sagte Salsbury und faltete die Hände, »es ist wirklich einige Zeit her, daß wir uns das letzte Mal trafen. Dabei haben wir früher soviel Spaß zusammen gehabt.«

In Harvard waren sie in der gleichen Studentenverbindung gewesen, und nach der Abschlußprüfung hatten sie sich noch einige Male getroffen. Spaß hatte das nie gemacht. Für Salsbury war Dawson immer der Inbegriff eines Heuchlers und Langweilers gewesen.

»Hast du wieder geheiratet?« fragte Dawson.

»Nein.«

Dawson runzelte die Stirn. »Eine Ehe ist wichtig, wenn man ein geordnetes Leben führen will. Sie gibt dem Mann Stabilität.«

»Da hast du recht«, sagte Salsbury, obwohl er ganz anderer Meinung war. »Ich kann nicht sagen, daß ich das Alleinsein nach der Scheidung genossen habe.«

Schon immer hatte er sich unwohl gefühlt in Dawsons Gegenwart. Das Wiedersehen nach fünfundzwanzig Jahren war keine Ausnahme.

Sie waren sehr verschiedene Menschen, auch äußerlich. Dawson war 1,85 Meter, breitschultrig, mit schmalen Hüften, eine athletische Erscheinung. Salsbury maß 1,75 Meter. Hängende Schultern, zwanzig Pfund Übergewicht. Dawson hatte buschiges, graues Haar und schwarze Augen. Seine Haut war gebräunt, sein Blick lebendig, die Frauen sahen ihm nach. Keine Frau blickte auf, wenn Salsbury kam. Er hatte einen kränklich-bleichen Teint und Geheimratsecken. Die kurzsichtigen braunen Augen waren hinter dicken Brillengläsern verborgen. Beide Männer waren 54. Dawson hatte die Jahre besser überstanden.

Er hat einen bessere Start gehabt, dachte Salsbury. Er hat mit mehr Geld angefangen. Er sah gut aus. Er hatte die Privilegien, die man braucht.

Dawson strahlte Autorität aus, Salsbury Dienstfertigkeit. Im Laboratorium hätte sich Salsbury sicher gefühlt. Heimspiel. Aber sie waren nicht im Laboratorium. Sie waren in Dawsons Büro. Salsbury fühlte sich fehl am Platz. Minderwertig.

»Wie geht's deiner Frau?«

Ein breites Lächeln erschien auf Dawsons Gesicht. »Prächtig, Ogden. Wirklich prächtig. Ich habe in meinem Leben ein paar tausend gute Entscheidungen getroffen, aber diese Frau zu heiraten, das war wohl die wichtigste.« Seine Stimme wurde tief und melodiös wie die eines Schauspielers. »Sie ist eine gottesfürchtige Frau, Ogden. Eine gute Frau. Eine Frau, die in die Kirche geht, wie es sich gehört.«

Immer noch ein Heuchler, dachte Salsbury. Vielleicht half ihm Dawsons Eitelkeit, seinen Plan zu verwirklichen.

Sie sahen sich an. Keinem der beiden fiel noch ein Gemeinplatz ein.

»Setz dich«, sagte Dawson. Er nahm hinter seinem Schreibtisch Platz und deutete auf einen der Besuchersessel. Die große, leere Eichenplatte zwischen ihnen betonte Dawsons Überlegenheit.

Salsbury hielt seinen Aktenkoffer auf den Knien. Er wirkte wie ein Schoßhündchen, das beim ersten Zungenschnalzen aufspringen und seinem Herrn die Schuhe ablecken wird. Um seine Nervosität zu verbergen, hatte er die Hände über dem Aktenkoffer gefaltet.

»Dieser Brief...« Dawson hatte den Brief auf den Schreibtisch gelegt. Salsbury kannte den Inhalt, er hatte den Brief selber geschrieben.

Lieber Leonard,

Nachdem wir von der Uni abgegangen sind, hast Du mehr Geld gemacht als ich. Aber ich habe meine Zeit nicht vergeudet. Nach Jahrzehnten von Experimenten habe ich ein Verfahren entwickelt, das von umwälzender Bedeutung ist. Mit diesem Verfahren kann man innerhalb eines einzigen Jahres mehr Geld machen, als Du in all den Jahren zusammengebracht hast. Ich meine das ganz ernst.

Ich würde Dich gern treffen. Du wirst es nicht bereuen, daß Du mir Gelegenheit zu einer Rücksprache mit Dir gewährt hast. Sorge bitte dafür, daß Deine Sekretärin mich unter dem Namen ›Robert Stanley‹ in Deinem Terminkalender einträgt. Es ist wichtig, daß mein richtiger Name nirgendwo erscheint. Wie Du aus dem Briefkopf ersiehst, arbeite ich in einem biochemischen Forschungslaboratorium der Creative Development Associates, einer Tochtergesellschaft von Futurex International. Da Du weißt, mit welcher Art von Forschungsvorhaben sich die Creative Development Associates befaßt, wirst Du auch verstehen, daß mein Name aus der Sache herausbleiben muß.

Mit freundlichen Grüßen

Ogden Salsbury.

Er war zuversichtlich gewesen, daß Dawson ihm bald antworten würde, und er hatte sich nicht getäuscht. Schon in Harvard war klargeworden, daß es zwei hehre Leitsterne gab, nach denen Dawson sein Handeln ausrichtete: Geld und Gott. Dawson war seinen Grundsätzen treu geblieben. Salsbury hatte den Brief am Dienstag eingeworfen. Am Tag darauf rief ihn Dawsons Sekretärin an, um einen Termin auszumachen.

»Normalerweise unterschreibe ich nicht, wenn ich eingeschriebene Briefe bekomme«, sagte Dawson. »Ich habe den Brief auch nur gelesen, weil ich deine Unterschrift entdeckte. Ich hatte dann eigentlich vor, das Schreiben in den Papierkorb zu werfen.«

Salsbury wand sich auf seinem Stuhl.

»Wenn der Brief nicht von dir wäre, Ogden, ich hätte ihn wirklich weggeworfen. Aber irgendwie kann ich mich erinnern, du warst nie ein Angeber. Trotzdem, hast du hier nicht etwas überzogen?«

»Nein.«

»Du hast ein Verfahren entdeckt, mit dem sich Millionen verdienen lassen?«

»Mehr als das«, sagte Ogden. Seine Lippen waren plötzlich so trocken, daß sie zusammenklebten.

Dawson zog eine Mappe aus der Schublade. »Creative Development Associates. Ich habe die Firma vor sieben Jahren gekauft. Warst du schon beim Team, als... Ich meine, habe ich dich mitgekauft?«

»Jawohl, Sir.«

»CDA entwickelt Computerprogramme für Universitäten und Regierungsstellen, die sich mit soziologischen und psychologischen Studien befassen.« Er hatte die Mappe zugeklappt. Er schien den Inhalt auswendig zu kennen. »CDA arbeitet außerdem für die Industrie. Die Firma unterhält sieben Laboratorien, wo die biologischen, chemischen und biochemischen Ursachen für soziologische und psychologische Phänomene untersucht werden.« Er runzelte die Stirn. »Und du, Ogden, leitest das Laboratorium in Connecticut. Dieses Laboratorium befaßt sich ausschließlich mit Geheimaufträgen des Verteidigungsministeriums.« Salsbury traf ein Blick aus klaren, kalten Augen. »Die Aufträge sind so geheim, daß mir niemand sagen wollte, was ihr eigentlich macht. Ich weiß nur ganz allgemein, daß es mit der Beeinflussung von Verhaltensmustern zu tun hat.«

Salsbury fragte sich, ob Dawson wohl in der Lage sein würde, die Bedeutung der Erfindung zu erfassen. »Weißt du, was wir in der Forschung mit *Unterschwelliger Wahrnehmung* bezeichnen?«

»Ja. Das hat etwas mit der Beeinflussung des Unterbewußtseins zu tun.«

»Richtig. Aber es gibt in diesem Zusammenhang Dinge, die nicht allgemein bekannt sind.« Er beugte sich vor. »Auch dir nicht. Es klingt vielleicht etwas pedantisch, aber etwas Einführung muß sein.«

»Tu dir keinen Zwang an.«

Salsbury hatte zwei gleich große Fotos aus seinem Aktenkoffer gezogen. »Siehst du einen Unterschied zwischen Foto A und Foto B?«

Daswon verglich die Bilder, Schwarzweißaufnahmen von Salsburys Gesicht. »Nein. Die Fotos sind identisch.«

»Auf den ersten Blick, ja. Es sind Abzüge vom gleichen Negativ.«

»Worauf willst du hinaus?«

»Das erkläre ich dir später. Sieh dir die Fotos bitte etwas länger an.«

Dawson gefiel die Sache nicht, sie gefiel ihm ganz und gar nicht. Was Salsbury da aufführte, war ein Spiel, also Zeitverlust. In der Zeit, wo man spielte, konnte man Geld verdienen.

»Der menschliche Geist hat zwei Bereiche, die Wissen und Erfahrung aufnehmen können«, sagte Salsbury. »Das Bewußtsein und das Unterbewußtsein.«

»In meiner Religion wird ausdrücklich anerkannt, daß der Mensch ein Unterbewußtsein hat«, sagte Dawson selbstgefällig. »Nicht alle Religionen sind so aufgeklärt, daß sie das zugeben.«

Salsbury ging nicht ein auf diesen Einwurf. Er verstand überhaupt nicht, warum Dawson das ins Gespräch brachte. »Bewußtsein und Unterbewußtsein«, fuhr er fort, »speichern unterschiedliche Daten. Das Bewußtsein nimmt wahr, was unmittelbar vor dem Menschen geschieht. Das Unterbewußtsein schaut in die Rinde, es späht in die Ecken. Die beiden Wahrnehmungsorgane arbeiten unabhängig voneinander, manchmal bekämpfen sie sich auch...«

»Nur bei pathologischen Persönlichkeiten«, wandte Dawson ein.

»Nein, nein, nein, die beiden bekämpfen sich in der Seele jedes Menschen, auch bei dir ist das so, und bei mir.«

Dawson wollte etwas einwenden, aber Salsbury kam ihm zuvor. »Ich will dir ein Beispiel geben. Nehmen wir einmal an, ein Mann sitzt an einer Bar. Plötzlich nimmt eine wunderschöne Frau neben ihm Platz. Er wird versuchen, sie für sich zu gewinnen. Zugleich aber verspürt er Angst vor dieser Frau. Er hat Angst davor, zurückgewiesen zu werden, vielleicht auch Angst, sich in der Liebesnacht mit dieser Partnerin als impotent zu erweisen. Sein Bewußtsein sagt ihm, du mußt diese Frau so behandeln, wie man eine sexuell anziehende Frau behandelt. Du mußt versuchen, sie zu verführen, indem du ihre Aufmerksamkeit auf deine männlichen Vorzüge lenkst. Aber das Unterbewußtsein gewinnt die Oberhand. Der Mann spricht viel zu laut, er ist viel zu aufdringlich. Anstatt ein interessantes Gespräch mit der Frau zu führen, was ihm sonst keinerlei Schwierigkeiten bereitet, langweilt er sie mit Geschwätz über Aktien, über die Börse. Er bespritzt die Frau mit seinem Drink. Er tut das, weil er Angst vor ihr hat. Sein Bewußtsein sagt: Hol sie dir. Sein Unterbewußtsein sagt: Flieh, solange du noch kannst.«

Dawson machte ein mürrisches Gesicht. Das Beispiel, das Salsbury gewählt hatte, gefiel ihm nicht.

»Und?«

»Das Unterbewußtsein ist stärker. Das Bewußtsein muß schlafen, das Unterbewußtsein ist immer wach. Das Bewußtsein hat keinen Zugang zu den Daten, die im Unterbewußtsein gespeichert sind. Umgekehrt verschafft sich das Unterbewußtsein jederzeit Zugang zu den Daten, die im Bewußtsein gespeichert sind.« Salsbury hob den Blick. »Das Bewußtsein ist der Computer«, sagte er. »Das Unterbewußtsein ist der Programmierer. Halten wir fest, daß Bewußtsein und Unterbewußtsein ihre Daten durch die gleichen Kanäle empfangen, nämlich über die fünf Sinne. Aber das Unterbewußtsein sieht schärfer als das Bewußtsein, es kann auch besser hören, riechen, schmecken und fühlen. Es nimmt Eindrücke wahr, die das Bewußtsein nicht bemerkt, zum Beispiel Reize, die so kurze Zeit andauern, daß sie vom Bewußtsein nicht wahrgenommen werden können. Unterschwellige Wahrnehmung in diesem Sinne ist alles, was so schnell geschieht, daß es vom Bewußtsein nicht mehr registriert wird. Und nun das Interessanteste an der Sache. Über neunzig Prozent unserer Sinneswahrnehmungen sind unterschwellige Wahrnehmungen.«

»Über neunzig Prozent?« wunderte sich Dawson. »Könntest du mir das an einem Beispiel darlegen?«

Salsbury hatte ein Beispiel parat. »Das menschliche Auge fixiert jeden Tag an die hunderttausend Eindrücke. Die Fixierung dauert Bruchteile von Sekunden bis zwanzig Sekunden. Wenn du aber am Abend des Tages nachdenkst, was du heute alles gesehen hast, wirst du dich höchstens an ein paar hundert Eindrücke erinnern. Der Rest ist im Unterbewußtsein gespeichert, ebenso wie die zwei Millionen täglichen Eindrücke, die dem Gehirn von den anderen vier Sinnesorganen zugetragen werden.«

Dawson hielt die Augen geschlossen. »Drei Punkte«, sagte er. »Erstens, das Unterbewußtsein ist stärker als das Bewußtsein. Zweitens, wir wissen nicht, was unser Unterbewußtsein gespeichert hat. Wir können die Daten nicht einfach abrufen. Drittens, unterschwellige Wahrnehmung ist keine Zauberei, sie ist biologischer Alltag.«

»Mehr als das. Die unterschwellige Wahrnehmung bestimmt, was wir tun.«

»Und du hast ein Verfahren entwickelt, wie unterschwellige Wahrnehmung kommerziell verwertet werden kann.«

Salsburys Stimme zitterte. Ob Dawson auf seinen Vorschlag eingehen würde? Ob er einen Wutanfall bekommen würde, wenn er ihm seinen Plan offenbarte? »Seit zwei Jahrzehnten arbeitet die Werbewirtschaft an der Erforschung gewisser Phänomene, die mit der unterschwelligen Wahrnehmung zu tun haben. Hast du davon gehört?«

Dawson nickte. »Ich habe von den Versuchen gelesen, die in Kinos durchgeführt wurden, ich glaube, das war vor zwanzig Jahren.«

»Ganz recht, die ersten Versuche dieser Art fanden 1957 statt. Man blendete in die normale Projektion eines Kinofilms eine bestimmte Botschaft ein. Zum Beispiel: Ich habe Durst. Die Schrift verschwand so schnell, daß niemand sie lesen konnte. Trotzdem standen die Versuchspersonen auf und holten sich ein Getränk in der Lobby. Der normale Getränkeverkauf vervielfachte sich. Die Botschaften waren mit Hilfe eines Tachistokopen eingeblendet worden. Es handelt sich um ein Gerät, das sich die Firma Precon Process and Equipment in New Orleans 1962 patentieren ließ. Im Prinzip ist der Tachistokop ein Filmprojektor mit einem hochempfindlichen Verschluß. Die Botschaft wird nur 1/3000 Sekunde lang eingeblendet, allerdings zwölfmal pro Minute. Das Bild ist nur so kurze Zeit auf der Leinwand, daß es vom Bewußtsein nicht erfaßt wird. Das Unterbewußtsein arbeitet genauer, es empfängt die Botschaft. Nach den ersten Experimenten wurden die Versuche in den Kinos auf 45000 Besucher ausgedehnt. Zwei Botschaften wurden eingeblendet. *Trink Coca-Cola* und *Hungrig? Iß Popcorn.* Die Ergebnisse bewiesen, daß die Sache funktioniert. Der Popcorn-Verkauf in den Kinos stieg um sechzig Prozent, der Verkauf von Coca-Cola um zwanzig Prozent. Menschen, die weder hungrig noch durstig waren, waren veranlaßt worden, etwas zu essen und zu trinken zu kaufen. Und daraus geht hervor, unser Unterbewußtsein glaubt, was ihm vorgesetzt wird. Es kann nicht zwischen Lüge und Wahrheit unterscheiden. Da es das Unterbewußtsein ist, das unser Bewußtsein programmiert, handeln wir in vielen Fällen aufgrund irriger Voraussetzungen.«

»Wenn man dem folgt, dann würden wir uns alle irrational verhalten.«

»Das tun wir ja auch«, sagte Salsbury. »Vergessen wir aber eines nicht: Keineswegs alle Wahrnehmungen, die von unserem Unterbewußtsein gespeichert werden, beruhen auf Täuschung oder Lüge, sondern nur ein Teil, und so ist auch nur ein Teil unseres Verhaltens irrational. Daß es solche irrationalen Steuerungen gibt, ist inzwischen unbestritten. Fremdenhaß, Klaustrophobie, Höhenangst, all das wird vom Unterbewußtsein gesteuert. Führt man dem betreffenden Menschen diesen Mechanismus vor Augen, wird er ihn leugnen, sein Bewußtsein widersetzt sich der Analyse. Währenddessen fährt das Unterbewußtsein mit der Täuschung des Bewußtseins fort.«

»Und die Kinogänger, bei denen die Botschaften in den normalen Spielfilm eingeblendet wurden, konnten sich gegen die Botschaft nicht wappnen, weil sie gar nicht wußten, daß sie einer solchen Beeinflussung ausgesetzt waren«, faßte Dawson zusammen.

Salsbury rückte sich die Brille gerade. »Das ist die Quintessenz, ganz recht. Das Unterbewußtsein sah die Botschaft und veranlaßte das Bewußtsein zum Handeln.«

Dawsons Interesse an dem Thema war unverkennbar. »Und warum hatten die unterschwelligen Botschaften beim Popcorn mehr Erfolg als bei Coca-Cola?«

»Trink Coca-Cola ist eine sehr direkte Botschaft. Das Unterbewußtsein scheint verhaltene, verkleidete Botschaften lieber zu befolgen als direkte.«

»Und warum?«

»Das wissen wir nicht. Aber betrachten wir einmal die zweite Botschaft. *Hunger? Iß Popcorn.* Die Frage Hunger? signalisiert zugleich Angst, sie schafft eine Motivation. Die Waage senkt sich zur linken Seite. Was muß das Unterbewußtsein tun? Es muß ein Gegengewicht schaffen. Es schafft ein Gegengewicht, indem es das Bewußtsein zum Kauf von Popcorn veranlaßt. Damit ist die Angst beseitigt.«

»Also das gleiche Prinzip wie bei der posthypnotischen Suggestion. Aber es gibt Unterschiede. Ich habe gehört, niemand kann dazu veranlaßt werden, in Hypnose etwas zu tun, was er moralisch unmöglich findet. Mit anderen Worten, wer nicht von seiner charakterlichen Anlage her ein Mörder ist, der wird auch nicht in hypnotisiertem Zustand zum Mörder.«

»Das ist nicht wahr«, sagte Salsbury. »Die Personen führen alle Befehle aus, die ihnen der Hypnotiseur gibt. Das Unterbewußtsein ist sehr leicht zu manipulieren. Nehmen wir einmal an, ich versetze dich in Hypnose und befehle dir, du sollst deine Frau umbringen. Würdest du den Befehl ausführen?«

»Natürlich nicht.«

»Du liebst deine Frau.«

»So ist es.«

»Du hast keinen Grund, deine Frau zu töten.«

»Keinen.«

Nach der Art und Weise zu urteilen, wie Dawson die Fragen beantwortete, floß sein Unterbewußtsein über von Haß auf sein fabelhaftes, gottesfürchtiges Weib. Salsbury ließ diesen Sachverhalt unerörtert. Dawson hätte ihn aus dem Büro geworfen, hätte er ihm die Wahrheit ins Gesicht gesagt. »Wenn ich dich nun aber hypnotisiere und dir klarmache, daß deine Frau ein Verhältnis mit deinem besten Freund hat, daß die beiden deine Ermordung planen, um sich in den Besitz deines Geldes zu setzen...«

»Trotzdem nicht. Ich wäre nicht in der Lage, meine Frau zu töten, auch nicht mit einer solchen Motivation.«

Salsbury nickte. »Dein Bewußtsein würde meine Behauptung als Lüge entlarven, selbstverständlich. Aber dein Bewußtsein schläft! Du bist hypnotisiert. Jetzt spreche ich mit deinem Unterbewußtsein, und dieses Unterbewußtsein kann nicht unterscheiden zwischen Lüge und Wahrheit.«

»Ich verstehe.«

»Dein Unterbewußtsein würde eine direkte Weisung, die Frau zu töten, nicht akzeptieren. Aber es würde meine Warnung ernst nehmen, daß deine Frau dich töten will. Damit wird ein neues Verhaltensmuster programmiert. Dein Bewußtsein wird auf die Tat vorbereitet. Es ist wie eine Gleichung, Leonard. Auf der linken Seite haben wir die Angst, diese Angst ist durch das Wissen motiviert, daß deine Frau dich umbringen will. Dein Unterbewußtsein glaubt das nicht nur, es *weiß* es. Damit die Gleichung aufgeht, gehört auf die rechte Seite der Tod deiner Frau. Wenn dein Unterbewußtsein überzeugt ist, daß deine Frau dich im Schlaf ermorden will, wirst du deine Frau noch vor dem Einschlafen umbringen.«

»Und warum gehe ich nicht zur Polizei?«

Salsbury lächelte. Die Unsicherheit, die ihn beim Betreten des Büros befangen hielt, war von ihm abgefallen. »Dagegen würde ein geschickter Hypnotiseur Vorkehrungen treffen. Er würde dich davon überzeugen, daß deine Frau den Mord wie einen Unfall aussehen läßt. Die Polizei wird ihr nie etwas beweisen können. Es gibt nur ein Mittel, wie du deine Frau an der Tat hindern kannst: indem du sie ermordest.«

Dawson machte eine Geste, als wollte er eine Fliege verscheuchen. »Das hört sich alles ganz nett an, aber findest du die Unterhaltung nicht sehr akademisch?«

»Akademisch?«

»Nutzlos. Du weißt doch, daß Unterschwellige Werbung verpönt ist. Es gab wegen der Versuche damals ja einen ziemlichen Aufruhr.«

Salsbury war erleichtert, er hatte andere Einwände erwartet. »Verpönt vielleicht, aber nicht verboten. Es hat damals Hunderte von Zeitungsberichten über die Versuche gegeben. Die Zeitung *Newsday* nannte Unterschwellige Werbung die schlimmste Erfindung seit der Atombombe. In der *Saturday Review* wurde ausgeführt, das Unterbewußtsein des Menschen sei das kostbarste und empfindlichste Gebilde der

Welt, und dieses unschätzbare Instrument dürfe nicht mißbraucht werden, um den Absatz von Popcorn in die Höhe zu treiben. Ende der fünfziger Jahre waren die tachistokopischen Versuche groß im Gespräch, die Meinung herrschte vor, daß Unterschwellige Werbung verboten werden müßte, weil sie ein Einbruch in die Privatsphäre des Menschen sei. Der Kongreßabgeordnete James Wright brachte einen Gesetzesvorschlag ein, nach dem jede Werbung verboten werden sollte, die auf das Unterbewußtsein des Menschen einwirkt. Er war nicht der einzige, der solche Vorschläge machte, aber keines der vorgeschlagenen Gesetze wurde durchgebracht.« Salsbury betrachtete seine Hände. »Es gibt heute keinerlei Gesetz gegen Unterschwellige Werbung.«

Dawson musterte ihn prüfend. »Bedienen sich denn die Politiker nicht der tachistokopischen Erkenntnisse?«

»Die meisten Politiker haben keine Ahnung von der Reichweite der Erfindung, und die Werbeagenturen sprechen nicht darüber, wenn's nicht sein muß. Jede größere Werbeagentur in den USA beschäftigt Mediaexperten, die unterschwellige Anzeigen und Fernehspots entwickeln. Fast alle Produkte, die von Futurex und den Tochterfirmen hergestellt werden, werden mit Hilfe von Unterschwelliger Werbung an den Mann gebracht.«

»Das kann ich nicht glauben«, widersprach Dawson. »Wenn es so wäre, müßte ich's wissen.«

»Du hast eben keine ernsthaften Anstrengungen unternommen, dich sachkundig zu machen. Vor dreißig Jahren, als du begonnen hast, deine Firma aufzubauen, gab's so was noch nicht. Als dann die Unterschwellige Werbung ihren Siegeszug antrat, warst du schon so hoch oben auf der Stufenleiter, daß du dich um den Absatz der Produkte nicht mehr zu kümmern brauchtest. Du hattest den Kopf voll mit der Ausgabe neuer Aktien, mit den Problemen der Börse, mit Fusionsplänen. In einem Konsortium, wie du es leitest, kann der Chef nicht mehr jede einzelne Anzeige gegenzeichnen, die von irgendeiner Tochterfirma placiert wird.«

Der Ausdruck des Ekels umspielte Dawsons Mund. »Das Unterbewußtsein der Menschen zu manipulieren... ich finde das widerwärtig.«

»Womit du dem Satz abschwörst, daß jeder Mensch seines Glückes Schmied ist.« Salsbury lehnte sich vor. »Tatsache ist, daß Menschen manipuliert werden können, ohne daß sie sich dessen bewußt sind. Und diese Tatsache macht der Öffentlichkeit Angst. So viel Angst, daß sich ein richtiger Verdrängungsmechanismus entwickelt hat. Seit zwei Jahrzehnten gibt es Unterschwellige Werbung, aber bei Befragungen äußern 90 Prozent der Personen, sie seien sicher, Unterschwellige Werbung, das gäbe es gar nicht, die sei ja verboten. Es gibt keinerlei Fakten, die eine derartige Annahme stützen, die Leute wollen einfach der Wahrheit nicht ins Gesicht sehen. Zwischen 50 und 70 Prozent der Befragten sagen, sie hätten von Unterschwelliger Werbung gehört, aber sie glauben nicht, daß so etwas funktioniert. Der Gedanke, daß sie bereits jetzt manipuliert und kontrolliert werden, ist ihnen so unerträglich, daß sie die Sache ins Reich der Fantasie verbannen. Statt sich mit den Tatsachen auseinanderzusetzen, wie ein reifer Mensch es tun würde, tun sie einfach so, als gehörte Unterschwellige Werbung dem Science-Fiction-Bereich an.«

Dawson war aufgestanden. Er trat an die Fensterfront und sah auf die Szenerie von Manhattan hinab.

Es hatte zu schneien begonnen. Der Himmel war dunkel. Der Wind heulte. Die Stimme der Stadt.

Dawson wandte sich Salsbury zu. »Zu meinem Konsortium gehört die Werbeagentur Woolring & Messner. Willst du behaupten, die Jungens lassen bei jedem Werbespot im Fernsehen eine tachistokopische Botschaft einblenden?«

»Unterschwellige Werbung gibt's nur, wenn der Auftraggeber das wünscht«, sagte Salsbury. »Diese Art von Werbung ist teurer. Aber um deine Frage zu beantworten, nein. Die Einblendung tachistokopischer Botschaften ist out.« Salsbury setzte sich bequem. »Die Forschung auf diesem Gebiet hat sich so schnell weiterentwickelt, daß die tachistokopische Methode überholt war, kaum daß man sie patentiert hatte. Seit Mitte der sechziger Jahre werden die Fernsehspots statt dessen mit rheostatischen Filmen unterlegt.«

»Was ist das?«

»Die Sache beruht auf dem Prinzip des regelbaren Wider-

standes, wie er bei der Helligkeitsregelung von Leuchtkörpern Verwendung findet, bei Dimmern. Man dreht am Regler, das Licht wird stärker oder schwächer, ganz nach Wunsch. Das gleiche Prinzip gilt bei rheostatischen Filmen. Zunächst einmal wird ein konventioneller Werbespot gedreht, mit normaler Belichtung. Nehmen wir an, der Werbespot hat eine Dauer von einer Minute. Er erscheint auf der Mattscheibe, das Bewußtsein sieht einen ganz normalen Werbespot. Die Unterschwellige Botschaft wird ausgestrahlt, indem man den Werbespot mit einem rheostatischen Filmstreifen unterlegt, mit einem Film, der bei stark vermindertem Lichteinfall gedreht worden ist. Die Belichtung ist so knapp, daß die Helligkeitswerte vom Bewußtsein gar nicht mehr registriert werden. Projiziert man den rheostatischen Film auf einen Fernsehschirm, so ist nichts zu sehen. Das Unterbewußtsein allerdings empfängt die Botschaft. Die beiden Filme werden nun auf einen dritten Film umkopiert, so daß sie bei der Ausstrahlung gemeinsam auf den Fernsehzuschauer einwirken. Der Mensch sitzt in seinem Sessel und betrachtet einen Werbespot. Währenddessen betrachtet sein Unterbewußtsein die Unterschwellige Botschaft. Je nach Resistenz werden die erhaltenen Weisungen dann ausgeführt, das heißt, sie werden in einen Kaufentschluß umgesetzt. Und auch das gilt innerhalb der Experten für Unterschwellige Werbung noch als Holzhammermethode. Die entwickelten Techniken lassen viel raffiniertere Zugriffe auf den menschlichen Geist zu, als ich sie gerade beschrieben habe.«

Mit unruhigen Schritten durchmaß Dawson sein riesiges Büro. Was Salsbury sagte, klang aufregend.

Er hat angebissen, dachte Salsbury. Er hat die Tragweite der Erfindung erkannt.

»Ich kann mir in etwa vorstellen, wie man eine rheostatische Botschaft in einem Fernsehspot verstecken kann«, sagte Dawson. »Die Bilder wechseln, es gibt Licht und Schatten. Aber wie steht es mit Anzeigen, die in der Zeitung erscheinen? Der Betrachter sieht ein statisches Bild. Wie könnte man eine Unterschwellige Botschaft in einem Schwarzweißfoto verbergen?«

Salsbury deutete auf die beiden Fotos, die er zu Beginn des

Gespräches aus seiner Aktentasche gezogen hatte. »Du hältst die Antwort in der Hand, Leonard. Zwei Abzüge vom gleichen Negativ. Ich habe mich mit einem Gesicht abbilden lassen, das keine Gemütsregung verrät. Das Foto A wurde dann mit der rheostatischen Botschaft *Ärger* unterlegt. Die rheostatische Botschaft auf Foto B lautet *Freude.*«

Dawson betrachtete die beiden Abzüge aus der Nähe. »Ich kann keinen Unterschied feststellen.«

»Natürlich nicht.«

»Wenn ich beim Betrachten der Fotos keinen Unterschied feststelle, was ist dann der Sinn des Experiments?«

»Das wirst du gleich verstehen. Diese beiden Fotos sind hundert Studenten der Columbia-Universität vorgelegt worden. Man hat die Studenten gebeten, den Gesichtsausdruck der abgebildeten Person zu bezeichnen. Bei Foto A gab es 82 Nennungen für *Ärger* und 8 Nennungen für *Unbehagen.* 10 Studenten antworteten mit ›Weiß ich nicht‹. Das Foto B wurde einer gleich großen Testgruppe von Studenten vorgelegt. 8 Testpersonen sagten *Weiß nicht.* 21 nannten die Definition *Glück,* 71 das Wort *Freude.*«

Dawson nickte. Der Blick aus den schwarzen Augen war wach und lebendig.

»Wie ich bereits sagte«, fuhr Salsbury fort, »die Dinge sind inzwischen unglaublich verfeinert worden. Ich will dir ein Beispiel zeigen.« Er zog die zusammengefaltete Seite einer Tageszeitung aus seinem Aktenkoffer und breitete den Bogen auf Dawsons Schreibtisch aus.

»Eine Anzeige für Gilbey's Gin«, sagte Dawson.

Die Überschrift bestand aus fünf Worten: *Break out the frosty bottle.* Es gab eine zweite Textzeile am unteren Rand der Anzeige: *. . . and keep your tonics dry!* Drei Motive waren abgebildet. Das größte war eine Flasche Gin, an deren Außenseite das Eis und die Schlieren kondensierten Wassers zu erkennen waren. Der Verschluß der Flasche war im unteren Bereich der Anzeige abgebildet. Außerdem gab es noch ein gefülltes Glas, samt Eiswürfeln, einer eingekerbten Zitronenscheibe und einem metallenen Quirl. Der Hintergrund war ein ruhiges, kühles Grün.

Was die Anzeige dem Bewußtsein des Betrachters signalisierte, war klar. Ein Glas Gin ist eine erholsame, erfrischende Angelegenheit. Du trinkst und vergißt den Alltag, du läßt deine Sorgen hinter dir.

Aber das Interessante an der Gin-Anzeige war die Unterschwellige Botschaft. Salsbury legte seinem Zuhörer dar, daß die wesentliche Aussage in der Unterschwelligen Botschaft bestand. Zwar ließ sich die Zielrichtung auch mit dem bloßen Bewußtsein erkennen, dies aber nur mit der Anleitung eines Eingeweihten, der einem die nötigen Hilfen gab. Eine Botschaft war in der Anordnung der Eiswürfel verborgen. Es gab vier Würfel, die aufeinandergetürmt waren, diese Würfel bildeten den Buchstaben S aus. Freilich sah man das nur, wenn man mit der Nase daraufgestoßen wurde. Die Zitronenscheibe war wie ein E geformt, und in einem fünften Eiswürfel malte sich unverkennbar der Schatten eines X ab. SEX.

Salsbury war um den Schreibtisch herumgegangen. Er trat hinter Dawson und deutete auf die Eiswürfel. »Siehst du's jetzt?«

Dawson zuckte die Achseln. »Das E habe ich sofort erkannt, und die anderen beiden Buchstaben ohne allzuviel Mühe. Ich kann mir nur nicht vorstellen, daß eine Absicht dahintersteckt. Auf den Würfeln malen sich verschiedene Schatten ab, da läßt sich alles mögliche herauslesen.«

»Dann muß ich etwas weiter ausholen«, sagte Salsbury. »Eiswürfel in Anzeigen werden immer gezeichnet, nie fotografiert, und man macht das, weil sich Eis schlecht fotografieren läßt. Man zeichnet das Eis in das fertige Foto ein, damit es natürlich aussieht. Auf dieser Anzeige ist übrigens nicht nur das Eis gemalt. Die ganze Anzeige ist übermalt worden.« Er schmunzelte. »Übrigens sind noch andere Geheimnisse drin verborgen, nicht nur die drei Buchstaben für SEX.«

Dawson kniff die Augen zusammen. »Was sonst noch?«

»Das Glas und die Flasche stehen auf einer Glasplatte, man erkennt das Spiegelbild der Flasche.«

»Und?«

»Die beiden Flaschen sehen aus wie die gespreizten Beine einer Frau. Und der abgeschraubte Verschluß mit seiner ebenfalls gespiegelten Verlängerung wie ein Penis, der zwischen die Beine der Frau geklemmt ist.«

»Hm«, sagte Dawson. Es klang eisig.

Salsbury kümmerte sich nicht um den versteckten Tadel. »Die Schlieren, die an der Außenseite der Flasche herunterrinnen, stellen den Samen des Mannes dar. Wir haben es hier mit einer Gemischten Botschaft zu tun, einer Anzeige, die Bewußtsein und Unterbewußtsein zugleich anspricht. Das Bewußtsein ahnt, daß mehr dahinterstecken könnte. Aber den Weg zum Ziel findet es nur, wenn man ihm den Schlüssel in die Hand gibt.« Sein Finger fuhr auf der Abbildung entlang. »Betrachten wir jetzt einmal die Schatten der Flasche. Ist es sehr weit hergeholt, wenn ich behaupte, daß der Schatten in der Form geöffneter Schamlippen verläuft? Und der Tropfen hier, sitzt er nicht zufällig genau da, wo man bei einer Zeichnung die Klitoris vermuten würde?«

Dawsons Gesicht überzog sich mit flammender Röte. »Man könnte es so sehen.«

Salsbury griff in seinen Aktenkoffer. »Ich habe weitere Beispiele dabei.« Er zeigte ihm eine Anzeigendoppelseite im *Playboy*, wo der Leser zum Abonnement des Magazins aufgefordert wurde. Das Playmate, eine vollbusige Blonde, kniete auf einem weißen Teppich. Die linke Seite der Anzeige wurde von der Abbildung einer geöffneten Walnuß eingenommen, die Windungen und Krümmungen der Nuß waren bis in die letzten Verästelungen zu erkennen. Das Playmate band eine rote Lasche um die Walnuß.

Die Anzeige, so erklärte Salsbury, war unter 200 andere Anzeigen gemischt worden. Das Sample war einer Anzahl von Versuchspersonen vorgelegt worden. Man hatte den Versuchspersonen eine Stunde Zeit zum Betrachten der Anzeigen gegeben. Dann wurden sie aufgefordert, zehn Motive zu nennen, an die sie sich erinnerten. 85 Prozent nannten die Anzeige in *Playboy*. Nur zwei Befragte kamen von sich aus auf die Walnuß zu sprechen, fünf Versuchspersonen erwähnten das Playmate. Sie hatten allerdings Schwierigkeiten, sich an ihre Haarfarbe zu erinnern. Die Brüste seien nackt gewesen, da waren die Versuchspersonen sicher. Aber ob das Mädchen vom Gürtel ab nackt gewesen war oder bekleidet? Ob es einen Hut getragen habe? Keine der Versuchspersonen hatte Probleme, als die Frage nach dem Inhalt der abgebildeten Walnuß kam, das Unterbewußtsein hatte sich dieses Gegenstandes mit besonderer Sorgfalt angenommen. Und weißt du auch, warum?« Salsburys Handballen senkte sich auf die Walnuß. »Weil die Nuß keine Nuß ist. Sie ist ein Vexierbild aus winzigen Gebilden, die in ihrer Form dem Glied des Mannes und der Scheide der Frau ähneln.«

Dawson durchpflügte die anderen Anzeigen, die Salsbury ihm auf den Tisch lete. Als er den Stapel durch hatte, sah er seinen Besucher an. »Eine illustre Gesellschaft, wenn ich so sagen darf. Camel, Seagram's, Sprite, Bacardi Rum – alle schalten unterschwellige Anzeigen.«

»Warum auch nicht? Es ist ja schließlich nicht verboten. Außerdem zwingt der Konkurrenzdruck dazu. Es gibt also keinen Bösewicht, dem man die Schuld aufbürden kann. Wenn überhaupt, dann ist das ganze System bösartig.«

Dawson ließ sich wieder in seinen Ledersessel sinken. Was er dachte, stand ihm auf die Stirn geschrieben. Er schätzte es nicht besonders, wenn jemand am ›System‹ herummäkelte, und er schätzte es noch weniger, wenn jemand ihn belehrte, wo es Penisse zu sehen gab und wo nicht. Er war aufgewühlt von den Möglichkeiten, die sich bei konsequenter Weiterentwicklung des Gedankens ergaben. Dawson war mit dem Gefühl ausgestattet, daß ihn Gott der Herr an die Spitze seines millionenschweren Konsortiums beordert hatte. Gott würde auch dafür sorgen, daß er einen Weg fand, das Prinzip der Unterschwelligen Botschaft in bare Münze umzusetzen. Die Führung des Schöpfers in diesem Zusammenhang war besonders wichtig, weil die Angelegenheit eine schmutzige Seite hatte. Aber dieser Schmutz wurde von den guten Absichten hinweggespült, die Dawson mit allem verband. Nach seinem Tod würde das Dawson-Imperium in den Besitz der Kirche übergehen.

Er kniff die Lippen zusammen. »Du hast dargelegt, daß die Firmen viel Geld und viel Gehirnschmalz in Unterschwellige Werbung investieren«, sagte er. »Mir ist bekannt, daß mit Sex Waren und Dienstleistungen verkauft werden. Aber wie wirksam ist das Stimulans? Ist die Sache den Aufwand wert?«

»Ohne jeden Zweifel«, sagte Salsbury. »Aus psychologischen Studien geht hervor, daß die meisten Amerikaner auf sexuelle Anstöße in der Werbung mit Angstgefühlen und Streß reagieren.«

»Eben.«

»Die erwünschte Wirkung wird trotzdem erzielt. Nehmen wir an, das Unterbewußtsein eines Zuschauers ist mit der Betrachtung einer Sexszene beschäftigt. Die Firma, die den Spot schaltet, will einen Softdrink verkaufen, aber in der Unterschwelligen Botschaft ist ein kopulierendes Paar zu erkennen. Wie reagiert unser Zuschauer? Mit Angst. Die Waage neigt sich zur Linken. Um die Waagschale auf der rechten Seite hinabzudrücken, müssen wir die Erlösung von der Angst hineinlegen. Die Angst wird gelöst, indem unser Zuschauer eine Flasche oder eine ganze Kiste des angebotenen Softdrinks kauft. Die Gleichung geht auf, die Tafel kann leergewischt werden.«

Dawson wunderte sich. »Er kauft das Produkt also nicht, weil er hofft, daß es ihm zu mehr Erfüllung im sexuellen Bereich verhilft?«

»Im Gegenteil«, sagte Salsbury. »Er kauft das Produkt, weil es ihm die Flucht vor Sex ermöglicht. Durch die Anzeige erfährt er Motivation und Angst zugleich. Er möchte mit der gezeigten Frau schlafen, zugleich hat er Angst vor ihr. Indem er das Produkt kauft, erlangt er erotische Erfüllung ohne das Risiko, zurückgewiesen oder gedemütigt zu werden. Der Mann, weil er Angst hat, den sexuellen Erwartungen der Partnerin nicht zu entsprechen. Die Frau, weil sie einer unglücklichen Bindung aus dem Wege gehen will. Beide Geschlechter erfahren Erfüllung, vor allem, wenn das gekaufte Produkt einen klaren oralen Bezug hat, wie es bei Getränken und Lebensmitteln der Fall ist.«

»Und bei Zigaretten«, sagte Dawson. »Könnte die Unterschwellige Werbung dafür verantwortlich sein, daß es den Menschen so schwerfällt, das Rauchen aufzugeben?«

»Nikotin ist eine Droge«, sagte Salsbury. »Ein Genußgift, das eine Sucht bahnt. Aber Unterschwellige Werbung trägt ohne Zweifel dazu bei, die Sucht zu festigen.«

Dawson kratzte sich das Kinn. »Wenn das stimmt, warum rauche ich nicht? Ich bin ständig der Zigarettenwerbung ausgesetzt und rauche nicht.«

»Das Verfahren der Manipulation ist noch unvollkommen«, sagte Salsbury. »Es kommt nach wie vor auf die Grundhaltung des Menschen an. Wenn du der festen Überzeugung bist, Rauchen ist etwas Ekelhaftes, wenn du entschlossen bist, nie in deinem Leben eine Zigarette in die Hand zu nehmen, dann kann dich auch eine Anzeige mit Unterschwelliger Werbung nicht umstimmen. Wenn du aber zu den jungen Verbrauchern gehörst, die den Markt gerade erst entdecken, dann kann eine solche Anzeige sehr wohl dazu beitragen, die Sucht anzubahnen. Ähnlich ist es bei Rauchern, die inzwischen zu rauchen aufgehört haben. Sie können durch Unterschwellige Werbung veranlaßt werden, die alte Gewohnheit wieder aufzunehmen. Diese Art von Werbung zielt besonders auf Unentschlossene. Ein Beispiel. Wer überhaupt keinen Alkohol zu sich nimmt, den wird die Gin-Anzeige nicht dazu bringen, in den nächsten Schnapsladen zu rennen. Anders ein Leser, der bereits trinkt. Vielleicht ist es ihm bisher nicht auf die Marke des Getränks angekommen. Die Anzeige sagt ihm, wenn du schon trinkst, dann mußt du Gilbey's Gin kaufen. Die Sache funktioniert, Leonard. Mit Unterschwelliger Werbung werden jedes Jahr Produkte für viele Milliarden Dollar vermarktet, Waren, für die der Verbraucher kein Interesse hätte, würden sie nicht durch die Hintertür in sein Unterbewußtsein eingeschleust.«

»Du arbeitest seit zehn Jahren an dem Verfahren, sagst du?«

»So ist es.«

»Das System ist ausgereift?«

»Das System ist ausgereift.«

»Erkennt das Pentagon denn nicht, was für eine Waffe das darstellt?«

»Erkennst *du* es, Leonard?«

Dawsons Antwort kam mit großer Ruhe. »Es geht hier nicht mehr um die Beeinflussung des Menschen, es geht um die Kontrolle über seinen Geist.«

Beide schwiegen.

»Du willst das Verteidigungsministerium nicht in die letzten Einzelheiten einweihen, wie?« sagte Dawson. Er stieß die Luft durch die Nase. »Wenn sie dir auf die Spur kommen, werden sie behaupten, du hast dich des Hochverrats schuldig gemacht.«

»Es ist mir egal, was das Verteidigungsministerium behauptet«, sagte Salsbury scharf. »Mit deinem Geld und meinem Wissen sind wir nicht mehr auf das Verteidigungsministerium angewiesen. Wir werden mehr Macht haben als die Regierung der Vereinigten Staaten, mehr Macht als die Regierungen aller Länder zusammengenommen.«

Dawson konnte seine Ungeduld nicht länger zügeln. »Was hast du erfunden, Ogden? Heraus damit!«

Salsbury war an die Glasfront getreten und starrte den Schneeflocken nach, die sich in dichten Wirbeln auf Manhattan senkten. Einen Augenblick lang hatte er das Gefühl, Dawson hätte ihm einen elektrischen Draht in die Hand gedrückt, einen Draht, der unter Strom stand. Das Bild der tanzenden Flocken verschwamm vor seinen Augen. Um ihn war Licht. Der göttliche Funken. Jawohl, Gott goß seine Gnade über ihn aus.

Er sagte Dawson, was er erfunden hatte. Er erklärte ihm, in welcher Weise sich die Erfindung nutzen ließ und welche Rolle Dawson bei der Verwirklichung der Pläne spielen konnte.

Er sprach eine halbe Stunde lang.

»Ogden«, sagte Dawson, als er mit seiner Erklärung fertig war, »bedeutet das nicht, daß die Macht über die Erde in unsern Händen liegen wird?«

Die schwarzen Augen lächelten.

3. Kapitel

Samstag, der 13. August 1977

Das Zimmer lag im zweiten Stock des Hauses. Paul Annendale stand vor der Kommode und legte sein Rasierzeug bereit. Von links nach rechts. Eine Dose Rasierschaum, eine Schale mit Rasierpinsel, ein Rasierapparat in einer Plastikhülle, Rasierklingen, ein Alaunstift, ein Fläschchen Preshave-Lotion, ein Fläschen After-shave-Lotion. Die Gegenstände lagen nebeneinander wie Artikel, die in einem Werbespot angepriesen wurden. Gleich würde sich die Dose Schaum in Bewegung setzen, dann der Pinsel in der Schale und so fort. Der Tanz konnte beginnen.

Paul wandte sich von der Kommode ab und trat ans offene Fenster. In der Ferne waren die Berge zu sehen, grün und großartig, eingehüllt von den purpurnen Schatten der Wolken. Im Vorgebirge waren Gruppen von Ulmen und Tannen zu erkennen. Der kleine Ort lag im Tal. Das Rascheln der Birken auf der Hauptstraße war zu hören. Einige Leute waren zu sehen. Einheimische. Die Männer in kurzärmeligen Hemden, die Frauen im bunten Sommerkleid. Pauls Blick streifte das Reklameschild für *Edison's General Store*, dessen obere Kante bis an die Fensterbrüstung heranreichte.

Er trat einen Schritt zur Seite, um sich in der Fensterscheibe zu betrachten. Ein Mann mittlerer Größe, weder dünn noch dick. Volles, braunes Haar, kurzgeschnitten. Die Art von Haarschnitt, wie sie die jungen Männer heutzutage trugen. Ihm stand das. Seine Augen waren blau, als seien sie aus einem Hollywood-Himmelszelt ausgeschnitten worden. Es gab einen bitteren Zug um den Mund. Verlust, Entsagung, Niederlage. Das Gesicht war schlank, oval, fast das Antlitz eines Aristokraten. Aber die Haut war von gesunder Farbe, war gebräunt. Ein Mann, der keinen Hochmut kannte. Jemand, der sich in eleganter Umgebung wohl fühlte und in einer Hafenbar.

Er trug Bluejeans, ein hellblaues Arbeitshemd und Stiefel. Trotzdem sah er sorgfältig gekleidet aus. Fast formell. Die Ärmelaufschläge seines Hemds waren penibel gebügelt, der offene Kragen sah gestärkt aus. Die Gürtelschnalle blitzte, als sei sie ausgiebig gewienert worden. Das Hemd war ein Maßhemd, und die Jeans waren auf Maß gearbeitet.

Paul Annendale war ein sehr ordentlicher Mensch. Schon in früher Jugend war er von den Freunden damit aufgezogen worden. Paul war der Junge, der nach dem Spielen sein Spielzeug aufräumte. In seinem Zimmer sah es sauberer aus als im Rest des Hauses.

Vor drei Jahren war seine Frau gestorben. Annie. Sie hatte ihn mit den beiden Kindern in einer Einsamkeit zurückgelassen, die Paul nicht verstand. Aus irgendeinem Grunde suchte er die Sache durch gesteigerte Ordnungsliebe auszubügeln. Es war an einem Mittwochnachmittag, und Paul Annendale befand sich in seiner tierärztlichen Praxis, als er erkannte, daß seine Ordnungsliebe in Wirklichkeit ein Ventil war. Eine Flucht aus der Wirklichkeit. Zum siebentenmal innerhalb von zwei Stunden hatte er den Schrank mit den Instrumenten aufgeräumt. Er brach in Tränen aus. Zehn Monate waren vergangen seit Annies Tod. Es war das erste Mal, daß er sich gehen ließ. Er hatte seinen Gram vor den Kindern verheimlicht. Aber jetzt weinte er, er schluchzte und wand sich in den Schmerzen, die der Tod ihm zugefügt hatte. Er war ein Mann, dem nie ein Fluch über die Lippen kam, aber jetzt fluchte er. Er verfluchte Gott und die Welt.

Nach jenem Gefühlsausbruch war die Ordnungsliebe auf ein annähernd normales Maß zurückgegangen. Nach wie vor gab es Leute, die an Pauls penibler Art Anstoß nahmen. Es gab andere, die sein Verhalten als liebenswürdige Eigenart empfanden.

Ein Klopfen an der Tür.

Er drehte sich um. »Herein.«

Rya kam herein. »Es ist sieben, Papa. Zeit zum Abendessen.«

Sie trug verwaschene Jeans und ein weißes T-Shirt. Das Haar fiel ihr bis auf die Schultern. Wie ihre Mutter, dachte er. Sie hat das dunkle, schöne Haar ihrer Mutter. Und jetzt hielt sie auch noch den Kopf schief, wie Annie es getan hatte, wenn sie seine Gedanken zu ergründen suchte.

»Ist Mark schon umgezogen?« fragte er.

»Mark war schon vor einer Stunde fertig«, sagte Rya fröhlich. »Er ist bei Sam in der Küche und versucht ihn am Kochen zu hindern, so gut es geht.«

»Dann müssen wir uns beeilen. Wie ich Mark kenne, wird er alles aufessen, bevor Sam es auftragen kann.«

Sie trat einen Schritt zurück und musterte ihn von oben bis unten. »Du siehst fantastisch aus, Paps.«

Er grinste und kniff seine Tochter in die Wange. Die Wortwahl amüsierte ihn. Fantastisch. Wenn Rya mit Mark sprach, sagte sie: Du siehst *super* aus. Er, der Vater, war ein Erwachsener, er mußte also mit dem Wortschatz der Erwachsenen angeredet werden. Er war fantastisch.

»Meinst du?«

»Jenny wird dir nicht widerstehen können, so wie du aussiehst, Paps.«

Er verzog das Gesicht zu einer Grimasse.

»Wirklich nicht.«

»Wie kommst du darauf, daß mir Jenny etwas bedeutet?«

Behandle mich nicht wie ein Kind, sagten ihre Augen. »Weil ich euch beide in Boston beobachtet habe. Du warst völlig verändert.«

»In Boston?«

»Als Jenny zu Besuch war, hast du überhaupt nicht mehr von neurotischen Pudeln und verzogenen Siamkatzen gesprochen.«

»Weil ich zu jener Zeit nur Elefanten und Giraffen behandelt habe.«

»Lüg nicht, Paps.«

»Und ein trächtiges Känguruh.«

Rya hatte auf der Bettkante Platz genommen. »Heirat oder nicht, das ist die Frage hier.«

»Ob ich das Känguruh heirate?«

Sie mußte lachen, weil er ihrer Frage auswich. »Ich weiß nicht, ob ich eine Känguruhmutti möchte«, sagte sie. »Ich würde sagen, du mußt selbst wissen, wer für dich die richtige Partnerin ist.«

»Was das Känguruh angeht, ich schwöre dir, ich war's nicht.«

»Du hast keinerlei romantische Gefühle für Känguruhs?«

»Nein.«

»Und für Jenny?«

»Es kommt nicht so sehr darauf an, ob ich Jenny mag. Viel wichtiger ist, mag sie mich?«

»Weißt du das denn nicht?«

»Nein.«

»Dann werde ich es für dich herausfinden.«

»Und wie willst du das anfangen?«

»Ich werde sie einfach fragen.«

»Und ich stehe da wie ein Bauerntölpel. Daraus wird nichts.«

»Ich werde die Frage sehr behutsam stellen, mach dir keine Sorgen, Paps.« Sie sprang auf und ging zur Tür. »Wir haben wenig Chancen, noch was zu essen zu bekommen, wenn wir jetzt nicht runtergehen.«

»Rya?«

»Ja?«

»Magst du Jenny?«

»Sehr.«

Seit sieben Jahren kamen die Annendales nach Black River, um hier Ferien zu machen. Beim ersten Besuch war Mark zwei Jahre alt gewesen und Rya vier. In den Jahren, die dem ersten Besuch folgten, blieben sie nicht im Ort. Paul hatte ein Zelt mitgebracht. Sie übernachteten in den Bergen, in der freien Natur. Paul wollte seinen Kindern beibringen, wie wichtig es war, im Einklang mit der Natur zu leben. Es waren jedesmal wunderschöne Ferien. Die Kinder freuten sich drauf.

Als Annie starb, hatte Paul zunächst den Entschluß gefaßt, für ein oder zwei Jahre auf das Ferienvergnügen zu verzichten. Rya hatte ihn eines Besseren belehrt. »Mutter ist nicht tot«, sagte sie. »Ich habe oft das Gefühl, daß sie noch im Haus ist. Sie wird auch bei uns sein, wenn wir in Black River durch die Wälder streifen. Wenn ich sie dort wiedersehe, wird sie wenigstens nicht so bleich sein wie zum Schluß. Sie wird braungebrannt sein und gesund. Wie früher, Paps.« Sie waren nach Black River gefahren, und die Entscheidung hatte sich als richtig erwiesen.

Beim ersten Besuch hatten Paul und Annie die Vorräte und *Edison's General Store* aufgestockt. Mark und Rya hatten den alten Mann sofort in ihr Herz geschlossen, und auch Paul und seine Frau konnten seinem Charme nicht lange widerstehen. Die Ferien hatten vier oder sechs Wochen gedauert. Zweimal war die Familie zum Abendessen bei den Edisons eingeladen gewesen. Im Jahr darauf hatte der Inhaber des General Store sie zum Übernachten eingeladen. Sie sollten sich erst einmal bei ihm ausschlafen, die Fahrt von Boston bis Black River sei schließlich ganz schön anstrengend. Am nächsten Morgen war immer noch Zeit, in die Berge aufzubrechen. Das Ganze war dann zur angenehmen Routine geworden. Die erste Nacht in Black River schliefen die Annendales im Haus von Mr. Edison. Für Rya und Mark war der Alte der gütige Großvater.

Vor einem Jahr hatte Paul mit Jenny Freundschaft geschlossen. Natürlich hatte Sam ihnen schon lange vorher gesagt, daß er eine Tochter hatte. Die Tochter studierte Musik. Nach vollendetem Studium heiratete sie einen Musiker und zog mit ihm nach Kalifornien. Nach sieben Jahren war die Ehe kaputt. Sams Tochter war nach Black River zurückgekehrt, um über ihre Zukunft nachzudenken. Sam war stolz auf seine Tochter, aber er hatte ihnen nie ein Foto des Mädchens gezeigt, das war nicht sein Stil. Paul war fast das Herz stehengeblieben, als er Jenny im Laden erblickte. Sie stand hinter der Theke und sprach mit zwei Kindern, die Bonbons kaufen wollten.

Es war nicht Liebe auf den ersten Blick, es war mehr. Noch bevor Paul Liebe für Jenny in seinem Herzen spürte, fühlte er, daß sie die Richtige für ihn war. Sie war die Frau, auf die er sein ganzes Leben gewartet hatte. Auch Jenny spürte die Anziehung, vom ersten Tag an.

Paul dachte über diese Dinge nach, während er hinter seiner Tochter die Treppe hinunterging. Er wußte, was sie sagen würde, wenn er ihr gestand, was er für Jenny fühlte. »Warum bist du eigentlich noch nicht mit ihr verheiratet, Paps?« Wenn das alles so einfach wäre!

Das Essen war beendet. Sam und die Kinder spülten das Geschirr. Paul und Jenny hatten sich in das gemütliche, kleine Wohnzimmer verfügt. Sie hatten sich auf das Sofa gesetzt. Er schlang den Arm um sie, aber sie entzog sich ihm. Vielleicht schämt sie sich, dachte er. Vielleicht hat sie Angst, daß Mark und Rya hereinplatzen.

»Laß uns noch etwas rausfahren«, schlug er vor.

»Ich weiß nicht.«

Er stand auf. »Komm doch, ein bißchen frische Luft tut dir gut.«

Es war kühl draußen. Sie bestiegen den Wagen.

»Stellst du die Heizung an?« bat sie.

»Komm in meine Arme, ich wärme dich.« Er strahlte sie an. »Wo geht's bitte hin?«

»Wir könnten nach Bexford fahren, da kenne ich eine kleine Bar.«

»Wir wollten doch nirgendwo hingehen, wo wir uns anstecken können.«

»In Bexford gibt's keine Grippekranken.«

»Wieso eigentlich nicht? Es liegt doch gar nicht so weit von Black River.«

»Ich weiß es nicht, es ist nun mal so.«

Er legte den Gang ein und lenkte das Fahrzeug auf die Straße. »Einverstanden. Eine kleine Bar in Bexford.«

Sie saß an ihn gelehnt. Sie hatte einen kanadischen Sender eingestellt. Swing der vierziger Jahre.

Es war eine schöne Fahrt. Sie waren wie in einem kühlen, dunkelgrünen Tunnel. Nur du und ich, dachte Paul. Ein angenehmer Gedanke.

Sie war schön wie die Nacht. Sie war schlank, aber ihre Ausstrahlung schien den Wagen auszufüllen. Ihre Züge waren entspannt. So schön. Viel attraktiver als die Modemädchen in *Vogue*. Volle, weiche Lippen, die zu den Klängen von Benny Goodman summten. Als sie sich zurücklehnte, streiften ihre Haare seine Wange. Ihr kühler, sauberer Duft stieg zu ihm auf.

Sie waren in Bexford angekommen. Er hatte eine Parklücke gegenüber der kleinen Bar gefunden. Er zog den Zündschlüssel ab.

Sie lehnte sich zu ihm und gab ihm einen schwesterlichen Kuß. »Du bist lieb.«

»Warum bin ich lieb?«

»Weil du auf der ganzen Fahrt nichts gesagt hast. Du hast mich träumen lassen.«

Er lächelte. »Wir verstehen uns ohne Worte, wußtest du das nicht?«

»Doch, das ist mir auch schon aufgefallen.«

»Aber du sagst das so, als sei das selbstverständlich.«

»Ich find's *nicht* selbstverständlich.«

»Jenny, wir beide...«

»Ich möchte nicht, daß wir über irgendwas Ernstes sprechen«, sagte sie und legte ihm einen Finger auf den Mund.

»Ich finde schon, wir sollten miteinander auch einmal über ernste Dinge sprechen.«

»Nein«, sagte sie, »das möchte ich nicht. Und weil du so lieb bist, wirst du tun, was ich sage.« Sie gab ihm einen Kuß und stieg aus.

Es war ein Lokal mit vierzehn Tischen in der Mitte des Raumes und einer Reihe von Nischen an der Wand zur Linken. Countrymusik aus einem Musikautomaten. Der Barkeeper stand vorgelehnt und unterhielt sich mit den Gästen. Er sprach wie W. C. Fields auf einem Ausflug ins Grüne. Vier Männer saßen an der Bar. Die letzte Nische war frei.

Sie setzten sich.

Der Wodka-Martini für Jenny war serviert worden und der Scotch für Paul.

»Warum kommst du nicht auf ein paar Tage ins Zelt?« sagte Paul. »Ich habe einen Schlafsack für dich mitgebracht.«

»Gerne«, sagte sie.

»Wann?«

»Vielleicht nächste Woche.«

»Ich werd's gleich morgen früh den Kindern sagen, daß du's mir versprochen hast. Die machen dir die Hölle heiß, falls du es dir anders überlegst.«

Sie lachte. »Scheint, die beiden mögen mich.«

»So könnte man's sagen.«

Jenny nahm einen Schluck von ihrem Glas. »Weißt du, was mich Rya gefragt hat, als sie mir beim Kaffeemachen half?«

»Nein.«

»Sie hat mich gefragt, ob ich meinen ersten Ehemann zum Teufel gejagt habe, weil er ein schlechter Liebhaber war.«

»Das ist ja wohl nicht dein Ernst.«

»So wie ich's sage, Paul.«

»Das Mädchen ist erst elf. Manchmal denke ich... Ich meine, ich frage mich, ob...«

»Reinkarnation?«

»Vielleicht. In diesem Leben ist sie natürlich erst sieben Jahre alt. Aber vielleicht ist sie in ihrem vorherigen Leben siebzig Jahre alt geworden. Was hast du ihr eigentlich geantwortet?«

Jenny seufzte. »Ich habe ihr gesagt, es geht sie überhaupt nichts an, ob mein Mann ein schlechter Liebhaber war oder nicht. Sie hat mich dann gebeten, ich soll nicht böse sein mit ihr, sie sei nun einmal ein kleines Mädchen, das eine Menge Fragen hat, sie sei ganz einfach neugierig auf das Erwachsenenleben, auf die Liebe und die Ehe.«

Er grinste. »Ich kann dir sagen, wie's weitergeht. *Ich bin allein in dieser Welt. Niemand kümmert sich um mich. Niemand sagt mir, was ich wissen möchte. Ich bin in der Pubertät. Ich bin ein Spielball meiner Gefühle.*«

»Dann hat sie den Trick mit dir wohl auch schon versucht.«

»Sehr oft.«

»Und du bist drauf reingefallen?«

»Jeder fällt drauf rein.«

»Sie hat mir so leid getan, Paul. Sie hatte tausend Fragen...«

»Natürlich alles Fragen, die mit der Liebe zwischen Mann und Frau zu tun haben.«

Jenny fuhr sich über die Stirn, ihr Haar schwang zur Seite. »Jedenfalls habe ich alle ihre Fragen beantwortet. Zum Schluß habe ich dann herausgefunden, daß sie mich das alles nur gefragt hat, weil sie mir von dir und deiner verstorbenen Frau erzählen wollte.«

»Von Annie?«

»Von Annie. Sie sagte, ihre Mutter hat ihr verraten, du bist ein fantastischer Liebhaber.«

Paul schüttelte den Kopf.

»Ich habe ihr dann gesagt, ich kann mir gar nicht vorstellen, daß deine Mutter so etwas gesagt haben soll. Wie alt sie denn damals war, habe ich sie gefragt. Und sie hat gesagt, sechs, sie war sechs, aber sie sei eben damals schon frühreif gewesen.«

Er mußte lachen. »Du solltest ihr das nicht übelnehmen«, sagte er nach einer Weile. »Sie veranstaltet das alles doch nur, weil sie dich lieb hat. Sie mag dich, Mark mag dich, und ich mag dich auch.«

Sie starrte in ihr Glas. »Hast du in der letzten Zeit ein gutes Buch gelesen?«

Er trank von seinem Scotch. »Ich weiß, ich bin ein lieber

Mensch, und deshalb muß ich jetzt sofort das Thema wechseln.«

Sie ließ ihn ihre Brüste spüren. »Erraten.«

Jenny Leigh Edison haßte den Gedanken an eine neue Heirat. Sie war nicht das, was man eine Romantikerin nennen konnte. Als sie ihre erste Ehe schloß, war sie auf einen Mann gestoßen, der weder lernen noch arbeiten wollte, zugleich aber Anspruch auf Ruhm und ein hohes Einkommen erhob. Die Jahre verstrichen, ohne daß es ihm gelungen wäre, die Wirklichkeit mit diesem Anspruch in Übereinstimmung zu bringen. Er fand einen Schuldigen für seine Mißerfolge. Seine Frau. Sie war schuld, daß er keine richtige Band zusammenbekam. Sie war schuld, daß er keinen Vertrag bei einer Plattenfirma bekam. Sie war ein Klotz an seinem Bein. Sieben Jahre lebten sie von dem, was Jenny als Barpianistin verdiente. Eines Tages machte sie den Vorschlag, es sei besser auseinanderzugehen. Er beschuldigte sie, sie wolle ihn im Stich lassen. Er drohte ihr, er würde ihr den Hals durchschneiden, wenn sie ihr Vorhaben wahrmachte. Sie reichte die Scheidung ein. Die Scheidung wurde ausgesprochen. »Liebe genügt nicht für die Ehe«, sagte sie, als sie mit Paul über jene Jahre sprach. »Es gehört mehr dazu. Vielleicht Achtung voreinander, ich bin nicht sicher. Ich werd's herausfinden, Paul. Solange ich es nicht weiß, kriegen mich keine zehn Pferde wieder vor den Traualtar.«

Er hatte das Thema gewechselt. Sie sprachen über Glenn Miller und seine Musik, als Bob und Emma Throp aufkreuzten.

»Hello«, sagte Bob, und Emma grinste. Sie standen vor der Nische.

Bob Thorp war der Polizeichef von Black River, ihm unterstanden vier Beamte. Normalerweise hätte für einen Ort von dieser Größe ein einziger Beamter genügt. Aber da gab es das Holzfällercamp, das zum Sägewerk der Big Union gehörte. Die Männer kamen in die Ortschaft, da brauchte man schon ein paar Beamte mehr, die für Ordnung sorgten. Das Sägewerk zahlte die Beamten. Bob war ein vierschrötiger Mann, über sechs Fuß groß, mit niedriger Stirn und tiefliegenden

Augen. Bob wog 200 Pfund. In der Armee war er Militärpolizist gewesen. Er sah gefährlich aus. Gefährlich und dumm. Aber dumm war er nicht. Bob schrieb eine amüsante Spalte für das Wochenblatt, das in Black River herauskam, eine Spalte, die genausogut in irgendeiner größeren Zeitung hätte stehen können.

Emma Thorp war 35, sie war die schönste Frau von Black River, blond, mit grünen Augen und von einer erotischen Ausstrahlung, die ihr – das war jetzt zehn Jahre her – zu einer Placierung im Schönheitswettbewerb für Miß USA verholfen hatte. Sie war die einzige Persönlichkeit des kleinen Ortes, die je über einen Kreis von zwanzig oder dreißig Kilometern hinaus bekannt geworden war. Der Sohn des Paares war in Marks Alter. Die beiden waren Freunde, Jeremy durfte jedesmal, wenn die Annendales zum Urlaub anrückten, zwei oder drei Tage im Zelt schlafen. Mark mochte Jeremy.

»Ferien?« fragte Bob.

»Wir sind gerade erst angekommen.«

»Wir würden Sie bitten, sich etwas zu uns zu setzen«, sagte Jenny, »aber Paul hat Angst, daß er mit der Grippe angesteckt wird. Wenn er's erst einmal hat, kriegen es die Kinder ganz bestimmt.«

»Verstehe«, sagte Bob. »Aber das ist nichts Ernstes. Keine richtige Grippe, wenn Sie mich fragen. Nur Schüttelfrost. Nächtlicher Schüttelfrost.«

»Mir setzt die Krankheit aber ganz schön zu«, sagte Emma. »Ich kann nicht richtig schlafen, nicht einmal am Tage. Ich bin heute nachmittag etwas eingenickt und mit Schüttelfrost wieder aufgewacht.«

»Sie sehen beide ganz gesund aus«, sagte Paul.

»Ich sage Ihnen ja, es ist nichts Ernstes«, meinte Bob. »Schüttelfrost, weiter nichts. Meine Großmutter hat schon darunter gelitten.«

»Deine Großmutter hat unter allen Krankheiten gelitten, die in ihrem Hausarztbuch standen«, sagte Emma. »Schüttelfrost, Rheumatismus, Wechselfieber, Wallungen...«

Paul mußte lachen. »Was soll's. Kommen Sie, setzen Sie sich zu uns. Ich geb' einen aus.«

Bob warf einen raschen Blick auf die Uhr. »Danke, aber das

geht jetzt nicht. Hier wird jeden Samstagabend Poker gespielt, in einem Hinterzimmer. Wir werden erwartet, Emma und ich.«

»Sie spielen Poker, Emma?« fragte Jenny ungläubig.

»Besser als Bob«, sagte Emma. »Letztes Mal hat er fünfzehn Dollar verloren, und ich habe zweiunddreißig Dollar gewonnen.«

Ein Grinsen erschien auf Bobs Gesicht. »Jetzt sag auch dazu, woran das liegt. Wenn du mitspielst, achten die Männer nicht mehr auf ihre Karten, sondern auf etwas anderes.«

Emma ließ die Fingerspitzen über ihren Ausschnitt gleiten. »Bluffen gehört zum Poker. Wenn die Idioten auf meine Tittis schielen anstatt auf ihre Karten, dann spielen sie eben schlechter Poker als ich.«

Sie hatten Bexford hinter sich gelassen und waren auf dem Weg nach Hause. Sie waren fünfzehn Kilometer gefahren, als Paul auf einen Rastplatz einbog.

»Halt bitte nicht an«, bat Jenny.

»Warum nicht?«

»Weil ich dich liebe.«

Er sah sie unschlüssig an. »Und du findest, das ist ein Grund, nicht anzuhalten?«

Sie vermied es, ihn anzusehen. »Ich mag dich, Paul, aber ich weiß auch, du bist nicht die Art von Mann, die sich mit Sex zufriedengibt. Du willst mehr, und auf mehr bin ich nicht vorbereitet.«

Er umfaßte sie mit einer zärtlichen Geste und drehte ihr Kinn so, daß sie ihn ansah. »Ich erinnere mich an unsere Gespräche in Boston. Du warst zunächst ganz unsicher, was aus uns beiden werden sollte. Zum Schluß hast du mir dann gesagt, wir sollten zusammenbleiben, du brauchst nur noch etwas Zeit für eine endgültige Entscheidung über die Form, wie das geschehen kann.« Es war beim letzten Weihnachtsfest gewesen. Paul hatte ihr einen Heiratsantrag gemacht. Jenny hatte weder ja noch nein gesagt. Seitdem versuchte er sie davon zu überzeugen, daß sie füreinander geschaffen waren. »Und jetzt ist wieder alles ganz anders.«

Sie küßte seine Hand. »Ich brauche Zeit.«

»Ich bin anders als dein erster Mann, Jenny.«

»Das weiß ich. Du bist...«

»Lieb?«

Sie schwieg.

»Ich brauche noch etwas Zeit«, sagte sie nach einer Weile.

»Wie lange?«

»Ich weiß es nicht.«

Er sah ihr prüfend in die Augen. Dann legte er den Gang ein und bog wieder auf die Straße ein.

Er hatte das Radio eingeschaltet. Ein paar Minuten verstrichen.

»Bist du mir böse?« fragte sie.

»Nein. Ich bin nur etwas enttäuscht.«

»Ich verstehe nicht, wie du so sicher sein kannst«, sagte sie. »Du solltest mehr Vorsicht walten lassen.«

»Ich weiß, daß ich dich liebe«, sagte er. »Das genügt mir.«

»Und das ist dein Fehler«, sagte sie. »Macht es dich denn gar nicht nachdenklich, daß ich deiner verstorbenen Frau sehr ähnlich sehe? Wir sind gleich groß, haben die gleiche Figur, die gleiche Haarfarbe, die gleichen Augen. Ich habe Fotos von ihr gesehen.«

Was sie sagte, machte ihn verlegen. »Glaubst du etwa, ich liebe dich nur, weil du ihr ähnlich siehst?«

»Du hast sie sehr geliebt, habe ich recht?«

»Das hat nichts mit dir zu tun. Ich liebe dunkelhaarige, sinnliche Frauen.«

»Mag sein.«

»Verdammt noch mal, ich verstehe gar nicht, was du da hineingeheimnissen willst. Ich liebe dich, weil du Jenny bist, nicht weil du irgend jemandem ähnlich siehst oder nicht ähnlich siehst.«

Schweigend glitten sie dahin, nur der Motor und das Rauschen der Reifen auf dem Asphalt war zu hören.

In den Büschen leuchteten Augen auf. Rotwild. Paul sah in den Rückspiegel. Wie graziöse Geistwesen überquerten die Rehe den Fahrstreifen.

»Du bist sicher, wir sind füreinander geschaffen«, sagte Jenny. »Vielleicht sind wir das auch. Aber wir müssen noch etwas abwarten. Bisher haben wir nur Angenehmes miteinander erlebt. Die Schokoladenseite, verstehst du. In einer Ehe muß man zusammenhalten, auch wenn's schwierig wird. Weißt du, in der ersten Zeit ist mit meinem Mann auch alles gut gelaufen. Erst zum Schluß sind wir uns dann in die Haare geraten.« Sie streichelte seine Stirn. »Wie könnte ich meine Zukunft auf einem Fundament aufbauen, das überhaupt noch nicht belastet worden ist?«

»Wie stellst du dir das vor? Soll ich Gott bitten, daß er uns eine Krankheit schickt oder den finanziellen Ruin?«

Sie schmiegte sich an ih. »Du läßt mich ganz schön spüren, wie dumm ich bin.«

»Du bist nicht dumm, und es ist nicht meine Absicht, dich etwas in der Art spüren zu lassen.«

»Ich weiß.«

Er bog in den Parkplatz am General Store ein. Sie gab ihm einen Gutenachtkuß.

Jeder ging auf sein Zimmer.

Sie lagen lange wach in jener Nacht. Allein.

4. Kapitel

28 Monate vorher – Samstag, der 12. April 1975

Der Hubschrauber, ein luxuriös ausgestatteter Bell Jet-Ranger II, hat eine große Schleife über dem Strip von Las Vegas beschrieben. Sekundenlang schwebte er über dem roten Landekreuz auf dem Dach des *Fortunata Hotel*, dann setzten die Kufen auf.

Als das Surren der Rotoren verklungen war, öffnete Ogden Salsbury die Tür und trat auf das Dach des Hotels. Es war alles ein wenig verwirrend. Die Kabine des Jet-Ranger war angenehm kühl gewesen, jetzt umgab Ogden der Gluthauch Nevadas. Aus Lautsprechern, die auf mannshohe Masten aufgeschraubt waren, tönte eine LP von Frank Sinatra. Das Sonnenlicht brach sich im Wasser des Dachgartenpools, und Salsbury mußte die Augen zusammenkneifen, obwohl er eine Sonnenbrille trug. Mit tapsigen Schritten ging er auf den Pool zu. Aus irgendeinem Grund hatte er erwartet, den Boden des Dachgartens würde ebenso vibrieren wieder Fußboden im Hubschrauber. Er geriet ins Schwanken, und dann wurde ihm auf einmal klar, daß er sich wieder auf festem Boden befand.

Der Swimmingpool und das mit Glaswänden verblendete Sportgelände auf dem Dachgarten waren Teil der Präsidentensuite des Fortunata Hotel. Nur zwei Gäste benutzten den übergroßen Pool, zwei junge, hübsche Frauen von üppig-sinnlicher Ausstrahlung. Sie trugen die gleichen knappen Bikinis, saßen am Rand des Beckens und ließen die Beine baumeln. Hinter ihnen, am Beckenrand, kniete ein stämmiger Mann. Weißes Hemd, graue Hosen. Die drei unterhielten sich. Hätte Ogden die Szene mit einem einzigen Wort beschreiben müssen, ihm wäre nur die Bezeichnung ›lässig‹ eingefallen. Die drei dort hatten jene Lässigkeit, die dem Menschen durch die ungehinderte Verfügung über Geld zu eigen wird. Die Ankunft des Hubschraubers schienen sie nicht bemerkt zu haben.

Salsbury überquerte den Dachgarten und blieb vor der Gruppe stehen.

»Sind Sie General Klinger?«

Der Mann maß ihn mit einem prüfenden Blick. Er sagte nichts. Die blonde Frau hatte begonnen, die Dunkelhaarige mit einer Lotion einzuschmieren. Die Hände glitten über die Schultern, den Rücken, über die Hüften und dann über die Schenkel. Die beiden waren mehr als nur Freundinnen.

»Ich bin Salsbury.«

Klinger stand auf, aber er gab ihm nicht die Hand. »Ich hole den Koffer.« Salsbury sah ihm nach, wie er auf das verglaste Geviert zuging.

Er starrte die Frauen an. Die beiden hatten die längsten, die schönsten Beine, die er je gesehen hatte. Er räusperte sich. »Sie... kommen vermutlich aus dem Showbusineß.«

Die Frauen würdigten ihn keines Blickes. Die Blonde hatte ihre linke Hand mit Lotion gefüllt, sie begann die Brüste der Dunkelhaarigen einzureiben. Salsbury sah, wie sich ihre langen Finger unter das Oberteil des weißen Bikinis schoben, die Knöchel begannen unter dem dünnen Stoff zu kreisen.

Salsbury kam sich wie der Hofnarr vor, der bei der Toilette

der feinen Damen zusehen durfte. Immer wenn er sich in Gesellschaft schöner Frauen befand, kam er sich wie ein Narr vor. Er war sicher, die beiden machten sich über ihn lustig. Diese verkommenen Flittchen! Eines Tages werdet ihr tun, was ich sage. Ihr werdet es genießen, meine Befehle auszuführen, ganz einfach, weil ich es bin, der euch diese Befehle gibt.

Klinger war wieder da. Er hatte sich umgezogen. Er hielt einen Koffer in der Hand. Er sah aus wie ein Gorilla, der für den Zirkus einen Anzug verpaßt bekommen hatte.

Sie kletterten in den Hubschrauber. Als die Maschine vom Dach abhob, drückte der Mann, den Salsbury mit General Klinger angesprochen hatte, den Kopf an die Scheibe und seufzte. Auf dem schimmernden Grau des Beckenrandes waren die beiden Leiber der Frauen zu erkennen. »Ihr Boß weiß, wie man einem Gast die Langeweile vertreibt.«

Salsbury kniff die Augen zusammen. »Mein Boß?«

»Dawson«, sagte Klinger. Er zog eine lange, schmale Zigarre aus dem Paket und entzündete sie, ohne Salsbury das Paket anzubieten. »Wie haben Ihnen Crystal und Daisy gefallen?«

Salsbury nahm die Sonnenbrille ab. »Wie bitte?«

»Crystal und Daisy, die beiden Mädchen.«

»Hübsch. Wirklich hübsch.«

Klinger blies einen blauen Kringel in die Luft. »Die beiden können was.« Er schmunzelte. »Sie wären erstaunt, wenn Sie die beiden *in action* erlebten.«

»Ich hatte zunächst den Eindruck, es wären Tänzerinnen.«

Klinger sah ihn an, als hätte er die Charta der Vereinten Nationen zitiert. »Tänzerinnen, so kann man's auch nennen. Die beiden tanzen sich die Muschi heiß, in der Mitternachtsshow des Hotels. Sobald sie da fertig waren, sind sie wieder in meine Suite gekommen. Sie wollten mir zeigen, daß sie nicht nur tanzen können.«

Salsbury war ins Schwitzen geraten, obwohl die Aircondition im Jet-Ranger die Luft auf Eiseskälte herunterkühlte. Frauen. Wie er sie liebte! Und wie er sie fürchtete! Für Dawson mochte das Projekt Reichtum bedeuten, für Klinger Macht. Für Salsbury bedeutete es Sex. Er würde Sex haben mit den Frauen, die er sich aussuchte, so oft, wie er es sich wünschte, auf die Art und Weise, die er bevorzugte.

»Sie hätten die beiden wohl gern im Bett«, sagte Klinger. »Sie würden es den beiden am liebsten so besorgen, daß ihnen Hören und Sehen vergeht. Habe ich recht?«

»Natürlich.«

»Sie sollten die beiden nicht unterschätzen«, sagte Klinger. Er lachte. »Man braucht schon etwas Standkraft, um mit denen fertig zu werden. Glauben Sie wirklich, Sie würden Crystal *und* Daisy verkraften?«

»Ich könnt's versuchen.«

Klingers Lachen kam volltönend und herzlich.

Salsbury haßte ihn für dieses Lachen.

Ein Hausierer, dachte er. Ein Krämer. Ein Vertreter, der Geschäfte einfädelt. Klinger war der Mann, der für Futurex International die Aufträge vom Pentagon besorgte. Seine Bezahlung bestand in den Luxuswochenenden, die Dawson ihm finanzierte, und in Provisionen, die auf ein Schweizer Konto gezahlt wurden. Es gab ein Detail, das nach Salsburys Erfahrungen nicht mit der Philosophie eines Leonard Dawson in Übereinstimmung zu bringen war. Die Mädchen.

»Zahlt Dawson die Sache mit den Mädchen?« fragte er.

»Ich weiß nicht, wer die Mädchen bezahlt«, sagte Klinger. »Ich jedenfalls nicht. Wahrscheinlich das Hotel. Es gehört zu einer von Dawsons Hotelketten.« Er schmunzelte. »Dawson tut immer so, als hätte er keine Ahnung von den Mädchen. Wenn er mit mir diese Wochenenden durchspricht, dann hält er die Fiktion aufrecht, ich hätte die ganze Zeit nichts anderes getan als im Pool herumgeplanscht und ein paar gute Bücher gelesen.« Er sog an seiner Zigarre. »Leonard ist ein richtiger Puritaner, aber er hält Geschäft und Privatleben auseinander, das ist das Gute an ihm. Ihr Boß ist ein Mann von ganz besonderem Zuschnitt.«

»Dawson ist nicht mein Boß«, sagte Salsbury.

Klinger zeigte keine Reaktion.

»Leonard und ich sind Partner«, sagte Salsbury.

Klinger sah ihn kopfschüttelnd an. »Partner sind Sie.«

»Ganz recht.« Ihre Blicke trafen sich, und es war Salsbury, der zuerst wegsah.

»Partner sind Sie«, wiederholte Klinger. Er glaubte ihm kein Wort.

Und doch sind wir Partner, dachte Salsbury. Dawson besitzt diesen Hubschrauber, er besitzt das Fortunata Hotel, die beiden Mädchen und einen korrupten General. Aber mich wird er nie besitzen. Nie.

Der Hubschrauber was auf Las Vegas Airport niedergegangen, nur dreißig Schritte von einer schimmernd weißen Düsenmaschine entfernt. Auf dem Rumpf prangte in roten Lettern die Aufschrift FUTUREX INTERNATIONAL.

Der Flug mit dem Grumman Gulf Stream Jet startete fünfzehn Minuten später. Der Pilot nahm Kurs auf einen privaten Landeplatz am Lake Tahoe.

Klinger löste den Verschluß seines Gurtes. »Ich warte auf Ihr Briefing.«

Es war die Frage, auf die Salsbury gewartet hatte. Er nickte. »Wir haben zwei Stunden für die Sache«, sagte er und hob den Aktenkoffer auf. Er legte den Aktenkoffer auf seine Knie. »Haben Sie schon mal was von Unterschwelliger Werbung gehört?« begann er.

Klingers Interesse hielt sich in Grenzen. »Bevor Sie richtig losgehen, hätte ich gern einen Scotch mit Eis.«

»Wir haben eine Bordbar.«

»Sehr schön.«

»Dort.« Salsbury deutete über die Schulter.

»Mein Glas bitte mit vier Eiswürfeln. Ein großes Glas.«

Salsbury starrte ihn an, und dann verstand er. Generäle holten sich ihren Drink nicht selber. Ich werde mich nicht einschüchtern lassen, dachte er, aber dann sah er sich gegen seinen Willen aufstehen und zur Bordbar gehen. Er kehrte mit einem Glas Scotch und Eiswürfeln zurück. Klinger nahm das Glas, ohne ihm zu danken.

»Und Sie sagten, Sie und Leonard sind Partner?«

Er hatte ihn auf die Probe gestellt, und Salsbury hatte die Probe verpatzt.

Ob es richtig war, daß er sich mit Dawson und Klinger eingelassen hatte? War das nicht so, als träte ein Fliegengewicht gegen ein Schwergewicht an? Sie werden mich k. o. schlagen, ehe ich weiß, wie mir passiert, dachte er.

Dann verdrängte er den Gedanken. Er brauchte Dawson und den General, wenn er die Ergebnisse seiner Forschungsarbeit der Regierung vorenthalten wollte. Er hatte keine andere Wahl. Er würde aufpassen müssen. Hieß es nicht, man konnte sogar mit dem Teufel schlafen, wenn man nur nicht vergaß, eine geladene Pistole unters Kopfkissen zu legen?

Pine House bestand aus 25 Räumen. Der Blick ging über den Lake Tahoe in Nevada. Das Haus war lang und breit, bis zum Plan für die Kanalisation, in *House Beautiful* abgebildet worden, und der Architekt hatte mit dem Bau zwei Architekturpreise gewonnen. Das parkartige Grundstück war 20000 Quadratmeter groß, es lag am Ufer des Sees und war mit etwa 100 hohen Fichten bestanden. Es war ein moderner Bau. Der Sockel war fensterlos, die einzelnen Stockwerke lagen als konzentrische Ringe um eine komplizierte Achse. Eines der Stockwerke war mit dem Anlegesteg für die Motorjacht verbunden. Vom Wohnzimmer aus ging der Blick durch das vier Meter breite Fenster auf See und Berge. Das mit Schiefer gedeckte Kathedralendach wurde von einer messerscharfen, 2,40 Meter hohen Spitze gekrönt.

Beim erstenmal hatte Salsbury das Haus für eines jener Gotteshäuser gehalten, die wohlhabende Kirchen für ihre Gläubigen errichteten. Er hatte das Leonhard auch gesagt, und der hatte die Bemerkung als Kompliment vereinnahmt. Inzwischen war Ogden klargeworden, daß die Ähnlichkeiten mit einer Kathedrale nicht zufällig waren, sie entsprangen den Wünschen des Bauherrn. Das Haus sollte ein Denkmal des Reichtums und der Macht sein.

Pine House hatte eineinhalb Millionen Dollar gekostet, den Preis für den Grund mit eingerechnet. Es war eine der acht Wohnungen, die Dawson und seine Frau in den Vereinigten Staaten, auf Jamaika, in England und auf dem europäischen Kontinent unterhielten.

Sie hatten gegessen und nahmen in der Sesselgruppe vor dem Aussichtsfenster Platz. Die Sonne sank in den See. Morgens war das Wasser grün, mittags blau, jetzt war es schwarz.

Zehn Minuten vergingen. Die Männer sprachen über das Essen, das sie zu sich genommen hatten.

Dann legte Dawson dem General die Hand auf die Schulter. »Ernst, was hältst du von den Techniken, die bei Unterschwelliger Werbung Verwendung finden?«

Der General war auf die Frage gefaßt. »Faszinierend«, sagte er knapp.

»Du hast keinerlei Vorbehalte?«

»Daß so etwas funktioniert? Aber nein, dein Angestellter hat das ja schon ausführlich dargelegt. Ich weiß nur nicht, was ich bei der ganzen Sache soll.«

Dawson nahm einen Schluck, dann machte er Salsbury ein Handzeichen. Der stellte sein Glas auf den Tisch zurück. Er war beleidigt, weil Klinger ihn als Angestellten, als Handlanger also, bezeichnet hatte. Er war zugleich beleidigt, weil Dawson seinem Freund deswegen nicht über den Mund gefahren war. Er beschloß, beim Gespräch mit Klinger die Anrede ›General‹ zu vermeiden. Er würde ihn vertraulich anreden, von Mann zu Mann. »Ernst«, sagte er, »wir haben uns zwar erst heute morgen kennengelernt, aber ich bin überzeugt, Sie haben sich bereits informiert, wo ich arbeite.«

»Sie leiten das Brockert-Institut«, sagte Klinger wie aus der Pistole geschossen.

General Ernst Klinger leitete eine wichtige Abteilung im Pentagon. Eine Abteilung, die für Waffentechnik und die neueste Forschung auf diesem Gebiet zuständig war. Geographisch deckte Klingers Zuständigkeit die Staaten Ohio, West-Virginia, Virginia, Maryland und Delaware ab, außerdem Pennsylvania, New Jersey, New York, Connecticut, Massachusetts, Rhode Island, Vermont, New Hampshire und Maine. Es gab elektronische und andere Überwachungssysteme in den Laboratorien, Fabriken und auf den Testgeländen, wo Waffen erforscht, hergestellt und getestet wurden, und diese Systeme waren die Augen und Ohren der Männer, die Klinger unterstellt waren. Die Firmengruppe Creativ Development Associates, die zu Dawsons Imperium gehörte, besaß eine Reihe von Forschungslaboratorien, die sich mit neuen Waffentechniken beschäftigten, das Brockert-Institut, das Klinger erwähnt hatte, gehörte dazu. Es lag im Staate Connecticut, und damit fiel es in den Bereich des Generals. Salsbury wäre erstaunt gewesen, wenn Klinger nicht bereits alle möglichen Erkundigungen über ihn eingezogen hatte.

»Wissen Sie eigentlich, mit welchem Forschungsprojekten wir uns im Brockert-Institut befassen?« warf Salsbury hin. Seine Frage war an den General gerichtet.

»Ich bin für die Überwachung der Forschungsstätten zuständig, für den Bereich Sicherheit, nicht für die Projekte«, sagte Klinger. »Ich kenne den Lebenslauf der Leute, die in den Laboratorien arbeiten, die Anordnung der Räume, das Gelände, wo die Gebäude stehen. Mehr interessiert mich nicht.«

»Wir arbeiten im Bereich der Unterschwelligen Botschaften«, sagte Salsbury.

Klinger hatte gerade einen Zug genommen, er verschluckte sich. »Wenn ich richtig informiert bin, Salsbury, dann haben Sie sich der Regierung gegenüber zu absolutem Stillschweigen über das Projekt verpflichtet.«

»So ist es.«

»Sie sind gerade straffällig geworden.«

»Das weiß ich.«

»Wissen Sie auch, welche Strafe auf Hochverrat steht?«

»Auch das weiß ich, aber ich werde nicht in die Verlegenheit kommen, des Hochverrats angeklagt zu werden.«

»Sie sind sich Ihrer Sache sehr sicher, wie?«

»Verdammt sicher«, sagte Salsbury.

»Es spielt für solch eine Anklage keine Rolle, daß Sie die Ihnen anvertrauten militärischen Geheimnisse an einen General und an den Besitzer des Laboratoriums verraten haben. Verrat bleibt Verrat.«

Dawson lehnte sich vor. »Ich schlage vor, wir lassen Ogden zu Ende reden.«

»Und wenn es eine Falle ist?« sagte Klinger.

»Du meinst, er erzählt das alles nur, um dich reinzulegen?« Dawson schüttelte den Kopf. Er schien verletzt wegen der Unterstellung, daß er, der große Drahtzieher, zu einem solchen Vorhaben seine Zustimmung gegeben haben könnte.

»Das ist nicht die Art, wie ich Geschäfte mache«, sagte er. »Du solltest mich besser kennen. Alles, was ich tue, basiert auf den großen christlichen Grundwerten.«

»Ich habe keine Lust, eine Anklage wegen Hochverrats an den Hals zu bekommen«, sagte der General störrisch.

Etwas wie Ungeduld und Verwunderung hatte sich Dawsons bemächtigt. »Ernst, wir haben doch schon viel Geld miteinander verdient, hast du das vergessen? Was Ogden beizutragen hat, hebt die Sache in ganz andere Dimensionen. Was du bisher gekriegt hast, ist ein Taschengeld gegen die Summen, die wir mit der neuen Erfindung verdienen werden. Jeder von uns!« Der General zeigte keine Reaktion. »Ich habe dich noch nie aufs Kreuz gelegt, Ernst. Nicht ein einziges Mal«, fügte Dawson hinzu.

Klinger schüttelte den Kopf.

»Ich bin für meinen Rat bezahlt worden, ich habe zu keinem Zeitpunkt...«

»Du bist bezahlt worden, weil du im Pentagon deinen Einfluß für mich geltend gemacht hast«, fiel ihm Dawson ins Wort.

»Selbst wenn es so wäre, so ist das noch sehr weit vom Tatbestand des Hochverrats entfernt, in den ich mich verwickle, wenn ich bei dieser Sache mitmache.«

Schweigen.

Salsbury schien es, als sähe er die beiden Männer durch ein riesiges Teleskop, das in Lichtjahren Entfernung aufgestellt war.

»Du solltest es auch mal anders herum betrachten, Leonard«, sagte Klinger in die Stille hinein.

»Anders herum?«

»Was ist, wenn *ich* dich mit der Sache erpresse? Ich höre mir alles in Ruhe, und dann zeige ich dich und Salsbury an. Es sei denn, das ganze Geld landet bei mir.«

»Wenn du das tun willst, bitte schön.«

»Ich sage das nur, um dich zu warnen, Leonard. Ich bin dein Freund. Ich mag dich. Ich möchte nicht, daß du dich in Schwierigkeiten verstrickst.«

Dawson lehnte sich in seinem Ledersessel zurück. »Ich habe dich zu mir gebeten, weil ich dir ein Angebot zu machen habe, Ernst. Ich brauche deine Mithilfe bei diesem Punkt. Wenn du mich reinlegen willst, das ist ein Risiko, das ich eingehe.«

Dawson hob sein Glas und prostete dem General zu.

Was geht hier vor, dachte Salsbury. Was zum Teufel geht hier vor? Er erschrak, als Dawson sich ihm zuwandte.

»Sprich weiter, Ogden.«

Salsbury fiel es wie Schuppen von den Augen. Er verstand, warum sich der General geziert hatte. Das Mikrofon. Es gab ein Mikrofon. Dawson nahm die Unterredung auf Band auf. Und Klinger wußte das. Wenn die beiden Freunde sich später einmal in die Haare gerieten, würde Dawson den General zu erpressen suchen. Der wiederum konnte darauf verweisen, daß er Dawson und Salsbury vor den Folgen gewarnt hatte. Die Art von mildernden Umständen, die zu einer Einstellung des Verfahrens führen konnten.

Ogden war aufgestanden. Er lehnte am Aussichtsfenster, mit dem Rücken zum See. Er war so aufgeregt, daß er es in seinem Sessel nicht mehr ausgehalten hatte.

Dawson und Klinger beobachteten ihn aus den Augenwinkeln. Auf Salsbury wirkten die beiden wie zwei Leguane, die im Halbdunkeln auf ihre Beute lauerten. Die Rückenlehnen der Ledersessel waren nach hinten geklappt. Die nächste Lichtquelle waren die beiden Tischlampen, die in sechs Schritt Entfernung, zu beiden Seiten des Kamins, standen. Dawsons Antlitzt lag zur Hälfte im Dunkel. In der anderen Hälfte spiegelte sich bernsteinfarbener Widerschein. Ein Saurier, dachte Salsbury. Ein Reptil.

Der Vergleich stimmte. Dawson war gepanzert wie ein Reptil, er würde unbeschadet aus dem Ganzen hervorgehen, selbst wenn das Projekt aufflog. Ihn schützte das Geld.

Auch Klinger trug einen Panzer. Die Macht, die Heimtücke, die Erfahrung.

Im Vergleich zu den beiden war Salsbury schutzlos. Erst jetzt, bei dem Dreiertreffen, war ihm das bewußt geworden. Zwar würde bei dem Projekt genügend Geld hereinfließen, um die Ansprüche der drei Beteiligteen zu befriedigen. Aber es war denkbar, daß Dawson oder Klinger unersättliche Habgier entwickelte. Was dann? Seine einzige Waffe war und blieb die Intelligenz. Ich muß mit großer Vorsicht zu Werke gehen. Ich habe es mit zwei Raubtieren zu tun, die keine Freundschaft kennen, sondern nur ihre eigenen Interessen.

»Es war vor zehn Jahren, als die Forschung in eine heiße Phase trat«, begann er. »Wir haben uns seitdem, in Absprache mit dem Pentagon, nur noch um die Erforschung der unterschwelligen Phänomene gekümmert. Der soziologische Aspekt blieb außen vor, es gibt andere Institute, die derartige Fragen untersuchen. Mir ging es bei dem Vorhaben vor allem um die biologischen Mechanismen, die bei Unterschwelliger Wahrnehmung wirksam werden. Mir war klar, daß wir eine Droge entwickeln mußten, die das Gehirn aufschließt, die es für die Botschaften gefügig macht. Alle Unsicherheitsfaktoren mußten ausgeschlossen werden. Das Gehirn – dies war das Ziel – mußte jeden Befehl befolgen, der ihm erteilt wurde.« Salsbury wußte, daß es Kollegen in Kalifornien gab, die Viren und Bakterien als Droge einsetzen wollten. Ein falscher Weg. Es gab nur einen, der den richtigen Weg kannte. Ihn, Salsbury. »Die frühere Situation war ein Patt gewesen«, fuhr er fort. »Wir wissen, daß der menschliche Geist mit unterschwelligen Botschaften beeinflußt werden kann. Jemand, der keine festen Ansichten zu einem bestimmten Sachverhalt hat, kann in die gewünschte Richtung gedrängt werden. Aber es gab keine verläßliche Kontrolle über diese Menschen. Vielleicht folgten sie den Anregungen, die in den unterschwelligen Botschaften enthalten waren, vielleicht nicht. Was das Pentagon wollte, war etwas anderes. Die Grundmuster des menschlichen Verhaltens sollten geändert werden.«

»Das Pentagon will die perfekte Programmierung«, sagte Klinger.

Salsbury nickte. »Und die Droge, mit der diese Programmierung bewirkt werden kann, wird die Menschen in eine neue Phase führen. Es wird keinen Krieg mehr geben. Wir brauchen nur die Droge in die Wasserversorgung unserer Gegner einzubringen. Damit sind ihre Gehirne aufnahmefähig, sie werden tun, was wir sagen. Sie empfangen ihre Botschaften durch die existierenden Medien des eigenen Landes, durch das Fernsehen, über Funk, Film, Zeitungen und Zeitschriften. Ein Bombardement aus unterschwelligen Botschaften wird sie zwingen, die Dinge so zu sehen, wie wir es wollen. Allmählich werden dann aus Feinden Alliierte. Sie werden glauben, die Wandlung sei ihrem eigenen Denken entsprungen.«

Eine Minute verging. Klinger hatte sich eine Zigarre angesteckt. »Wir könnten die Droge auch im eigenen Land einsetzen«, sagte er nachdenklich.

»Natürlich«, sagte Salsbury.

»Amerika würde endlich werden, was die Gründerväter im Sinn hatten«, sagte Dawson. »Eine Nation. Es würde keine protestierenden Randgruppen mehr geben, keine Giftzwerge, die den Fortschritt aufhalten.«

Ogden sah auf den See hinaus. Die Nacht war gekommen. Das Plätschern der Wellen war zu hören, die an den Bootssteg brandeten. Ein beruhigendes, ein harmonisches Geräusch. Klinger würde mitmachen. Seine, Salsburys, Vision würde Realität werden. Es war so atemberaubend, daß er minutenlang nichts sagen konnte.

Er blieb am Fenster stehen, als Klinger zu sprechen begann. »Sie sind Leiter des Brockert-Instituts, aber offensichtlich befassen Sie sich nicht nur mit Akten. Könnte man sagen, daß Sie aktiv in das Forschungsprojekt eingegriffen haben?«

»Es gab von Anfang an Bereiche, deren Erforschung ich mir vorbehalten habe, und diese Vorsichtsmaßnahme hat sich auch als richtig erwiesen.«

»Spätestens als Sie die Droge entdeckten.«

Salsbury nickte.

»Sie haben eine Droge entdeckt, die das Hirn für Unterschwellige Wahrnehmung aufnahmefähig macht in der Weise, daß keine Gewichtung der Informationen mehr stattfindet.«

»Vor drei Monaten, jawohl.«

»Wer weiß davon?«

»Nur wir drei.«

»Im Brockert-Institut weiß niemand, daß es die Droge gibt?«

»Nein, niemand.«

»Sie haben doch sicher einen Assistenten, der Ihnen bei den Versuchen zur Hand geht«, wandte Klinger ein.

»Ich habe einen Assistenten ausgewählt, der die Tragweite

der Versuche nicht erkennen kann.« Er lächelte. »Ein Neandertaler, wenn Sie so wollen.«

»Seit wann arbeiten Sie mit diesem Assistenten zusammen?«

»Seit sechs Jahren.«

»Und es ist Ihnen gelungen, die Ergebnisse über all die Jahre hinweg vor dem Pentagon geheimzuhalten? Sie haben die Berichte gefälscht?«

»Das war nur in der ersten Phase erforderlich. Ich mußte den Weg, den ich eingeschlagen hatte, vor Washington verschleiern, die Spur verwischen. Nachdem ich die offizielle Arbeit des Instituts in eine andere Richtung gelenkt hatte, genügte es, wenn ich meine privaten Forschungsergebnisse verschwieg.«

»Und Sie sind sicher, Ihr Assistent hat nichts gemerkt?«

»Er glaubt, ich sei mit meinem Projekt in eine Sackgasse geraten, das kommt bei Versuchsanordnungen ja oft vor. Wie ich schon sagte, der Mann ist kein Ausbund von Klugheit.«

»Die Droge ist nicht perfekt, Ernst«, sagte Dawson. »Es muß noch harte Arbeit geleistet werden, bis wir die Substanz wirklich einsetzen können.«

Klinger biß sich auf die Lippen. »Wie lange wird es dauern, bis die Droge einsatzfähig ist?«

Salsbury hatte sich umgedreht. »Das läßt sich schwer sagen. Ich würde meinen, zwischen sechs Monaten und eineinhalb Jahre.«

»Er kann nur zu Hause an der Sache arbeiten«, sagte Dawson, »das kannst du dir ja denken. Ich habe ihm jetzt ein eigenes Laboratorium in Greenwich eingerichtet, in einem Haus, das mir gehört. Liegt nur vierzig Minuten vom Brockert-Institut entfernt.«

Klingers Brauen zuckten nach oben. »Ist das Haus denn groß genug für diesen Zweck?«

»Ogden braucht nicht viel Platz für seine Versuche. Hundert Quadratmeter, höchstens hundertzwanzig. Den meisten Platz belegen die Computer. Verdammt teueres Zeug übrigens. Ich habe zwei Millionen Dollar in dieses Labor investiert, Ernst. Das zeigt dir vielleicht auch, wie sehr ich von der Sache überzeugt bin.«

»Du glaubst, er ist in der Lage, eine solche Droge in einem Hintertreppenlabor zu entwickeln?«

»Ein Hintertreppenlabor für zwei Millionen Dollar«, sagte Dawson. »Gar nicht gerechnet das Geld, das die Regierung in die Grundlagenforschung für das Projekt gesteckt hat. Da kommen ein paar Milliarden zusammen, mein Freund. Ich finanziere nur die Endphase der Versuche.«

»Und du glaubst, einen Erwerb von Computern für Millionen Dollar kannst du geheimhalten?«

»Es gibt keine Methode, mit der man mir auf die Spur kommen könnte, Ernst. Computer werden für alle möglichen Geschäftsbereiche benötigt. Ich habe die Geräte natürlich nicht über das Brockert-Institut, sondern über eine kleine Tochterfirma gekauft.«

»Du brauchst Techniker, du brauchst Wissenschaftler, du brauchst...«

»Ich brauche nur Ogden und seine Computer. Die Dreckarbeit ist bereits getan, daran haben Hunderte von Wissenschaftlern des Brockert-Instituts mitgewirkt, ohne es zu wissen. Von jetzt ab kann sich Ogden ganz auf die Weiterentwicklung der Droge konzentrieren.«

Klinger hatte noch einen Einwand gefunden. »Es wird auffallen, wenn er im Brockert-Institut kündigt. Das Pentagon wird sich dafür interessieren, was hinter der Kündigung steckt. Und wie ich die Herren kenne: sie werden's herausfinden.«

Sie sprachen über Salsbury, als sei er irgendwo, nicht hier, im Pine House. Salsbury gefiel das nicht. Er verließ seinen Platz am Fenster und trat vor den General. »Ich habe nicht vor, meine Stellung im Brockert-Institut aufzugeben. Ich werde an fünf Tagen in der Woche dort erscheinen, wie bisher auch. Ich werde von neun bis vier an einem nutzlosen Projekt arbeiten und dabei großen Fleiß entwickeln.«

»Und wann arbeiten Sie an der Droge?«

»Abends«, sagte Salsbury. »Abends und an den Wochenenden. Ich habe außerdem eine Menge Urlaub angespart. Ich werde den angestauten Urlaub nehmen, über eine Reihe von Monaten verstreut.«

Klinger hatte sich aus seinem Sessel erhoben. Er ging zum

Barwagen und goß sich ein Glas Brandy ein. Salsbury fielen seine dunkel behaarten Hände auf. »Und was für eine Rolle spiele ich bei dem Ganzen?« fragte er.

Es war Salsbury, der die Antwort gab. »Leonard hat die Computer beschafft. Was ich jetzt brauche, sind Daten.«

»Daten?«

»Ich brauche die Bänder, auf denen das Pentagon die Ergebnisse des Vorprojekts gespeichert hat, sonst nützen mir die ganzen Computer nichts. Ich benötige diese Bänder für einen Zeitraum von drei bis vier Wochen, um Kopien herzustellen. Aber es gibt einen Haken. Die Kopien können nur im Brockert-Institut gemacht werden.«

»Und?«

»Wenn die Schreibung dann vorliegt, wie könnte ich diese Menge an Daten unbemerkt aus dem Institut herausschaffen? Die elektronischen Überwachungssysteme...«

»Ich verstehe«, sagte Klinger. Er kehrte zu seinem Sessel zurück, das volle Glas in der Hand.

Dawson beugte sich vor. »Ernst, du bist verantwortlich für die Sicherheitssysteme im Brockert-Institut. Wenn es eine Schwachstelle gibt, du bist der Mann, der sie finden kann.«

Klinger nahm einen Schluck. »Ich soll also die Augen schließen, während er ein paar Zentner Schreibung und ein paar hundert Magnetbänder mit streng geheimen militärischen Daten herausschafft.«

Ogden nickte.

»Ist das machbar, Ernst?« fragte Dawson.

»Ich denke, schon.«

»Ist das alles, was du dazu sagen kannst?«

»Wir haben eine gute Chance, daß es klappt.«

»Eine gute Chance? Das genügt nicht.«

»Also gut«, sagte Klinger. Es klang gereizt. »Ich kann's hinkriegen. Es wird keine Videoaufzeichnungen der Aktion geben, wenn du das meinst.«

»Ich wußte, du kannst es tun, Ernst.«

Klinger zuckte die Achseln. »Wenn ich erwischt werde, lande ich im Militärgefängnis in Leavenworth.«

»Du gehst doch kein Risiko ein«, sagte Dawson. »Nicht du führst den Abtransport der Bänder durch, sondern Ogden.

Sie können dir höchstens Nachlässigkeit im Dienst vorwerfen oder Fahrlässigkeit, keine Beteiligung.«

»Das genügt für eine vorzeitige Pensionierung und für eine Kürzung der Bezüge.«

Dawson gab sich erstaunt. »Ich biete dir ein Geschäft an, bei dem du Millionen verdienen kannst, und du sprichst von deinen Bezügen bei der Armee.«

Salsbury klebte das Hemd am Leibe. Er wandte sich zu dem General. »Sie haben gesagt, Sie können es tun. Aber Sie haben nicht gesagt, ob Sie's wirklich tun werden.«

Klinger hielt den Blick auf seinen Drink gerichtet. Nach einer Weile hob er den Kopf und sah Salsbury an. »Wenn die Droge einsatzbereit ist, was dann?«

Dawson war aufgestanden, er kam Salsbury mit seiner Antwort zuvor. »Erster Schritt ist die Gründung einer Firma in Liechtenstein.«

»Warum das?«

»Weil wir ein Institut brauchen, das die Gelder einsackt, ein Bankkonto, eine Firma. Ich werde hinfliegen, die Firma gründen und ein paar Rechtsanwälten in Vaduz die nötigen Vollmachten hinterlassen, daß sie für uns auftreten können. Nach den dort geltenden Gesetzen brauchen die Anwälte keine Auskunft zu geben über die Identität der Firmeneigner, für die sie handeln. Natürlich werde ich mit falschem Paß reisen. Auch du und Odgen werdet falsche Pässe bekommen. Unsere Strohmänner in Vaduz können uns also nicht verraten, selbst wenn sie wollten, sie kennen unsere richtigen Namen nicht.«

Dawsons Vorsichtsmaßnahmen waren wohlbegründet. Auf dem Konto in Liechtenstein würden sich Millionen und Abermillionen türmen. Recht bald würde man sich in Bankenkreisen zu fragen beginnen, wer hinter dem Geld steckte. Dawson und seine beiden Teilhaber würden Hunderte von Firmen gründen. Mit Hilfe der Droge konnten die Geschäftspartner, die Lieferanten, die Kunden verpflichtet werden, den Gewinn ihres Geschäftes nach Liechtenstein abzuführen. Es würde sauberes Geld sein, reingewaschenes Geld. Hinter jeder Überweisung würde ein Geschäft stehen, mit Verträgen, Akkreditiven, Lieferungen. Trotzdem, für den

Fall, daß alles aufflog, blieben die drei Drahtzieher im Dunkeln.

»Nehmen wir an, die Firma in Liechtenstein ist gegründet«, sagte Klinger. »Wie geht's weiter?«

»Wir müssen ein Gelände kaufen«, sagte Dawson. »Ein Lager.«

»Ein Lager?«

Dawson nickte. »Eine Art Camp, ja. Wir brauchen ein Gelände von etwa vierhundert mal fünfhundert Meter, am besten in Frankreich oder in Deutschland. Wir brauchen ein Haus. Es wird aussehen wie ein teures Sanatorium. In Wirklichkeit ist es die Gehirnwäschestation für unsere Söldner.«

»Für unsere Söldner?« Die Verachtung für die Konkurrenz in Khaki klang durch Klingers Worte.

Dawson erklärte ihm, daß sie etwa ein Dutzend Söldner anheuern würden, Männer, die in Asien und Afrika gekämpft hatten. Offiziell würde man den Söldnern sagen, daß sie im Lager auf die Aufgabe eingewiesen würden. Die Droge würde im Leitungswasser sein, auch in den Getränken, die die Männer zu sich nahmen. Vierundzwanzig Stunden nach der Ankunft, wenn die Droge bereits ihre Wirkung entfaltete, würden die Filmvorführungen beginnen. Filme über Waffen, über elektronische Gerätschaften, Dokumentarfilme über bestimmte Länder würden über die Leinwand flimmern. Ohne es zu wissen, würden die Männer die unterschwelligen Botschaften aufnehmen, mit denen die Filme unterlegt waren. Diese Botschaften würden Codeworte enthalten, die jeden Widerstand auslöschten. Wenn sie das Codewort hörten, würden die Männer die Weisungen ausführen, die man ihnen gab. Innerhalb von drei Tagen würde man sie zu perfekten Robotern umprogrammieren. Niemand in ihrer Umgebung würde den Wandel bemerken, der sich in den Hirnen der Söldner vollzogen hatte. Ihre Gewohnheiten, ihr tägliches Leben, ihre Neigungen und Abneigungen, alles blieb gleich. Mit einer Ausnahme. Die Männer würden stehlen, wenn man ihnen zu stehlen befahl. Sie würden töten.

»Man braucht keine Droge, um Söldner zur Ausübung ihres Berufes zu veranlassen«, sagte Klinger. »Es handelt sich um professionelle Killer.«

»Der Unterschied liegt im Grad des Gehorsams«, sagte Dawson. »Ein normaler Söldner denkt nach, bevor er einen Befehl ausführt. Er überlegt zumindest, ob die Sache für ihn selbst Gefahren in sich birgt. Anders unsere programmierten Roboter. Sie tun, was man ihnen sagt. Sie stellen keine Fragen.«

»Es gibt noch andere Vorteile«, sagte Salsbury. »Wir können Morde, die unsere Söldner begehen, aus ihrem Gedächtnis löschen, sowohl aus ihrem Bewußtsein als auch aus ihrem Unterbewußtsein. Sie sind nicht mehr in der Lage, gegen uns auszusagen, weil sie sich an die Tat nicht mehr erinnern. Sie bestehen jeden Test mit dem Lügendetektor.«

Klinger hob den Kopf, die Sache interessierte ihn. »Auch wenn man ihnen ein Wahrheitsserum spritzt, sie würden nicht aussagen? Nicht einmal unter Hypnose?«

»Das Serum bewirkt nichts und die Hypnose auch nicht. Nehmen wir an, der Therapeut begleitet unseren Mann bis zu der Uhrzeit, wo der Mord passiert ist. Er stellt gezielte Fragen. Was antwortet unser Mann? Nichts. Er steht im Dunkel. Er *kann* gar keine Antwort geben, ebensowenig wie ein Computer Daten ausspucken kann, die bereits gelöscht sind.«

Klinger hatte sein zweites Glas Brandy geleert. Salsbury sah, wie er sich einen Softdrink eingoß.

Er kam zurück, sein Blick war auf Dawson gerichtet. »Unsere zwölf Söldner sind für ihre künftigen Aufgaben programmiert. Was dann?«

Dawson hatte drei Monate Zeit gehabt, um über die Antwort auf diese Frage nachzudenken. »Erster Schritt ist eines der arabischen Emirate. Wir speisen die Droge in die Trinkwasserversorgung des Scheichtums ein. Sobald die Bevölkerung konditioniert ist, beginnt die Berieselung mit unterschwelligen Botschaften. Innerhalb weniger Wochen beherrschen wir das Land, ohne daß es der Bevölkerung bewußt ist.«

Klinger sah ihn ungläubig an. »Ein ganzes Land unterwerfen, als ersten Schritt?«

»Das Emirat, das ich im Auge habe, ist besonders geeignet, weil die Bevölkerung nur aus achthunderttausend Menschen besteht«, sagte Dawson. »Ein großer Vorteil ist, daß die Herrscherfamilie und alle Entscheidungsträger in einigen wenigen Ortschaften wohnen. Soweit es bewohnte Enklaven in der Wüste gibt, werden sie von der Hauptstadt aus mit Trinkwasser beliefert. Wir erlangen innerhalb von wenigen Wochen die Verfügungsgewalt über die Ölreserven. Ein Fünftel der Weltvorräte an Öl lagert in diesem Emirat. Von dort aus können wir Saudi-Arabien angehen, den Irak, Jemen und die anderen ölexportierenden Länder.«

»Wir könnten die OPEC zerschmettern«, sagte Klinger.

»Oder sie stärken«, sagte Dawson. »Das günstigste ist wahrscheinlich, wir schwächen und stärken sie in vorausberechneten Intervallen, damit gerät die Börse in Bewegung. Da wir wissen, wohin der Zug fährt, können wir soviel Geld verdienen, wie wir wollen. Ich rechne ein Jahr, bis wir die ölexportierenden Länder unter unserer Fuchtel haben. Nach dieser Zeit müßten eineinhalb Milliarden Dollar auf unseren Konten in Liechtenstein sein. Nach weiteren fünf oder sechs Jahren gehört alles uns. Buchstäblich jeder Stein auf der Welt gehört uns.«

»Das ist... Wahnsinn«, sagte Klinger.

Dawson runzelte die Stirn. »Wahnsinn?«

»Es ist unvorstellbar«, korrigierte sich der General.

»Es gab eine Zeit, da war Fliegen unvorstellbar«, schaltete Salsbury sich ein. »Für die Japaner war die Atombombe noch unvorstellbar, als sie ihnen schon auf den Kopf gefallen war. Als Kennedy das Apollo-Raumfahrtprogramm startete, waren die meisten Amerikaner davon überzeugt, daß nie ein Mensch den Fuß auf den Mond setzen würde.«

Sie schwiegen. Das Singen des Windes war zu hören.

»Du mußt dich jetzt entscheiden, Ernst«, sagte Dawson. »Machst du mit, ja oder nein?«

Klingers Blick glitt von Dawson zu Salsbury. Er erschauderte. »Ich mache mit«, sagte er leise.

Ogden schloß die Augen.

»Champagner?« hörte er Dawson sagen. »Es paßt nicht recht nach dem Brandy, aber ich finde, wir sollten die Sache mit einem Glas Champagner feiern.«

Eine Flasche eiskalter Moet et Chandon war hereingebracht worden. Der Diener zog sich zurück. Dawson entkorkte die Flasche und goß ein. Sie prosteten sich zu.

»Was hättest du eigentlich gemacht, wenn ich kalte Füße bekommen hätte?« fragte Klinger.

»Ich wußte, daß du mitmachen würdest, Ernst«, sagte Dawson. »Wir kennen uns lange genug. Ich wußte, du würdest mich in dieser schwierigen Situation nicht im Stich lassen.«

»Gesetzt den Fall, ich hätte trotzdem ein Haar in der Suppe gefunden, Leonard. Wie hättest du reagiert?«

Dawson ließ den Champagner über seine Zunge rinnen. Er schluckte. »Du hättest das Grundstück nicht mehr lebend verlassen, Ernst. Du hättest einen Unfall erlitten.«

»Einen Unfall, den du seit Wochen planst.«

»So ist es, Ernst.«

»Ich wußte, du würdest mich nicht enttäuschen, Leonard.«

»Hast du eine Waffe dabei?« fragte Dawson.

»Eine 32er Automatik.«

»Man sieht nichts, deshalb frage ich.«

»Hab' ich mir auf den Rücken geklebt.«

»Bist du drauf eingeschossen auf die 32er Automatik?«

»Ich wäre lebend rausgekommen, verlaß dich drauf.«

Etwas wie Hochachtung lag in Dawsons Nicken. »Du hättest mich als Schild benutzt bei deiner Flucht, wie?«

»Ganz recht.«

Beide lachten. Sie mochten sich, und sie mochten die Art, wie einer den anderen aufs Kreuz zu legen versuchte.

O mein Gott, dachte Salsbury. O mein Gott. Er leerte sein Glas.

Freitag, der 19. August 1977

Paul und Mark saßen schweigend im Gras.

Ihr Blick ging in die Runde. Eine stille, beeindruckende Berglandschaft. Der Wald stand wie eine Mauer. Jenseits der Lichtung war ein Tal zu erkennen, und am Ende des Tals die Dächer von Black River. Einziger Fremdkörper inmitten der Naturschönheiten war das Sägewerk der Big Union. Aber diese Narbe war klein. Das Sägewerk lag fünf Kilometer entfernt.

Paul und Mark schenkten dem Sägewerk keinen Blick. Ihr Interesse galt einem Eichhörnchen.

Seit fünf Tagen legten sie Futter aus für dieses Eichhörnchen. Erdnüsse und Apfelstückchen. Tag für Tag hatte sich das Tier etwas näher gewagt. Gestern hatte es eine Nuß genommen, bevor es den Baum hinaufsprang.

Das Eichhörnchen hatte den Schatten des Waldes verlassen. Es kam mit langen Sprüngen auf die beiden Menschen zu. In wenigen Metern Entfernung blieb es sitzen und begann das ausgelegte Futter aufzuknabbern.

»Es schaut uns an«, sagte Mark. »Es schaut uns die ganze Zeit an, fällt dir das nicht auf?«

Das Tier ließ die Pfoten sinken und saß ruhig. Sein Atem war zu hören.

»Wir können was zu ihm sagen«, meinte Paul. Er brach damit das Versprechen, das sie sich gegeben hatten, in Gegenwart des Eichhörnchens keinen Ton von sich zu geben. »Wenn wir es zähmen wollen, müssen wir es früh genug an unsere Stimmen gewöhnen.«

»Hab keine Angst«, sagte Mark und trat einen Schritt auf das Eichhörnchen zu. »Lauf nicht weg, hörst du?«

Das Tier ließ das Apfelstückchen fallen und flitzte zu einem Ahornbaum. Es sprang den Stamm hinauf und blieb auf einem Ast sitzen. Es starrte die beiden Menschen an.

»Wir versuchen's morgen noch mal«, sagte Paul und stand auf. Er streckte und reckte sich.

»Das Tier wird nie Vertrauen zu uns haben.«

»Doch. Nach und nach, Mark.«

»Es läßt sich nicht zähmen, wette ich.«

»Wir müssen Geduld haben«, sagte Paul. »Man kann ein Eichhörnchen nicht in einer Woche zähmen.«

»Ich habe eben keine Geduld.«

»Du wirst es lernen müssen.«

»Nach und nach?«

»Nach und nach.« Paul bückte sich und stopfte die Reste des ausgelegten Köders in eine Plastiktüte.

»Wenn es das sieht, ist es stocksauer auf uns«, sagte Mark. »Stell dir mal vor, jemand stellt dir was zu essen hin, und dann wird's wieder fortgenommen.«

Paul lachte. »Wenn wir das Fressen dalassen, hat das Eichhörnchen kein Interesse mehr am Wiederkommen.«

Sie schlugen den Rückweg zum Zelt ein. Sommer. Die Luft war warm. Im Gras waren Gänseblümchen zu erkennen und Butterblumen. Es roch nach Erde und nach wilden Blumen. In den Wipfeln der Tannen rauschte der Wind. Ein Falke schwang sich ins Bild, stolz und leise.

Sie würden ihre Vorräte auffüllen müssen, in Black River. Aber Paul hatte es nicht eilig, seine Berge zu verlassen. Hier war alles friedlich, rein, harmonisch. Heiterkeit erfüllte den Wald.

Dann fiel ihm Jenny ein. Sie war wichtiger als die frischen Eier, die Milch und die Butter, die es in Black River zu kaufen gab. Jenny.

Mark erreichte als erster das Zelt. »Rya«, schrie er: »Rya.« Er warf einen Blick ins Innere des Zeltes. Er sah ratlos aus, als er wieder auftauchte. »Rya! Wo bist du?«

»Hier«, sagte sie. Sie war vom Zelt verdeckt gewesen.

Paul traute seinen Augen nicht. Seine Tochter hielt ein Eichkätzchen in den Armen. Das Tier nagte an einem Apfelstückchen. Sie streichelte ihm den kleinen Schädel.

»Wie hast du das gemacht?« fragte er.

»Mit Schokolade.«

»Mit Schokolade?«

Sie grinste über das ganze Gesicht. »Zuerst hab' ich's auch mit Nüssen und Äpfel versucht, wie ihr beide. Aber dann ist mir eingefallen, Nüsse und Äpfel kriegt ein Eichhörnchen auch in der freien Natur, dazu braucht es sicht nicht zu den Menschen zu wagen. Ich habe nachgedacht, worauf so ein Tier wohl Hunger haben könnte, und da bin ich auf Schokolade gekommen.«

»Jetzt frißt es aber keine Schokolade, sondern ein Stück Apfel.«

»Zuviel Schokolade ist nicht gut für ein Eichhörnchen«, sagte Rya.

Das Tier hob den Kopf und sah Paul fragend an. Dann fuhr es mit dem Knabbern fort.

»Gefällt's dir, Mark?« fragte Rya, und dann war ihr Grinsen wie fortgewischt.

Als Paul seinen Sohn ansah, verstand er warum. Der Kleine war den Tränen nahe.

Rya hatte sich wieder gefaßt. »Nun?« sagte sie. »Gefällt's dir? Ich hab' mir solche Mühe gegeben, das Tier für dich einzufangen.«

Du liebes Kleines, dachte Paul.

Mark strich sich die Tränen aus den Augen. »Du hast es für mich gefangen?«

»Für wen denn sonst?«

»Ich dachte, es gehört dir.«

»Was soll ich als Mädchen denn mit einem Eichkätzchen anfangen?« sagte Rya. Sie setzte das Tier auf die Erde und kniete sich hin. Sie zog ein Stück Schokolade aus der Hemdtasche und riß das Staniolpapier zur Seite. »Hier, Mark! Du mußt ihm was geben, damit es dich lieb hat.«

Das Eichhörnchen ließ sich nicht lange bitten. Es fraß Mark aus der Hand. Der Junge war im siebten Himmel. Als das Eichkätzchen die Schokolade aufgeknabbert hatte, kam es zu Rya und schnüffelte an ihren Füßen. Es kehrte zu Mark zurück. Schnüffeln. In langen Sätzen überquerte es die Lichtung und verschwand im Geäst eines Baumes.

Mark war hinterhergerannt, aber das Eichhörnchen war schneller gewesen. Enttäuscht kam er zurück. Er war außer Atem.

»Du mußt nicht traurig sein«, sagte Rya. »Morgen kommt's wieder. Es kommt wieder, solange wir ihm Schokolade geben.«

Mark sah seinen Vater an. »Meinst du, es wird so zahm, daß ich's mit nach Black River nehmen kann?«

»Mal sehen«, sagte Paul. Er warf einen Blick auf seine Uhr. »Ist schon spät. Wir müssen fahren.«

Der Wagen stand einen Kilometer entfernt, auf einem Seitenweg, der von den Anglern benutzt wurde.

»Wer zuerst beim Wagen ist, hat gewonnen«, rief Mark und rannte los. Nach wenigen Sprüngen war er hinter den Bäumen verschwunden.

Rya ging neben ihrem Vater.

»Das war nett von dir«, sagte er.

Sie tat, als hätte sie ihn nicht verstanden. »Daß ich das Eichhörnchen für Mark gefangen habe? Aber das hat mir doch Spaß gemacht, Paps.«

»Du hast das Eichhörnchen nicht für Mark gefangen.«

»Für wen denn sonst?«

»Für dich selbst«, sagte Paul. »Aber als du gesehen hast, wieviel das Tier dem Jungen bedeutet, hast du's ihm abgegeben.«

Sie zog eine Grimasse. »Du hälst mich wohl für eine Heilige, Paps. Wenn mich das Tier wirklich interessiert hätte, ich hätt's nie hergegeben. Nie.«

»Du bist schlecht im Lügen«, sagte er und lächelte. »Und das find' ich gut so.«

»Väter«, sagte Rya. »Väter.« Sie lief los.

Er sah ihr nach, wie sie zwischen den Büschen verschwand.

»Kinder!« rief er. Noch nie hatte er die beiden so liebgehabt wie heute.

Seit Annie tot war, hatte er Rya und Mark viel Zeit gewidmet, viel mehr als vorher. Die beiden waren recht verschieden. Rya verstand besser mit Menschen umzugehen, sie kannte sich aus in den Regeln. Sie war neugierig und voller Geduld. Es machte ihr Spaß, die Geheimnisse des Lebens nach und nach zu ergründen.

Demgegenüber war Mark ein Junge, der schnell für ein Spiel zu begeistern war. Ein geborener Optimist, der gern lachte, der jeden Spaß mitmachte. Er war der Mensch, der die einfachen Freuden des Lebens genoß, während Rya mit mehr Reflexion, mit einem Schuß Skepsis an die Dinge heranging. Paul war glücklich, daß seine beiden Kinder ein Naturell mitbekommen hatten, an dem er, der Vater, seine Freude haben konnte. Er wußte, er würde die beiden lieben, bis der Tod sie trennte.

Er war stehengeblieben. Der Tod. Annie. Als sie starb, hatte er einen Blick in den Abgrund getan. Alles war endlich. Leben war endlich, auch die Liebe. Seit dreieinhalb Jahren dachte er jetzt schon über dieses Problem nach. Eines Tages würde Mark sterben. Rya würde sterben. Er durfte sein Leben nicht auf der Vorbedingung aufbauen, daß es Mark und Rya gab. Er erschauderte, als der Gedanke Gestalt annahm. Ein Vorgefühl nahenden Unheils.

Das Gefühl war fort. Das Kreischen eines Adlers war zu hören.

Paul warf einen Blick in die Runde. Dunkelheit. Grün. Das Wispern der Blätter.

Wie töricht ich bin, dachte er. Ich benehme mich wie eine Frau, die sich die Karten legen läßt.

Er begann zu laufen. Es war wichtig, daß er Mark und Rya einholte.

Es war Viertel nach elf, und draußen schien die Sonne. Dr. Troutman hatte sich eine Zwischenmahlzeit auf dem Schreibtisch angerichtet. Zwei Brötchen mit Roastbeef, eine Orange, eine Banane, ein Apfel, etwas Pudding, eine Kanne geeister Tee, eine medizinische Fachzeitschrift.

Er aß und las. Es gab zwei große Aufgaben, die er zu erfüllen hatte. Aufgabe eins: Er mußte gesund bleiben. Er war der einzige Arzt in Black River, die Leute brauchten ihn. Aufgabe zwei: Er mußte sich auf dem laufenden halten, was die Entwicklung der ärztlichen Kunst anging. Deshalb las er.

Er wog 120 Kilo. Seinen Patienten verbot er, Übergewicht anzusammeln. Wurde er auf sein eigenes Gewicht angesprochen, sagte er: »Ich dick? Das ist doch nur gespeicherte Energie. Ich muß einen Vorrat an Energie haben, wenn mal wirklich was passiert. Eine Katastrophe oder so.«

Tatsache war, er aß gern. Die Besuche beim Psychiater hatte er schon im Alter von dreißig Jahren eingestellt, es wäre schade gewesen, wenn der ihm das Essen ausredete. Als er sich in Black River niederließ, war die Begeisterung groß gewesen. Ein leibhaftiger Arzt in Black River. Es war den Leuten egal, ob der Arzt, der sie betreute, dick oder dünn war, schwarz oder weiß. Meinetwegen grün, aber Arzt.

Er hatte das zweite Brötchen verzehrt, als das Telefon zu läuten begann. Er dachte nach, ob er abnehmen sollte. Andererseits, er war Arzt, der nachts zu den Patienten fuhr, wenn es sein mußte. Vor zwei Jahren hatte er sogar das Mittagessen stehengelassen und war zu einer Gebärenden gefahren.

Er nahm ab. »Dr. Troutman.«

Die Stimme am anderen Ende kam kalt und klar. »Ich bin der Schlüssel, Dr. Troutman.«

»Ich bin das Schloß«, sagte Dr. Troutman ohne Zögern.

»Sind Sie allein im Haus?«

»Ja.«
»Wo ist Ihre Sprechstundenhilfe Miß MacDonald?«
»Ich weiß es nicht. Zu Hause vermutlich.«
»Wann kommt sie wieder in die Praxis?«
»Eine Viertelstunde vor Beginn der Sprechstunde.«
»Und die Sprechstunde beginnt um halb zwei.«
»Richtig.«
»Erwarten Sie Besuch vor ein Uhr?«
»Nein.«
Die Stimme am anderen Ende schwieg.
Dr. Troutman lauschte dem Ticken der Uhr. Er ergriff die Scheibe Roastbeef, die auf dem Brötchen lag, und schob sie sich in den Mund.
»Ich werde Ihnen jetzt eine Reihe von Fragen stellen, Dr. Troutman. Sie werden jede Frage nach bestem Gewissen beantworten.«
»Natürlich.«
»Gibt es eine Epidemie in Black River?«
»Ja.«
»Was für eine Epidemie?«
»Schüttelfrost. Die Leute wachen nachts auf und haben Schüttelfrost.«
»Erklären Sie mir das genauer.«
»Der Patient zittert so sehr, daß er keinen Gegenstand festhalten kann. Kalter Schweiß tritt aus. Übelkeit, aber kein Erbrechen. Schlaflosigkeit nach dem Anfall.«
»Wann traten die ersten Krankheitsfälle dieser Art auf?«
»Am Mittwoch vor neun Tagen.«
»Haben die Patienten erwähnt, daß sie an Alpträumen leiden?«
»Ausnahmslos jeder Patient hatte einen furchtbaren Traum, bevor er aufwachte, bevor der Schüttelfrost begann.«
»Konnte sich ein Patient an den Inhalt des Traums erinnern?«
»Nein.«
»Welche Therapie geben Sie?«
»Den ersten Patienten habe ich Placebos gegeben. Seitdem ich selbst einen Anfall hatte, verschreibe ich Antibiotika in niedriger Dosierung.«

»Ohne Erfolg.«

»Ohne Erfolg.«

»Haben Sie irgendwelche Patienten an einen anderen Arzt überwiesen?«

»Nein. Der nächste Arzt wohnt einhundert Kilometer entfernt, ein alter Mann, jenseits der Siebzig. Ich habe allerdings die Gesundheitsbehörden verständigt.«

Der Anrufer schien nachzudenken. Dann: »Obwohl es nur eine leichte Grippeepidemie ist?«

»Die Symptome sind ungewöhnlich«, sagte Dr. Troutman. »Die Kranken haben kein Fieber. Die Drüsen sind nicht geschwollen. Vor allem hat sie die Epidemie ungewöhnlich schnell verbreitet. Innerhalb von vierundzwanzig Stunden war der ganze Ort krank. Ich habe mich schon gefragt, ob jemand das Trinkwasser vergiftet hat.«

»Wann haben Sie die Gesundheitsbehörden verständigt?«

»Am Freitag, dem zwölften.«

»Haben die einen Beamten geschickt?«

»Das haben sie, aber erst am Montag.«

»Gab es am Montag denn überhaupt noch Kranke?«

»Nein«, sagte Dr. Troutman. »Der Höhepunkt der Epidemie war am Samstag. Alle Einwohner waren befallen. Am Sonntag abend war alles vorbei. Die Krankheit ging so schnell, wie sie gekommen ist.«

»Hatten Sie den Eindruck, daß die Behörde eine Untersuchung einleiten wird?«

Dr. Troutmans Blick war auf das Essen gerichtet. »Die Untersuchung ist bereits im Gange. Dr. Evans hat eine größere Anzahl von Interviews geführt. Er hat auch Proben mitgenommen.«

»Was für Proben?«

»Blut und Urin.«

»Hat er auch Wasserproben aus dem See entnommen?«

»Das hat er. Ich habe gesehen, wie er mindestens zwanzig Reagenzgläser gefüllt hat.«

»Ist sein Bericht schon fertig?«

Dr. Troutman fuhr sich mit der Zunge über die Lippen. »Der Bericht ist fertig. Dr. Evans hat mich angerufen und mir die Ergebnisse durchgegeben.«

»Was hat er gefunden?«

»Nichts. Alle Proben negativ.«

»Hat er einen Verdacht, um was für eine Krankheit es sich handeln könnte?«

Die Frage war Dr. Troutman peinlich. Der Schlüssel durfte keine Angst haben. Der Schlüsel wußte die Antwort auf alle Fragen. »Er hält die Sache für Massenhysterie.«

»Er hat demnach keine nochmalige Untersuchung der Ursachen für die Epidemie angeordnet?«

»Nicht daß ich wüßte.«

»Die Untersuchung ist abgeschlossen?«

»Es scheint so.«

Pause.

»Sie sagten vorhin, alle Einwohner waren befallen. Meinten Sie damit wirklich alle?«

»Praktisch alle. Es gab Ausnahmen. Zwanzig Kinder waren nicht befallen, alle unter acht. Und zwei Erwachsene. Sam Edison und seine Tochter Jenny.«

»Sam Edison gehört der General Store, und Jenny ist seine Tochter?«

»Ganz recht.«

»Sie sagten, die beiden hatten keinen Schüttelfrost?«

»Nein.«

»Ist das Haus an die öffentliche Trinkwasserversorgung angeschlossen?«

»Alle Häuser des Ortes sind angeschlossen, auch das von Sam Edison.«

»Was ist mit den Holzfällern, die auf dem Gelände der Sägemühle wohnen und schlafen. Waren sie auch von der Epidemie erfaßt?«

»Das hat mich Dr. Evans auch gefragt«, sagte Dr. Troutman. »Die Antwort ist: ja.«

»Keine weiteren Fragen, Dr. Troutman. Nur noch ein paar Befehle. Wenn Sie jetzt auflegen, werden Sie für alle Zeiten vergessen, daß Sie mit mir gesprochen haben. Haben Sie mich verstanden?«

»Ja.«

»Sie werden jedes Wort vergessen. Sie löschen das Gespräch aus Ihrem Bewußtsein und aus Ihrem Unterbewußtsein aus. Sie werden sich nie wieder an unsere Unterhaltung erinnern. Verstanden?«

Dr. Troutman nickte feierlich. »Ich habe verstanden.«

»Wenn Sie jetzt auflegen, werden Sie sich nur noch daran erinnern, daß das Telefon geläutet hatte. Sie haben abgenommen. Falsch verbunden. Der andere hat wieder aufgelegt. Verstanden?«

»Falsch verbunden. Ich habe verstanden.«

»Gut, Dr. Troutman. Legen Sie jetzt auf.«

Unachtsam waren die Menschen, dachte Dr. Troutman. Er legte den Hörer auf die Gabel zurück. Unachtsam und oberflächlich. Es gab Menschen, die nicht einmal den Finger in das richtige Loch auf der Wählscheibe stecken konnten. Die meisten Unfälle, Verbrühungen, Verbrennungen, Vergiftungen geschahen, weil die Leute unachtsam waren. Und so gab es denn Anrufer, die anstatt bei Joe oder Jim bei einem Arzt landeten. Es kümmerte sie nicht, daß sie den Anschluß für fünf oder zehn Sekunden blockierten. Dr. Troutman schüttelte den Kopf. So etwas konnte übel ausgehen.

Er nahm das Brötchen und biß ein großes Stück ab.

Das kleine Wohnstudio, das Sam Edison sich eingerichtet hatte, lag im ersten Stock, gleich über dem Geschäft. Es war Viertel vor zwölf, als Paul Annendale den Raum betrat.

»Sir?«

Edison räusperte sich. »Sagt an, Knappe.«

»Ich bitte euch um die Erlaubnis, euer Fräulein Tochter zum Lunch zu führen.«

Sam stand vor dem Bücherregal. Er hielt die Hand in das Buch gelegt. »Setzt euch, Knappe«, sagte er ohne aufzusehen. »Der Schloßherr wird gleich hier sein, mit ihm könnt ihr dann wegen der Tochter verhandeln.« Sam, der den Raum als seine ›Klause‹ bezeichnete, hätte auch Bibliothek sagen können. Es gab zwei bequeme, wenngleich altersschwache Lehnsessel. Es gab zwei Hocker, auf die man die Füße legen konnte. Das Licht war gemütlich und heimelig. Auf dem Tischchen lag Sams Pfeife. Der Duft nach Pfeifentabak durchwehte den Raum. Es gab zwei Bücherwände mit Tausenden von Büchern und Jahresbänden von psychologischen Zeitschriften.

Paul setzte sich und nahm die Füße hoch.

Er konnte den Titel des Buches, in dem Sam las, nicht erkennen. Wahrscheinlich ein Buch über Hitler, über das Dritte Reich. Die meisten Bücher, die Sam in seiner Bibliothek eingestellt hatte, handelten von Hitler und dem Dritten Reich.

Sam war Mitglied des amerikanischen Geheimdienstes gewesen, der im Gefolge der Amerikaner in das besetzte Berlin einzog. Er war überrascht gewesen vom Ausmaß der Zerstörungen. Da gab es die Verwüstungen der Bombardements, aber es gab auch das, was der Diktator mit seiner Politik des verbrannten Bodens angerichtet hatte. In den letzten Tagen im Führerbunker hatte Hitler die Parole ausgegeben, daß die Sieger keinen Stein mehr auf dem anderen vorfinden durften. Nichts von Wert durfte ihnen in die Hände fallen. Die meisten Berliner hatten da nicht mehr mitgemacht. Aber es hatte auch einige gegeben, die selbst die letzten, wahnwitzigen Befehle noch ausführten. Die Überlebenden, die Sam inmitten der Trümmer antraf, hatten nicht nur den Krieg, sondern auch den Selbstmord einer Nation überlebt.

Am 8. Mai 1945 wurde Sam einer Einheit zugeteilt, die Dokumente und Daten über die Greueltaten sammelte, die in den Konzentrationslagern der Nazis verübt worden waren. Nach und nach wurde bekannt, daß Millionen von Erwachsenen und Kindern in Gaskammern umgebracht worden waren. Hunderttausende waren mit einem Genickschuß zu Tode gebracht und in Massengräbern verscharrt worden. Sam Edison war ein junger Mann aus Maine. Er fand keine Erklärung dafür, wie vernünftige, gutwillige Menschen dazu gebracht worden waren, die abartigen Fantasien eines Wahnsinnigen in die Tat umzusetzen. Wie war es zu erklären, daß die berühmteste, die disziplinierteste Armee der Welt, das deutsche Heer, sich zur Schutzstaffel für die Mörder degradieren ließ? Wieso waren Millionen von Menschen willig in den Tod gegangen? Was wußte Adolf Hitler von der Psychologie der Massen, was ihn in die Lage versetzte, über Millionen intelligente Menschen absolute Macht auszuüben? Sam wanderte durch die rauchenden Ruinen der Städte, ohne eine Antwort auf seine Frage zu finden.

Im Oktober 1945 wurde er ausgemustert. Er flog in die

Staaten zurück. Damals legte er den Grundstein für seine Bibliothek. Philosophie, Kriegskunst, Rassismus, Religion, Wahnsinn, Psychologie, Verhaltenslehre, das waren die Themen, zu denen er Bücher kaufte. Sam ahnte, die Deutschen, die Hitlers Befehle so bereitwillig ausgeführt hatten, waren keine einzigartigen Bösewichte. Seine Landsleute in Maine, in Massachusetts, in Louisiana waren der gleichen Grausamkeiten fähig, wenn die äußeren Umstände zusammenkamen.

Sam schloß das Buch mit einem Knall. »Ich find's nicht.«

»Was suchst du denn?«

Sam ging an der Bücherwand entlang, er hielt den Kopf schief.

»Ein Soziologe führt eine Befragung in Black River durch. Ich kenne den Namen, ich habe eines seiner Bücher in der Bibliothek, aber ich find's nicht.«

»Ein Soziologe? Was will denn ein Soziologe in Black River?«

»Genau weiß ich das auch nicht. Kam heute früh in meinen Laden und stellte mir eine Reihe von Fragen. Der Mann kommt direkt aus Washington. Er hat sich für drei Wochen bei Pauline Vicker eingemietet. Der Mann sagt, Black River ist ein besonderer Fall.«

»Wieso denn?«

»Aus zwei Gründen. Zum einen, weil es eine Ansiedlung ist, deren Bevölkerung von einem einzigen Arbeitgeber abhängt, von der Sägemühle. So was gibt's heute gar nicht mehr, sagt er. Außer in Black River. Und dann ist da noch die isolierte Lage. Black River liegt so weit von der Zivilisation, daß man hier besonders gut den Einfluß des Fernsehens auf die Bevölkerung untersuchen kann. Na ja, der Mann hatte eine ganze Handvoll von Gründen parat, warum wir reif für eine soziologische Studie sind.«

»Wie heißt er?«

»Albert Deighton«, sagte Sam. »Ich muß gestehen, der Name sagt mir nichts. Aber ich hab' mich an das Gesicht erinnert. Sieht etwas schmächtig aus. Dünne Lippen. Geheimratsecken. Dicke Brillengläser. Ich weiß, ich hab' das Bild in einem Buch oder in einer psychologischen Zeitschrift gesehen.« Er seufzte. »Aber ich kann's nicht finden.« Er wandte sich um und sah Paul ins Gesicht. »Ich weiß, du möchtest meine Tochter ins fashionable *Ultman's Café* zum Lunch ausführen. Stimmt's?«

Paul mußte lachen. »Warum nicht? Die Grippewelle ist vorüber. Das Schlimmste, was wir im *Ultman's Café* erwischen können, ist eine Speisenvergiftung.«

»Wie geht's den Kindern?« erkundigte sich Sam.

»Mark ist bei der Familie Thorp eingeladen. Ich weiß jetzt schon, er wird nicht mit dem Jungen spielen, sondern mit der Mutter. Er ist unsterblich in Emma verknallt.«

»Die große Liebe seines Lebens, scheint es.«

»Ja, aber er mag's nicht zugeben. Schämt sich.«

»Und Rya, wo steckt die?«

»Sie ist zwar mit eingeladen bei den Thorps, aber ich glaube, sie würde am liebsten bei dir bleiben. Ich meine, wenn du nichts dagegen hast.«

»Mach dich nicht lächerlich, wieso sollte ich was dagegen haben.«

Paul hatte sich aus dem Lehnsessel erhoben. »Warum läßt du sie nicht das Buch oder die Zeitschrift raussuchen? Du wirst sehen, sie bringt dir irgend etwas, wo der Name Deighton draufsteht.«

»Sie würde sich zu Tode langweilen.«

»Überhaupt nicht, das ist genau die Arbeit, die ihr Spaß macht. Bücher. Und außerdem mag sie gern in deiner Nähe sein.«

Sam schien zu zögern. »Ich will es mir noch überlegen, ob ich sie drum bitte. Weißt du, ich würde mich gern etwas sachkundig machen über das Gebiet, auf dem dieser Deighton arbeitet. Du kennst mich ja. Wenn's mich einmal gepackt hat, gebe ich nicht auf, bevor das Ziel erreicht ist. Ich weiß, daß ich was von dem Mann gelesen habe.«

Ultman's Café war ein Restaurant am Südwestzipfel des Ortes. Es war 24 Meter lang und sah aus wie der Wagen eines D-Zugs. Aluminium und Glas. Es gab ein Fensterband, das um das ganze Restaurant herumlief.

Die Nischen waren mit blauem Plastik ausgepolstert. Auf

jedem Tisch standen ein Ascher, ein Zuckerfaß, Pfeffer und Salz, ein Behälter mit Papierservietten und eine Wählautomatik für den Musikautomaten. Es gab zwei Reihen von Nischen, dazwischen verlief ein Gang.

Ogden Salsbury hatte in der letzten Nische Platz genommen. Er hatte sich soeben die zweite Tasse Kaffee bestellt und betrachtete die Gäste.

Es war zehn vor zwei, die meisten Mittagsgäste waren gegangen. In einer Nische in der Nähe der Tür saß ein älteres Ehepaar, das sich über Politik unterhielt. Zwischendurch lasen die beiden in einer Zeitschrift. Bob Thorp, der Polizeichef des Ortes, hatte an der Theke Platz genommen. Er war gerade mit seinem Essen fertig geworden und scherzte mit Bess, der grauhaarigen Serviererin. Am gegenüberliegenden Ende saß Jenny Edison, sie war in Begleitung eines gutaussehenden Mannes, den Salsbury auf Ende Dreißig schätzte. Wie er vermutete, arbeitete dieser Mann in der Sägemühle.

Jenny war der Gast, der Salsbury am meisten interessierte. Sie war, wie Dr. Troutman ihm verraten hatte, eine der wenigen im Ort, die bei der Epidemie nicht erkrankt waren. Daß es auch einige Kinder gab, die von der Wirkung der Droge nicht erfaßt wurden, wunderte ihn nicht. Es war bekannt, daß unterschwellige Botschaften nur auf Personen wirkten, deren Ausdrucksvermögen voll ausgebildet war. Sam und Jenny Edison allerdings waren erwachsen. Es galt herauszufinden, warum gerade sie der Droge widerstanden hatten.

Denkbar, daß sie kein Wasser getrunken hatten. Denkbar, aber nicht wahrscheinlich. Die Leute nahmen Wasser zu sich, mit den Speisen, mit den Eiswürfeln zum Drink. Außerdem war die Droge nicht nur im Wasser gewesen. Die Lebensmittel, die in Bangor für Black River umgeladen wurden, waren mit der Droge versetzt worden. So gut wie ausgeschlossen, daß die beiden weder Wasser noch Nahrung zu sich genommen hatten.

Es gab eine zweite Möglichkeit. Sam Edison und seine Tochter hatten die Droge erhalten, aber sie waren keiner der unterschwelligen Botschaften ausgesetzt gewesen, die nun schon seit sieben Tagen mit den Druckerzeugnissen und mit dem Fernsehen auf die Menschen in Black River niedergingen.

Salsbury ahnte, daß es eine dritte Erklärung geben mußte. Es gab Nebenwirkungen und Kontraindikationen, man kannte das von anderen Drogen. Jeder Mensch reagierte anders. Antibiotika entfalteten eine segensreiche Wirkung, aber es gab eine Minderheit, die gegen Antibiotika allergisch war. Warum sollte es bei der neuen Droge anders sein?

Vielleicht würde er die beiden in eine Klinik einliefern lassen, sie untersuchen. Immerhin war es wichtig herauszufinden, ob hier eine Resistenz gegen die Droge bestand. Aber das konnte warten. Er hatte drei Wochen, um die Reaktion der Leute in Black River zu kontrollieren und in seine Dokumentation aufzunehmen.

Jenny war der Grund, warum Salsbury in *Ultman's Café* saß, aber es gab eine andere Person, der er mehr Aufmerksamkeit zuwandte als ihr. Eine der beiden Bedienungen war eine junge Frau mit dunklen Augen und honigfarbenem Gesicht. Die Haare waren brünett, das Lächeln gewinnend. Um die fünfundzwanzig, schätzte Salsbury. Eine Frau mit dunkler, kehliger Stimme. Das Richtige fürs Bett. Ihr Gang war eine einzige Herausforderung. Salsbury fragte sich, warum diese Frau nicht einmal täglich vergewaltigt wurde. Waren die Männer in Black River denn blind? Das Gesicht und das Lächeln. Beides erinnerte ihn an Miriam, seine geschiedene Frau. Siebenundzwanzig Jahre war das jetzt her. Sie hatte die gleichen vollen, hochangesetzten Brüste wie Miriam, die gleichen langschenkligen, glatten Beine. Sie hatte Miriams Stimme. Sie hatte Miriams Gang. Salsbury verschlug es den Atem, als die brünette Serviererin an ihm vorbeischwebte.

Er begehrte sie.

Natürlich würde er nie mit dieser Frau schlafen. Dazu erinnerte sie ihn zu sehr an die kaputte Ehe. Fünf Jahre hatte das Zusammenleben mit Miriam gedauert, es war die Hölle gewesen. Für beide. Trotzdem, der Serviererin zuzusehen, wie sie mit zitternden Arschbacken den Gang entlangkam, erregte ihn. Es stachelte seinen Haß auf Miriam an. Seinen Haß auf die Frauen überhaupt. Er wußte, er würde nicht in der Lage sein, mit diesem Geschöpf den Beischlaf auszuführen. Sie erinnerte ihn an Miriam, und immer, wenn er an Miriam dachte, verschwand seine Erektion.

Sie legte die Rechnung auf den Tisch. Ein hochmütiges Lächeln spielte um ihre Lippen.

»Ich bin der Schlüssel«, sagte Salsbury.

Er ging ein Risiko ein, indem er das sagte. Er war nicht sicher, daß diese Frau bereits programmiert war. Bei Dr. Troutman gab es dieses Problem nicht, er gehörte zu den Einwohnern, die die üblichen Symptome gezeigt hatten, und daß er unter dem Einfluß der Droge stand, hatte sich bei den Telefongesprächen bestätigt. Und jetzt diese Frau. Erst einen Tag war Salsbury in Black River, und schon wich er von seinen Grundsätzen ab. Es wäre ihm egal gewesen, wenn das Bewußtsein grenzenloser Macht ihn korrumpierte. Allerdings durfte er nicht unvorsichtig werden. Er beschloß leise zu sprechen, solange er sich mit der Serviererin unterhielt, so leise, daß er sich wieder aus der Schlinge ziehen konnte, wenn etwas schieflief.

»Ich bin das Schloß«, sagte sie.

»Sprich leise.«

»Jawohl, Sir.«

»Wie heißt du?«

»Alice.«

»Wie alt bist du?«

»Sechsundzwanzig.«

»Du bist schön.«

Sie schwieg.

»Ich möchte, daß du jetzt lächelst, Alice.«

Sie lächelte. Sie sah wach aus, frisch und unternehmungslustig. Und unterwürfig.

»Du hast einen schönen Körper.«

»Danke.«

»Magst du Sex?«

»Ja.«

»Sehr?«

»Sehr.«

»Gibt es etwas, das du dir von einem Mann nicht gefallen lassen würdest?«

»Ja. Daß er mich von hinten nimmt.«

»Würdest du mit mir schlafen?«

Sie starrte ihn an.

»Ob du mit mir schlafen würdest!«
»Yeah.«
»Würdest du's hier tun? Auf dem Tisch?«
»Ja.«
»Auch wenn ich dich von hinten nehme?«
»Ja.«
Er lächelte. Er warf einen Blick in die Runde. Nichts Auffälliges.
»Bist du verheiratet, Alice?«
»Nein. Ich bin geschieden.«
»Warum?«
»Mein Mann ist in jeder Stellung rausgeflogen.«
»War er gut im Bett?«
»Nicht besonders.«
Die Ähnlichkeiten mit Miriam waren nicht nur äußerlich. Sie sprach wie Miriam. Sie dachte wie Miriam. Sie hatte die gleichen Erfahrungen hinter sich wie Miriam. Noch heute konnte sich Salsbury an Miriams Abschiedsworte erinnern, trotz der siebenundzwanzig Jahre, die seitdem ins Land gegangen waren. *Du bist nicht nur schlecht im Bett, Ogden, du bist eine absolute Niete. Und du lernst nichts dazu. Ich würde das hinnehmen, wenn du wenigstens etwas Geld hättest. Du könntest mir an den Brüsten herumfummeln, soviel du willst, wenn du dafür bezahlst. Als ich dich heiratete, war ich sicher, du würdest ein reicher Mann werden. Du warst Klassenbester. Mein Gott. Damals hättest du alle Jobs haben können, die du wolltest. Aber du hast nichts gemacht aus deinen Möglichkeiten. Ich will dir mal was sagen, Ogden. Du bist im Berufsleben genauso einfallslos wie im Bett. Aus dir wird nie etwas werden. Ich verlasse dich.* Dieses Flittchen, dachte er. Diese Dirne. Der Schweiß brach ihm aus.
Alice lächelte immer noch.
»Hör mit dem Lächeln auf«, sagte er. »Ich mag das nicht.« Ihr Lächeln erstarb.
»Was bin ich, Alice?«
»Sie sind der Schlüssel.«
»Und was bist du?«
»Das Schloß.«
»Ich habe dich geöffnet. Wirst du von jetzt ab tun, was ich sage?«

»Ich werde tun, was Sie sagen.«

Er zog drei Dollarnoten und legte sie auf die Rechnung. »Ich werde dich jetzt testen, Alice. Ich möchte sehen, ob du mir wirklich gehorchst.«

Sie sah ihn erwartungsvoll an.

»Wenn du das Geld zur Registrierkasse gebracht hast, wirst du in die Küche gehen. Ist jemand in der Küche?«

»Nein.«

»Randy Ultman? Wo ist Randy Ultman?«

»Der ist zur Bank gegangen.«

»Gut«, sagte Salsbury. »Du gehst in die Küche und nimmst eine Gabel, wie sie vom Koch benutzt wird, eine Gabel mit zwei langen Zinken. Du nimmst die Gabel und stichst sie dir durch die linke Hand, so daß die Zinken auf der anderen Seite wieder herauskommen.«

Sie hörte ihm zu, ohne mit der Wimper zu zucken.

»Ist das verstanden, Alice?«

»Ja, ich habe verstanden.«

»Wenn du von diesem Tisch weggehst, wirst du alles vergessen, was wir miteinander geredet haben. Verstanden?«

»Verstanden.«

»Du wirst denken, das mit der Gabel ist ein Unfall gewesen. Ein Küchenunfall.«

»Ein Unfall. Verstanden.«

»Geh jetzt.«

Sie wandte sich ab und ging zur Registrierkasse. Ihre Hüften rotierten. Er sah, wie sie die Rechnung eintippte. Er stand auf und machte sich auf den Weg zur Tür.

Sie hatte ihr Trinkgeld in die Schürze gesteckt. Sie schob die Kassenlade zu und ging auf die Schwingtur zu, die das Restaurant mit der Küche verband.

Salsbury war am Ausgang angekommen. Er blieb vor dem Zeitungsautomaten stehen und steckte eine Münze in den Schlitz.

Das Lachen des Polizeichefs war zu hören und das Kichern der grauhaarigen Serviererin. Sie benahm sich wie ein junges Mädchen.

Salsbury zog seine Ausgabe des *Black River Bulletin* aus dem Schlitz und öffnete die Tür. Er überquerte die Schwelle.

Er sah, wie die Tür zurückschwang. Komm schon, dachte er. Tu's, du kleine Hure. Tu's für mich. *Jetzt*.

Alice stieß einen Schrei aus.

Salsbury ging die Stufen hinunter. Das Stimmengewirr, die Schreie, das Stampfen der Gäste, all das blieb hinter ihm zurück.

Er ging die Main Street entlang.

Es war ein schöner, warmer Tag. Der Himmel war wolkenlos.

Salsbury war noch nie so glücklich gewesen.

Paul schob sich an Bob Thorp vorbei.

Die Serviererin stand an den Tiefkühlschrank gelehnt. Sie hielt die linke Hand auf das Hackbrett gedrückt. Mit der Rechten hielt sie die zweizinkige Gabel umklammert, die in ihrer linken Hand steckte. Die Zinken schienen bis ins Holz zu reichen. Die Schürze der Serviererin war blutbespritzt. Die Frau schrie aus vollem Halse. Vergeblich versuchte sie, die Gabel aus der Hand zu ziehen.

Paul wandte sich zu Bob Thorp. »Holen Sie bitte Doc Troutman.«

Thorp stob davon.

Paul ergriff die Frau bei der rechten Hand. »Lassen Sie die Gabel los.«

Sie hob den Blick. Sie schien durch ihn hindurchzusehen. Sie schrie. Wie ein Tier, dachte Paul, und dann schämte er sich des Gedankens.

Er zwang ihr die Gabel aus der Hand.

»Halt sie fest«, sagte er und gab Jenny, die hinter ihm stand, ein Zeichen. »Sie darf die Gabel nicht wieder anfassen.«

Jenny hielt die rechte Hand der Serviererin umklammert. »Mir wird schlecht, Paul«, flüsterte sie. Die Küche war klein, die Schreie ohrenbetäubend. Der Anblick der schönen, bleichen Hand, in der eine Gabel steckte, ein Alptraum. Es roch nach Gebratenem, nach Rostbeef und Zwiebeln, nach Fett und nach frischem Blut.

»Dir wird nicht schlecht, Jenny«, sagte er. »Du bist ein tapferes Mädchen, und denen wird nicht schlecht.«

Sie stand da und biß sich auf die Lippen. Sie nickte.

Paul nahm ein Tischtuch vom Stapel und zerriß es in zwei Bahnen. Er wickelte eine Bahn um den Arm der Serviererin und formte eine Klemme, indem er einen Löffel als Hebel benutzt. »Komm, Jenny«, sagte er, »halt den Löffel fest.«

Jenny hatte die Hand der Frau kaum freigegeben, als jene den Griff der Gabel zu packen versuchte.

Paul riß die Gabel heraus, die einen Zentimeter tief im Hackbrett steckte. Mit einer raschen, entschlossenen Bewegung trennte er Gabel und Hand. Er ließ die Gabel fallen und umfing die Frau, die ins Wanken geraten war.

Sie betteten die Blutende auf den Küchenboden. Die Frau hatte zu schreien aufgehört, sie weinte.

Paul kniete neben ihr. »Ich verstehe nicht, wie sie das fertiggekriegt hat«, sagte er, zu Jenny gewandt. »Sie hat sich die Gabel in die Hand gestochen, mit aller Kraft.«

»Ein Unfall«, sagte die Serviererin. Sie zitterte. Ihr Gesicht war blaß. »Ein furchtbarer Unfall.«

5. Kapitel

14 Monate früher – Donnerstag, der 10. Juni 1976

Der Tote war entkleidet worden. Er lag auf dem Seziertisch. Der Seziertisch war mit einer Reihe von Abläufen ausgestattet, durch die das Blut in die vorbereiteten Behälter rinnen konnte.

»Wer ist das?« fragte Klinger.

»Einer von Leonards Angestellten«, sagte Salsbury.

Bis auf zwei Leuchten über dem Seziertisch war der Raum dunkel. An der Wand standen Computer und elektronische Geräte. In Kopfhöhe in die Wand eingelassen waren neun Fernsehschirme.

»Sein Name war Brian Kingman«, sagte Dawson leise, fast andächtig. »Er gehörte zu meinen persönlichen Beratern. Zum engeren Stab.«

»Wie lange war der Mann schon bei dir beschäftigt?« fragte Klinger.

»Fünf Jahre.«

Der Mann auf dem Seziertisch war Ende Zwanzig. Der Tod war vor sieben Stunden eingetreten, das Gesicht war fahl. Das Blut war in die Schenkel abgeflossen, das Fleisch dort war dunkelblau. Die Hände waren geöffnet, die Finger leicht gekrümmt.

»War er verheiratet?« fragte Klinger.

Dawson schüttelte den Kopf.

»Verwandte?«

»Die Großeltern sind tot. Keine Geschwister. Seine Mutter starb, als sie ihn zur Welt brachte. Der Vater starb bei einem Autounfall vor einem Jahr.«

»Gibt's Onkel? Tanten?«

»Nichts dergleichen.«

»Eine Freundin?«

»Mädchen hier und da, aber nichts Ernstes«, sagte Dawson. »Deshalb hatten wir ihn ja auch für das Experiment ausgewählt.«

Klinger dachte nach. »Du hast damit gerechnet, daß der Versuch tödlich verlaufen würde?«

»Uns war bewußt, daß dieses Risiko bestand«, sagte Ogden.

»Diesmal haben Sie mit Ihrer Prognose recht behalten«, sagte Klinger sarkastisch.

Der Tonfall ärgerte Salsbury. »Sie wußten, um was es geht, Klinger, von Anfang an.«

»Das stimmt.«

»Dann tun Sie bitte nicht so, als ob ich den Tod dieses Menschen allein zu verantworten habe.«

Der General schüttelte den Kopf. »Sie haben mich mißverstanden, Ogden. Ich mache Ihnen keinerlei Vorwürfe. Im Gegenteil. Ich bin der Meinung, Sie machen sich zuviel Gedanken wegen der Ausfälle, die es bei solchen Versuchen gibt. Der Mann war eine Maschine, die ihre Funktion eingebüßt hat. Wir können jederzeit eine neue Maschine in die Versuchsreihe einführen.«

»Armer Kerl«, sagte Dawson. »Ich glaube, er hätte alles für mich getan.«

»Er *hat* alles für dich getan«, sagte Klinger. Sein Blick umkreiste die Stirn des Toten. »Leonard, das Personal in diesem Haus besteht aus sieben Personen. Weiß jemand von ihnen, daß sich Kingman unter dem gleichen Dach befindet?«

»Nein. Wir haben ihn im Schutz der Dunkelheit in den abgesperrten Teil des Hauses gebracht.«

Vor dreizehn Monaten war ein Flügel des Hauses für die Menschenversuche abgeteilt worden. Dieser Flügel hatte einen getrennten Eingang bekommen, der von den anderen Zimmern nicht einsehbar war. Den Hausangestellten war gesagt worden, in jenem Flügel würden Experimente für eine Tochterfirma der Futurex durchgeführt, völlig ungefährliche Experimente. Die getroffenen Sicherheitsvorkehrungen seien nur eine vorbeugende Maßnahme gegen Industriespionage. Es gab Firmen, so die These, die nur allzugern an die Forschungsergebnisse der Futurex herangekommen wären.

»Wie verhält sich das Hauspersonal inzwischen?« fragte Klinger. »Besondere Anzeichen von Neugier?«

»Nein«, sagte Dawson. »Die haben sich daran gewöhnt, daß ein Flügel des Hauses nicht mehr zugänglich ist für sie. Die Trennung dauert jetzt schon über ein Jahr, und in dem abgesperrten Flügel hat es keine Vorkommnisse gegeben, die irgend jemanden hätten alarmieren können. Jedenfalls nichts, was die Hausangestellten mitgekriegt hätten.«

»Dann könnten wir Kingman irgendwo im Garten beerdigen«, sagte Klinger. Er sah Salsbury fragend an. »Wie ist's passiert? Woran ist er gestorben?«

Salsbury hatte auf einem hochbeinigen weißen Hocker am Kopfende des Autopsietisches Platz genommen. Klinger stand zu Füßen des Toten. »Wir haben Kingman seit Anfang Februar in die Versuche einbezogen. Wir hatten ihm gesagt, es geht um eine Serie von Experimenten für eine Tochterfirma von Futurex. Ich habe mich dann in langen Interviews mit ihm über seine Vorlieben und Abneigungen informiert, insgesamt sind wir vierzig Stunden zusammengesessen. Ende Februar habe ich das gesammelte Material gewichtet und fünf Punkte herausgeschrieben, alles Angewohnheiten von Kingman, die ich mit unterschwelligen Botschaften ins Gegenteil verkehren wollte.«

Er hatte drei einfache und zwei schwierige Aufgaben zusammengestellt. Kingman mochte Süßigkeiten, besonders Schokolade. Salsbury wollte erreichen, daß ihm beim bloßen Gedanken an Schokolade schlecht wurde. Salsbury mochte keinen Spargelkohl. Salsbury wollte, daß er eine Vorliebe für eben dieses Gemüse entwickelte. Dritte Aufgabe war die Angst vor Hunden. Kingman fürchtete sich vor Hunden jeder Rasse und Größe. Bei dem Versuch würde es darum gehen, den jungen Mann in einen Hundeliebhaber zu verwandeln.

Von erheblichem Schwierigkeitsgrad waren die vierte und fünfte Aufgabe. Kingman war Atheist, eine Tatsache, die er vor Dawson mit Erfolg verborgen gehalten hatte. Und Kingman war ein Negerhasser. Ihn in einen gläubigen Christen und zugleich in einen Sympathisanten für die Gleichberechtigung der Neger zu verwandeln, war etwas, wofür seine Psyche von Grund auf geändert werden mußte.

Mitte April war Salsbury mit der unterschwelligen Programmierung der Versuchsperson fertig.

Kingman erhielt die Droge am 15. April. An den drei darauffolgenden Tagen stand er unter strenger ärztlicher Beobachtung. Körperlich gab es keinerlei Veränderungen. Keine toxische Reaktion, kein Hautausschlag, keine Änderungen im Blutbild, nichts, was als Nebenwirkung der Droge hätte ausgelegt werden können.

Am 19. April ließ Salsbury die Versuchsperson an der Vorführung von zwei Filmen teilnehmen. Es waren zwei Dokumentarfilme, die Projektion nahm drei Stunden in Anspruch. Mit den Bildern auf der Leinwand nahm Kingman zugleich die Unterschwelligen Botschaften auf, Anweisungen, die sich auf die fünf Punkte bezogen.

Die Erfolge wurden bereits am Tag darauf sichtbar. Beim Frühstück hatte Kingman eine Schokoladenwaffel ergriffen. Er nahm einen Bissen, sprang auf und rannte zur Toilette, wo er sich übergab. Zum Mittagessen verzehrte er vier Portionen Brokkoli in Buttersoße. Am Nachmittag jenes Tages nahm Dawson ihn auf einen Rundgang mit, der am Hundezwinger vorbeiführte. Kingman begann mit den Wachhunden zu spielen und war erst nach einer Viertelstunde vom Zwinger wegzubringen. Als Ogden und Dawson nach dem Abendessen auf die Bemühungen der Regierung zu sprechen kamen, das Programm der gemischtrassigen Schulen in den nördlichen Bundesstaaten voranzutreiben, entpuppte sich Kingman als liberaler Demokrat, der seit früher Jugend für die Rechte der Schwarzen kämpfte. Als er zu Bett ging, faltete er die Hände und sagte sein Gebet. Er wußte nicht, daß seine Worte von Mikrofonen aufgezeichnet wurden, und er ahnte auch nichts von den beiden Videokameras, die Ogden im Raum versteckt hatte.

Ein Lächeln lag auf Dawsons Lippen, als er dem Toten die Hand auf die Stirn legte. »Du hättest dabeisein sollen, Ernst! Es war sehr beeindruckend. Stell dir doch vor, oben wird ein glühender Atheist hineingesteckt, unten kommt ein Jesusjünger heraus. Und das alles innerhalb eines einzigen Tages.«

Salsbury war unruhig. »Kingman hat die Klinik am 21. April verlassen«, sagte er. »Am gleichen Tag habe ich begonnen, die neuen Tests vorzubereiten, die unterschwelligen Botschaften, die uns totale Kontrolle über Kingmans Gehirn geben sollten. Ich habe das Codewort festgelegt, alles war vorbereitet. Vor zwei Tagen, am 8. Juni, wurde Kingman wieder hierhergebracht.«

Klinger kniff die Augen zusammen. »Hat er keinen Verdacht geschöpft, weil wir ihn zwischendurch weggebracht haben?«

»Im Gegenteil«, sagte Dawson. »Er war sehr angetan, daß ich ihm soviel Aufmerksamkeit zuwandte. Er war geschmeichelt. Er hat sich wohl auch so etwas wie eine Beförderung ausgerechnet, wenn er sich für Ogdens Versuchsserie unentbehrlich machte. Für die Situation war das Verhalten ganz normal, alle jungen Leute, denen man mit einer Aufstiegschance winkt, reagieren so.«

Der General hatte Rückenschmerzen. Er ging zu einem Computer, drehte den Stuhl so, daß die Lehne zur Wand zeigte, und setzte sich. Sein Gesicht lag im Schatten, und die Gestalt wirkte wie eine Puppe, wie ein Troll, dessen Leichnam über eine Stuhllehne drapiert worden war. Er hob die Hände und legte die Zeigefinger aufeinander. »Ich fasse zusammen. Am 5. Juni stand das Programm. Kingman kam zurück am 8. Juni. Dann hast du als erstes seine Droge erneuert...«

»Nein«, sagte Salsbury. »Die Droge wirkt das ganze Leben lang, sie braucht nicht erneuert zu werden. Sobald Kingman wieder im Haus war, habe ich ihn die unterschwelligen Botschaften absolvieren lassen. Die Filmvorführung war in den Abendstunden. Ich erinnere mich, daß Kingman in der Nacht Alpträume hatte. Er mußte sich sogar übergeben.«

»Fieber?«

»Nein.«

»Könnte es sich dabei nicht um eine verspätete Reaktion auf die Droge handeln?«

»Mag sein«, sagte Salsbury. Er ging in die Ecke des Raumes, wo sein Schreibtisch stand, und kehrte mit einer Computerschreibung in der Hand zurück. »Hier sind die Gehirnwellen und die Augenbewegungen der Versuchsperson aufgezeichnet. Die Schreibung geht von ein Uhr nachts bis drei Uhr.«

Die drei Männer waren an den Autopsietisch getreten. Salsbury hatte die Schreibung über Kingmans Beine gelegt. Im Lichtkegel, der wie ein bläulicher Schaft aus der Decke strebte, lasen Klinger und Dawson die ausgedruckten Daten.

TEILPROGRAMM
VERSUCHSSERIE BK/OB REP 14
AUFZEICHNUNG: 10.6.1976
AUSDRUCK: 10.6.1976
AUSDRUCK

STUNDE	*MIN.*	*SEK.*	*MESSWERTE*
0100	00	00	EEG -- PHASE 3 SCHLAF
0100	01	00	EEG -- PHASE 3 SCHLAF
0100	02	00	EEG -- PHASE 4 SCHLAF
0100	03	00	EEG -- PHASE 4 SCHLAF
0100	04	00	EEG -- PHASE 4 SCHLAF

»Wie werden solche Meßwerte gewonnen?« erkundigte sich Klinger.

»Die Gehirnwellen und die Augenbewegungen werden

mit Hilfe von Membranen und Drähten aufgezeichnet«, sagte Salsbury.

»Und mit solchen Drähten um den Kopf kann die Versuchsperson noch schlafen?«

Salsbury nickte. »Kingman war sehr kooperativ. Er verstand, daß wir die Daten unbedingt haben wollten. Er hat sich recht schnell an die Beeinträchtigung beim Schlafen gewöhnt.«

Der General machte eine mißmutige Bewegung mit dem Kinn. »Ich muß sagen, die Schreibung bleibt mir ein Rätsel.«

»Mir ebenso«, sagte Dawson.

Salsbury unterdrückte ein Lächeln der Befriedigung. Seine Stärke gegenüber diesen beiden Haien lag in seinen Fachkenntnissen begründet. Er versäumte keine Gelegenheit, ihnen seinen Wissensvorsprung vor Augen zu führen. Sie sollten verstehen, daß sie das Projekt ohne ihn nicht zu Ende bringen konnten.

Er deutete auf die ersten Zeilen in der Schreibung. »Phase 4 bedeutet Tiefschlaf, diese Phase liegt meist ziemlich zu Anfang. Kingman legte sich um Mitternacht zu Bett. Eingeschlafen ist er um zwanzig vor eins. Aus der Schreibung können Sie ersehen, daß die Tiefschlafphase bereits zwanzig Minuten nach dem Einschlafen erreicht war.«

»Warum ist das so bemerkenswert?« fragte Dawson.

»Weil die Phase 4 einem Koma gleicht«, sagte Salsbury. »Das Elektroenzephalogramm zeigt nur alle paar Sekunden spitze Ausschläge. Der Schläfer rührt sich nicht. Es ist die Phase 4, wo das Unterbewußtsein die Regie übernimmt. Erinnern wir uns daran, das Unterbewußtsein schläft nie. Da während der Phase 4 keine Eindrücke eingespeichert werden, beginnt das Unterbewußtsein zu spielen, wie ein Kind, das man sich selbst überläßt. Im Falle von Kingman gab es ein Spielzeug, das wir dem Unterbewußtsein zur Verfügung gestellt hatten.«

»Das kodierte Programm, das Sie ihm zusammen mit dem Film verabfolgt hatten«, sagte der General.

»Ganz recht.« Er schob den grün-weiß gestreiften Stapel näher zum Licht. »Betrachten wir nun die weiteren Phasen.« Er deutete auf eine Zeile auf der dritten Seite.

0100	09	00	EEG -- PHASE 4 SCHLAF
0100	10	00	EEG -- PHASE 1 SCHLAF/REM
0100	11	00	EEG -- PHASE 1 SCHLAF/REM

»Wir gleiten von einer Phase des Schlafes in die andere«, dozierte Salsbury. »Wir verweilen in jeder Phase eine gewisse Zeit, dann steigen wir oder wir fallen auf eine andere Phase, wie ein Mensch, der durch ein Labyrinth aus Treppen geht. Wir sehen in dieser Zeile, daß Kingman gestört worden ist. Es ist die Art von Kurve, die der Enzephalograph aufzeichnet, wenn ein Schläfer durch ein Geräusch aus dem Tiefschlaf gerissen wird.«

»Gab es denn ein solches Geräusch?« fragte Klinger.

»Nein.«

»Was bedeutet REM? fragte Kinger.

»*Rapid Eye Movements*«, sagte Salsbury. »Wir bezeichnen damit die Augenbewegung unter dem geschlossenen Glied. REM ist immer ein Hinweis auf Träume.«

»Kingman hatte einen Traum«, stellte Dawson fest. »Aber was für einen?«

»Es gibt keine Möglichkeit, das herauszufinden.«

Der General kratzte sich das glattrasierte Kinn. »Aber Sie vermuten, daß sein Traum in Phase 1 mit dem implantierten Code zu tun hatte. Sein Unterbewußtsein spielte mit den Worten *Schlüssel* und *Schloß* herum.«

»Das vermute ich. Zumindest hätte das einige Logik für sich. Vielleicht war das Unterbewußtsein von dem empfangenen Programm so schockiert, daß der Schläfer in einen Traum katapultiert wurde.«

»Ein Alptraum?«

»Zunächst wohl ein ganz normaler Traum. Aber das änderte sich im Verlauf der beiden Stunden, die dann folgten.« Er tippte auf eine Zeile in der Schreibung.

0100	12	00	EEG -- PHASE 1 SCHLAF/REM
0100	13	00	EEG -- ALPHAWELLEN
0100	14	00	EEG -- ALPHAWELLEN

»Alphawellen bedeutet, Kingman ist aufgewacht«, sagte Salsbury. »Nicht lange, nur zwei Minuten. Und auch nicht richtig aufgewacht. Seine Lider blieben geschlossen. Er muß über den Traum nachgedacht haben, wie ein Mensch, der in einen Abgrund hinabsieht, den er soeben durchquert hat.«

»Er ist aufgewacht, weil ihm der Traum angst machte«, sagte Klinger.

»Wahrscheinlich.«

0100	15	00	EEG -- PHASE 1 SCHLAF/REM
0100	16	00	EEG -- PHASE 1 SCHLAF
0100	17	00	EEG -- PHASE 2 SCHLAF
0100	18	00	EEG -- PHASE 2 SCHLAF
0100	19	00	EEG -- PHASE 2 SCHLAF
0100	20	00	EEG -- PHASE 3 SCHLAF
0100	21	00	EEG -- PHASE 3 SCHLAF
0100	22	00	EEG -- PHASE 3 SCHLAF
0100	23	00	EEG -- PHASE 3 SCHLAF
0100	24	00	EEG -- PHASE 4 SCHLAF
0100	25	00	EEG -- PHASE 4 SCHLAF
0100	26	00	EEG -- PHASE 4 SCHLAF
0100	27	00	EEG -- PHASE 4 SCHLAF
0100	28	00	EEG -- PHASE 4 SCHLAF
0100	29	00	EEG -- PHASE 4 SCHLAF
0100	30	00	EEG -- PHASE 3 SCHLAF/REM

»Die erste Tiefschlafphase hat acht Minuten gedauert«, sagte Salsbury. »Die zweite nur noch sechs Minuten. Der Trend setzt sich fort, die Zyklen werden immer kürzer.«

0100	31	00	EEG -- PHASE 1 SCHLAF/REM
0100	32	00	EEG -- PHASE 1 SCHLAF/REM
0100	33	00	EEG -- PHASE 1 SCHLAF/REM
0100	34	00	EEG -- ALPHAWELLEN
0100	35	00	EEG -- PHASE 1 SCHLAF/REM
0100	36	00	EEG -- PHASE 1 SCHLAF/REM
0100	37	00	EEG -- PHASE 2 SCHLAF
0100	38	00	EEG -- PHASE 2 SCHLAF
0100	39	00	EEG -- PHASE 2 SCHLAF

0100	40	00	EEG -- PHASE 3 SCHLAF
0100	41	00	EEG -- PHASE 3 SCHLAF
0100	42	00	EEG -- PHASE 3 SCHLAF
0100	43	00	EEG -- PHASE 3 SCHLAF
0100	44	00	EEG -- PHASE 3 SCHLAF
0100	45	00	EEG -- PHASE 3 SCHLAF
0100	46	00	EEG -- PHASE 3 SCHLAF
0100	47	00	EEG -- PHASE 3 SCHLAF
0100	48	00	EEG -- PHASE 4 SCHLAF
0100	49	00	EEG -- PHASE 4 SCHLAF
0100	50	00	EEG -- PHASE 4 SCHLAF
0100	51	00	EEG -- PHASE 1 SCHLAF/REM

»Zum Schluß sind die Tiefschlafpausen nur noch drei Minuten lang«, stellte Klinger fest.

»Aber warum?« fragte Dawson.

»Weil Kingmans Unterbewußtsein während der Tiefschlafphase ein Erlebnis verarbeiten mußte, das zur Flucht aus dem Tiefschlaf zwang«, sagte Salsbury. »Das Versteck heißt Traum und befindet sich nahe der Oberfläche. Deshalb geht die Schreibung auch mit Phase 1 weiter.«

»Das könnte bedeuten, daß er in Phase 4 Schmerz empfunden hat«, sagte Dawson.

»Schmerz ist die falsche Bezeichnung«, sagte Salsbury. »Nur im wachen Zustand kann ein Mensch Schmerz empfinden.«

»Und die richtige Bezeichnung?«

»Angst«, sagte Salsbury. Er schlug eine neue Seite auf.

0100	52	00	EEG -- PHASE 1 SCHLAF/REM
0100	53	00	EEG -- PHASE 1 SCHLAF/REM
0100	54	00	EEG -- PHASE 1 SCHLAF/REM
0100	55	00	EEG -- ALPHAWELLEN
0100	56	00	EEG -- ALPHAWELLEN
0100	57	00	EEG -- PHASE 1 SCHLAF/REM
0100	58	00	EEG -- PHASE 1 SCHLAF/REM
0100	59	00	EEG -- PHASE 2 SCHLAF/REM
0200	00	00	EEG -- PHASE 2 SCHLAF
0200	01	00	EEG -- PHASE 2 SCHLAF

0200	02	00	EEG -- PHASE 2 SCHLAF
0200	03	00	EEG -- PHASE 3 SCHLAF
0200	04	00	EEG -- PHASE 3 SCHLAF
0200	05	00	EEG -- PHASE 3 SCHLAF
0200	06	00	EEG -- PHASE 3 SCHLAF
0200	07	00	EEG -- PHASE 4 SCHLAF
0200	08	00	EEG -- PHASE 1 SCHLAF/REM

»Jetzt ist er in einer Phase der Erregung«, sagte Salsbury. Er sprach von Kingman, als lebte er noch. »Die Linie wird immer unruhiger. Um zwanzig nach zwei hat er dann wieder die Phase 3 erreicht.« Er glitt mit dem Finger auf die nächste Seite. »Sehen Sie sich an, was jetzt passiert.«

0200	20	00	EEG -- PHASE 3 SCHLAF
0200	21	00	EEG -- PHASE 3 SCHLAF
0200	22	00	EEG -- PHASE 3 SCHLAF
0200	23	00	EEG -- PHASE 3 SCHLAF
0200	24	00	EEG -- PHASE 3 SCHLAF
0200	25	00	EEG -- PHASE 1 SCHLAF/REM

Klinger war fasziniert. »Er flüchtet sich in die Phase 1, noch bevor er die Phase 4 erreicht hat.«

»Angst«, sagte Salsbury. »Sein Unterbewußtsein durchlebt einen Schock. Und die Angst wird immer schlimmer. Sehen Sie hier.«

0200	26	00	EEG -- PHASE 1 SCHLAF/REM
0200	27	00	EEG -- PHASE 1 SCHLAF/REM
0200	28	00	EEG -- ALPHAWELLEN
0200	29	00	EEG -- PHASE 1 SCHLAF/REM
0200	30	00	EEG -- ALPHAWELLEN
0200	31	00	EEG -- PHASE 1 SCHLAF/REM
0200	32	00	EEG -- PHASE 1 SCHLAF/REM
0200	33	00	EEG -- PHASE 2 SCHLAF
0200	34	00	EEG -- PHASE 2 SCHLAF
0200	35	00	EEG -- PHASE 2 SCHLAF
0200	36	00	EEG -- PHASE 3 SCHLAF
0200	37	00	EEG -- ALPHAWELLEN

»Um zwei Uhr siebenunddreißig wäre er beinahe aufgewacht«, sagte Dawson. »Irgend etwas hat ihn so erschreckt, daß er aufwachen wollte.«

Salsbury nickte. »Sie lernen die Schreibung jetzt lesen, und Ihre Beurteilung ist richtig. Er wollte aufwachen, aber er hat sich nur bis nahe an die Oberfläche geflüchtet, in den Alphawellenbereich.«

0200	38	00	EEG -- PHASE 1 SCHLAF/REM
0200	39	00	EEG -- PHASE 1 SCHLAF/REM
0200	40	00	EEG -- PHASE 1 SCHLAF/REM
0200	41	00	EEG -- ALPHAWELLEN
0200	42	00	EEG -- PHASE 1 SCHLAF/REM
0200	43	00	EEG -- ALPHAWELLEN
0200	44	00	EEG -- PHASE 1 SCHLAF/REM
0200	45	00	EEG -- PHASE 1 SCHLAF/REM
0200	46	00	EEG -- PHASE 2 SCHLAF
0200	47	00	EEG -- PHASE 2 SCHLAF
0200	48	00	EEG -- PHASE 1 SCHLAF/REM
0200	49	00	EEG -- ALPHAWELLEN
0200	50	00	EEG -- PHASE 1 SCHLAF/REM
0200	51	00	EEG -- PHASE 1 SCHLAF/REM
0200	52	00	EEG -- ALPHAWELLEN
0200	53	00	EEG -- PHASE 1 SCHLAF/REM
0200	54	00	EEG -- PHASE 1 SCHLAF/REM
0200	55	00	EEG -- ALPHAWELLEN
0200	56	00	EEG -- PHASE 1 SCHLAF/REM
0200	57	00	EEG -- ALPHAWELLEN
0200	58	00	EEG -- ALPHAWELLEN
0200	59	00	EEG -- ALPHAWELLEN
0300	00	00	EEG -- ALPHAWELLEN
0300	01	00	EEG -- ALPHAWELLEN
0300	02	00	EEG -- KEIN IMPULS
0300	03	00	EEG -- KEIN IMPULS
0300	04	00	EEG -- KEIN IMPULS
0300	05	00	EEG -- KEIN IMPULS

LEBENSZEICHEN NEGATIV
LEBENSZEICHEN NEGATIV

LEBENSZEICHEN NEGATIV
VERSUCHSPERSON TOT

ENDE DES AUSDRUCKS
ENDE DES AUSDRUCKS
::STOP::

»Er ruhe in Frieden«, sagte Dawson. »Er war ein guter Mensch.«

»Fünf Minuten lang Alphawellen«, sagte Klinger. »Bedeutet das, er war bei vollem Bewußtsein, als er starb?«

»Er war wach«, sagte Salsbury, »aber seine Wahrnehmung war eingeschränkt.«

»Was ist in den letzten fünf Minuten passiert?« sagte Klinger.

Er ging zu einem Computer und begann einige Daten einzutippen. Die Sichtschirme, die in die Wand eingelassen waren, erloschen bis auf zwei.

»Auf dem Schirm rechts werden Sie ein Videoband sehen«, sagte Salsbury. »Die letzten sechs Minuten vor dem Tod. Auf dem Schirm links erscheinen Meßdaten wie Körpertemperatur, Frequenz der Atmung, Blutdruck. Es gibt zwei Spalten, links die normalen Werte des Patienten, rechts die gemessenen Werte. Die Messungen erfolgten im Abstand von 30 Sekunden.«

Dawsons Blick war wie gebannt auf die beiden Mattscheiben gerichtet. Klinger stand neben ihm.

Der rechte Schirm begann zu flimmern. Ein Schwarzweißbild erschien, scharfrandig, hart. Brian Kingman lag auf seinem Bett. An Kopf und Körper zwölf Meßmembranen befestigt, von denen ein Gewirr von Kabeln zu den Apparaturen führte, die neben dem Bett aufgebaut waren. An seinem rechten Arm war ein Blutdruckmesser befestigt. Seine Stirn glänzte von Schweiß. Er zitterte am ganzen Körper. Man sah, wie er die Arme hochwarf, mit den Füßen in die Luft stieß. Die Augen waren geschlossen. Er schlief.

»Er ist in Phase 1«, sagte Salsbury.

»Er träumt«, sagte Dawson.

»Wahrscheinlich.«

In der Ecke des linken Schirmes erschien die Anzeige einer Digitaluhr. Stunden, Minuten, Sekunden und Zehntelsekunden wurden angezeigt.

Dann leuchteten die Meßwerte auf.

	NORM DES PATIENTEN	*MESSUNG*
KÖRPER-TEMPERATUR	36,7°C.	36,7°C.
ATMUNG	18 PRO MINUTE	22 PRO MINUTE
PULS	70 PRO MINUTE	90 PRO MINUTE
BLUTDRUCK		
SYSTOLISCH	100-120	110
DIASTOLISCH	60-70	70

»Er schläft noch«, sagte Salsbury, »aber Puls und Atmung sind beschleunigt. Er könnte einen Alptraum haben. Darauf deuten jedenfalls die Bewegungen der Extremitäten hin. Er wird gleich aufwachen, passen Sie auf. Jetzt!«

Kingman fuhr hoch, er blieb sitzen, hielt seine Knie umklammert. Er hob die Arme, preßte die Hände an den Kopf. Er öffnete den Mund.

»Er schreit«, sagte Salsbury.

»Aber warum?« fragte Dawson. »Er ist doch schon wach. Der Alptraum ist vorüber.«

»Puls und Atmung beschleunigen sich weiter«, sagte Klinger.

Kingman schrie. Kein Laut war zu hören.

0200 58 00

»Wie heftig er atmet«, sagte Dawson. »Irgend etwas scheint ihm die Lungen zu sprengen.«

Kingman hatte begonnen, an seiner Lippe zu nagen. Sekunden später spritzte das Blut.

»Ein epileptischer Anfall?« fragte der General.

»Nein«, sagte Salsbury.

Die Digitaluhr zeigte 02.59, als die neuen Meßwerte ausgedruckt wurden.

	NORM DES PATIENTEN	MESSUNG
KÖRPER-TEMPERATUR	36,7°C.	37°C.
ATMUNG	18 PRO MINUTE	48 PRO MINUTE
PULS	70 PRO MINUTE	190 PRO MINUTE
BLUTDRUCK SYSTOLISCH	MESSWERT LÖSCHEN MESSWERT LÖSCHEN MESSWERT LÖSCHEN	

Kingman lag auf seinem Bett. Der Körper zitterte nicht mehr, auch die Arme und die Beine waren zum Stillstand gekommen. Die rechte Hand öffnete sich, wie um etwas auszuwringen. Die Augen waren zugekniffen.

Der Sichtschirm wurde schwarz. Sekunden später flimmerte eine Warnung auf:

0200 59 12
INFARKT
INFARKT

»Er hat einen Herzanfall«, sagte Salsbury.

Kingmans linker Arm war zu einem V erstarrt. Der Arm sah wie gelähmt aus. Die linke Hand war zur Faust geballt.

0300 00 00
PULS UNREGELMÄSSIG
ATMUNG UNREGELMÄSSIG

Kingman hatte die Augen geöffnet. Der Blick war zur Decke gerichtet, der Mund weit aufgerissen.

»Er schreit wieder«, sagte Klinger.

»Er *versucht* zu schreien«, sagte Salsbury. »Er kann in diesem Zustand keinen Laut mehr hervorbringen.«

0300 01 00
PULS FÄLLT AB
ATMUNG FÄLLT AB
EEG ZEIGT DELTAWELLEN

Die wringende Bewegung der rechten Hand kam zum Stillstand. Der Mund schloß sich.

»Er ist tot«, sagte Salsbury.

Die beiden Mattscheiben wurden dunkel. Brian Kingman war gestorben. Zweimal.

»Woran ist er gestorben?« Dawson war kreidebleich geworden. »An der Droge?«

»Nicht an der Droge«, sagte Salsbury. »An der Angst.«

Klinger ging zum Autopsietisch zurück, um den Leichnam aus aller Nähe zu betrachten. »Angst«, murmelte er. »Ich dachte mir, daß Sie das sagen würden, Salsbury.«

»Angst *kann* töten«, sagte Salsbury. »Es gibt unzählige Versuche, die das beweisen. Die Umstände bei Kingman deuten darauf hin, daß Angst die Todesursache war. Aber ich werde natürlich eine Leichenöffnung vornehmen, dann wissen wir mehr. Ich bin allerdings schon jetzt ziemlich sicher, daß wir keine physiologischen Ursachen für den Infarkt vorfinden werden.«

Dawson hatte Salsbury bei den Schultern ergriffen. »Willst du damit sagen, Brian hat gemerkt, was wir mit ihm vorhatten? Willst du sagen, er hatte Angst davor, ein Roboter zu werden? Solche Angst, daß er deswegen einen tödlichen Herzanfall erlitt?«

»Das wäre möglich.«

»Das bedeutet, die Droge wirkt, aber die unterschwelligen Botschaften funktionieren nicht richtig.«

»Die unterschwelligen Botschaften funktionieren richtig«, sagte Salsbury. »Ich muß das Programm nur etwas feiner einstellen.«

»Feiner einstellen?«

»Ich will es allgemeinverständlich formulieren«, sagte Salsbury. »Es geht mir doch darum, dem Individuum unseren Schlüssel-Schloß-Code ins Gehirn zu implantieren. Dazu muß ich, um zu einem Vergleich zu greifen, ein Loch durch das ›es‹ und durch das ›ich‹ bohren. Das erste Programm, das ich eingesetzt habe, war zu grob. Es sind keine Löcher entstanden, sondern das ›es‹ und das ›ich‹ sind zerstört worden. Das bedeutet, ich muß beim nächsten Mal behutsamer vorgehen. Ich muß, um in meinem Vergleich zu bleiben, einen viel

feineren Bohrer benutzen. Den Weisungen, die das Individuum erhält, wird Überredung, Überzeugung vorangehen.«
Er ging in die Ecke des Raumes und kehrte mit einem Wagen voller chirurgischer Instrumente zurück.

Dawson dachte nicht daran, sich mit der erhaltenen Erklärung zufriedenzugeben. »Was ist, wenn das Programm nicht in der erforderlichen Weise verfeinert werden kann? Was ist, wenn uns die nächste Versuchsperson wegstirbt? Ich kann für die Leute mit einiger Mühe eine Erklärung finden, warum Kingman plötzlich verschwunden ist. Aber wenn zwei oder drei Angestellte meiner näheren Umgebung sich in nichts auflösen? Unmöglich!«

Salsbury hatte eine Schublade an dem Instrumentenwagen geöffnet. Er holte ein weißes Leinentuch heraus und breitete es über die verglaste Abdeckung. »Wir werden keinen Angestellten mehr als Testperson verwenden.«

»Wen denn sonst?«

Salsbury begann die Instrumente auf das Tuch zu legen, fein säuberlich nebeneinander. »Die Söldner«, sagte er. »Wir gründen die Firma in Liechtenstein, so war es ja auch geplant. Wir heuern zunächst einmal drei Söldner an. Wir statten sie mit neuen Papieren aus und lassen sie unter falschem Namen in die Staaten einreisen.«

»Und wo willst du die drei Männer unterbringen? Etwa in diesem Haus?«

»Ganz recht. Wir werden noch etwas abwarten, bevor wir das Anwesen in Deutschland oder in Frankreich kaufen. Sobald die drei Versuchspersonen hier eintreffen, gebe ich ihnen die Droge. Einen Tag später beginnt die Programmierung. Ich probiere das Programm erst bei einer Versuchsperson aus. Überlebt sie, kommt die nächste dran. In der zweiten Phase können wir das Verfahren dann auf breiterer Ebene anwenden. Ich denke an irgendeine kleine Ortschaft in den Vereinigten Staaten, am besten ein abgelegener Ort. Wir brauchen dann sowieso ein paar willige Handlanger, da kommen unsere drei Söldner gerade recht.«

Dawson machte ein finsteres Gesicht. »Die Anwälte in Liechtenstein, die falschen Pässe, das Anheuern der Söldner, das sind alles Ausgaben, die ich eigentlich erst machen wollte, wenn fest steht, daß die Droge und das Programm funktionieren.«

»Sie werden funktionieren«, sagte Salsbury.

»Das hoffen wir, aber wir haben keine Gewißheit«, gab Dawson zurück.

Er betrachtete die Klinge des Skalpells. »Du brauchst die Sache ja nicht von deinem privaten Geld zu finanzieren, Leonard. Du kannst die nötigen Mittel aus einer deiner Firmen rausquetschen.«

»Aus Futurex? Das ist gar nicht so einfach, wie du dir das vorstellst. Ich bin den anderen Anteilseignern Rechenschaft schuldig.«

»Du bist Milliardär«, sagte Salsbury. »Futurex ist nicht alles, was du besitzt. Du hast zwei Millionen Dollar aufgetrieben für das Laboratorium plus achtzigtausend für die monatlichen Kosten. Im Vergleich dazu sind die Kosten für die Söldner ein Pappenstiel.«

»Dem kann ich nur zustimmen«, sagte der General.

»Es ist ja auch nicht dein Geld, das du aus dem Fenster wirfst, sondern meines«, sagte Dawson wütend.

»Wenn du wirklich meinst, das Geld ist aus dem Fenster hinausgeworfen, dann sollten wir das ganze Projekt sofort stoppen«, sagte Salsbury.

Dawson hielt die Hände in den Hosentaschen vergraben. »Es ist nicht so sehr das Geld, das mir Sorgen macht, sondern die Söldner.«

»Die Söldner machen dir Sorgen?«

»Weil es Killer sind.«

»Natürlich sind es Killer.«

»Professionelle Killer. Sie verdienen ihren Lebensunterhalt, indem sie andere Menschen umbringen.«

»Und?«

»Die Vorstellung, solche Typen in diesem Haus unterzubringen, gefällt mir nicht«, sagte Dawson.

Du Heuchler, dachte Salsbury.

»Es sind Killer«, sagte Klinger. »Aber was unterscheidet uns von ihnen? Wenn die Polizei herausfände, was wir mit Kingman gemacht haben, glaubst du, die würden uns einen Blumenstrauß schicken? Für Polizei und Gerichte sind wir

Killer, auch wenn wir unseren Lebensunterhalt auf andere Weise verdienen.«

In Dawsons schwarzen Augen spiegelte sich das blaue Licht. Es sah unheimlich aus, wie der Widerschein aus einer anderen Welt. Als er eine Bewegung machte, schwand der Eindruck. »Ich möchte feststellen, daß ich Brian keinen Finger gekrümmt habe«, sagte er. »Ich habe ihm nicht einmal ein unfreundliches Wort gesagt, all die Jahre nicht.«

Salsbury und Klinger schwiegen.

»Ich habe seinen Tod nicht gewollt.«

Dawson fuhr sich mit der Hand über die Stirn. »Also gut. Ich bin einverstanden mit der Sache in Liechtenstein. Grünes Licht für die Söldner. Ich kümmere mich drum.«

»Wann können die Männer hier sein?« fragte Salsbury.

»Ich muß mit Vorsicht zu Werke gehen«, sagte Dawson. »Drei Monate. Vielleicht vier.«

Salsbury nickte, dann fuhr er mit dem Ausrichten der Seziergeräte auf dem Tuch fort.

6. Kapitel

Montag, der 22. August 1977

Es war neun, als Jenny, mit dem Vogelkäfig in der Hand, vor dem Zelt auftauchte.

Mark empfing sie mit einem Lachen. »Wozu bringst du *das* denn?«

»Ein Gast bringt immer eine Kleinigkeit mit«, lächelte sie.

Er küßte sie in den Nacken.

Sie gab seinem Sohn den Käfig. »Für dein Eichhörnchen. Du willst es doch nach Black River mitbringen.«

»Im Käfig?« fragte Mark.

»Du darfst es nicht frei im Wagen herumspringen lassen, das wäre gefährlich.«

»Das Eichhörnchen läßt sich sicher nicht gern einsperren.«

»Es wird sich dran gewöhnen.«

»Wenn du's wirklich behalten willst, mußt du's sowieso in einen Käfig tun«, sagte Paul.

»Jetzt bedanke dich wenigstens bei Jenny«, sagte Rya. »Sie ist sicher durch halb Black River getigert, bis sie den Käfig fand.«

Der Junge war rot geworden. »Entschuldigung. Ich meine, danke schön, Jenny.«

»Im Käfig liegt ein kleines braunes Paket«, sagte Jenny. »Das ist für euch beide.«

Rya öffnete das Paket. Drei Taschenbücher kamen zum Vorschein. Sie betrachtete die Titel. »Meine Lieblingsautoren! Danke, Jenny!«

Jenny stand dabei, wie Rya zu lesen begann. Mark hatte eines der drei Bücher genommen und begann zu blättern. Das Zwitschern der Vögel war zu hören, und Jenny war wehmütig ums Herz. Sie liebte diese Kinder. Und sie liebte Paul.

Wenn ich ihn liebe, warum heirate ich ihn nicht?

Weil...

Sie beschloß, nicht weiter über das Problem nachzudenken. Wer Dialoge mit sich selbst führte, endete in Schizophrenie.

Mark begann sein Eichhörnchen zu füttern. Er erklärte Jenny, daß er dem Tier das Apportieren beibringen werden. Und Jenny brachte es nicht übers Herz, ihm zu sagen, daß ein Eichhörnchen nie apportieren lernt.

Es war elf Uhr geworden, als Rya ihren Federballschläger zur Seite legte. »Ich habe allen Anwesenden etwas Wichtiges mitzuteilen«, sagte sie atemlos. »Mark und ich machen heute das Mittagessen. Es gibt eine Überraschung.«

»Es gibt...«

Rya fuhr ihrem Bruder über den Mund. »Wirst du wohl still sein! Es ist eine Überraschung, habe ich gesagt.«

Rya legte den Kopf zurück, bis das lange schwarze Haar nach hinten schwang. Sie sah ihren Vater an. »Ich schlage vor, du und Jenny, ihr beiden macht jetzt einen Waldspaziergang, sonst habt ihr keinen Appetit, wenn das Essen losgeht.«

»Geh mit Jenny spazieren«, sagte Mark. »Wir wissen schließlich, daß ihr beiden allein sein wollt.«

»Mark!« tadelte ihn seine Schwester.

Mark verteidigte sich. »Deshalb machen wir ja auch das Essen. Damit ihr für euch sein könnt.«

Jenny mußte lachen.

»Es tut mir leid«, sagte Paul verlegen.

»Es gibt Eichhörnchen zu Mittag«, sagte Rya. »Gebratenes Eichhörnchen.«

Auf Marks Zügen malte sich das blanke Entsetzen ab. »Du sollst so etwas nicht sagen.«

»Hab's nicht so gemeint«, sagte Rya.

»Trotzdem. So etwas sagt man nicht.«

»Entschuldige bitte. Soll nicht wieder vorkommen.«

Mark betrachtete sie von der Seite, als wollte er sich der Ernsthaftigkeit ihres Versprechens vergewissern. »Gut«, sagte er dann. »Ist gut.«

Jenny hatte Paul bei der Hand ergriffen. »Wenn wir jetzt nicht unseren Waldspaziergang machen, wird deine Tochter sehr böse mit uns sein. Ich glaube, Rya ist ein gefährliches Mädchen, wenn sie böse wird.«

Rya strahlte. »Da hast du recht. Ich bin fürchterlich in meinem Zorn.«

»Also gut«, sagte Paul. »Jenny und ich verschwinden jetzt von der Bildfläche.« Er beugte sich zu Rya. »Aber heute abend erzähle ich dir die Geschichte von dem furchtbaren Ende eines kleinen Mädchens.«

»Was für ein Mädchen, Paps?«

»Ein Mädchen, das ein Komplott gegen ihren Vater schmiedete.«

»Solche Geschichten mag ich«, sagte Rya. Sie lachte. »Essen ist Punkt eins.« Sie wandte sich ab, als hätte sie geahnt, daß ihr Paul den Federballschläger über den Hintern ziehen wollte.

Sie blieben stehen wo der Bach ein Becken aus tiefem, dunklem Wasser bildete. Die glitzernden Leiber der Forellen waren zu sehen. Das Grün der Blätter, der Stamm einer alten Eiche, Moos. Ein Liebeslager.

Sie waren eine halbe Stunde vom Zelt entfernt. Jenny machte es sich im Moos bequem. Sie verschränkte die Arme hinter dem Kopf. Er legte sich neben sie.

Er begann sie zu liebkosen. Seine Hand fand zu ihren Brüsten, glitt zu ihren Schenkeln. Er spürte, wie sein Glied schwoll. Sie tastete über die Ausbuchtung in seinen Jeans.

»Ich will dich«, sagte sie. »Besorg's mir.«

Sie hatte sich entkleidet. Er küßte ihre Brüste.

»Jetzt«, sagte sie. »Ich will's jetzt.«

Sie schliefen miteinander. Das Erlebnis war so tief, daß keiner der beiden sich an etwas Ähnliches erinnern konnte. Das Gefühl, ihn für sich zu haben, trieb Jenny bis an den Rand der Bewußtlosigkeit. Sie spürte, daß er das gleiche empfand. Als er sein Glied in sie hineinschob, war sie bereit für ihn. Sie spürte, wie er in ihr wuchs, wie er ihr Innerstes ausfüllte. Ihr Blick war auf seine Arme gerichtet. Sie zog ihn auf sich, half mit wütenden Stößen ihres Beckens nach, wenn seine Bewegung zu sanft, zu zart kam. Der Höhepunkt für Jenny kam schnell und hielt so lange an, daß sie seinen Orgasmus gar nicht mehr bemerkte.

Ihre Bewegungen waren langsamer geworden. »Jenny«, flüsterte er. Er küßte sie auf die Lippen. Er küßte sie auf die Stirn.

Sie kuschelte sich in seine Armbeuge. Ihr Mund kam an seine Halsschlagader zu liegen.

Sie hielten sich umschlungen. Das genossene Glück war die Nabelschnur, die sie verband.

Einige Minuten lang vergaß Jenny, wo sie war. Dann kam das Zwitschern der Vögel zurück, das Rascheln der Blätter in den Baumwipfeln, das Rauschen des Windes, der durch die Tannenzweige strich. Sie spürte, wie sein warmer Samen über ihre Schenkel sickerte. Es war ein heißer Tag.

Sie machte sich von ihm frei.

»Ich kann's nicht glauben«, sagte sie.

»Ich auch nicht.«

Dann schwiegen sie.

Sein Finger glitt über den dünnen Film, der sich zwischen ihren Brüsten gebildet hatte. »Weißt du was?« fragte er.

»Was ist?«

»Ich habe noch nie mit einer Frau geschlafen, die es so genossen hat.«

»Sex, meinst du.«

»Ich meine Sex, ja.«

»Deine verstorbene Frau war leidenschaftlich im Bett, das hast du mir selbst erzählt.«

»Sie war anders als du. Du gibst dich ganz, mit jeder Faser deines Körpers.«

»Mir macht's halt Spaß.«

»Es ist mehr als das.«

»Dann bin ich eben *oversexed*. Macht mir nichts aus.«

»Es ist mehr als das.«

»Wirst du mir jetzt sagen, daß du nicht nur meinen Körper liebst?«

»Genau das. Mir gefällt an dir, daß du das Leben liebst. Du trinkst ein Glas Wasser, wie andere Menschen ein Glas Wein trinken.«

»So etwas Ähnliches hat mir mal ein Freund gesagt.«

»Er hat recht gehabt.«

»Daß ich das Leben liebe, habe ich meinem Vater zu verdanken.«

»Wie meinst du das?«

»Ich hatte eine sehr glückliche Kindheit, weißt du.«

»Deine Mutter starb, da warst du noch ein kleines Mädchen. War das nicht ein großer Schock für dich?«

»Sie ist im Schlaf gestorben, Paul. Sie hat nicht gelitten.«

»Sag mir nicht, daß du sie nicht betrauert hast.«

»Ich habe Mutter betrauert, aber mein Vater hat mir soviel Liebe gegeben, daß ich den Schmerz bald vergaß.« Sie fuhr ihm mit den Fingerspitzen über die Brauen. »Manchmal frage ich mich allerdings, ob es nicht besser gewesen wäre, Vater hätte mich auf das Leben, auf den Alltag vorbereitet.«

Er zuckte die Achseln. »Ich glaube, ein Vater hat schon sehr viel erreicht, wenn er seinen Kindern die Fähigkeit zum Glück mitgibt.«

Sie schüttelte den Kopf. »Ich war noch sehr naiv, als ich heiratete. Zu naiv.«

»Ein falscher Partner, das kann jedem passieren, sogar den raffiniertesten Menschen.«

»Aber die zerbrechen nicht dran wie ich.«

Seine Hand wanderte über ihre Magengrube. Sie spürte, wie sich neues Begehren in ihrem Schoß regte.

»Du hast deine eigene Situation gerade treffend analysiert«, sagte er. »Wenn du dazu in der Lage bist, ist das Schlimmste schon überstanden.«

»Ich soll die Vergangenheit vergessen, meinst du.«

»Ja.«

»Dazu müßte ich erst einmal wissen, was meine Gegenwart ist. Ich müßte wissen, wer ich bin.«

»Weißt du das nicht?«

»Ich bin nicht mehr das, was man unschuldig nennt«, sagte sie ernst. »Trotzdem bin ich keine Zynikerin geworden.«

Er liebkoste die Fülle ihrer Brüste. »Wir würden uns gut miteinander verstehen, da bin ich ganz sicher.«

»Manchmal denke ich das auch. Und eben das macht mir Sorgen. Es macht mir Sorgen, daß ich so von unserem Glück überzeugt bin, Paul.«

»Ich möchte, daß wir heiraten«, sagte er.

»Warum sagst du das?«

»Weil ich's wirklich möchte. Ich möchte dich heiraten.«

»Ich habe Angst vor der Ehe. Mir reicht das erste Mal.«

»Du hast es jetzt mit einem anderen Mann zu tun.«

»Ich weiß, daß du es gut meinst. Aber das genügt nicht.«

»Es gibt keine Erfolgsgarantie, wenn es um die Verbindung mit einem anderen Menschen geht. Statt dessen gibt es Risiken, die man eingehen muß.«

»Ich möchte keine Risiken eingehen.«

»Das bedeutet, du willst allein leben. Willst du das wirklich?«

Sie wandte sich ihm zu. »Warum verdirbst du den schönen Tag mit solchen Gesprächen?«

»Ich sehe nicht, wieso ein Gespräch über unsere Zukunft uns den Tag verderben soll.«

»Ich möchte von etwas anderem reden.«

»Es gibt aber nichts, was mir so sehr am Herzen läge wie unsere Heirat.«

Sie nahm seine Hand und führte sie an ihre Brüste. »Magst du die?«

Er nickte.

»Dann laß uns über meine Brüste sprechen.«

»Red doch nicht solch einen Unsinn.«

»Ich meine es ernst. Ich finde, ich habe schöne Brüste. Ich genieße es, wenn du über dieses Thema mit mir sprichst.«

»Du bist unmöglich.«

»Okay, okay. Wenn wir nicht über meine Tittis sprechen dürfen, dann laß uns über deinen Zipfel reden.«

»Jenny!«

Sie umfing seine Erektion mit der gewölbten Hand. »Kann ich dich da... küssen?«

»Was habe ich getan, daß ich mich in so ein freches Weibsbild verlieben muß?«

»Deine Sünden kennst du selbst am besten«, lachte sie. »Leg dich hin.«

»Ich will aber nicht.«

Sie fuhr mit dem Finger an seinem harten Glied entlang. »Siehst du, die Biologie ist stärker. Halt still, ich möchte dich küssen.«

»Später.«

»Jetzt.«

»Ich möchte dich zuerst zum Höhepunkt bringen.«

»Und du setzt immer deinen Willen durch, wie?«

»Immer nicht, aber diesmal ja. Ich bin stärker als du.«

»Macho!«

»Das hast *du* gesagt.« Er küßte ihre Brust, und dann glitten seine Lippen zu ihren Schenkeln.

Sie erschauderte vor Wonne. »Du hast recht«, flüsterte sie. »Ladies first.«

Er hob den Kopf und lächelte ihr zu. Wie ein Junge, dachte sie. Klare, blaue Augen wie ein kleiner Junge.

Ein guter Mann, dachte sie. Ihr Herzschlag war schneller geworden. Das Rauschen der Blätter wich zurück.

Ein gutaussehender Mann. Rücksichtsvoll, begehrenswert, sexy und zärtlich. Ein Mann fürs Glück.

Das Haus lag an der Union Road, nur einen Häuserblock vom Stadtplatz entfernt. Bungalow mit weißgestrichenen Fenstern. Gepflegtes Haus. Veranda. Efeu und Bougainvillea. Ein Mäuerchen aus Ziegelsteinen. Blumen. Ein Bad für die Vögel. Ein Schild hing über dem Eingang. ›The Macklins.‹

Es war ein Uhr nachmittags. Salsbury ging die drei Stufen zur Verande hinauf. Er hielt eine Aluminiumtafel an sich gepreßt, auf die einige Papierbögen geklemmt waren. Er läutete.

Das Summen der Bienen in den Fliedersträuchen.

Salsbury war überrascht, als er die Frau sah. Das Haus war penibel sauber, er hatte eine ältere Person erwartet. Aber die Frau war Mitte Zwanzig. Sie war schlank in der Taille und rund, wo die Hüften und der Busen begannen. Sie war blond. Sie hatte das Gesicht der Mädchen in den Modemagazinen. Sie war fast sechs Fuß groß. Feminin. Eine Frau, die nur aus Beinen zu bestehen schien. Sie trug Shorts. Das Oberteil gab den Bauch frei. Die Haut war straff und gebräunt.

Wie immer, wenn er eine schöne Frau sah, war er sprachlos. Er leckte sich über die trockenen Lippen und starrte sie an.

»Was kann ich für Sie tun?« fragte sie freundlich.

Er räusperte sich. »Deighton. Albert Deighton. Ich führe eine Befragung durch. Bin schon seit vergangener Woche in Black River. Sie haben sicher schon davon gehört. Die soziologische Studie. Ich habe in Ihrer Nachbarschaft mit...«

»Ich weiß«, sagte sie. »Sie waren gestern bei der Familie Soloman zwei Häuser weiter.«

»So ist es.« Es war auf einmal heißer als noch wenige Minuten zuvor. Salsbury ärgerte sich, als die ersten Schweißperlen auf seiner Stirn erschienen. Er nahm sein Taschentuch, wischte den Schweiß weg und lächelte. »Ich würde Ihnen gern einige Fragen stellen«, begann er. »Ihnen und Ihrem Gemahl. Ich denke, wir werden höchstens eine halbe Stunde brauchen, es sind nur...«

»Das tut mir leid«, sagte sie. »Mein Mann ist nicht zu Hause. Er arbeitet in der Tagschicht beim Sägewerk. Er kommt erst gegen halb sechs heim.«

Er glättete die Fragebögen auf seiner Alutafel. »Das macht nichts, ich kann mich mit Ihrem Mann ein andermal unterhalten. Kann ich auch die Kinder sprechen? Die Kinder sind für die Untersuchung besonders wichtig, ich dachte...«

»Wir sind erst ein Jahr verheiratet«, unterbrach sie ihn. »Wir haben noch keine Kinder.«

»Sie sind sozusagen noch in den Flitterwochen.«

»Sozusagen.« Sie schmunzelte. Sie hatte Grübchen. Salsbury fühlte sich von einem Mahlstrom ergriffen, der ihn in einen dunklen Schlund hinabziehen würde, und der Schlund hieß Frau. Ein wehmütig-süßes Gefühl. »Gibt es keine Verwandten, die in Ihrem Haushalt wohnen? Untermieter?«

»Nein, nur Richie und ich.«

»Richie ist Ihr Mann.«

»Ganz recht.«

Er war ein großes Risiko eingegangen, als er das Codewort an die Serviererin verriet. Eigentlich hatte er's nur getan, weil sie Miriam glich. Die Sache war noch einmal gut ausgegangen. Aber Salsbury war entschlossen, diesmal umsichtiger vorzugehen. Während der Interviews, die er am Samstag und am Sonntag durchführte, hatte er Tuchfühlung mit den Frauen vermieden. Nicht einmal die besonders Hübschen hatte er berührt. Er tat das, um sich für seine Tollkühnheit im *Ultman's Café* zu bestrafen. Dabei wäre ihm jede der interviewten Frauen zu Willen gewesen. Alice, die kleine Nutte von Serviererin, hatte totale Unterwürfigkeit an den Tag gelegt. Und Salsbury dachte darüber nach, wie es sein würde, wenn eine Frau ihres Alters vor ihm auf den Knien lag. Er schielte über seine Alutafel hinweg. Er würde ihr Anweisung geben, sich auszuziehen. Sie sollte sich nackt vor ihm zeigen. Splitternackt. Gefahr? Es gab keine Gefahr, redete er sich ein. Sein Entschluß stand fest.

»Ich bin der Schlüssel.«

»Ich bin das Schloß.«

Er war erleichtert. Er kratzte sich die Augenbraue.

»Bist du allein im Haus?«

»Ja.«

Ein Schauder der Lust kroch über seinen Rücken. »Erwartest du Besuch?«

»Nein. Niemanden.«

»Wirst du irgendwo erwartet? Hast du dich irgendwo zu einem Besuch angemeldet oder zu einer Erledigung?«

»Nein.«

»Laß mich ins Haus.«

Sie öffnete die mit einem feinen Gitter bespannte Tür und ließ ihn eintreten.

Das Wohnzimmer war luftgekühlt. Es gab einen ovalen Spiegel. An der Wand hingen Bilder, auf denen Schiffe zu erkennen waren.

»Schließ die Haustür zu«, sagte er. »Schieb den Riegel vor.«

Sie gehorchte.

Es gab einen Flur, der zur Küche führte.

Das Eßzimmer. Ein Orientteppich. Zwei Sofas. Ein Tischchen. Ein Ständer mit Zeitschriften. Und wieder Bilder mit Schiffen.

»Zieh die Vorhänge zu«, sagte er.

Sie ging von Fenster zu Fenster und zog die Vorhänge zu. Sie kam zu ihm zurück und stemmte die Arme in die Seite. Sie lächelte.

Sie wartet auf meine Befehle, dachte er. Sie ist meine Sklavin. Mein Geschöpf. Meine Marionette.

Er hätte nicht zu sagen vermocht, wie lange sie schweigend voreinander standen. Salsbury war unentschlossen. In seinen Gedanken mischten sich Angst und Vorfreude. Seine Leistengegend spannte und zuckte. Ein Schmerz, der mit jeder Sekunde süßer und verlockender wurde. Wieder brach ihm der Schweiß aus, diesmal wischte er sich nicht ab. Sie war sein. Ihr Mund war sein, ihre Brüste, ihre Schenkel, ihre Haut, jeder Quadratzentimeter ihres Körpers war sein. Wichtig auch: er brauchte sich keine Sorgen zu machen, ob er ihr gefiel oder nicht. Er brauchte nur noch an seine Erfüllung zu denken, an die Steigerung des eigenen Genusses, an das Hinauszögern der Begierde. Er würde ihr sagen, daß sie scharf drauf war, sie würde ihm antworten, jawohl, ich bin scharf drauf. Sie würde ihm keine Vorwürfe machen, weil er ihr Haar durcheinandergebracht hatte. Er würde mit ihr schlafen – und dann weg damit. Er würde sie gebrauchen. Sie so gebrauchen, wie er es sich in seinen Träumen ersehnt, aber noch nie verwirklicht hatte.

Sie sah ihn fragend an. Herausfordernd, fand Salsbury. »Die Vorhänge sind zugezogen. War das alles?«

»Nein«, sagte er heiser.

»Was muß ich tun?«

Er ging zum Tischchen und knipste die Lampe an. »Bleib stehen, wo du bist, und beantworte meine Fragen.«

»Gut.«

»Wie heißt du?«

»Brenda.«

»Wie alt bist du, Brenda?«

»Sechsundzwanzig.«

Er zog sein Taschentuch hervor und wischte sich den Schweiß von der Stirn. Sein Blick war auf die Gemälde mit den Segelschiffen gerichtet. »Dein Mann liebt das Meer?«

»Nein.«

»Aber er liebt Gemälde, auf denen das Meer dargestellt ist.«

»Das Meer ist ihm gleichgültig.«

Salsbury war verunsichert. »Warum, zum Teufel, gibt es dann diese Gemälde in deiner Wohnung?«

»Ich stamme aus Cape Cod«, sagte die junge Frau. »Ich liebe das Meer.«

»Aber er liebt es nicht! Warum läßt er dich dann diese Gemälde aufhängen?«

»Weil er weiß, daß ich diese Gemälde gern habe.«

Der Schweiß lief ihm über die Brauen. Er wischte sich trokken und steckte das Tuch in die Tasche zurück. »Wenn dein Mann die Bilder von der Wand nimmt, würdest du nicht mehr mit ihm schlafen, stimmt's?«

»Ich würde trotzdem mit ihm schlafen.«

»Das würdest du eben nicht tun, du kleine Hure. Du bist hübsch, und das weißt du. Er würde alles tun, um dich bei Laune zu halten. Jeder Mann tanzt nach deiner Pfeife. Seit du alt genug bist zum Vögeln, tanzen sie alle nach deiner Pfeife. Nun?«

Sie war ratlos. »Nein, niemand tanzt nach meiner Pfeife.«

Er konterte mit einem bitteren Lachen. »Du kannst mich mit deinen Wortspielereien nicht an der Nase herumführen. Du weißt genau, was ich meine. Du bist genauso schlecht wie die anderen Frauen. Du bist eine kleine Hure, Brenda.«

Sie kniff die Augen zusammen. Sie schien nachzudenken.

»Ich sagte, du bist eine Hure. Habe ich recht?«

Die Falte auf ihrer Stirn glättete sich. »Ja.«

»Ich habe immer recht, oder?«

»Sie haben immer recht.«

»Was bin ich?«

»Sie sind der Schlüssel!«

»Und was bist du?«

»Ich bin das Schloß.«

Die Nervosität war weg. Salsbury war ruhig. Ruhig wie noch nie in seinem Leben. Er schob sich die Brille hoch. »Du möchtest, daß ich dir die Kleider vom Leibe reiße. Du möchtest, daß ich dir's besorge. Würde dir das Spaß machen, Brenda?«

Sie zögerte.

»Es würde dir Spaß machen, Brenda.«

»Es würde mir Spaß machen.«

»Du bist scharf drauf, Brenda.«

»Ich bin scharf drauf.«

»Zieh das Oberteil aus.«

Sie tastete nach dem Verschluß auf ihrem Rücken und zog sich das Oberteil ihres Kleides aus. Sie ließ es zu Boden gleiten. Die Haut, die zum Vorschein kam, war weiß, ein erregender Kontrast zu ihren gebräunten Schultern. Die Brüste waren fest und voll, die Spitzen waren nach oben gerichtet. Sie stieß das Kleidungsstück mit der Schuhspitze zur Seite, stand vor ihm und wand sich in den Hüften, ein herrlicher Anblick. Der Kopf war zurückgeworfen, das blonde Haar hing hinab wie ein Banner. Sie keuchte.

Die Macht. Ich habe Macht über sie. Ich werde immer Macht über sie haben. Er konnte in ihr Haus gehen, wann immer es ihm beliebte, in ihr Schlafzimmer. Nicht nur in das Haus dieser Frau. In *alle* Häuser. Er konnte mit den Menschen machen, was er wollte. Nicht nur mit den Frauen, auch mit den Männern dieser Frauen. Wenn er es wollte, würden die Männer ihn darum bitten, daß er mit ihren Frauen schlief. Sie würden auf Knien vor ihm liegen und ihm ihre Frauen anbieten, ihre Töchter. Nichts würde ihm versagt bleiben, so extravagant seine Wünsche auch ausfielen. Er würde *alles* verlangen. Er würde es genießen, wie man ihm alles als Opfer darbrachte. Im großen und ganzen würde er ein gütiger Diktator sein, kein Scherge. Er würde den Menschen nicht mit dem Stiefel ins Gesicht treten. Der Tritt mit dem Stiefel. Er mußte lachen, ein Gedicht war ihm eingefallen. Wie kam er auf dieses Gedicht? Richtig, vor zehn Jahren war das gewesen. Damals war Salsbury umhergefahren, hatte Vorträge vor Experten und jungen Leuten gehalten. In endlosen Diskussionen hatten ihm die Kritiker mit ihren Einwendungen zugesetzt. Die Zukunft der Menschheit stehe auf dem Spiel, die Intimsphäre des Individuums sei bedroht, und was der intellektuellen Gemeinplätze mehr waren. Einer seiner Kritiker hatte den Tritt mit dem Stiefel zitiert. Die Menschen neu zu programmieren, ihr Verhaltensmuster zu ändern, das war wie ein Tritt ins Gesicht. Salsbury hatte das zurückgewiesen. Diktatoren in früheren Kulturen hatten dergleichen Methoden angewendet, um die Massen unter Kontrolle zu behalten. Jetzt, wo es die Droge und das Schlüssel-Schloß-Programm gab, waren Stiefeltritte überflüssig. Gewiß, er würde den Menschen zusetzen, besonders den Frauen. Aber dazu brauchte man schließlich nicht den Fuß. Salsbury jubelte. Er triumphierte. Er lachte. Die Macht. Süße, schrankenlose Macht.

»Brenda!«

Sie sah zu ihm auf. Ihr langes Haar klebte an der Stirn.

»Knie dich aufs Sofa«, sagte er.

Sie tat wie geheißen. Sie wandte den Kopf. »Schnell! Gib's mir!«

Er stand da und lachte. Ein Tritt. Er fegte den Zeitungsständer beiseite. Dann war er hinter ihr. Sein Glied war zum Bersten hart.

Die Macht. Die Süße der Macht.

»Was möchtest du, Brenda?«

»Ich möchte genommen werden.«

»Bist du scharf drauf?«

»Ich bin scharf drauf. Ich kann es nicht mehr erwarten.«

Sie gehörte ihm. Nur ihm. Macht, Schlüssel und Schloß.

»Was möchtest du, Brenda?«

»Ich hab's schon gesagt.«

Salsbury wußte, der Erguß würde Höhepunkt und Ende zugleich sein. Er war der Schlußpunkt unter die Unabhängigkeitserklärung, die er in der vergangenen halben Stunde verfaßt hatte. Seine ganz persönliche Unabhängigkeitserklärung. Jetzt war er frei vom Schlangengezücht der Frauen, von jenen Geistwesen, die sein bisheriges Leben vergiftet hatten. Seine Mutter war ein solches Geistwesen gewesen.

Ein Heer von Metzgerinnen, und seine Mutter war die Königin der Metzgerinnen. Dann gab es noch die frigiden Frauen, mit denen er im Bett gelegen hatte, die zahlreichen Flittchen, die ihn zurückgewiesen hatten. Es gab Miriam und ihresgleichen. Vorbei. Brenda Macklin war die Mitunterzeichnerin unter das Dokument, das seine Freiheit besiegelte. Aber ihr Name war nicht wichtig. Der Name einer anderen hätte dort stehen können, sie alle gehörten jetzt ihm. Die Frau, die vor ihm kniete, war die Voodoo-Puppe, in die er seine Nadel stechen konnte, damit Miriam starb. Triumph. Sieg. Ehre. Wenn er Brenda besudelte, dann besudelte er alle Frauen, die ihn verschmäht hatten.

Er umfaßte ihre Schenkel und stieß zu. Noch bevor er sie berührte, kam der Orgasmus. Seine Knie gaben nach. Er brach zusammen.

Panik. Die Erinnerung an die Szenen mit Miriam war wieder da. Du denkst nur an dich selbst. Schlappschwanz. Die Verachtung, mit der ihn die Frauen behandelt hatten.

Er war verzweifelt.

Er umfaßte ihre Schultern. »Du kommst, Brenda, hörst du mich? Du kommst. Sag mir, daß du kommst.«

Sie hatte den Mund auf das Kissen gepreßt und wimmerte.

»Spürst du, wie du kommst?«

Sie hob den Kopf. »Ich kann's spüren. Mein Gott, ja, ich kann's spüren.

»So gut wie ich hat's dir noch niemand besorgt.«

»Niemand.«

»Gut so?«

»Ja.«

»Komm wieder runter, Brenda. Du wirst jetzt wieder ganz ruhig.«

»So schön.«

»Es ist vorbei, Brenda.« Er kniff sie in den Hintern. »Kleine Hure!«

Ihre Spannung wich.

Die Türglocke ertönte.

Brenda blieb liegen, als hätte sie nichts gehört.

Er sprang auf, streifte sich in Windeseile seine Hose und sein Hemd über.

»Du hast gesagt, du erwartest keinen Besuch.«

»Erwarte ich auch nicht.«

»Wer ist das, der da läutet?«

Sie wälzte sich auf den Rücken. Sie sah ihn ratlos an.

»Wer läutet, Brenda?«

»Ich weiß es nicht.«

»Zieh dich an! Rasch!«

Er hastete zum Fenster und schob den Vorhang einen winzigen Spalt zur Seite. Vor dem Haus stand eine Frau. Sie trug weiße Shorts und Sandalen. Und einen orangefarbenen Pullover. Sie war schön. Schöner als Brenda.

»Ich bin fertig«, sagte Brenda.

Wieder klingelte es.

»Es ist eine Frau«, sagte Salsbury. »Geh raus und wimmle sie ab. Du darfst sie nicht ins Haus lassen, was auch geschieht.«

»Was soll ich ihr sagen?«

»Wenn sie eine Fremde ist, brauchst du gar nichts zu sagen.«

»Und wenn sie eine Bekannte ist?«

»Dann sagst du ihr, du hast furchtbare Kopfschmerzen. Du hast Migräne. Jetzt geh.«

Sie verließ den Raum.

Er hörte, wie die Haustür geöffnet wurde. Flüstern. Minuten verstrichen.

Warum schlafe ich nicht mit beiden, dachte er. Ich sage das Codewort und schlafe mit beiden.

Aber es gab eine Gefahr. Er konnte nicht sicher sein, daß ihre Programmierung geglückt war. Es gab Menschen, die nicht auf das Programm ansprachen.

Er verwarf den Gedanken. Die Trefferquote war sehr hoch.

Aber vielleicht war es eine Besucherin, die nicht in Black River wohnte. Wenn sie nicht von dem Wasser getrunken hatte...

Ich könnte trotzdem mit ihr schlafen, dachte er. Wenn sie lästig wird, bringe ich sie um.

Die Leiche. Wie beseitige ich die Leiche?

Mach schon, dachte er. Brenda, du verdammte kleine Nutte, mach schon, daß du sie loswirst.

Er hörte, wie die Tür ins Schloß fiel. Er lief zum Fenster. Sie hatte grüne Augen, volle, feingeschwungene Lippen, ein fein ziseliertes Profil. Die Brüste waren fest und voll, die Busenfurche dunkel und vielversprechend. Lange Beine. Nicht nur sexy, auch elegant. Scherenbeine. Flaschenbeine, Schenkel, die sich unter dem dünnen Stoff abmalten. Eine Gazelle. *Seine* Gazelle. Alle Frauen gehörten ihm.

Die Fremde war am Rande des Grundstücks angekommen. Er hörte das Klappern ihrer Absätze auf den Gehsteig.

Fort.

Brenda kam ins Wohnzimmer zurück.

»Bleib dort stehen. Nein, nicht an der Wand. Geh in die Mitte des Raumes.«

Er nahm auf dem Sofa Platz.

»Was hast du ihr gesagt?«

»Daß ich eine furchtbare Migräne habe.«

»Hat sie's dir abgenommen?«

»Ich glaube schon.«

»Kanntest du sie?«

»Ja.«

»Wer ist sie?«

»Meine Schwägerin.«

»Wohnt sie in Black River?«

»Ja.«

»Sieht gut aus.«

»Sie hat einmal bei der Wahl der Miß USA mitgemacht.«

»Wann?«

»Vor zwölf oder dreizehn Jahren.«

»Sie sieht aus wie zweiundzwanzig.«

»Sie ist fünfunddreißig.«

»Hat sie damals den ersten Preis gemacht?«

»Nein.«

»Herbe Enttäuschung, wie?«

»Ihr hat das nichts ausgemacht.«

»Warum macht ihr so was nichts aus?«

»Sie ist sehr ausgeglichen. Immer zufrieden.«

»Wie heißt sie?«

»Emma.«

»Familienname?«

»Thorp.«
»Ist sie verheiratet?«
»Ja.«
»Etwa mit dem Bullen?«
»Mit dem Polizeichef, ja.«
»Bob Thorp, meinst du.«
»Ja.«
»Was hat sie mit dem zu schaffen?«
Brenda sah ihn fragend an.
Hübsches Geschöpf. Leider schmutzig. Sehr schmutzig. So schmutzig, daß man's quer durch das ganze Wohnzimmer riechen konnte.
»Wie meinen Sie das?« fragte sie.
»So wie ich's sage. Was hat sie mit dem Bullen zu schaffen?«
»Die beiden sind verheiratet.«
»Eine Frau wie Emma ist mit so einem Neandertaler verheiratet?«
»Bob ist gar nicht so dumm.«
»Sieht aber dumm aus.« Er dachte nach. Er lächelte. »Dein Mädchenname ist Brenda Thorp, stimmt's?«
»Ja.«
»Und Bob Thorp ist dein Bruder.«
»Mein ältester Bruder, ja.«
»Armer Bob«, sagte er. Er mußte lachen. »Erst nehme ich ihm die Schwester, dann nehme ich ihm die Frau.«
Brenda stand da und massierte ihre Oberschenkel. Ein unsicheres Lächeln erschien auf ihrem verschmitzten Gesicht.
»Ich muß mich vor Bob in acht nehmen, meinst du nicht?«
»In acht nehmen?«
»Ich glaube zwar, er ist dumm, aber er ist sehr stark.«
»Er ist nicht dumm.«
»In der Schule hatte ich mal ein Mädchen, das hieß Sophia«, sagte er.
Sie schwieg verwirrt.
»Sophia Brookman. Gott, war ich scharf auf Sophia Brookman.«
»Sie haben sie geliebt?«
»Liebe ist ein Mhytos. Eine Lüge. Ich wollte mit Sophia

schlafen, das ist alles. Aber so weit ist es nicht gekommen. Wir sind nur ein paarmal miteinander ausgegangen. Dann hat sie mit einem anderen angebandelt. Mit diesem Idioten von Joey Duncan. Weißt du, was aus Joey Duncan geworden ist?«

»Woher soll ich das wissen?«

»Der Junge hat's nicht mal bis zum College geschafft. Ist Polizist geworden.«

»Wie mein Bruder.«

»Ich habe in Harvard studiert.«

»Wirklich?«

»Wirklich. Ich war immer besser angezogen als Joey. Ich war auch klüger und belesener. Joey liest nur die Witze in *Reader's Digest*. Ich lese den *New Yorker*.«

»Ich lese weder *Reader's Digest* noch *The New Yorker*.«

»Und trotzdem hat Sophia ihn geheiratet. Weißt du was?«

»Was?«

»*The New Yorker* war das Magazin, wo ich zum ersten Mal was über Unterschwellige Wahrnehmung gelesen habe. Ich weiß nicht mehr genau, wo's stand, aber es war im *New Yorker*«.

Brenda schloß die Augen.

»Müde vom Stehen?«

»Etwas.«

»Was ich sage, langweilt dich.«

»Ja.«

»Nutte!«

Sie senkte den Blick.

»Zieh dich wieder aus.«

Macht. Zuerst war ihm das Gefühl vorgekommen wie ein stetiger Strom, von dem er emporgetragen wurde.

Inzwischen war er oben, ging über das Wasser, spürte die Fluten, die unter seinen Füßen dahinschossen. Er war der Herr, der Herrscher, der Gebieter. Er hielt den Kopf schief und lauschte. In das Rauschen hatte sich das Rattern eines Maschinengewehrs gemischt.

Tat-tat-tat-tat-tat-tat-tat-tat-tat-tat-tat-tat-.

Ein beschwörender Rhythmus, knapp, klar, abgehackt. Salsburys Gedanken begannen sich in einem Wirbel zu drehen, immer schneller, immer höher. Joey Duncan, Harvard, ich bin der Schlüssel, du bist das Schloß, Miriam, Mutter, Sophia, ihre dunklen Augen, ihre festen, vollen Brüste, deren Weiße ihm versagt geblieben war, Sex, Emma Thorp, Nutte, Dawson, Brenda, die Erektion zwischen seinen Schenkeln, das Gewicht der Lust, Mutter, Klinger, Brenda, Scheide, Macht, Mutter, Stiefel, Emmas Beine...

»Und nun?« fragte sie. Sie hatte sich wieder ausgezogen.

»Komm zu mir.«

Hure. Schmutzige, kleine Hure.

»Knie dich hin.«

»Auf den Boden?«

»Knie dich hin.«

Sie gehorchte.

»Du bist schlecht, Brenda.«

»Ich bin schlecht.«

»Hure.«

»Gefalle ich Ihnen?«

»Du wirst dafür sorgen, daß ich Emma bekomme.«

»Emma?«

»Emma. Und er darf zusehen, dieser Neandertaler.«

»Er ist kein Neandertaler.«

Beine. Mutter. Miriam. Scheide. Schlecht.

»Du hast einen süßen Hintern, Brenda. Sag, daß es dich zwischen den Beinen kitzelt.«

»Ich möchte, daß Sie mit mir schlafen.«

»Du kannst an nichts anderes mehr denken.«

»Ich bin scharf darauf.«

»Du möchtest, daß ich nicht mehr damit aufhöre.«

»Ich schäme mich.«

»Du schämst dich nicht. Du bist geil darauf.«

»O mein Gott.«

»Schön so?«

»Wunderbar.«

»Du siehst aber gar nicht wie Miriam aus.«

»Wer ist Miriam?«

»Wenn mich dieser Idiot jetzt sehen könnte!«

»Wer?«

»Der würde vor Schreck alle Heiligen anrufen.«

»Wer würde alle Heiligen anrufen?«

»Dawson. So ein Schlappschwanz.«

»Ich habe Angst«, sagte sie unvermittelt.

»Vor was?«

»Ich weiß nicht, ich habe Angst.«

»Du hast keine Angst mehr.«

Sie lächelte. »Ich habe keine Angst mehr. Werden Sie jetzt mit mir schlafen?«

»So, daß dir Hören und Sehen vergeht.«

»Werden Sie's bald tun?«

»Klinger und seine verdammten Las-Vegas-Huren.«

»Klinger?«

»Die Mädchen waren sowieso lesbisch. Habe ich gleich gesehen.«

»Werden Sie mit mir schlafen?«

»Du bekommst, was du brauchst. Mehr als das.«

»Ich bin heiß.«

»Ich glaube, Miriam war auch lesbisch. Ganz sicher sogar.«

Tat-tat-tat-tat-tat-tat-tat-tat-tat-tat-tat-tat-tat-tat-tat.

Es war Montag um fünf Uhr nachmittags. Buddy Pellerini hatte dienstfrei. Erst um Mitternacht mußte er seinen Dienst in der Sägemühle wieder antreten. Er betrat *Edison's General Store*. Er hatte vor, eine Illustrierte zu kaufen. Er mochte Illustrierte, die über die Natur berichteten. *Travel* zum Beispiel, aber auch *Nevada, Arizona, Highways, Vermont Life.*

Er hatte Glück. Eine neue Sendung war eingetroffen und auf den Verkaufsstand gelegt worden. Buddy suchte sich zwei Hefte aus und ging zur Kasse, wo er von Jenny erwartet wurde.

Sie trug einen weitschwingenden Rock und eine weiße Bluse. Ihr langes Haar sah frischgewaschen aus. Dickes, schwarzglänzendes Haar.

»Sie sehen hübsch aus, Miß Jenny.«

»Danke, Buddy.«

Er war verlegen.

»Alles in Ordnung, Buddy?«

»Alles unter Kontrolle.«

»Freut mich zu hören.«

»Wieviel macht's?«

»Haben Sie zwei Dollar?«

Er fuhr mit der Hand in die Tasche und brachte etwas Wechselgeld und ein paar zerknitterte Dollarnoten zum Vorschein. »Hier.«

»Und fünfundsiebzig Cent zurück«, sagte sie. Sie gab ihm drei Fünfundzwanzigcentmünzen.

»Ich dachte, die Magazine sind teurer.«

»Sie wissen doch, daß Sie bei uns einen Sonderpreis bekommen.«

»Nein, das möchte ich nicht. Ich möchte behandelt werden wie jeder andere.« Er wollte ihr das Geld zurückgeben.

»Sie gehören praktisch zur Familie«, sagte Jenny. »Die guten Freunde bekommen Sonderpreise im Store, so ist das nun mal. Sam wäre böse, wenn ich Ihnen den vollen Preis abnehme. Hier, die fünfundsiebzig Cents gehören Ihnen.«

»Danke.«

»Gern geschehen, Buddy.«

»Ist Sam zu Hause?«

Sie deutete zur Treppe. »Oben.«

»Ich möchte mit ihm darüber sprechen.«

»Über was sprechen?«

»Was ich gesehen habe.«

»Was haben Sie denn gesehen?«

»Das sage ich besser Sam.«

Sie lächelte. »Warum gehen Sie nicht einfach rauf?«

Die Sache war ihm nicht recht geheuer. Er fühlte sich nicht recht wohl in den Häusern anderer Menschen.

»Haben Sie Katzen im Haus, Miß Jenny?«

»Nein. Wir haben überhaupt keine Haustiere.«

Er wußte, daß sie ihn nicht belog. Andererseits, Katzen tauchten auch in Häusern auf, wo es eigentlich keine Katzen gab. Zwei Wochen nach dem Tod seiner Mutter war Buddy Pellerini im Pfarrhaus des Ortes eingeladen gewesen. Reverend Potter hatte ihn im guten Zimmer Platz nehmen lassen, und Mrs. Potter hatte Kuchen serviert. Buddy saß auf der Couch, die Hände auf den Knien. Mrs. Potter hatte eine Kanne mit heißer Schokolade hereingebracht. Reverend Potter schenkte ein. Die beiden saßen Buddy gegenüber. So ein schönes Bild. Buddy trank von der heißen Schokolade. Er knabberte am Kuchen. Alles war gut. Bis eine weiße Katze auf seine Schulter sprang. Noch bevor er nach ihr greifen konnte, saß sie auf seinem Schoß. Er hatte gar nicht gewußt, daß es eine Katze im Pfarrhaus gab. War das fair? War es fair, daß sie ihm nichts von der Katze erzählt hatten? Das Tier hatte sich auf der Fensterbank hinter dem Vorhang versteckt und ihm aufgelauert. Buddy prustete los, verschüttete die Schokolade, die ihm der Reverend eingeschenkt hatte, und dann spürte er, wie es warm an seinen Beinen herunterrann. Der Fleck auf dem Brokat. Ein furchtbarer Tag. Buddy war nie wieder ins Pfarrhaus gegangen. Er war auch nicht mehr in die Kirche gegangen, obwohl er sicher war, daß er deswegen in die Hölle kommen würde.

»Buddy?«

Er erschrak. »Was?«

»Möchten Sie nicht raufgehen und mit Sam sprechen?«

Er nahm die gekauften Magazine an sich. »Ein andermal. Ich spreche bei nächster Gelegenheit mit ihm darüber.« Er war zur Tür unterwegs.

»Buddy?«

Er blieb stehen und sah sich um.

»Stimmt was nicht, Buddy?«

»Alles in Ordnung.« Er zwang sich zu einem Lächeln. »Alles bestens.« Er eilte hinaus.

Er überquerte die Main Street und schloß die Haustür auf. Er ging zur Toilette, pinkelte, und dann öffnete er eine Flasche Coca-Cola und setzte sich an den Küchentisch. Er begann die beiden Magazine durchzublättern. Er entfernte die Abbildungen von Katzen, Artikel über Katzen, auch Anzeigen, wo für Katzenfutter geworben wurde. Er zerriß die herausgetrennten Seiten zu winzigen Stückchen, die er in den Mülleimer rieseln ließ. Dann erst begann er die eigentliche Lektüre.

Im ersten Heft stand ein Artikel über Schatzsucher. Die Taucher mit ihren Anzügen und mit ihrer Ausrüstung waren abgebildet. Jetzt fiel es ihm wieder ein. Die Männer, die er beobachtet hatte, hatten ganz ähnlich ausgesehen. Es war Nacht gewesen. Viertel nach fünf. Buddy hatte den Tag in seinem Kalender gekennzeichnet. Die Taucher hatten Taschenlampen gehabt. Und Waffen. Merkwürdig. Ein unangenehmes Gefühl beschlich ihn. Angst. Einen Schatz hatten die Männer sicher nicht gesucht. Aber was dann?

Es schien keine Antwort auf die Frage zu geben. Er hätte sich deswegen gern mit jemand besprochen, der etwas von Sporttauchen verstand. Aber er wußte, er würde ausgelacht werden.

Letzte Woche dann war ihm eingefallen, es gab in Black River einen Mann, der ihn *nicht* auslachen würde. Sam Edison. Sam hatte immer Zeit für ihn gehabt, auch damals, als Mutter noch lebte. Sam hatte ihn noch nie gehänselt. Außerdem war Sam der klügste Mensch in der Stadt. Er wußte alles. Wenn ihm irgend jemand erklären konnte, was es mit den Froschmännern im Wald auf sich hatte, dann Sam.

Andererseits, es war nicht gut, wenn er Sam mit derlei Fragen belästigte. Er würde erst noch eine Weile über die Sache nachdenken, vielleicht fand er selbst die Antwort.

Und so hatte er den Besuch bei Sam Tag für Tag vor sich hergeschoben.

Vorhin, im General Store, wäre er bereit gewsen, sich mit Sam auszusprechen über das Problem, das an ihm nagte. Aber Sam war nicht im Geschäft, er war oben. Oben, wo es Katzen geben konnte.

Nun, er hatte Zeit. Er würde über die Angelegenheit nachdenken. Wenn er wieder einmal in den General Store kam und wenn er bei dieser Gelegenheit mit Sam Edison zusammentraf, würde er ihm von seinen Beobachtungen erzählen. Das war nicht eilig. Er würde erst einmal ein paar Tage ins Land gehen lassen.

Buddy saß da, umspielt von der Nachmittagssonne, die durch die Vorhänge hereinfand, hielt seine Flasche Coca-Cola in der Hand und grübelte.

7. Kapitel

Acht Monate vorher – 18. Dezember 1976
Salsbury hatte keinerlei weihnachtliche Gefühle, obwohl das Weihnachtsfest bevorstand. Er befand sich im Computerzentrum, das im abgeteilten Flügel des Hauses in Greenwich eingerichtet worden war. Die Kathodenröhrchen glühten, und die Anzeigentafeln der elektronischen Geräte spuckten eine Information nach der anderen aus.

So fand ihn Klinger, als er zu einem seiner seltenen Besuche in Greenwich eintraf.

»Fröhliche Weihnachten, Salsbury!« Es war sarkastisch gemeint. Dabei war die Szenerie *wirklich* weihnachtlich. Es war still. Es war heimelig. Erwartung und Hoffnung lag im Raum.

Klinger konnte nicht ahnen, auf welche Ziele sich Salsburys Hoffnungen gründen. Seit zwei Jahren dachte Salsbury nun schon darüber nach, wie er sich vor Klinger und Dawson schützen konnte. Er wußte, daß die beiden ihn aus dem Weg räumen würden, sobald sich Gelegenheit dazu bot. Er würde am südlichen Ende des Grundstücks beerdigt werden, wo Brian Kingman ruhte. Oder aber sie würden ihn zu einem Sklaven umfunktionieren, mit Hilfe der Unterschwelligen Botschaften.

Die Lösung, wie Klinger und Dawson ausgeschaltet werden konnten, war ihm noch nicht eingefallen. Er beschloß, den General vorerst mit rhetorischen Mitteln in seine Schranken zu verweisen.

»Sie dürfen hier nicht rauchen!«

Der General schob die Zigarre in die andere Mundecke.

»Ach nein?«

»Die Computer vertragen das nicht.« Salsbury deutete auf die Geräte.

Klinger nahm die Zigarre aus dem Mund. Er wollte sie auf die Erde fallen lassen.

»Dort ist ein Aschenbecher«, sagte Salsbury.

Der General drückte das brennende Ende seiner Zigarre in den grauen Sand. »Tut mir leid.«

»Schon gut«, sagte Salsbury. »Das konnten Sie schließlich nicht wissen. Sie kennen sich nicht aus mit Computern.«

Eins zu null für mich, dachte er.

»Wo ist Dawson?« fragte Klinger.

»Er hat gesagt, die Demonstration interessiert ihn nicht.«

»Merkwürdig. Es war doch ein sehr wichtiger Test, oder?«

»Ihm wäre es am liebsten, wir bräuchten derartige Tests nicht zu machen.«

Klinger lächelte. »Pilatus.«

»Wie bitte?«

»Er wäscht seine Hände in Unschuld. Sein Liebslingsspiel.«

Salsbury war entschlossen, auf derartige Hinweise nicht einzugehen. Zwar war er sicher, daß er in diesem Labor nicht abgehört wurde, er hatte den Raum minutiös auf Wanzen durchsucht. Aber warum ein Risiko eingehen? Er schwieg.

»Was werde ich zu sehen bekommen?« fragte Klinger.

»Zunächst einmal die Schreibungen des Schlüssel-Schloß-Programms.«

»Da bin ich neugierig«, sagte Klinger.

Salsbury hatte den Stapel gestreifte Bögen ergriffen, Formulare, die im Leporello-System hintereinandergelegt und durch einen perforierten Falz miteinander verbunden waren.

»Unsere drei Söldner haben zunächst die Droge verabreicht bekommen«, sagte Salsbury. »Dann habe ich ihnen an drei aufeinanderfolgenden Abenden drei Filme vorgeführt. *Der Exorzist*, *Der Weiße Hai* und *Black Sunday*. Unterhaltungsfilme. Natürlich handelte es sich um besonders präparierte Kopien. Ich selbst habe die Unterschwelligen Botschaften einkopiert.«

»Gibt es einen besonderen Grund, warum Sie gerade die erwähnten drei Filme ausgewählt haben?«

»Nein. Es kommt eigentlich nur darauf an, daß die Versuchspersonen während der Vorführung die Leinwand betrachten. Jeder spannende Film ist also geeignet.« Er reichte Klinger den Stapel. »Sie finden hier in Form einer Liste die Filmmotive, die ich als Unterschwellige Botschaft in die Streifen einkopiert habe. Wenn der Computer das Kürzel ›Legende‹ ausdruckt, so steht das für eine Textbotschaft, die an dieser Stelle in den Film einkopiert war. Diese Textbotschaften entsprechen unmittelbaren Befehlen an die Versuchspersonen.«

KODIERUNG: SCHLÜSSEL/SCHLOSS
KORRIGIERTES PROGRAMM TEIL 1
BILDMATERIAL ARCHIVIERT
EINKOPIERT: 6.8.1976
AUSDRUCK DIESER SCHREIBUNG: 18.12.1976
SCHREIBUNG

SEK.	UNTERSCHWELLIGE BOTSCHAFT
0001	NEGATIV
0002	NEGATIV
0003	FILMMOTIV -- FRAUENBRÜSTE
0004	FILMMOTIV -- FRAUENBRÜSTE
0005	FILMMOTIV -- FRAUENBRÜSTE
0006	FILMMOTIV -- FRAUENBRÜSTE
0007	FILMMOTIV -- FRAUENBRÜSTE
0008	LEGENDE -- BETRACHTE DEN FILM
0009	LEGENDE -- BETRACHTE DEN FILM
0010	LEGENDE -- BETRACHTE DEN FILM
0011	LEGENDE -- BETRACHTE DEN FILM
0012	LEGENDE -- KONZENTRIERE DICH AUF DEN FILM
0013	LEGENDE -- KONZENTRIERE DICH AUF DEN FILM
0014	LEGENDE -- KONZENTRIERE DICH AUF DEN FILM
0015	FILMMOTIV -- SCHLAFFES MÄNNLICHES GLIED
0016	FILMMOTIV -- SCHLAFFES MÄNNLICHES GLIED
0017	FILMMOTIV -- SCHLAFFES MÄNNLICHES GLIED
0018	FILMMOTIV -- FRAU UMFASST MÄNNLICHES GLIED
0019	FILMMOTIV -- FRAU MASTURBIERT MÄNNLICHES GLIED
0020	FILMMOTIV -- FRAU MASTURBIERT MÄNNLICHES GLIED
0021	FILMMOTIV -- FRAU MASTURBIERT MÄNNLICHES GLIED

0022 FILMMOTIV -- FRAU MASTURBIERT MÄNNLICHES GLIED

0023 LEGENDE -- KONZENTRIERE DICH AUF DEN FILM

»Die ersten sechzig Sekunden des Programms haben nur den Zweck, sicherzustellen, daß das Unterbewußtsein die folgenden Botschaften mit großer Aufmerksamkeit aufnimmt. Es erfolgt eine *schrittweise* Konditionierung im Sinne einer Unterordnung unter das Schlüssel-Schloß-Programm.«

»Schrittweise, weil Sie nicht möchten, daß sich der Fall Brian Kingman wiederholt.«

»Ganz recht.«

0061 FILMMOTIV -- FRAU LIEBKOST TESTIKEL DES MANNES

0062 FILMMOTIV -- FRAU LIEBKOST TESTIKEL DES MANNES

0063 FILMMOTIV -- FRAU MASTURBIERT MÄNNLICHES GLIED

0064 FILMMOTIV -- FRAU MASTURBIERT MÄNNLICHES GLIED

0065 FILMMOTIV -- FRAU MASTURBIERT MÄNNLICHES GLIED

0066 LEGENDE -- ERSCHLOSSEN WERDEN IST BEFRIEDIGUNG

0067 LEGENDE -- ERSCHLOSSEN WERDEN IST BEFRIEDIGUNG

0068 LEGENDE -- ERSCHLOSSEN WERDEN IST BEFRIEDIGUNG

0069 FILMMOTIV -- ERIGIERTES MÄNNLICHES GLIED

0070 FILMMOTIV -- ERIGIERTES MÄNNLICHES GLIED

0071 FILMMOTIV -- ERIGIERTES MÄNNLICHES GLIED

0072 LEGENDE -- ERSCHLOSSEN WERDEN IST BEFRIEDIGUNG

0073 LEGENDE -- ERSCHLOSSEN WERDEN IST BEFRIEDIGUNG

0074 FILMMOTIV -- FRAU BETRACHTET ERIGIERTEN PENIS UND LÄCHELT

0075 FILMMOTIV -- FRAU BETRACHTET ERIGIERTEN PENIS UND LÄCHELT
0076 FILMMOTIV -- FRAU BETRACHTET ERIGIERTEN PENIS UND LÄCHELT
0077 LEGENDE -- ERSCHLOSSEN WERDEN IST BEFRIEDIGUNG
0078 LEGENDE -- ERSCHLOSSEN WERDEN IST BEFRIEDIGUNG
0079 FILMMOTIV -- KOITUS A TERGO
0080 FILMMOTIV -- KOITUS A TERGO
0081 FILMMOTIV -- KOITUS A TERGO
0082 LEGENDE -- ERSCHLOSSEN WERDEN IST BEFRIEDIGUNG
0083 LEGENDE -- ERSCHLOSSEN WERDEN IST BEFRIEDIGUNG
0084 FILMMOTIV -- KOITUS MANN DOMINIERT
0085 FILMMOTIV -- KOITUS MANN DOMINIERT
0086 FILMMOTIV -- KOITUS MANN DOMINIERT
0087 LEGENDE -- ERSCHLOSSEN WERDEN IST BEFRIEDIGUNG
0088 LEGENDE -- ERSCHLOSSEN WERDEN IST BEFRIEDIGUNG
0089 FILMMOTIV -- FRAU ORGASMIERT
0090 FILMMOTIV -- FRAU ORGASMIERT
0091 FILMMOTIV -- FRAU ORGASMIERT
0092 LEGENDE -- ERSCHLOSSEN WERDEN IST BEFRIEDIGUNG
0093 LEGENDE -- ERSCHLOSSEN WERDEN IST BEFRIEDIGUNG
0094 FILMMOTIV -- MANN EJAKULIERT
0095 LEGENDE -- ERSCHLOSSEN WERDEN IST BEFRIEDIGUNG
0096 FILMMOTIV -- MANN EJAKULIERT
0097 LEGENDE -- ERSCHLOSSEN WERDEN IST BEFRIEDIGUNG
0098 FILMMOTIV -- FRAU ORGASMIERT
0099 LEGENDE -- ERSCHLOSSEN WERDEN IST BEFRIEDIGUNG
0100 FILMMOTIV -- MANN EJAKULIERT

»Mir fällt etwas auf«, sagte Klinger. »Der Penis erigiert erst, nachdem der Zuschauer belehrt worden ist, daß die Befriedigung mit dem Akt der Erschließung gleichzusetzen ist.«

»Ihre Beobachtung ist richtig«, sagte Salsbury. »Sie werden auch bemerkt haben, daß sowohl Orgasmus des Mannes als auch der Orgasmus der Frau gezeigt wird. Das Programm ist für beide Geschlechter konzipiert.«

»Handelt es sich um Ausschnitte aus Sexfilmen?«

»Die Filme wurden in New York City gedreht«, sagte Salsbury. Er schob sich die Brille hoch, die auf die Nase geglitten war, und wischte sich den Schweiß von der Stirn. »Nur die hübschesten Schauspielerinnen wurden eingesetzt. Die Filme wurden zunächst mit normaler Belichtung aufgenommen, ich habe sie dann auf die Helligkeitswerte der Unterschwelligen Botschaften umkopiert. Zum Schluß habe ich an den notwendigen Stellen die Textbotschaften eingefügt.« Er schichtete die Schreibung um. »Der erste Bogen dauerte weitere vierzig Sekunden. Es folgt eine Pause von zwei Sekunden. Auf dem nächsten Bogen wird dann eine neue Botschaft vermittelt.«

0143 FILMMOTIV -- FRAU MASTURBIERT IHRE KLITORIS
0144 FILMMOTIV -- FRAU MASTURBIERT IHRE KLITORIS
0145 FILMMOTIV -- MANN MASTURBIERT SEINEN SCHLAFFEN PENIS
0146 FILMMOTIV -- MANN MASTURBIERT SEINEN SCHLAFFEN PENIS
0147 FILMMOTIV -- MANN MASTURBIERT SEINEN SCHLAFFEN PENIS
0148 LEGENDE -- ERSCHLOSSEN WERDEN SCHÜTZT VOR VERSAGEN
0149 LEGENDE -- ERSCHLOSSEN WERDEN SCHÜTZT VOR VERSAGEN
0150 LEGENDE -- ERSCHLOSSEN WERDEN SCHÜTZT VOR VERSAGEN
0151 FILMMOTIV -- FRAU BETRACHTET ERIGIERTEN PENIS UND LÄCHELT

0152 FILMMOTIV -- FRAU BETRACHTET ERIGIERTEN PENIS UND LÄCHELT
0153 FILMMOTIV -- FRAU BETRACHTET ERIGIERTEN PENIS UND LÄCHELT
0154 LEGENDE -- ERSCHLOSSEN WERDEN SCHÜTZT VOR VERSAGEN
0155 LEGENDE -- ERSCHLOSSEN WERDEN SCHÜTZT VOR VERSAGEN
0156 FILMMOTIV -- KOITUS FRAU DOMINIERT
0157 FILMMOTIV -- KOITUS FRAU DOMINIERT
0158 FILMMOTIV -- KOITUS FRAU DOMINIERT
0159 LEGENDE -- ERSCHLOSSEN WERDEN SCHÜTZT VOR VERSAGEN
0160 LEGENDE -- ERSCHLOSSEN WERDEN SCHÜTZT VOR VERSAGEN
0161 FILMMOTIV -- KOITUS A TERGO
0162 FILMMOTIV -- KOITUS A TERGO
0163 FILMMOTIV -- KOITUS A TERGO
0164 LEGENDE -- ERSCHLOSSEN WERDEN SCHÜTZT VOR VERSAGEN
0166 FILMMOTIV -- FRAU ORGASMIERT
0167 FILMMOTIV -- FRAU ORGASMIERT
0168 FILMMOTIV -- FRAU ORGASMIERT
0169 LEGENDE -- ERSCHLOSSEN WERDEN SCHÜTZT VOR VERSAGEN
0170 LEGENDE -- ERSCHLOSSEN WERDEN SCHÜTZT VOR VERSAGEN
0171 FILMMOTIV -- MANN EJAKULIERT AUF NATES DER FRAU
0172 LEGENDE -- ERSCHLOSSEN WERDEN SCHÜTZT VOR VERSAGEN
0173 FILMMOTIV -- MANN EJAKULIERT AUF NATES DER FRAU
0174 LEGENDE -- ERSCHLOSSEN WERDEN SCHÜTZT VOR VERSAGEN
0175 FILMMOTIV -- FRAU ORGASMIERT

»Das System leuchtet mir ein«, sagte Klinger. »Die optischen Botschaften werden in Befehle gebunden. Nur wer die Befehlte befolgt, kann Befriedigung erleben.« Er grinste. »Wie viele Textbotschaften enthält das Programm?«

»Ich kann sie rasch für Sie ausdrucken«, bot Salsbury an. Er gab das Programm ein und tippte auf eine Taste. Der Leuchtschirm füllte sich mit Zeilen.

SCHLÜSSEL-SCHLOSS-PROGRAMM TEXTBOTSCHAFTEN IN DER REIHENFOLGE IHRES ERSCHEINENS IM PROGRAMM:

01 ERSCHLOSSEN WERDEN IST BEFRIEDIGUNG
02 ERSCHLOSSEN WERDEN SCHÜTZT VOR VERSAGEN
03 ERSCHLOSSEN WERDEN SCHÜTZT VOR ANGST
04 ERSCHLOSSEN WERDEN SCHÜTZT VOR SCHULDGEFÜHLEN
05 ERSCHLOSSEN WERDEN SCHÜTZT VOR SORGEN
06 MIT DEM AKT DER ERSCHLIESSUNG WERDEN DIE GEBOTE DER MORAL AUFGEHOBEN
07 WER SICH ERSCHLIESSEN LÄSST, WIRD FREI VON VERANTWORTUNG
08 ERSCHLOSSEN WERDEN SCHÜTZT VOR DEPRESSIONEN
09 ERSCHLOSSEN WERDEN SCHÜTZT VOR STRESS
10 ERSCHLOSSEN WERDEN HEISST DEN FRIEDEN ZU SPÜREN
11 ERSCHLOSSEN WERDEN IST GLÜCK
12 ERSCHLOSSEN ZU WERDEN IST DEIN HÖCHSTES ZIEL

Salsbury drückte auf eine Taste. Der Schirm wurde dunkel. »Die Programmfolge, die Sie gesehen haben, wurde in jedem Spielfilm dreimal wiederholt.«

»War das Programm an den drei aufeinanderfolgenden Abenden das gleiche?«

»Nein«, sagte Salsbury. Er ging zur Kommode, um einen anderen Stapel mit Schreibungen zu holen. »Sie können hier sehen, daß der zweite Programmteil inhaltlich ganz anders konzipiert ist als der erste.«

0061 FILMMOTIV -- WEINENDE FRAU
0062 FILMMOTIV -- WEINENDE FRAU

0063 FILMMOTIV -- WEINENDE FRAU
0064 FILMMOTIV -- WEINENDER MANN
0065 FILMMOTIV -- WEINENDER MANN
0066 LEGENDE -- SICH DEM ERSCHLOSSENWERDEN ZU WIDERSETZEN BEDEUTET SCHMERZ
0067 LEGENDE -- SICH DEM ERSCHLOSSENWERDEN ZU WIDERSETZEN BEDEUTET SCHMERZ
0068 FILMMOTIV -- FRAU BLUTÜBERSTRÖMT SCHREIT VOR SCHMERZ
0069 FILMMOTIV -- FRAU BLUTÜBERSTRÖMT SCHREIT VOR SCHMERZ
0070 LEGENDE -- SICH DEM ERSCHLOSSENWERDEN ZU WIDERSETZEN BEDEUTET SCHMERZ
0071 LEGENDE -- SICH DEM ERSCHLOSSENWERDEN ZU WIDERSETZEN BEDEUTET SCHMERZ
0072 FILMMOTIV -- MANN BLUTÜBERSTRÖMT SCHREIT VOR SCHMERZ
0073 FILMMOTIV -- MANN BLUTÜBERSTRÖMT SCHREIT VOR SCHMERZ
0074 LEGENDE -- SICH DEM ERSCHLOSSENWERDEN ZU WIDERSETZEN BEDEUTET SCHMERZ
0075 LEGENDE -- SICH DEM ERSCHLOSSENWERDEN ZU WIDERSETZEN BEDEUTET SCHMERZ
0076 FILMMOTIV -- FRAU BLUTÜBERSTRÖMT SCHREIT VOR SCHMERZ
0077 FILMMOTIV -- MANN BLUTÜBERSTRÖMT SCHREIT VOR SCHMERZ
0078 LEGENDE -- SICH DEM ERSCHLOSSENWERDEN ZU WIDERSETZEN BEDEUTET SCHMERZ
0079 LEGENDE -- SCHMERZEN SCHMERZEN SCHMERZEN SCHMERZEN
0080 KEIN IMPULS

0081 KEIN IMPULS
0082 FILMMOTIV -- FRAU BETRACHTET ERIGIERTEN PENIS UND LÄCHELT

»Ich glaube, ich verstehe«, sagte Klinger. »Erschlossen werden ist der Code für die Bereitschaft des Individuums, sich dem Schlüssel als Schloß anzubieten.«

»Richtig.«

»Wobei der Unterschied zum ersten Programm in der Einführung des negativen Elements besteht. Wir haben negative Verstärker, denen die positiven Verstärker, die Belohnungen, entgegengestellt werden.«

»Auch richtig. Betrachten wir die Sequenzen, mit denen die Motivation der Versuchspersonen verstärkt werden kann.«

0110 FILMMOTIV -- HEULENDER WOLF
0111 FILMMOTIV -- HEULENDER WOLF
0112 FILMMOTIV -- SKORPION TÖTET MAUS
0113 FILMMOTIV -- SKORPION TÖTET MAUS
0114 FILMMOTIV -- SARG
0115 FILMMOTIV -- SARG
0116 FILMMOTIV -- SARG
0117 LEGENDE -- SICH DEM ERSCHLOSSENWERDEN ZU WIDERSETZEN BEDEUTET TOD
0118 LEGENDE -- SICH DEM ERSCHLOSSENWERDEN ZU WIDERSETZEN BEDEUTET TOD
0119 FILMMOTIV -- TOTENKOPF
0120 FILMMOTIV -- TOTENKOPF
0121 FILMMOTIV -- VERWESTE LEICHE
0122 LEGENDE -- SICH DEM ERSCHLOSSENWERDEN ZU WIDERSETZEN BEDEUTET TOD
0123 FILMMOTIV -- VERWESTE LEICHE
0124 LEGENDE -- SICH DEM ERSCHLOSSENWERDEN ZU WIDERSETZEN BEDEUTET TOD

Klinger gab sich erstaunt. »Sind Sie sicher, daß die Drohung mit dem Tod als negativer Verstärker ähnlich wirksam ist wie die Belohnung mit sexueller Erfüllung auf der positiven Seite?«

»Ja, weil das vielfach ausgetestet ist. Aus den Untersuchungen hat sich ergeben, daß Tod und Sex in den Unterschwelligen Botschaften austauschbar sind. Ein Wissenschaftler namens Wilson Bryan Key hat ein Buch darüber geschrieben. In die Werbung fand das Motiv dann um 1971 Eingang, damals erschienen eine Reihe von Anzeigen für Calvert Whiskey mit dem Todesmotiv. Heute benutzen fast alle großen Werbeagenturen Todessymbole bei der Zusammenstellung ihrer Anzeigen.«

»Was ich eben gesehen habe, wurde den Testpersonen am zweiten Abend gezeigt?«

»Ihrem Unterbewußtsein, ja.«

»Und welche Unterschwelligen Botschaften waren dem dritten Film beigegeben?«

Salsbury hatte die Frage erwartet. Er hielt die Hand auf einen Stapel Computerformulare gepreßt. »Hier habe ich den dritten Teil des Programms. Dieser Teil dient zur Verstärkung der bereits empfangenen Befehle, zur Vertiefung der neu geprägten Verhaltensmuster. In einigen Sequenzen sehen Sie Botschaften im Abstand von Zehntelsekunden, die Bilder folgen sich mit der Schnelligkeit eines Maschinengewehrs. Die Versuchspersonen sind inzwischen so aufnahmebereit, daß wir ihnen diese schnelle Abfolge zumuten können.«

0060 00	FILMMOTIV --	FRAU IN EKSTASE
0061 00	LEGENDE --	ERSCHLOSSEN WERDEN IST BEFRIEDIGUNG
0061 05	FILMMOTIV --	EJAKULIERENDER PENIS
0062 00	FILMMOTIV --	FRAU IN EKSTASE
0062 05	LEGENDE --	ERSCHLOSSEN WERDEN IST BEFRIEDIGUNG
0063 00	FILMMOTIV --	WEINENDE FRAU
0063 03	FILMMOTIV --	WEINENDER MANN
0063 06	FILMMOTIV --	ZÄHNEFLETSCHENDER WOLF
0063 09	FILMMOTIV --	SKORPION TÖTET MAUS
0064 02	FILMMOTIV --	SARG
0064 05	LEGENDE --	SICH DEM ERSCHLOSSENWERDEN ZU WIDERSETZEN BEDEUTET TOD

0065 00 FILMMOTIV -- FRAU KÜSST DAS GLIED DES MANNES
0065 05 FILMMOTIV -- GLIED SCHIEBT SICH ZWISCHEN DIE BRÜSTE DER FRAU
0065 08 FILMMOTIV -- GLIED SCHIEBT SICH IN DIE SCHEIDE
0066 00 LEGENDE -- ERSCHLOSSENWERDEN SCHÜTZT VOR VERSAGUNGSERLEBNISSEN
0066 05 FILMMOTIV -- ABGESCHNITTENER ARM
0066 08 FILMMOTIV -- VERWESTE LEICHE

Die Schnelligkeit der Abfolge nahm zu. Die Filmmotive wurden immer aufregender, immer dramatischer.

0800 00 FILMMOTIV -- KOPF MIT EINSCHUSSWUNDE
0800 02 FILMMOTIV -- TOTES KLEINKIND
0800 04 FILMMOTIV -- MADEN AUF FLEISCH
0800 06 FILMMOTIV -- ZÄHNEFLETSCHENDE RATTE
0800 07 FILMMOTIV -- ZÄHNEFLETSCHENDER WOLF
0800 08 FILMMOTIV -- SARG
0800 09 FILMMOTIV -- MADEN AUF FLEISCH
0801 00 LEGENDE -- SICH DEM ERSCHLOSSENEN ZU WIDERSETZEN BEDEUTET TOD
0801 02 FILMMOTIV -- ERIGIERTES MÄNNLICHES GLIED
0801 04 FILMMOTIV -- ORGASMIERENDE FRAU
0801 06 FILMMOTIV -- KLITORIS UND ZUNGE
0801 08 FILMMOTIV -- FRAU KÜSST DAS GLIED DES MANNES
0801 09 FILMMOTIV -- PENIS IN SCHEIDE
0802 00 FILMMOTIV -- EJAKULATION AUF SCHAMHAAR DER FRAU
0802 01 LEGENDE -- ERSCHLOSSEN ZU WERDEN IST DEIN HÖCHSTES ZIEL

General Klinger hatte weitergeblättert.

2400 00 FILMMOTIV -- TOTES KLEINKIND NAHAUFNAHME

2400 01 FILMMOTIV -- MADEN IM KOT
2400 02 LEGENDE -- SICH DEM ERSCHLOSSENWERDEN ZU WIDERSETZEN BEDEUTET TOD
2400 03 FILMMOTIV -- MANN STREICHELT KLITORIS DER FRAU
2400 04 FILMMOTIV -- FRAU KÜSST MÄNNLICHES GLIED
2400 04 LEGENDE -- ERSCHLOSSEN ZU WERDEN IST GLÜCK
2400 06 FILMMOTIV -- DAMPFENDE EINGEWEIDE
2400 07 LEGENDE -- SICH ZU WIDERSETZEN BEDEUTET SCHMERZ
2400 08 LEGENDE -- SICH ZU WIDERSETZEN BEDEUTET SCHMERZ
2400 09 FILMMOTIV -- MANN EJAKULIERT AUF FRAU
2401 00 FILMMOTIV -- ORGASMIERENDE FRAU
2401 01 LEGENDE -- ERSCHLOSSEN ZU WERDEN IST GLÜCK
2401 02 LEGENDE -- ERSCHLOSSEN ZU WERDEN IST DIE HÖCHSTE GNADE

Es gab Teile des Programms, wo sich die Befehle häuften, während die Filmmotive zurückgenommen wurden.

3600 00 FILMMOTIV -- MADEN AUF FLEISCH
3600 01 LEGENDE -- SICH ZU WIDERSETZEN BEDEUTET TOD
3600 02 FILMMOTIV -- KATZENKADAVER
3600 03 LEGENDE -- LASS DICH ERSCHLIESSEN
3600 04 LEGENDE -- FÜGE DICH DEM SCHLÜSSEL
3600 05 LEGENDE -- SEI SCHLOSS
3600 06 LEGENDE -- FÜGE DICH
3600 07 LEGENDE -- GEHORCHE
3600 08 LEGENDE -- GENIESSE ES ZU GEHORCHEN
3600 09 LEGENDE -- GEHORCHE GEHORCHE GEHORCHE
3600 10 FILMMOTIV -- FRAU KÜSST MÄNNLICHES GLIED

3600 11 LEGENDE -- ERSCHLOSSEN WERDEN BEDEUTET LEBEN
3600 12 LEGENDE -- GEHORCHEN BEDEUTET LEBEN
3600 13 LEGENDE -- FÜGE DICH DEM SCHLÜSSEL
3600 14 FILMMOTIV -- EJAKULAT AUF SCHENKELINNENSEITE DER FRAU
3600 15 LEGENDE -- FÜGE DICH DEM SCHLÜSSEL
3600 16 LEGENDE -- LEBEN LEBEN LEBEN

»Bilder und Befehle in Abständen von Zehntelsekunden«, sagte Klinger.

Salsbury nickte. »In diesem Rhythmus geht es weiter bis zum Ende des Films. Die letzten fünfzehn Minuten sind den kodierten Erkennungssätzen gewidmet. Das Unterbewußtsein lernt die Worte: Ich bin das Schloß. Ich bin der Schlüssel. Zugleich hält das Trommelfeuer der sexuellen Filmmotive und der Todesdrohungen an.«

Klinger sah ihn ungläubig an. »Und das funktioniert?«

»Das funktioniert.«

»Ich hatte es mir komplizierter vorgestellt.«

»Sie vergessen die Droge. Es ist die Droge, die unsere Versuchspersonen für die Aufnahme der Unterschwelligen Botschaften konditioniert.«

»Und die Versuchspersonen können sich nicht an die empfangenen Botschaften erinnern?«

»Natürlich nicht. Nicht sie selbst haben die Botschaften empfangen, sondern ihr Unterbewußtsein. Wir wählen den direkten Weg zum Unterbewußtsein, um alle kritischen Einwände des Bewußtseins zu unterlaufen.«

Klinger zog sich einen Stuhl heran. Er setzte sich. Seine rechte Hand ruhte auf dem Knie. Sie war so dicht mit schwarzem Haar bewachsen, daß der Anblick Salsbury an eine Ratte erinnerte. Der General hielt den Stapel mit den Schreibungen in der Linken. »Wann genau ist die Programmierung unserer drei Söldner erfolgt?«

»Vor dreißig Tagen. Seitdem stehen die drei unter strengster Beobachtung.«

Klinger zögerte. »Gibt es... Parallelen zu den Phänomenen, die Sie bei Kingman beobachteten, bevor er starb?«

»Die drei haben auch Alpträume gehabt«, sagte Salsbury. »Das wäre eine solche Parallele. Ich vermute, daß sie von den Filmmotiven geträumt haben, die sie als Unterschwellige Botschaft zu sehen bekamen. Aber keiner der drei konnte sich an seine Träume erinnern. Sie hatte nachts Schüttelfrost. Außerdem beklagten sie sich über Übelkeit.«

»Sonst keinerlei Probleme?«

»Nein.«

»Und Sie sind sicher, daß es keine Schwachstellen in der Programmierung gibt?«

»Nein. Ich habe die drei, nachdem sie das Programm empfangen hatten, auf den Grad ihrer Unterwürfigkeit getestet und bin zufrieden.« Er holte Luft. »In wenigen Minuten, wenn der Schlußtest läuft, werden wir wissen, ob wir uns hundertprozentig auf das Programm verlassen können. Wenn das Programm Lücken hat, muß ich noch mal von vorne anfangen. Wenn alles gut läuft, gibt's Champagner.«

»Sie halten an Ihrer Meinung fest, daß der Schlußtest notwendig ist.«

»Ja.«

Klinger massierte die schwarzen Härchen auf seinem Handrücken. »Ich kann nicht sagen, daß mir die Sache besonders gefällt.«

»Haben Sie in Vietnam gekämpft?«

»Was hat das damit zu tun?«

»Sie waren im Krieg. Sie haben Menschen in den Tod geschickt.«

»Mit ehrbaren Motiven. Von ehrbaren Motiven kann man bei unseren Versuchen wohl nicht sprechen.«

Ehrbare Motive, dachte Salsbury. Ich habe es mit einem Wahnsinnigen zu tun, der noch an den Weihnachtsmann glaubt. Es gibt keine ehrbaren Motive. Es geht im ganzen Leben nur daraum, daß man bekommt, was man will. Du weißt das, Klinger. Ich weiß das. Sogar Leonard, wenn er im Weißen Haus sitzt und mit dem Präsidenten und Billy Graham ein Arbeitsfrühstück abhakt, weiß das. Aber ich bin der einzige, der's zugibt.

Klinger war aufgestanden. »Bringen wir's hinter uns. Wo sind die Männer?«

»Im Nebenraum.«

»Wissen sie, was ihnen bevorsteht?«

»Nein.«

Salsbury ging zu seinem Schreibtisch und drückte auf die Taste der Gegensprechanlage. Er grinste. »Rossner, Holbrook, Picard, kommen Sie jetzt bitte herein.«

Wenige Sekunden später öffnete sich die Tür.

Drei Männer traten ein.

»Stellt euch in die Mitte des Raumes«, sagte Salsbury.

Die Männer begaben sich in die Mitte des Raumes.

»Sind sie bereits erschlossen?« fragte Klinger.

»Kurz bevor Sie kamen, habe ich die Codeworte gesagt.«

Klinger betrachtete die drei Gestalten. Der Nächststehende sah wie ein Straßenräuber aus. Er war Anfang Vierzig, schlank, klein und dunkelhaarig. Das braune Haar war straff zurückgekämmt. Er stand da, zum Sprung bereit, wie ein Gorilla, der auf den Befehl seines Herrn wartete. Das Kinn war ausgeprägt, die Augen standen etwas zu nahe beieinander. Die dünnen Lippen waren auffallend wegen ihrer Farbe, ein schmutziges Graurosa.

»Das ist Rossner«, sagte Salsbury zu General Klinger gewandt. »Voller Name ist Glenn Rossner, Amerikaner. Hat sechzehn Jahre lang als Söldner in Asien gekämpft.«

»Tag«, sagte Rossner.

»Ihr drei sprecht erst, wenn ihr dazu aufgefordert werdet«, sagte Salsbury. »Ist das verstanden?«

»Ja« aus drei Mündern.

Der zweite Mann war etwa so alt wie Rossner, aber größer, er maß über 1,80 Meter. Die Haut war hell, das Haar rötlich blond. Streichholzschnitt. Breites Gesicht, ausgeprägte Kiefer. Ernster Gesichtsausdruck. Falten. Wenn dieser Mann Vater war, dann einer, der seine Kinder prügelte, einer, der mit dem Kopf durch die Wand ging, einer, der aus netten kleinen Jungen Männer wie Rossner machte.

»Peter Holbrook«, sagte Salsbury. »Brite. Söldner seit zwanzig Jahren.«

Der dritte Mann war knappe dreißig. Gut aussehend. 1,80 Meter groß. Schlank. Muskulös. Dickes braunes Haar. Buschige Augenbrauen. Grüne Augen mit Augenwimpern, auf die jede Frau neidisch geworden wäre. Die Figur war straff und sehnig, das Kinn und die Jochbögen stark ausgeprägt.

»Das ist Michel Picard«, sagte Salsbury. »Ein Franzose. Spricht aber fließend Englisch. Söldner seit vier Jahren.«

»Wer?« fragte Klinger.

Salsbury sah den General an. Er kniff die Augen zusammen.

»Wer?« wiederholte Klinger.

Salsbury verstand. Der Schlußtest. »Wir nehmen Picard, würde ich sagen.«

»Dann los«, sagte Klinger.

Salsbury wandte sich Rossner zu. »Auf meinem Schreibtisch liegt eine Segeltuchplane, Rossner. Bring sie her.«

Rossner brachte die Plane.

»Holbrook, hilf ihm die Plane auseinanderfalten.«

Die Plane wurde ausgebreitet. Sie war 2,70 Meter mal 2,70 Meter groß und lag in der Mittes des Raumes.

»Picard, stell dich auf die Plane.«

Der Franzose gehorchte.

»Picard, was bin ich?«

»Sie sind der Schlüssel?«

»Und was bist du?«

»Ich bin das Schloß.«

»Du wirst tun, was ich sage.«

»Ja, natürlich.«

»Du bist jetzt ganz entspannt, Picard. Ganz entspannt.«

»Ja. Ich bin entspannt.«

»Du bist glücklich.«

Picard strahlte.

»Du fühlst dich wohl, egal, was in den nächsten Monaten mit dir passiert. Ist das verstanden?«

»Ja.«

»Du wirst nicht versuchen, Rossner und Holbrook an der Ausführung der Befehle zu hindern, die ich ihnen gebe. Verstanden?«

»Verstanden.«

Er zog ein dickes Nylonseil von einem Meter Länge aus der Tasche seines weißen Kittels. »Nimm das Seil, Holbrook, und leg es Picard um den Hals, als ob du ihn erdrosseln willst. Aber zieh die Schlinge nicht zu, ehe ich es dir sage.«

Picard lächelte. »Gut.«

»Du wirst lächeln, solange du kannst.«

»Ja.«

»Wenn etwas mit dir geschieht, wo du nicht mehr lächeln kannst, dann wirst du wissen, daß es zu deinem Besten geschieht. Hast du das verstanden?«

»Ich habe verstanden.«

»Rossner, du bleibst Zuschauer. Du nimmst an der kleinen Darbietung, die deine Freunde für mich veranstalten, nicht teil. Du bleibst passiv. Ist das klar?«

»Ich bleibe passiv.«

»Holbrook?«

»Ja?«

»Wirst du ohne zögern tun, was ich anordne?«

»Ohne zögern.«

»Erdroßle ihn.«

Holbrook zog die Schlinge zu. Picard riß den Mund auf. Zu hören war nichts, außer einem trockenen Würgen.

Holbrooks Armmuskeln schwollen, als er die Schlinge fester zog. Picards Augen traten aus den Höhlen.

»Zieh fester zu«, sagte Salsbury.

Picard war auf die Knie gesunken. Sein Kopf schlug auf Holbrooks Knie. Immer noch hielt er die Hände an die Hosennaht. Er hatte keine Anstalten gemacht, sich zu wehren.

»Zur Hölle«, flüsterte Klinger. »Zur Hölle.«

Holbrook gab den Toten frei. Er trat neben die Plane.

Salsbury zog ein zweites Seil aus der Tasche, von gleicher Beschaffenheit wie das erste. Er reichte es Rossner.

»Weißt du, was das ist, Rossner?«

»Ja.«

»Gib Holbrook das Seil.«

Ohne Zögern reichte Rossner das Seil an den Engländer weiter.

»Dreh ihm den Rücken zu, Rossner.«

Rossner drehte Holbrook den Rücken zu.

»Fühlst du dich wohl, Rossner?«

»Gut. Ich bin entspannt.«

»Sehr schön. Du wirst nicht versuchen, Holbrook an der Ausführung meiner Befehle zu hindern.«

Salsbury wandte sich zu dem Engländer. »Leg ihm das Seil um den Hals, so wie du's vorhin mit Picard gemacht hast.«

Innerhalb weniger Sekunden hatte Holbrook das Seil zu einer Schlinge verknotet.

»Rossner, bist du nervös?«

»Nein. Ich bin entspannt.«

»Gut. Sehr gut. Ich werde Holbrook jetzt sagen, er soll dich erdrosseln. Du wirst dich nicht wehren. Ist das klar?«

»Jawohl.« Immer noch lächelte er.

»Liebst du das Leben, Rossner?«

»Ich liebe das Leben.«

»Wieso bist du dann bereit zu sterben?«

»Ich...« Er verstummte.

»Du bist bereit zu sterben, weil du weißt, daß du sowieso sterben mußt, wenn du dich dem Schlüssel widersetzt. Habe ich recht, Rossner?«

»Sie haben recht.«

Salsbury und Klinger beobachteten die beiden Söldner. Holbrook hatte hinter Rossner Aufstellung genommen. Er hielt die Enden der Schlinge in den Fäusten und war bereit zuzuziehen. Beide wirkten glücklich und entspannt.

»Die totale Kontrolle«, sagte der General. »Und trotzdem sehen sie wie normale Menschen aus, nicht wie Zombies.«

»Weil sie keine Zombies sind«, sagte Salsbury. »Sie sind auch nicht hypnotisiert. Sie sind nur konditioniert.« Er legte die Spitzen seiner Finger gegeneinander. »Eine konsequente Weiterentwicklung der menschlichen Verhaltensforschung.«

Er wandte sich zu Holbrook.

»Gib mir jetzt das Seil zurück, Holbrook.« Er nahm das Seil entgegen. »Du hast deine Sache gut gemacht. Du auch, Rossner. Ich bin wirklich zufrieden mit euch. Wickelt Picards Leiche jetzt in die Plane ein. Tragt ihn nach nebenan. Wartet dort auf weitere Anweisungen von mir.«

Klinger sah den beiden Männern zu, die den Toten in die Plane einwickelten. Er schwitzte. Der General, der selbst in Vietnam kühlen Kopf bewahrt hatte, schwitzte.

»Ich gratuliere Ihnen«, sagte er zu Salsbury gewandt.

Sind das fröhliche Weihnachten, dachte Salsbury.

Im Labor roch es nach Zitrone. Salsbury hatte einen Spray benutzt, um den Gestank zu vertreiben, der von der Leiche zurückgeblieben war.

Er holte eine Flasche Whisky aus dem Schreibtisch, öffnete sie und schenkte sich ein Glas ein. Es war ein Grund zum Feiern, wirklich. Auch Klinger bekam ein Glas.

»Und nun?« fragte Klinger nach einer Weile.

»Als nächstes kommt ein Versuch auf breiterer Ebene. Ein kleiner Ort vielleicht.«

»Ist das wirklich notwendig? Können wir die Droge und das Programm nicht gleich in einem der Ölländer einsetzen, wie Leonard es vor zwei Jahren vorgeschlagen hat? Wir wissen doch, daß es funktioniert. Auf was warten wir noch?«

»Wir wissen, daß Droge und Programm bei Holbrook, Rossner und Picard gewirkt haben«, sagte Salsbury. Er nahm einen Schluck aus seinem Glas. »Denkbar, daß andere Menschen unterschiedliche Reaktionen zeigen. Ich meine, man muß das alles erst bei ein paar hundert Versuchspersonen ausprobieren, bei Versuchspersonen beider Geschlechter, bei Menschen verschiedenster Altersgruppen. Die Arbeit mit den drei Söldnern fand unter idealen Bedingungen statt, im Labor. In einer Stadt oder auf die Fläche eines ganzen Landes projiziert, könnte das alles ganz anders aussehen. Und was den Nahen Osten betrifft, wir müssen erst einmal ein spezielles Programm entwickeln, das auf die kulturellen und psychologischen Besonderheiten der dortigen Bevölkerung Rücksicht nimmt. Sie müssen bedenken, daß die Textbotschaften in der Sprache der Zielgruppe verfaßt sein müssen. Aus all diesen Gründen will ich Droge und Programm erst in einem kleinen Ort in Amerika ausprobieren.«

Klinger schenkte sich aus der Flasche nach. Er trank, und Salsbury schien es, als hätte er einen Widerschein von Angst in seinen Augen bemerkt. »Keine Angst«, sagte Salsbury und lachte. »In Ihrem Whisky ist keine Droge.«

Klinger sah ihn nachdenklich an. Er stellte das Glas auf den Schreibtisch zurück.

»An welchen Ort denken Sie für Ihren Versuch?«

»Black River im Staate Maine. Ein kleiner Ort nahe der kanadischen Grenze.«

»Warum Black River?«

Salsbury ging zu einem Computer und tippte ein paar Daten ein. »Ich habe vor kurzem die Bedingungen zusammengestellt, die der Ort erfüllen muß. Halten wir einmal die Daten von Black River dagegen.«

Der Schirm leuchtete auf.

KODIERUNG SCHLÜSSEL/SCHLOSS

1.1. TESTGEBIET IDEAL WENN KLEINER ORT ANZAHL DER EINWOHNER GENÜGEND GROSS FÜR STATISTISCHE MITTEL

1.2. BLACK RIVER, MAINE -- 402 EINWOHNER HOLZFÄLLERCAMPF MIT 188 MÄNNERN KEINERLEI SIEDLUNGEN IM UMKREIS VON 8 KM

»In Black River gibt's ein Holzfällercamp?« fragte Klinger.

»Eine Arbeitersiedlung, gehört der Big Union Supply Company. Fast alle Menschen in Black River arbeiten für die Big Union. Für die jüngeren Arbeiter, die kein Geld für ein Zimmer oder eine Wohnung im Ort ausgeben wollen, hat die Firma einfache Unterkünfte neben dem Sägewerk errichtet.«

2.1. TESTORT SOLLTE ISOLIERT LIEGEN

2.2. DER NÄCHSTE ORT LIEGT 52 KM VON BLACK RIVER ENTFERNT. BLACK RIVER IST EISENBAHNSTATION. ZUFAHRT ÜBER DIE STATE HIGHWAY. KEIN FLUGPLATZ.

3.1. AM TESTORT SOLLTE DER EMPFANG MEHRERER FERNSEHPROGRAMME MÖGLICH SEIN.

3.2. IN BLACK RIVER KÖNNEN EINE AMERIKANISCHE FERNSEHSTATION UND EINE KANADISCHE EMPFANGEN WERDEN.

»Nur eine amerikanische Station«, sagte Klinger.

»Ja, aber die gehört Futurex. Das Programm besteht aus alten Filmen. Wir haben Zutritt zu den Kopien, so daß wir die Botschaften einkopieren können. Wir können uns auch Duplikate besorgen, die Botschaften vorher einkopieren und die Filmrolle im Sender dann austauschen.«

»Ein Glücksfall, würde ich sagen.«

»Jedenfalls spart uns das viel Zeit. Wir hätten sonst erst eine Fernsehstation kaufen müssen. So was kann Jahre dauern.«

»Was machen Sie mit den Einwohnern, die nicht fernsehen?«

»Die Unterschwelligen Botschaften erreichen Black River auf verschiedenen Kanälen. Um zunächst einmal beim Fernsehen zu bleiben, da ist die Dawson Foundation for Christian Ethics, die sowohl kanadische als auch amerikanische Sender mit Filmen beliefert. Es wäre für uns ein Kinderspiel, unsere Botschaften auch dort einzukopieren. Dawsons Tochterfirmen machen Postwurfsendungen, wo für verschiedene Produkte geworben wird, eine weitere Möglichkeit. Die Leute werden präparierte Werbegeschenke bekommen, zum Beispiel Muster für Seife, Haarshampoo, Filme. In den Zeitungen, die in Black River zu kaufen sind, werden Anzeigen erscheinen, die mit Unterschwelligen Botschaften unterlegt sind. Die Botschaften enthalten die Weisung, bestimmte Fernsehprogramme einzuschalten, eben jene Filme, die von uns präpariert sind. Nehmen wir an, jemand bekommt eine Postwurfsendung und wirft den Umschlag fort, ohne ihn zu öffnen. Nicht schlimm. Er muß zumindest den Umschlag ansehen, um zu wissen, was er wegwirft. Und während er den Umschlag betrachtet, nimmt er die unsichtbare Botschaft auf, sein Unterbewußtsein wird infiziert. Wir werden den Ort mit Werbung bombardieren, wo auf bestimmte Fernsehprogramme hingewiesen wird.« Salsbury kam ganz außer Atem vor lauter Eifer. »Black River ist so klein, daß es kein Kino hat, aber das Sägewerk unterhält ein Kino, eine Art Geste gegenüber dem Ort. In den Sommermonaten wird eine Matinee für die Kinder veranstaltet. Die Filme, die man dort projiziert, werden unsere Botschaften enthalten, ebenso die Dias. Die Kinder werden gar nicht anderes können, als die Fernsehprogramme einzuschalten, die wir ihnen zugedacht haben. Ich habe hier nur einige der Möglichkeiten aufgezählt. Alles in allem sieht es so aus, als ob wir Black River völlig unter unsere Kontrolle bekommen können.«

»Bleibt trotzdem die Frage, wie wir die Menschen erreichen, die keinen Fernseher haben.«

»Es gibt in Black River keine andere Zerstreuung, nur das Fernsehen«, sagte Salsbury. »Im Holzfällerlager stehen zehn Fernseher. Praktisch jeder Einwohner des Ortes hat einen Fernseher, die Kinder mitgerechnet. Mit den Unterschwelligen Botschaften werden wir die Besitzer der Fernsehgeräte anweisen, die Nachbarn zum Fernsehabend einzuladen, so daß auch jene erfaßt werden, die keinen Apparat haben.«

Es war das erste Mal, daß Klinger so etwas wie Respekt vor Salsbury empfand. »Sie haben wirklich an alles gedacht.«

»Danke.«

»Und die Droge? Wie wollen sie den Leuten die Droge zuführen?«

Salsbury leerte sein Glas. Er fühlte sich wunderbar. »Es gibt nur ein Lebensmittelgeschäft in der Stadt. *Edison's General Store*. Edison hat keine Konkurrenz, er beliefert auch das einzige Restaurant des Ortes. Was das Holzfällercamp angeht, so bezieht es seine Essensvorräte aus Augusta, vom gleichen Großhändler wie Edison.«

»Verstehe.«

»Holbrook und Rossner werden die Operation ausführen. Die beiden werden in die Vorratsräume des Großhändlers einbrechen und die Droge in jene Sendungen einbringen, die für Black River zum Transport bereitgestellt worden sind.« Er deutete auf den Sichtschirm. »Nicht zu vergessen Punkt vier.« Klinger las.

4.1. TESTORT SOLLTE SEIN TRINKWASSER AUS EINEM RESERVOIR BEKOMMEN, DAS NICHT WENIGER ALS 90% DER GESAMTBEVÖLKERUNG DES ORTES MIT WASSER VERSORGT:

4.2. DER KÜNSTLICHE SEE BEI BLACK RIVER VERSORGT 100% DER BEVÖLKERUNG UND 100% DER ARBEITER IM CAMP DER SÄGEMÜHLE MIT TRINKWASSER!

»Was für ein glücklicher Zufall«, ergänzte Salsbury. »In abgelegenen Orten dieser Größe haben die Leute meist noch Hausbrunnen, also eine individuelle Wasserversorgung. In

Black River war eine zentrale Versorgung möglich, weil die Sägemühle sowieso einen künstlichen See brauchte.«

»Wie sind Sie auf Black River gestoßen? Woher haben Sie die ganzen Daten?«

Salsbury löschte das Bild auf dem Leuchtschirm durch einen Knopfdruck. »Zu Dawsons Firmengruppe gehört ein Forschungsinstitut namens *Statistical Profiles Incorporated*. Das Institut befaßt sich mit Marktforschung, zum einen für Dawsons Firmen, aber auch für andere Auftraggeber. Das Institut ist an die Computer des Census Bureau angeschlossen. Wir haben die Anforderungen, die wir an unseren Testort stellen, in die Compouter der *Statistical Profiles Inc.* eingetippt, und Black River ist dabei herausgekommen.«

Klinger runzelte die Stirn. »Wieviel Leute in jenem Institut wissen von der Sache?«

»Zwei«, sagte Salsbury. »Ich weiß, was Sie jetzt denken, aber Sie machen sich umsonst Sorgen. Die beiden werden bei Unfällen ums Leben kommen, bevor der Test in Black River beginnt.«

»Um die Droge ins Trinkwasserreservoir zu schütten, nehmen wir am besten Rossner und Holbrook«, sagte der General.

»Wenn die Arbeit getan ist, müssen sie sterben.«

Klingers Brauen zuckten in die Höhe. »Sie wollen die beiden umbringen?«

»Ich würde ihnen Anweisung geben, Selbstmord zu begehen.«

»Warum geben Sie ihnen nicht Anweisung, die ganze Sache auf ihrem Gedächtnis zu löschen?«

»Damit wären die beiden aus den Schneider, aber nicht wir. Nehmen wir einmal an, die ganze Operation läuft schief, nehmen wir an, Rossner und Holbrook werden bei der Vergiftung des Trinkwassers beobachtet, man würde ihre Spur bis zu uns verfolgen. Sie müssen sterben.«

»Sie sagen, die ganze Operation könnte schiefgehen. Was meinen Sie?«

»Nichts Besonderes. Ich bin einfach dafür, vorsichtig zu sein.«

Klinger dachte nach. »Sie haben recht«, sagte er nach einer Weile.

»Klar habe ich recht.«

»Wann startet der Test?«

»August.«

8. Kapitel

Freitag, der 26. August 1977Tat-tat-tat-tat-tat-tat-tat-tat-tat . . . Es war ein Montag gewesen, als Salsbury sich Brenda Macklin zu Willen machte. Seitdem hatte er der Versuchung widerstanden. Er hatte wieder und wieder Gelegenheit gehabt, eine gutaussehende Frau zu nehmen und zu mißbrauchen, in ihr die Erinnerung an das Geschehnis auszulöschen, aber er hatte von dieser Gelegenheit keinen Gebrauch gemacht. Warum auch? Er wußte ja, daß er diese Frauen zu jedem späteren Zeitpunkt in sein Bett zitieren konnte. Zunächst einmal ging es darum, den Erfolg des Tests sicherzustellen. War der Test geschafft, würde Salsbury alles nachholen. Er würde mit jeder Frau schlafen, die ihm bei seinen Recherchen aufgefallen war. Mit jeder einzelnen Hure. Mit jedem Flittchen, das sich in Black River in der Tarnung einer biederen Hausfrau herumtrieb. Die Zukunft war eine Perlenschnur aus aneinandergereihten Orgien. So schön, daß es sich lohnte, drauf zu warten. Salsbury ging von Haus zu Haus, sagte die Codeworte, stellte seine Fragen, infizierte die Einwohner mit seinem Programm. Es war harte Arbeit. Es war sein Beruf. Jawohl, ich bin hart gegen mich selbst, dachte er. Hart, wie ein Mann sein muß.

Am frühen Morgen jenes Tages war der harte Wille ins Wanken gekommen. Seit vier Tagen schlug sich Salsbury mit merkwürdigen Träumen herum. Träume, wo Miriam und seine Mutter eine Rolle spielten. Es ging gewalttätig zu in jenen Träumen, blutig, und wenn er aufwachte, schweißnaß, den Erguß im Pyjama, dachte Salsbury an Emma Thorp, an die lockende Furche zwischen ihren Brüsten, an den Hüftschwung, als sie von der Haustür zum Wagen gegangen war.

Emma Thorp. Sie war das Gegengift, das seine Eingeweide ausbrennen und von den Überresten des Traums reinigen würde. Er mußte sie haben. Bald.

Die Macht war wieder zu einem Strom von Sex und Sünde geworden, der Salsbury hinwegschwemmte. Über ihm eine Melodie. Emmas Stimme. Die Worte klangen abgehackt. Hart wie ein Maschinengewehr. Tat-tat-tat-tat-tat-tat-tat...

Um Viertel vor acht verließ er *Pauline Vicker's Rooming House*. Er würde im Café im Zentrum des Ortes frühstücken.

Ein verhangener Tag. Die Luft ging schwanger mit einem Gewitter. Um 8.25 Uhr beendete er sein Frühstück. Er verließ das Café.

Es war 8.40 Uhr, als er vor dem Haus des Polizeichefs stand. Das letzte Haus in der Union Road. Blick auf den Fluß.

Er drückte auf die Klingel. Zweimal.

Der Herr des Hauses persönlich. Wie schön.

»Ich bin der Schlüssel«, sagte Salsbury.

»Ich bin das Schloß«, sagte Bob Thorp.

»Lassen Sie mich ins Haus.«

Thorp trat zur Seite. Er überquerte die Schwelle. Thorp schloß die Tür.

»Ist Ihre Frau zu Hause?«

»Ja.«

»Sonst noch jemand im Haus?«

»Nein.«

»Wo ist Ihre Frau?«

»In der Küche.«

»Bringen Sie mich hin.«

Thorp zögerte.

»Bringen Sie mich hin!«

Thorp gehorchte. Salsbury wurde durch einen helltapezierten Korridor geführt.

Moderne Küche. Die mediterrane Art. Teuer. Kühlschrank Marke *Coppertone. Und* eine Kühltruhe. Eine, die aufrecht stand. Mikrowellenherd, Fernseher in der Küche.

Emma saß am Küchentisch, einen Teller mit Toast und Rührei vor sich. Sie hatte einen Ellenbogen aufgestützt und trank aus einem Glas Orangensaft. Sie trug einen langen, blauen Hausmantel. Ihr Haar war schwingendes Gold.

Sie wandte sich um. Sie sah schläfrig aus. So schläfrig, daß Salsbury trockene Lippen bekam.

»Wer ist das, Bob?« fragte sie.

»Ich bin der Schlüssel«, sagte Salsbury.

Paul Annendale bremste. Er hielt nach beiden Seiten Ausschau, bevor er auf die Main Street einbot. Er war zum Einkauf unterwegs. Milch und Butter, die Dinge, die sich in der Wildnis nicht gut aufbewahren ließen. Einmal wöchentlich machte er diese Fahrt.

»Laß mich auf dem Platz aussteigen«, sagte Mark. Er kauerte auf dem Rücksitz. »Ich möchte nicht mitkommen zum General Store.«

Paul warf einen Blick in den Innenspiegel. »Warum denn nicht? Was hast du vor?«

Mark legte die Hand auf den Käfig mit dem Eichhörnchen. »Ich möchte Jeremy das Eichhörnchen zeigen.«

Rya lachte. »Warum sagst du nicht die Wahrheit? Du bist in Emma verknallt. Du gehst nicht zu Jeremy, du gehst zu Emma.«

»Gar nicht wahr!« sagte Mark.

»Wo die Liebe hinfällt«, seufte Rya.

»Ich sage dir, ich bin *nicht* in seine Mutter verknallt. Überhaupt nicht! Ich bin kein Muttersöhnchen.«

Rya wandte sich um. Sie legte ihre Arme über die Lehne. Sie holte tief Luft.

»Kein Streit«, sagte Paul. »Mark wird am Platz aussteigen, wenn er will.«

»Haben wir uns verstanden, Mr. Thorp?« fragte Salsbury.

»Ich habe Sie verstanden.«

»Sie sprechen nur, wenn Sie gefragt werden. Sie erheben sich von Ihrem Stuhl nur, wenn ich Ihnen die Erlaubnis gebe.«

»Verstanden.«

»Aber Sie werden mir zusehen.«

»Ich werde Ihnen zusehen.«

»Bei was werden Sie mir zusehen?«

»Wie Sie mit meiner Frau schlafen.«

Du dummer Bulle.

Er stand an die Spüle gelehnt. »Komm zu mir, Emma.«

Sie stand auf. Sie schwebte zu ihm.

»Zieh deinen Hausmantel aus.«

Sie streifte ihren Morgenrock ab. Sie trug einen gelben BH und einen gelben Slip, der an der linken Hüfte mit drei Röschen verziert war.

»Zieh deinen BH aus.«

Sie befreite ihre Brüste. Die Brüste waren voll, schwer, reif, saftig.

Thorp hatte die Fäuste geballt.

»Entspannen Sie sich, Mr. Thorp. Es wird Ihnen Spaß machen, mir zuzusehen. Sie können's gar nicht mehr erwarten, so sehr freuen Sie sich schon drauf.«

Die Fäuste öffneten sich. Thorp lehnte sich in seinem Stuhl zurück.

Salsbury hielt Emmas Brüste umfangen. Er sah ihr in die schimmernden grünen Augen. Und da hatte er eine Idee. Eine wunderschöne Idee. »Ich möchte, daß du dich etwas wehrst, Emma«, sagte er. »Nicht ernst, nur zum Spaß. Du brauchst mir nicht mal eine runterzuhauen. Ich denke vielmehr an seelischen Widerstand. Du bittest mich einfach, ich soll's nicht tun. Und dann weinst du.«

Sie starrte ihn an.

»Du weinst für mich, hast du gehört?«

»Ich habe Angst.«

»Aber das ist ja wunderbar. Angst sollst du haben, dann kannst du doch viel besser weinen, als wenn du entspannt bist. Also, du hast Angst, und du gehorchst mir, halten wir das einmal fest.« Er ließ seine Hand über ihre Warzenhöfe streichen. »Hast du jetzt genügend Angst, daß du weinen kannst, Emma?«

Ein Schauder ging durch ihren schönen Körper.

»Du bist ein tapferes Mädchen. Zu tapfer.«

Sie schwieg.

»Wein jetzt bitte.«

»Bob...«

»Er kann dir jetzt nicht helfen.« Salsbury hielt Emma beim Ohr gepackt. »Nun?«

Und dann schossen ihr die Tränen in die Augen.

»Süß«, sagte Salsbury. »Ganz prächtig.«

Der Käfig war so schwer, daß Mark ihn alle zwanzig Schritte abstellen mußte. Er stand da und schüttelte die Arme aus. Er wartete, bis der Schmerz verklang.

»Und jetzt nimmst du deine Brüste in die Hände«, sagte Salsbury.

Sie tat wie geheißen. Sie weinte immer noch.

»Spiel mit ihnen«, sagte Salsbury.

»Bitte nicht.«

»Tu, was ich dir sage, du Flittchen.«

Dem Eichkätzchen gefiel der Transport im Käfig ganz und gar nicht. Es sprang hin und her. Es sprang in die Runde.

»Du benimmst dich wie eine erschreckte Maus«, sagte Mark. »Schämst du dich nicht?«

Das Eichhörnchen schien die Frage nicht gehört zu haben. Es sprang hoch, daß die Käfigstangen zitterten.

»Du bist keine Maus, vergiß das nicht. Du bist ein Eichhörnchen.«

Paul war in die Parklücke von *Edison's General Store* eingeschert, als er etwas auf dem Rücksitz blinken sah. Er stieg aus und ging um den Wagen herum. Rya löste gerade ihren Sicherheitsgurt. Er deutete auf das Sitzkissen.

»Was ist das?«

Sie sah zur Seite. »Der Schlüssel.«

»Was für ein Schlüssel?«

»Der Schlüssel zum Käfig.« Sie dachte nach. »Ich bring' ihm den Schlüssel.«

»Den braucht er doch gar nicht«, sagte Paul. »Heb den Schlüssel auf, und wenn er wiederkommt, gibst du ihn Mark.«

»Ich bring' den Schlüssel besser hin. Ich weiß ja, wo's ist. Ich bin sicher, Mark will das Eichhörnchen rauslassen.« Sie schmunzelte. »Er will's Emma zeigen, verstehst du?«

Paul verkniff sich ein Grinsen. »Ich versteh's, und ich versteh's nicht.«

»Zieh mir die Hose aus.«

»Bitte nicht.«

»Zieh mir die Hose aus!«

Sie gehorchte.

»Macht das Zusehen Spaß, Mr. Thorp?«

»Ja.«

Salsbury lachte. So ein dummer Polizist.

Mark erreichte das Haus schneller, als er dachte. Er hatte eine neue Methode erfunden, wie er den Käfig transportieren konnte. Er mußte ihn anders anpacken, dann ging's leichter.

Das Eichhörnchen ärgerte sich. Vor allem, weil sein buschiger Schwanz hin und her schwang. Es sprang am Gitter hoch und krallte sich fest. Es sah ganz ruhig aus. Wie ein Kaninchen, das auf die Schlange wartet.

»Die sind sicher beim Frühstück«, sagte Mark. »Wir gehen hinten rum.«

Das Eichhörnchen rührte sich nicht.

»Mach, daß sich die beiden berühren.«

»So?«

»Genau so. Macht's dir Spaß?«

»Ja.«

»Hure!«

»Ich möchte nicht, daß Sie das zu mir sagen.«

»Schämst du dich?«

»Ja.«

»Warum weinst du dann nicht?«

Ihre Lippen zitterten.

»Beug dich nach vorn.«

»Tun Sie's bitte nicht!« bat sie. Als er ihre Wangen streichelte, kam seine Hand tränenfeucht zurück. So schön, dachte er. Wie konnte eine Frau zugleich so schön und so verdorben sein.

Mark war vor dem Küchenfenster angekommen, als er eine Frau weinen hörte. Er blieb stehen. Worte. Schluchzen. Emma.

Er trat näher. Das Fenster war eine Verlockung, der er

nicht widerstehen konnte. Die Vorhänge waren zugezogen. Bis auf einen Spalt.

Mark drückte seine Wange an die Scheibe.

9. Kapitel

16 Tage vorher – Mittwoch, den 10. August 1977

Salsbury betrat das Büro im ersten Stock des Hauses, wo er von Dawson erwartet wurde. Es war drei Uhr nachts.

»Hat die Aktion begonnen?« erkundigte sich Salsbury.

»Vor zehn Minuten.«

»Und gibt's schon Ergebnisse?«

»Es läuft genau so, wie wir's uns vorgestellt haben.«

Vier Männer hatten an dem Nußbaumtisch Platz genommen, der Butler des Hauses, der Chauffeur, der Koch und der Gärtner. Schon vor drei Monaten hatte Salsbury dem Personal die Droge verabreicht. Alle waren programmiert worden, man brauchte also nichts mehr vor ihnen geheimzuhalten. Gelegentlich, wie heute nacht, machten sich die Leute sogar im Sinne des großen Projekts nützlich.

Auf dem Tisch standen vier Telefone, die mit einem IF-Transmissionsgerät verbunden waren. Die Männer wählten Nummern in Black River an, lauschten ein paar Sekunden in die Muschel, legten wieder auf. Dann die nächste Nummer und die nächste.

Die IF-Transmissionsgeräte hatte Dawson aus Brüssel kommen lassen, jedes hatte 2500 Dollar gekostet. Es waren diese Geräte, die Dawson und seine beiden Partner in die Lage versetzten, die Schlafzimmer der Bürger in Black River abzuhören. Wenn das Telefon des Anrufers mit einem IF-Transmissionsgerät verbunden war, wurden keine Impulse in den Schaltzentralen der Telefongesellschaft sichtbar. Kein Computer konnte die Anrufe registrieren. Das Telefon beim angerufenen Partner gab kein Signal, die Glocke wurde durch den elektronischen Ton-Oszillator, der Bestandteil des IF-Transmissionsgerätes war, deaktiviert. Trotzdem kam die Verbindung zustande. Der Anrufer konnte hören, was in der

Wohnung des Angerufenen vor sich ging. Und natürlich ahnte der Belauschte nicht, daß er ausspioniert wurde. Die vier Männer, die Nummern in Black River anwählten, wurden Zeuge der nächtlichen Gespräche in den Schlafzimmern.

Salsbury ging um den Tisch herum. Er ließ sich die Hörer geben, einen nach dem anderen.

»... ein Alptraum. Ich kann's immer noch nicht glauben, daß es nur ein Traum war. Ich hatte solche Angst. Es war so echt, verstehst du. Ich zittere jetzt noch.«

»... ist so kalt. Ich habe Schüttelfrost. Du auch? Ich verstehe das nicht.«

»... seitdem ist mir hundeübel.«

»... besser wird, dann sollten wir Doc Troutman anrufen.«

Er hatte den Tisch zum zweiten Mal umrundet.

»... am Essen. Denkbar wär's schon. Kannst du dich erinnern, was wir...«

»... es wieder die Grippe. Aber Grippe, um diese Jahreszeit? Ich weiß nicht. Außerdem...«

»... morgen früh, jawohl, gleich als erstes. Mein Gott, ich bringe meinen Schüttelfrost nicht weg, so was hab' ich noch nie gehabt.«

Dawson war hinter Salsbury getreten. Er tippte ihm auf die Schulter. »Bleibst du hier, um auf die Burschen aufzupassen?«

»Ist wohl das Beste.«

»Dann ziehe ich mich in die Kapelle zurück.«

Dawson trug einen blauseidenen Morgenmantel über seinem Pyjama. Er trug Lederslipper. Sein Gesicht war glatt, ernst, friedlich.

»Hast du eine Kapelle in diesem Haus eingerichtet?« wunderte sich Salsbury.

»Ich habe in jedem meiner Häuser eine Kapelle«, sagte Dawson voller Stolz. »Ich baue kein Haus ohne Kapelle. Auf diese Weise danke ich IHM für das, was ER mir gegeben hat. Ohne IHN hätte ich gar kein Geld, um irgendein Haus zu bauen.« Dawson war an der Tür angekommen. Er blieb stehen und maß Salsbury mit einem geistesabwesenden Blick. »Ich werde IHM für unsere bisherigen Erfolge danken. Ich werde IHN um Hilfe anflehen für das weitere Werk.«

»Warum sagst du nicht ein Gebet für mich?« sagte Salsbury. Er war sicher, daß Dawson den sarkastischen Unterton nicht heraushören würde.

Er hatte sich nicht getäuscht.

»Das geht nicht«, sagte Dawson. »Ich kann nicht für einen anderen Menschen beten. Ich kann nur für mich selbst beten. Dein Seelenheil ist deine eigene Angelegenheit. Das wichtigste in deinem Leben, falls du's wissen willst. Du scheinst anzunehmen, daß jemand anderer ein gutes Wort beim lieben Gott für dich einlegen kann. Die Katholiken glauben so was ja auch. Ich bin nicht katholisch.«

»Ich auch nicht«, sagte Salsbury.

»Freut mich zu hören«, sagte Leonard. Ein warmes, dankbares Lächeln spielte um seine Lippen. Er verließ den Raum.

Ein Wahnsinniger, dachte Salsbury. Ich habe einen Wahnsinnigen zum Partner.

Der Gedanke nagte an ihm. Um die Zukunft des ganzen Projektes sah es düster aus, wenn das Geld von einem Verrückten kam. Und Dawson *war* verrückt, da war Salsbury ganz sicher.

Er wandte sich den Männern zu, die vor den Telefonen saßen. Der Gedanke an Dawson verblaßte. Salsburys Selbstvertrauen kehrte zurück. Alles würde laufen, wie er es plante. Ganz sicher. Was hätte jetzt denn noch schiefgehen können?

10. Kapitel

Freitag, der 26. August 1977

Rya warf den Käfigschlüssel in die Luft. Das Spiel hieß Goldener Ball. Man warf den Ball und mußte ihn auffangen, bevor er auf dem Pflaster aufkam. Ihr Ball war der Schlüssel zu Marks Eichhörnchenkäfig.

Sie hob den Schlüssel auf und lief weiter. Sie war an der Ecke Main Street/Union Street angekommen. Wieder warf sie den Schlüssel hoch. Sie hörte, wie er auf dem Pflaster aufkam. Sie bückte sich. Der Schlüssel war nirgends zu sehen.

Emma Thorp stand über den Küchentisch gebeugt. Eine Tasse war am Boden zerschellt.

Salsbury schob die Scherbe beiseite. Er trat hinter Emma und umfing ihre Nacktheit.

Bob saß da und lächelte.

Tat-tat-tat-tat-tat-tat-tat-tat-tat. Miriam. Mutter. Huren. Dawson. Klinger. Frauen. Bestrafen. Die Gedanken durchzuckten ihn wie Fledermäuse, die auf einem Dachboden eingesperrt sind.

Emma sah ihn an, über die nackte Schulter hinweg.

Er kicherte. »Sag, daß du Angst vor mir hast.«

»Ich habe Angst.«

Es war ein wunderbares Gefühl. Schau, Miriam. Eine Frau hat Angst vor mir.

»Du bist schön«, sagte er.

»Bitte, fassen Sie mich nicht an. Bitte nicht.«

»Das hat Miriam auch gesagt. So ähnlich. Aber sie hat nie Angst vor mir gehabt. Sie hat mir verboten, sie anzufassen.« Er spürte die Fülle ihrer Brüste in seinen Händen. Er schloß die Finger. Er fühlte, wie sie eine Gänsehaut bekam.

»Du darfst nicht zu weinen aufhören, mein Kleines«, sagte Salsbury. »Ich mag es, wenn du weinst.«

Sie weinte. Es war der Schmerz eines gepeinigten Geschöpfes. Ein Mensch in Todesangst.

Er wollte sie nehmen, als die Küchentur aufging. Ein Junge kam hereingestürzt. Er schrie aus Leibeskräften. Seine dünnen Arme bewegten sich wie Windmühlenflügel.

Sie war vor dem Haus des Polizeichefs angekommen. Sie warf den Schlüssel in die Höhe. Wieder war sie nicht schnell genug. Sie mußte den Schlüssel aus einer Ritze im Asphalt klauben. Das letzte Mal hatte er unter einem Grasbüschel gelegen.

Achtunddreißig Treffer bei vierzig Würfen ist gar nicht schlecht, dachte sie. Ich könnte Baseball-Star werden. Rya Annendale von den Boston Red Sox. Klang ganz gut. Klang sogar sehr gut. Noch besser war natürlich Rya Annendale von den Pittsburgh Pirates.

Sie warf den Schlüssel. Sie verfolgte den Weg. Sie sah, wie

etwas Blitzendes an den Halmen vorbeischwirrte. Sie bückte sich. Sie fand den Schlüssel.

Der Junge war hereingestürmt wie ein Tier, das aus seinem Käfig freigelassen worden war. Salsbury war zur Seite gesprungen. Er zog sich die Hose hoch.

»Laß die Frau los!« schrie der Junge. Er schlug mit seinen kleinen Fäusten auf Salsbury ein.

»Raus mit dir!« schrie Mark.

Salsbury war so überrascht, daß er zurücktaumelte. Zwei, drei Sekunden lang verlor er das Gleichgewicht. Er fing sich, als er mit der Schulter gegen den Kühlschrank prallte. Er versuchte in Eile seinen Gürtel zu schließen. Es gelang ihm nicht.

»Ich bin der Schlüssel.«

Der Junge schlug auf ihn ein, schrie ihn an, belegte ihn mit wüsten Schimpfnamen.

Salsbury ergriff ihn an den Handgelenken und schüttelte ihn.

»Ich bin der Schlüssel!«

»Mr. Thorp! So helfen Sie mir doch!«

»Sie bleiben, wo Sie sind«, sagte Salsbury zu Thorp gewandt. Der blieb auf seinem Stuhl sitzen.

Salsbury hielt den Jungen gepackt. Er schleuderte ihn herum, gab ihn frei. Wie ein Katapult flog der kleine Körper gegen den Kühlschrank. Die Flaschen klirrten.

Salsbury wußte, daß Kinder unter vier Jahren auf die Droge nicht ansprachen. Aber Mark war über acht. Unerklärlich, daß die Droge bei ihm nicht gewirkt hatte.

»Ich bin der Schlüssel!«

Das Rotkehlchen war aufgeflogen, als Rya nur noch drei Schritte entfernt war. Der Zweig versperrte den Blick auf das Küchenfenster. Das Haus war merkwürdig ruhig. Dem Rotkehlchen gefiel das. Es hüpfte auf dem Ast entlang und sah sich um, ob Rya ihm folgte. Sie war in die Knie gegangen und betrachtete den Vogel.

Ich muß klaren Kopf bewahren.

Keine Panik.

Ich habe einen Fehler gemacht, aber das bedeutet nicht, daß schon alles verloren ist.

Die Macht. Ich muß die Macht behalten.

Die Frauen. Miriam. Mutter. Emma.

Ein Fehler? Sagen wir, ein ernster Fehler. Aber nicht das Ende. Ruhe bewahren.

»Wer bist du?« fragte er den Jungen.

Mark wand sich in seinem Griff.

»Wer bist du?«

Der Junge holte aus und trat Salsbury gegen das Schienbein.

Die Welt war ausgelöscht. Nur noch der Schmerz war da, ein heller, explodierender Schmerz, der bis in die Hüfte reichte. Salsbury heulte. Er schrie. Er wand sich.

Der Junge hatte sich aus seinem Griff befreit. Er rannte auf die Küchentur zu. Fluchend stolperte Salsbury hinter ihm her. Er bekam ihn am Hemdzipfel zu fassen, verlor den Griff, kam zu Fall.

Schmerz. Miriam.

Wenn der Junge entkommt ...

»Töten Sie ihn, Thorp!«

Tat-tat-tat-tat-tat-tat ...

Salsbury stand auf.

Ihm war zum Erbrechen übel. Die Macht. Angst. Mutter.

Emmas Weinen war zu hören. Sie war nackt.

Salsbury fiel der Kinderreim ein. *Gib mir die Flasche, gib mir das Garn*. Die Flasche und das Garn. Er hatte oft über den Sinn nachgedacht. Mutter hatte es ihm nicht zu erklären vermocht. Und Miriam, die es wußte, hatte geschwiegen.

Thorp hatte die Tür erreicht. Er war schneller als Mark.

Der Junge senkte den Kopf wie ein Stier, der zum Angriff überging.

»Töten Sie ihn, Thorp!«

Thorp erwischte Mark bei der Schulter. Er schleuderte ihn gegen den Herd. Eine Pfanne ging zu Boden. Erst als das Blut an die Fliesen spritzte, gab Thorp den Leichnam frei.

Salsbury war zu der Leiche unterwegs, als er das Mädchen im Türrahmen sah. Sie stand da wie angewurzelt. Sie starrte auf die Blutlache, die sich auf dem Küchenboden bildete. Dann irrte ihr Blick zu Salsbury.

Er ging auf sie zu.

»Ich bin der Schlüssel.«

Sie wirbelte herum und war aus dem Haus, ehe er sie festhalten konnte.

Er lief ihr bis auf die Veranda nach. Nichts. Das Mädchen war verschwunden.

Teil 2

DIE ANGST

1. Kapitel

Freitag, der 26. August 1977
9.45 Uhr
Rya saß auf der vorderen Sitzbank, eingeklemmt zwischen Paul und Jenny. In ihr kämpften Angst und Wut. Ihre Hände waren zu Fäusten geballt. Sie war aschfahl, trotz der Sommerbräune, die sie sich zugelegt hatte. Sie hielt die Lippen aufeinandergepreßt. Niemand sollte sehen, welche Angst sie hatte. Niemand sollte sie zittern sehen.

Paul konnte sich nicht erinnern, daß seine Tochter ihn je angelogen hatte, wenn es um irgend etwas Ernsthaftes, um etwas Wichtiges ging. Trotzdem vermochte er nicht zu glauben, was sie erzählt hatte. Daß sie etwas Merkwürdiges, etwas Außergewöhnliches im Hause Thorp gesehen hatte, nun, daran konnte wohl niemand einen Zweifel haben. Aber was? Hatte Sie Mr. und Mrs. Thorp etwa im Bett überrascht? In Tränen aufgelöst, war sie zu Sam in den Laden gekommen. Sie schluchzte. Sie konnte keinen zusammenhängenden Satz sagen. Mark tot? Das war doch undenkbar. Der Polizeichef von Black River sollte Mark totgeschlagen haben? Lächerlich.

»Es ist wahr, Paps. Es ist wirklich wahr. Ich schwör's dir bei Gott, es ist wahr. Die beiden haben Mark umgebracht. Ich will sagen, Mr. Thorp hat ihn umgebracht. Der andere Mann hat ihm gesagt, er soll's tun, und er hat's getan. Ich hab' gesehen, o nein, wie fürchterlich ... ich hab' gesehen, wie er ihn mit dem Kopf gegen die Wand geschlagen hat. Das Blut ... O Paps, warum glaubst du mir denn nicht? Es ist wahr!«

Es konnte nicht wahr sein.

Und doch, es gab etwas, das machte Paul Angst. Seit Rya in den Laden gestolpert war, lag eine eisige Hand auf seiner Schulter. Das Kind stand vor ihm, vier oder fünf Schritte entfernt, und die Hand lag auf seiner Schulter.

Die Hand war ihm in den Wagen gefolgt. Er spürte, wie sich die Finger um seinen Hals schlossen.

Er bog in die Union Road ein. Das Haus des Polizeichefs lag noch einen halben Kilometer entfernt. Er kannte das Haus. Das letzte in der Reihe. Blick auf den Fluß. Er erinnerte sich, es gab eine Garage, und über der Garage eine Werkstatt. Dort! Ja, das mußte es sein. Er bog zum Straßenrand ab und parkte.

»Wo ist der Käfig?« fragte er.

»Als ich weglief, stand der Käfig unter dem Küchenfenster. Jemand muß ihn weggenommen haben.«

»Das Haus sieht recht ruhig aus. Nicht so, als ob hier gerade ein Mord passiert wäre.«

»Drinnen«, sagte Rya. Ihre Stimme überschlug sich vor Aufregung. »Sie haben ihn im Haus umgebracht. In der Küche.«

Jenny hatte Rya bei der Hand ergriffen. Sie zog das Mädchen an sich. »Rya...«

»Drinnen!«

»Gehen wir rein«, sagte Paul.

Sie verließen den Wagen, überquerten den frischgemähten Rasen und umrundeten das Haus.s

Emma Thorp mußte sie kommen gehört haben. Sie stand in der offenen Küchentür. Sie trug ein langes, dunkelblaues Hauskleid mit einem hellblauen Gürtel um die schlanke Taille. Das lange Haar war sauber gekämmt und festgesteckt. Sie lächelte. Sie freute sich über den Besuch.

»Tag«, sagte Paul verlegen. Es passierte ihm selten, daß ihm kein passender Satz einfiel, aber jetzt war es so. Wenn auch nur irgend etwas von dem stimmte, was Rya sagte, dann konnte Emma nicht so dastehen. Diese Frau war heiter und gelassen. Eine Frau, die gleich die Waffeln aus dem Waffeleisen holen würde. Sirup oder ohne? Paul schämte sich. Wie hatte er nur auf solch eine Geschichte hereinfallen können. Das Problem war, wie konnte er sich bei Emma wieder herausreden?

»Wie geht's denn immer«, sagte Emma fröhlich. »Tag, Rya, Tag, Jenny. Wie geht's Mr. Edison?«

»Alles in Ordnung«, sagte Jenny, und Paul konnte hören, daß sie ebenso empfand wie er.

»Tja, tut mir leid, aber ich bin nur fürs Haus angezogen.

Das Frühstückgeschirr steht noch herum. Die Küche ist ein einziges Chaos. Aber wenn ihr nichts dagegen habt, im Dreck herumzuwaten, sind Sie herzlich willkommen.« Sie war zur Seite getreten und machte eine einladende Handbewegung.

Paul zögerte.

»Was ist?« fragte Emma.

»Ist Bob nicht da?«

»Ist schon im Dienst«, sagte Emma.

»Wann ist er denn weggefahren?«

»Wie immer, kurz vor neun.«

»Wo ist er jetzt? Auf dem Revier?«

»Auf dem Revier oder auf Streife. Warum?«

Paul stand da und starrte auf den Boden. Ja, warum? Es hatte wohl keinen Zweck, eine Erklärung zu versuchen. »Ist Mark hier?« hörte er sich fragen.

»Er war hier«, sagte Emma. »Er ist mit Jeremy zum Baseballplatz gegangen.«

»Wann war das?«

»Vor einer halben Stunde.«

Er war sicher, daß Emma die Wahrheit sagte. Welchen Zweck hätte es gehabt, wenn sie log? Er würde ihr innerhalb weniger Minuten nachweisen, daß sie ihn hinters Licht geführt hatte. Wenn es wirklich so war, daß ihr Mann Mark getötet hatte, was erhoffte sie sich von einer solchen Ausrede? Und dann, Emma Thorp sah nicht aus wie die Frau, die mithilft, einen Mord zu vertuschen.

Rya hielt ihren Vater beim Arm gepackt. Ihre Blicke trafen sich.

Immer noch die Maske aus Angst und Wut. Rya war jetzt bleich wie die Wand. »Wo ist das Eichhörnchen?« sagte sie. Es klang so schrill, so feindselig, daß Paul zusammenzuckte. »Haben die Jungen das Eichhörnchen mitgenommen, damit sie mit ihm Baseball spielen können?«

»Das Eichhörnchen haben sie bei mir gelassen«, sagte Emma. »Möchtest du's mitnehmen?« Sie sah Paul an und kniff ihm ein Auge zu. »Kommen Sie doch rein bitte.«

In Pauls Gedanken geisterte die Geschichte herum, die Rya ihm vor einer halben Stunde erzählt hatte. Ob Bob Thorp noch in der Küche war? Wenn er den Jungen erschlagen hatte, würde er...

Er verwarf den Gedanken. Emma sah nicht so aus wie eine Frau, in deren Küche vor einer halben Stunde ein kleiner Junge erschlagen worden war. Paul war bereit, jede Summe darauf zu verwetten, daß Emma eine solche Untat weder zulassen noch decken würde. Rya mußte wohl die Fantasie durchgegangen sein. Und die Art und Weise, wie sie ihn, ihren Vater, dadurch in Verlegenheit brachte, machte ihn traurig.

Sie gingen ins Haus.

Im Flur stand der Käfig mit dem Eichhörnchen. Das Tier knabberte an einem Apfel.

»Mark hat mir gesagt, er mag Äpfel«, sagte Emma.

»Das stimmt«, sagte Paul, um etwas zu sagen.

Die Küche war sauber und aufgeräumt, mit Ausnahme des Geschirrs, das noch auf dem Tisch stand. Keine Spuren eines Kampfes. Kein Blut. Das Radio spielte. Tausend Geigen. Die Instrumentalfassung eines Schlagers. Die Zeitung lag aufgefaltet auf dem Küchentisch. Es gab zwei leere Gläser, in denen ein Rest von Orangensaft zu erkennen war. Der Kaffee in einer der beiden Tassen war noch so heiß, daß er dampfte. Angenommen, Emma war dabeigewesen, als ihr Mann den Jungen umbrachte. Hätte sie sich dann in aller Ruhe zum Frühstück hingesetzt. Mord, dann Kaffee und Morgenzeitung? Unwahrscheinlich. Unmöglich. Kein Blut, nirgendwo, nicht die geringste Spur von Blut.

»Sie sind sicher gekommen, um das Eichhörnchen abzuholen«, sagte Emma.

Sie sprach freundlich, aber Paul wußte, daß sie befremdet war. »Nein«, sagte er, »das ist nicht der Grund. Ich schäme mich, den wirklichen Grund zu sagen. Aber was das Eichhörnchen angeht, wo wir schon da sind, werden wir's mitnehmen.«

»Sie haben das Blut aufgewischt«, sagte Rya.

»Rya, ich will jetzt nichts mehr davon...«

»Sie haben alles aufgewischt«, schrie sie.

Er drohte ihr mit dem Finger. »Du hast mir heute schon genug Ärger bereitet. Jetzt sei still. Wir reden später.«

»Sie haben das Blut aufgewischt und die Leiche verborgen!«

»Welche Leiche?« sagte Emma erschreckt.

»Das ist ein bedauerliches Mißverständnis«, sagte Paul. »Das Mädchen glaubt...«

Rya drängte sich vor ihn. »Ihr Mann hat meinen Bruder umgebracht, jetzt tun Sie doch nicht so, als ob Sie's nicht gesehen hätten. Sie standen dort, wo Sie jetzt stehen, und haben zugesehen, wie Ihr Mann Mark gegen die Wand geschleudert hat. Sie waren nackt, und...«

»Rya!« herrschte er sie an.

»Es ist wahr!«

»Ich habe gesagt, du sollst den Mund halten!«

»Sie war nackt, und sie hat...«

Er hatte noch nie die Hand gegen seine Tochter erhoben. Jetzt hatte er Lust dazu. Er hatte sie gepackt, aber sie machte sich von ihm los, schoß an Emma vorbei und rannte aus der Küche. Er hörte ihre Schritte auf dem Kies.

Er lief ihr nach. Als er den Vorgarten erreicht hatte, war sie bereits hinter den Büschen verschwunden. Er trat auf die Straße. Nichts zu sehen. Er warf einen Blick in den Wagen. Nichts. Sie muß wohl zur Union Road. Er sah sie rennen. Er rief ihr nach, sie antwortete ihm nicht.

Er rannte schneller. Er sah, wie sie in eine Lücke zwischen zwei Häusern schlüpfte.

Im Garten hinter den Häusern war niemand. Vorne auch nicht.

»Rya! Rya!«

Keine Antwort. Vielleicht war sie schon so weit weg, daß sie ihn nicht mehr hören konnte. Vielleicht verbarg sie sich im Haus.

Schweigen und das Schlürfen der Leute auf dem Asphalt.

Er war nicht mehr wütend auf sie. Er war nur noch traurig. Was war in das Mädchen gefahren? Warum hatte sie sich so eine grausige Geschichte ausgedacht? Wie war es zu erklären, daß sie ihre Story mit soviel Überzeugungskraft, mit echter Verzweiflung vorbrachte? Rya war keine Lügnerin. Sie war nicht einmal eine gute Schauspielerin. Beunruhigend auch, daß sie selbst dann noch an ihrer Lüge festhielt, als sie entlarvt war. Glaubte sie etwa wirklich an das, was sie da sagte? Wenn, dann war das Kind geisteskrank.

Rya geisteskrank. Rya war ein Fels von einem Mädchen. Vor einer Stunde noch hätte er geschworen, daß sie das vernünftigste Mädchen auf der Welt war. Durchlebte sie vielleicht eine Krise? Eine zeitweilige Trübung ihrer geistigen Fähigkeiten?

Benommen und voller Sorgen ging er den Weg zurück, um sich bei Emma Thorp für seine Tochter zu entschuldigen.

2. Kapitel

10.15 Uhr

Jeremy Thorp stand in Habachthaltung in der Mitte der Küche.

»Hast du verstanden, was ich dir erklärt habe?« fragte Salsbury.

»Ja.«

»Du weißt, was du zu tun hast.«

»Ja.«

»Noch irgendwelche Fragen?«

»Ja. Was tue ich, wenn keiner kommt?«

»Sie werden kommen.«

»Und wenn nicht?«

»Du hast doch eine Uhr, oder?«

Der Junge zeigte ihm seine Armbanduhr.

»Du wartest zwanzig Minuten, von jetzt ab gerechnet. Wenn sie dann immer noch nicht gekommen sind, läufst du zurück, hierher. Ist das verstanden?«

»Ja.«

»Also los.«

Der Junge war zur rückwärtigen Tür unterwegs.

»Geh vorne raus, sonst sehen sie dich«, sagte Salsbury. Er sah Jeremy Thorp nach, der den kurzen Korridor zur Hintertür entlanglief. Er ging hinter ihm her, vergewisserte sich, daß er das Grundstück unbehelligt überquert hatte, sah, wie der Kleine zwischen den Nachbarhäusern verschwand. Er verriegelte die Tür und kehrte in die Küche zurück.

Nicht schlecht, dachte er. Gar nicht schlecht, Ogden. Leonard hätte das Ding nicht raffinierter drehen können. Clever. Wirklich clever. Mit diesem Gehirn und der Macht, die der Code verlieh... Ich werde die kleine Krise schon meistern, dachte er. Wenn Miriam mich jetzt sehen könnte. Was sie wohl sagen würde. Ich bin nicht mehr so, wie du mich kanntest, Miriam. Ich bin ein harter Typ geworden. Ein ganz ausgetragener Junge. Ich war in Gefahr, aber ich habe klaren Kopf bewahrt und gewonnen, das muß mir erst einmal jemand nachmachen. Smart. Wirklich smart. Allerdings, ich bewege mich auf einem schmalen Grat. *Auf des Messers Schneide.*

Er schob den Vorhang zur Seite, so daß er die Garage sehen konnte. Er sah, wie Paul den Käfig in den Kofferram des Wagens stellte. Jenny stieg ein. Eine Minute lang sprach Paul mit Emma, die den beiden zum Wagen gefolgt war. Emma trat einen Schritt zurück und winkte.

Jenny hatte das elektrische Fenster hochsurren lassen. Paul hatte hinter dem Steuer Platz genommen. Salsbury sah, wie er sich vorneigte und den Wagen startete. Der Wagen glitt auf die Straße.

Sie kam in die Küche und erschrak. Er war sicher, daß sie gleich losschreien würde. »Was tun Sie hier? Wer sind Sie?«

»Ich bin der Schlüssel.«

»Ich bin das Schloß.«

»Entspanne dich.«

Er sah, wie ihr Atem langsamer wurde.

»Setz dich hin.«

Sie setzte sich.

Er baute sich vor ihr auf. »Über was hat Paul Annendale mit dir gesprochen?«

»Er hat sich für das Verhalten seiner Tochter entschuldigt.«

Salsbury mußte lachen.

Und Emma verstand gar nichts mehr. Ihre Erinnerung an den Mord war gelöscht worden, und so erschien es ihr merkwürdig, daß Rya ihren Mann einer Bluttat beschuldigte. Noch merkwürdiger war, daß ein Mann wie Salsbury über so etwas lachen konnte.

Es war düster im Eingang der Kirche, düster und still. Es war eine katholische Kirche. Die Bänke waren aus Fichtenholz, auch die Wände, der Boden, die Decken und das vier Meter hohe Kruzifix. Alles war aus Holz, das gehörte sich so in einem Ort, der von der Big-Union-Sägemühle lebte. Es gab eine Fünf-Watt-Birne, die über dem Weihwasserbecken brannte. Am Altar flackerten die Kerzen, aber von diesem Licht gelangte nur ein winziger Schimmer in den Vorraum, wo Jeremy Thorp sich verbarg.

Mit vorsichtigen Schritten tapste er zum Portal. Er öffnete die schweren Türen einen Spalt. Die Treppe war zu sehen. Ziegelsteine. Der Bürgersteig. Birken. Das westliche Ende der Main Street. Gegenüber, auf der anderen Straßenseite, war das Union-Theater. Die Fassade war gut zu erkennen, trotz der vielen Birkenzweige.

Jeremy warf einen Blick auf seine Uhr. Es war 10 Uhr 20.

Sie standen vor der roten Ampel, als Paul den rechten Winker einschaltete.

»Der General Store ist links«, sagte Jenny.

»Ich weiß.«

»Wo willst du denn hin?«

»Ich will zum Basballplatz.«

»Du willst dich überzeugen, ob Emma die Wahrheit gesagt hat, nicht?«

»Nein. Ich bin sicher, daß sie die Wahrheit gesagt hat.«

»Warum willst du dann zum Baseballplatz?«

»Weil ich mit Mark sprechen will. Er soll mir sagen, was heute morgen wirklich passiert ist.«

Immer noch stand die Ampel auf Rot. Paul trommelte mit den Fingern aufs Lenkrad.

»Emma hat uns bereits gesagt, was passiert ist«, seufzte Jenny. »Nichts.«

»Sie hatte verweinte Augen, hast du das nicht bemerkt? Vielleicht hat sie einen Streit mit ihrem Mann gehabt, als Mark dazukam. Rya ist auf dem Höhepunkt der Auseinandersetzung in die Küche gekommen. Weil es sehr erregt zuging, hat sie's mit der Angst zu tun gekriegt und ist geflüchtet.«

»Das hätte Emma uns doch gesagt.«

»Vielleicht ist es ihr unangenehm, von ihrem Ehekrach zu berichten.«

Die Ampel schaltete auf Grün. »Du meinst, Rya hat es mit der Angst zu tun gekriegt, weil sich ein Ehepaar ein paar unfreundliche Worte an den Kopf geworfen hat?«

»Entweder das, oder sie lügt.«

Jenny schüttelte den Kopf. »Sie ist kein Mädchen, das lügt.«

»Wir werden Mark fragen, wie's gewesen ist.«

Jeremys Uhr war auf 10 Uhr 22 gerückt, als Paul von der Main Street in die Allee abbog, die zum Baseballplatz führte. Sobald der Wagen zwischen den Bäumen verschwunden war, verließ der Junge sein Versteck in der Kirche. Er ging die Backsteintreppe hinunter, stellte sich an den Straßenrand und streckte den Kopf vor. Er wartete auf den Wagen.

Der Himmel hatte sich zugezogen, in weniger als einer Stunde. Graublaue Wolken türmten sich auf. Der Wind hatte aufgefrischt. Wenn der Wind aus dem Osten wehte, gab's Regen. Sagten die Einheimischen in Black River.

Jeremy trat von einem Fuß auf den anderen. Bitte, lieber Gott, laß es nicht regnen. Wenigstens nicht heute. Ich werde beim Fahrradrennen mitmachen. Diesmal mache ich den Ersten. Letztes Mal bin ich Zweiter geworden. Inzwischen habe ich trainiert. Wirklich trainiert. Nein, ich habe meine Zeit nicht verplempert, wie das die anderen Kinder tun. Ich werde Erster – wenn's nicht regnet.

Wieder ein Blick auf die Uhr. 10 Uhr 26.

Sekunden später bog Pauls Wagen um die Ecke, und Jeremy setzte sich in Bewegung.

Paul wollte gerade abbiegen, als Jenny ihn beim Arm faßte. »Warte doch, da kommt Jeremy.«

Paul stieg auf die Bremse. »Wo?«

»Auf der anderen Straßenseite.«

»Aber er ist ohne Mark.« Paul drückte auf die Hupe. Er ließ sein Fenster niedersurren und winkte Jeremy zu.

Jeremy schaute nach links, Jeremy schaute nach rechts,

dann überquerte er die Straße. »Tag, Mr. Annendale. Tag, Jenny.«

Es war Paul, der die Fragen stellte. »Wo ist Mark? Deine Mutter hat mir gesagt, ihr seid zum Baseballspielen gegangen.«

»Wir haben auch Baseball gespielt, aber dann haben wir uns gelangweilt. Wir sind ins Gordon-Wäldchen gegangen.«

»Wo ist das?«

Jenny kannte das Wäldchen. Es lag an dem Weg, der zum Holzfällercamp führte, ein paar Minuten außerhalb des Ortes.

Jeremy deutete die Straße entlang. »Dort.«

»Was habt ihr denn im Gordon-Wäldchen zu suchen?« fragte Paul.

»Wir haben dort ein Baumhaus, ich meine meine Freunde und ich. Ich wollt's Mark nur zeigen.« Er sah Pauls besorgte Miene. »Nicht, was Sie vielleicht meinen, Mr. Annendale. Keine Bruchbude, die von den Ästen fällt. Der Vater eines Freundes hat's gebaut. Wirklich sicher. Kann nichts passieren.«

»Er hat recht«, sagte Jenny. »Ich kenne das Baumhaus. Mein Vater hat mitgeholfen beim Bau.« Sie schmunzelte. »Obwohl ich für solche Spiele ja schon etwas zu alt bin.«

Jeremy nickte. Er war ein Junge mit Sommersprossen. Paul betrachtete die Kratzer auf seinem Knie. Er mußte lächeln. Baumhäuser. Jeremy war nicht der verschlagene Teufel, der einen Mord deckte. Er war ein Junge wie die anderen.

Paul war erleichtert. Vorhin, auf dem leeren Baseballplatz, war die eisigen Hand wieder dagewesen. Im Augenblick war sie nicht mehr zu spüren. »Ist Mark noch im Baumhaus?« fragte er.

»Ja.«

»Und du? Warum bist du nicht bei ihm geblieben?«

»Weil ich das Monopolyspiel holen will. Wir wollen mit den anderen Jungen Monopoly spielen, im Baumhaus.«

»Jeremy...« Paul dachte nach, in welche Worte er seine wahnwitzige Frage kleiden konnte. »Ist in eurer Küche heute morgen etwas... Außergewöhnliches passiert?«

Der Junge blinzelte. »Wir haben gefrühstückt.«

Paul kam sich vor wie ein Mann, der ein kreuz und quer zerschnittenes Schlauchboot aufpumpte. »Viel Spaß beim Monopoly«, sagte er. »Lauf jetzt, deine Freunde warten sicher schon auf dich.«

Jeremy verabschiedete sich von Paul und Jenny. Er verabschiedete sich auch vom Eichhörnchen im Käfig. Er sah nach rechts, er sah nach links, dann ging er zur anderen Straßenseite zurück.

Paul sah ihm nach, bis er den Platz erreicht hatte, der den Mittelpunkt des Ortes bildete.

»Was nun?« fragte Jenny.

»Ich nehme an, Rya ist zu deinem Vater gelaufen, um sich bei ihm auszuweinen«, sagte Paul. »Vielleicht ist das auch ganz gut so. Wir bekommen vorläufig nichts Klares aus dem Mädchen heraus.«

»Und wenn sie nicht bei Sam ist?«

»Dann warten wir in aller Ruhe, bis sie auftaucht. Sie kann in Black River ja schließlich nicht verlorengehen. Früher oder später kommt sie wieder aus der Schmollecke hervor.«

Sie saßen am Küchentisch. Jeremy erzählte, was Paul ihn gefragt und wie er diese Fragen beantwortet hatte.

»Hat er's geschluckt?« fragte Salsbury.

»Was geschluckt?«

»Daß Mark im Baumhaus ist.«

»Ist er denn nicht im Baumhaus?«

Gut, dachte Salsbury. Gut, gut, gut. Ich habe erst einmal Zeit gewonnen. Jetzt muß ich die Zeit nutzen. Mir bleiben zwei Stunden. Vielleicht auch drei. Spätestens in drei Stunden wird Annendale im Baumhaus nachsehen, wo sein Sohn bleibt. Entscheidungskraft. Kühnheit des Gedankens. Er schloß die Augen. Ich muß das Problem endgültig aus der Welt bringen, bevor Dawson was davon erfährt.

Gleich nachdem Rya davongelaufen war, hatte er das Gedächtnis der Familie Thorp von unnützem Beiwerk gereinigt. Ein programmatisches Auslesen. Es gab keinen Mord mehr. Die Tafel war leergewischt. Und nun? Das ganze Projekt stand auf dem Spiel. Es war zu riskant, wenn die Thorps mit einer Gedächtnislücke von einer Stunde in der Welt herumliefen. Die Tafel mußte wieder beschriftet werden. Mit einem neuen, erfundenen Leben.

Er begann mit der Frau. Den Jungen schickte er in sein Zimmer.

Er saß da, den Blick auf Emmas Brüste gerichtet. Er dachte nach.

»Emma, wie spät ist es?«

Sie sah auf die Küchenuhr. »Zwanzig nach elf.«

»Nein«, sagte er. »Du irrst dich. Es ist zwanzig nach neun. Es ist Frühstückszeit.«

»Wirklich?«

»Wirklich. Sieh auf die Uhr. Wie spät ist es?«

»Zwanzig nach neun«, sagte Emma.

»Wo bist du?«

»In meiner Küche.«

»Wer ist sonst noch hier?«

»Nur Sie und ich.«

»Nein. Mich kannst du nicht sehen. Kannst du mich sehen, Emma?«

»Nein.«

»Aber du kannst mich hören. Und nun paß gut auf. Wenn unser kleines Gespräch vorüber ist, wirst du vergessen, daß du mit mir gesprochen hast. Ich werde dir sage, was heute morgen um zwanzig nach neun passiert ist. Du wirst glauben, es hat sich alles wirklich so ereignet. Ist das klar, Emma?«

»Ja.«

»Also gut. Wie spät ist es?«

»Zwanzig Minuten nach neun.«

»Wo bist du?«

»In der Küche.«

»Wer ist sonst noch da?«

»Niemand.«

»Bob und Jeremy sind da. Sie sitzen dir gegenüber.«

»Bob und Jeremy sind da«, wiederholte sie.

»Bob schaut dich an.«

Sie lächelte.

»Ihr drei seid beim Frühstück.

»Frühstück.«

»Spiegeleier, Toast, Orangensaft, Kaffee.«

»Spiegeleier, Toast, Orangensaft, Kaffee.«

»Nimm das Glas und trink.«

Sie hob das leere Glas. Sie runzelte die Stirn.

»Das Glas ist bis zum Rand mit dickem, kühlem Orangensaft gefüllt. Kannst du's sehen?«

»Ja.«

»Sieht appetitlich aus, nicht?«

»Ja.«

»Und jetzt trink, Emma.«

Sie trank aus dem leeren Glas.

Er mußte lachen. Die Macht... Es würde schon klappen. Niemand konnte ihn bremsen. Er war der Herr über die Hirne der Menschen.

»Hat's geschmeckt, Emma?«

Sie fuhr sich mit der Zunge auf der Oberlippe entlang. »Köstlich.«

Hure, dachte er. Süße, kleine Hure.

3. Kapitel

Mittags

In Buddys Alptraum gab es zwei Männer, die das Trinkwasserreservoir oberhalb Black River mit Katzen füllten. Sie standen da, umhüllt von den Schatten der Nacht, und ließen eine Katze nach der anderen aus den Käfigen frei. Sie scheuchten die Tiere ins Wasser.

Die Katzen, derart roh und rücksichtslos behandelt, gaben sich beleidigt. Aber das half ihnen nichts. Immer mehr Käfige wurden geöffnet, immer mehr Tiere ins Wasser gejagt. Der See schien zu kochen, soviel Katzen planschten darin herum. Streunende Katzen, Siamkatzen, Angorakatzen und solche mit geflecktem Fell, alte Katzen und Katzenjunge. Buddy hatte von der Sache wieder mal nichts gewußt. Er war in seiner Wohnung und drehte den Wasserhahn in der Küche auf. Statt Wasser quollen Katzen heraus. Dutzende von Katzen. Sie sprangen fauchend im Spülbecken umher, und Buddy wunderte sich, wie sie mit ihren dicken Bäuchen das Rohr passiert hatten. Irgendwie hatten sie's geschafft, sie hatten nicht nur die Siphons und Krümmungsstellen überwunden, sondern auch die Filter und Rattenfallen, mit denen das Trinkwassersystem versehen war. Die Katzen hieben mit scharfen Krallen aufeinander ein, fauchten, jaulten und heulten. Und dann kamen sie an der Wandung des Porzellanbeckens hochgeklettert. Der Platz, den sie freigaben, füllte sich mit neuen Katzen, die aus dem Hahn quollen. Sie hatten den Schrank erklommen. Sie saßen auf der Anrichte, auf dem Brotkasten und auf dem Ständer, wo die Teller trockneten. Sie breiteten sich über den Boden der Küche aus wie eine Springflut. Als Buddy hinausgehen wollte, sprang ihm eine Katze auf den Rücken. Er ergriff sie und warf sie gegen die Wand. Die anderen Katzen fanden das nicht so gut. Sie fanden es grausam. Sie bildeten eine Katzengasse um Buddy. Sie ließen ihn Spießruten laufen. Sie spuckten und hieben mit ihren scharfen Krallen nach ihm. Er ergriff die Flucht. Er erreichte das Wohnzimmer Sekunden bevor das zuckende, spuckende Knäuel aus Fleisch, Fell und Bösartigkeit über die Türschwelle quoll. Er warf die Tür zu und schob den Riegel vor. Er hörte, wie sich die Katzen gegen die Füllung warfen, aber ihr Gewicht war zu gering, um die Tür aus dem Rahmen zu brechen. Buddy atmete auf. Er war gerettet. Er wandte sich um und erschrak bis ins Mark. Vor ihm standen mannshohe Käfige voller Katzen. Zwei Männer standen neben den Käfigen, sie machten sich an den Gittertüren zu schaffen. Die beiden nickten ihm zu. Sie waren wie Sporttaucher gekleidet. Schwarze Gummianzüge.

Schreiend fuhr Buddy aus seinem Traum hoch. Er schlug auf das Kopfkissen ein, verhedderte sich in den Laken, drosch um sich, weinte und stöhnte, bis ihm schließlich klar wurde, daß es das Kissen war und keine Katze, was sich da unter seinem Würgegriff wand.

»Ein Traum«, murmelte er. »Nur ein Traum.«

Weil Buddy Nachtschicht arbeitete, schlief er tagsüber, und deshalb hatte seine Wohnung dicke Vorhänge, die kaum Licht durchließen.

Er starrte ins Dunkel. Er tastete nach der Lampe. Er drückte auf den Knopf.

Keine Katzen.

Keine Männer in Taucheranzügen.

Jetzt war er sicher, daß er alles nur geträumt hatte. Andererseits, der Traum hatte sich in den letzten drei Tagen sehr oft wiederholt. Vorsicht war am Platze. Buddy stand auf, tastete nach den Pantoffeln, die ihm drei Nummern zu groß waren, und schlurfte zur Küche. Er steckte den Finger in die Wasserhähne. Keine Katzen. Gut zu wissen.

Der Schreck saß ihm in den Gliedern, obwohl es keine Katzen in der Wohnung gab. Die Sache mit den Katzen war ja nicht der einzige Alptraum. Buddy schlief schlecht in der letzten Zeit. Erbärmlich schlecht.

Die Küchenuhr stand auf 12 Uhr 13. Buddy war an jenem Morgen um halb neun vom Wachdienst in der Sägemühle heimgekehrt. Sein Zeitplan war festgefügt. Um halb zehn ging er ins Bett, pünktlich wie ein Maurer. Er dachte nach. Drei Stunden. Wenn es wirklich erst 12 Uhr 13 war, dann hatte er nur knappe drei Stunden geschlafen.

Er setzte sich an den Küchentisch und schlug die Zeitschrift auf, die er letzten Montag in *Edison's General Store* gekauft hatte. In der Zeitschrift waren Taucher abgebildet. Männer in Taucheranzügen.

Merkwürdig, dachte er. Bewaffnete Sporttaucher. Und nachts. Nachts, wo es dunkel ist. Was wollen sie mit den Waffen im Wald? Nach was tauchen sie im Trinkwasserreservoir? Die Antwort? Es gab keine Antwort. Negativ. Negativ. Negativ. Negativ. Taucher. Taucher im Wald. Nachts. Verrückt. Ich kann's nicht lösen. Ich schaffe die Aufgabe nicht.

Er beschloß zu duschen. Er würde duschen, und dann würde er sich anziehen. Er würde in *Edison's General Store* gehen. Es war Zeit, daß er mit Sam Edison sprach. Der würde eine Antwort wissen.

Um 12 Uhr 5 machte Rya eine Beobachtung, die ihr zu denken gab. Ein Mann mit dicken Brillengläsern ging die Treppe zu *Pauline Vicker's Rooming House* hinauf. Ein Mann, der eine graue Hose und ein dunkelblaues Oberhemd trug. Sie kannte den Mann. Es war der Mann, der Bob Thorp den Befehl gegeben hatte, ihren Bruder zu ermorden.

Um 12 Uhr 10 verbarg sich Rya in einem der Beichtstühle, die sich im hinteren Bereich des Kirchenschiffes befanden. Eine Woche zuvor war sie Ohrenzeuge eines Gesprächs gewesen, das Emma mit ihrem Mann, dem Polizeichef, führte. Es ging um den *Friday Lunch and Card Club*, der sich jeden Freitag im Untergeschoß der Kirche traf. Von ihrem Versteck im Beichtstuhl konnte sie jetzt die Treppe sehen, die zum Untergeschoß hinunterführte. Die Mitglieder des Klubs kamen, zu zweit, zu dritt, auch einzeln. Um halb eins kam Emma Thorp, Rya erkannte sie schon von weitem, obwohl es so düster in der Kirche war. Als Emma die Treppe hinuntergegangen war, verließ das Mädchen sein Versteck.

Sie erschrak, als ihr Blick auf das Kruzifix fiel. Der Gekreuzigte schien sie anzustarren, seine Augen folgten ihr durch die ganze Kirche.

Du hättest Mutter vor dem Tod bewahren können, dachte sie. Du hättest Mark retten können. Warum läßt du zu, daß Menschen andere Menschen töten?

Der Gekreuzigte antwortete ihr nicht.

Hilf dir selbst, dann hilft dir Gott, dachte sie. Ich werde jene bestrafen, die Marks Tod verschuldet haben. Ich werde sie zur Rechenschaft ziehen. Sie warf dem Kruzifix einen trotzigen Blick zu. Du wirst staunen.

Dann spürte sie, wie der Schmerz ihr die Kehle zuschnürte. Die Tränen waren plötzlich sehr nahe. Sie blieb stehen und wartete, bis sie wieder klar denken konnte. Sie verließ das Kirchenschiff und betrat den Vorraum, der durch eine Glaswand abgeteilt war. Ihr fiel auf, daß eine der Türen, die nach draußen führten, fehlte. Sie war herausgenommen worden, die leeren Angeln waren zu sehen. Dann sah sie das Werkzeug, das am Boden lag. Der Handwerker, so vermutete Rya, war etwas holen gegangen.

Sie wandte sich um und betrachtete das Kruzifix.

Sie kniete sich hin und nahm einen schweren Schraubenschlüssel aus der offenen Werkzeugkiste.

Sie spürte die Augen des Gekreuzigten auf sich ruhen. Traurige hölzerne Augen.

Sie ließ den Schraubenschlüssel in ihre Jackentasche gleiten und verließ die Kirche.

Um 12 Uhr 35 schlenderte sie am Rathaus entlang, das sich auf der Nordostseite des Platzes befand. Das Büro des Polizeichefs war im ersten Stock, es hatte zwei große Fenster. Die Blenden waren hochgezogen. Als sie an den Fenstern vorbeiging, sah sie Bob Thorp. Er las in einem Magazin und aß ein Brötchen.

Um 12 Uhr 40 stand sie vor *Ultman's Café*. Eine Schar Kinder war auf Fahrrädern unterwegs zu der gepflasterten Straße am nördlichen Ende der Union Road, wo jeden Freitag ein Fahrradrennen veranstaltet wurde. Einer der Jungen in der Schar war Jeremy Thorp.

Es war 12 Uhr 45 geworden, als Rya die Union Road am nördlichen Ende überquerte. Wenig später hatte sie den Bungalow des Polizeichefs erreicht. Sie umrundete das Gelände. Die Wiese, die das Haus umgab, ging in einiger Entfernung in niedriges Buschwerk über. Das Haus war das letzte in der Reihe, es gab keine weiteren Parallelstraßen. Rya sah die Garage, dann den Fluß. Im Schutz der Bäume und Büsche schlich sie sich bis zum Eingang des Hauses.

Die Tür. Ein kupferner Türknauf. Drei schmale Scheiben aus farbigem Glas, 15 Zentimer breit, 22 Zentimeter lang.

Sie klopfte an.

Drinnen rührte sich nichts.

Sie drehte am Türknauf. Die Tür war verschlossen. Rya hatte nichts anderes erwartet.

Sie zog den Schraubenschlüssel aus der Tasche, den sie in der Kirche gestohlen hatte, und zerschlug die mittlere Scheibe. Das Geräusch des zersplitternden Glases war lauter, als sie vorausgesehen hatte, aber nicht so laut, daß Rya deswegen ihr Vorhaben aufgegeben hätte. Sie entfernte die restlichen Splitter, die in der Füllung steckten, und griff durch die Öffnung. Sie ertastete das innere Gegenstück des Knaufs und drehte den Ring in beiden Öffnungen. Die Tür schwang auf.

Sie trat ein und zog die Tür wieder hinter sich zu.

Sie blieb im Flur stehen und starrte auf die Schatten, die sich auf dem Küchenboden abmalten.

Was mache ich, wenn sie zurückkommen und mich überraschen?

Ich muß jetzt Mut haben, redete sie sich ein. Vorwärts! Ich muß es tun, ehe ich mein Selbstvertrauen verliere.

Ich habe Angst. Sie haben Mark getötet.

Heute morgen bist du weggerannt. Wirst du jetzt wieder wegrennen? Wirst du bis zum Ende deines Lebens vor allem wegrennen, was dir Angst macht?

Sie überquerte die Schwelle zur Küche.

Sie blieb vor dem Herd stehen. Hier hatte der Mord stattgefunden. Mark war gegen den Herd geschleudert worden, bis... Rya warf einen Blick in die Runde. Die Tür. Die Fenster. Geräusche? Nein. Nichts. Nur das gleichmäßige Summen des Kühlschranks und der Gefriertruhe. Oder? Da war noch etwas anderes. Das Radio. Der Lautsprecher war ausgeschaltet, aber es gab ein eingebautes Uhrwerk, das ein leises Summen verursachte. Rya schrak zusammen, als ein Fensterladen an die Hausfront schlug. Der Wind. Unmittelbar darauf das Dröhnen eines Gongs. Sie starrte auf die Großvateruhr im Wohnzimmer. Die Uhr ging ein paar Minuten nach, trotzdem war die Viertelstunde angeschlagen worden. Das Dröhnen hallte nach, als sei der Klang im Glasgehäuse gefangen. Ein Haus voller Geräusche, aber diese Geräusche hatten keine menschliche Ursache. Ich bin allein.

Ich habe das Gesetz gebrochen. Ich bin in ein fremdes Haus eingedrungen. Was nun? Wenn ich... Ich habe mich in Gefahr begeben. Jetzt muß ich... Sie mußte das Haus durchsuchen. Natürlich. Deshalb war sie ja gekommen. Sie würde das Haus bis in den letzten Winkel durchsuchen. Sie würde nach der Leiche ihres Bruders suchen.

Wo anfangen?

Sie stand da und grübelte, bis ihr klar wurde, daß ihre Unentschlossenheit eine Folge der Angst war. Es war die Angst, die ihr den Gedanken eingab, daß es unmöglich sein würde, dem Polizeichef von Black River einen Mord nachzuweisen.

Angst. Sie war entschlossen, diese Angst zu überwinden. Nicht vor Mr. Thorp habe ich Angst, sondern vor dem Anblick der Leiche. Wie werde ich reagieren, wenn ich die Leiche meines Bruders finde?

Sie begann in der Küche. Hier gab es nur wenige Verstecke, wo die Leiche eines neunjährigen Jungen Platz finden konnte. Rya warf einen Blick in den Kühlschrank, in die Kühltruhe, in die Vorratskammer. Sie fand nichts.

Als sie das Schränkchen unter dem Spülbecken öffnete, fand sie einen Eimer mit blutigen Tüchern. Es waren keine Aufwischtücher, sondern Geschirrtücher. Sie hatten Geschirrtücher benutzt, um das Blut von den Kacheln und vom Boden wegzuwischen. Die blutigen Tücher waren dann im Mülleimer gelandet. Vielleicht hatten sie vorgehabt, die Beweisstücke zu vernichten, aber sie hatten noch keine Zeit dazu gehabt. Oder sie hatten es vergessen. Rya zog eines der Tücher aus dem Eimer hervor. Es fühlte sich kalt und feucht an. Schwer vom Blut. Sie ließ das Tuch auf den Boden fallen und starrte auf ihre Hand.

Armer Mark. Etwas wie Verzweiflung und Bitterkeit überkam sie. Sie hörte ihr Herz schlagen. »Armer Mark«, flüsterte sie. »Du hast in deinem Leben niemandem etwas zuleide getan. Nicht einmal einem Tier. Was haben sie mit dir gemacht? Warum haben sie das getan? *Warum*?«

Sie war in die Hocke gegangen, um das blutige Tuch aus der Nähe zu betrachten. Sie stand auf. Ein paar Herzschläge lang war ihr schwarz vor Augen.

Ich muß die Leiche finden.

Ich will die Leiche nicht finden.

Ich bin hier, um die Leiche zu finden.

Ich habe Angst.

Angst? Vorsicht? Rya stieß ihren Entschluß um. Die Leiche ihres Bruder. Nein. Die Vorstellung, vor dem blutüberströmten Leichnam des Kleinen zu stehen, war ihr unterträglich. Seine toten Augen. Der zerschmetterte Schädel. Nein. Es gab Grenzen, was ein Mädchen ertragen konnte.

Ich werde nicht weitersuchen. Dieses Haus... Ich kann nicht weitersuchen. Ich werde...

Sie brach in Tränen aus. Sie bückte sich, packte den Henkel des Eimers und verließ das Haus. Sie vermied es, auf die blutgetränkten Tücher zu sehen.

Um 12 Uhr 45 verließ Salsbury sein Zimmer. Er nahm seinen Aktenkoffer mit. Er ging die Treppe hinunter und betrat den Aufenthaltsraum für die Gäste.

Pauline Vicker saß in dem größten der drei Lehnstühle, die im Aufenthaltsraum standen. Sie war eine stämmige Frau, Anfang Sechzig. Lockergekämmtes graues Haar. Gesunde Gesichtsfarbe. Doppelkinn. Der Blick war fröhlich, Pauline Vicker war eine Frau, die eigentlich immer gute Laune hatte. Der Typ der Großmutter, wie Filmregisseure in Hollywood sich Großmütter vorstellen. Sie war barfuß. Sie hatte die Füße auf einen gepolsterten Schemel gelegt. Sie aß Bonbons und betrachtete die Folge einer Fernsehserie, die sie sehr liebte.

Er war am Türrahmen stehengeblieben. Er räusperte sich. »Mrs. Vicker?«

Sie sah auf. Er betrachtete sie, während sie an ihrem Karamelbonbon weiterkaute. Sie schien Schwierigkeiten beim Herunterschlucken des Bonbonsaftes zu haben. Dann: »Guten Tag, Mr. Deighton. Wenn Sie irgend etwas wünschen, ich meine, wenn Sie eine Beschwerde haben wegen Ihres Zimmers oder so, meinen Sie nicht, daß das ein paar Minuten Zeit hätte, ich will nur noch die Folge zu Ende sehen. Es ist meine Lieblingsserie, und ich...«

»Ich bin der Schlüssel«, sagte er ungeduldig.

»Ach so«, sagte Mrs. Vicker. Sie war sichtlich verärgert, daß sie die Folge nun nicht mehr zu Ende sehen konnte. »Ich bin das Schloß.«

»Stehen Sie auf, Mrs. Vicker.«

Mühsam erhob sie sich aus dem Lehnsessel.

Fette, alte Kuh, dachte Salsbury.

»Was wünschen Sie?« kam ihre Frage. Es klang aufgeräumt und dienstfertig.

»Ich brauche diesen Raum«, sagte er und ging auf den Schreibtisch zu, wo Mrs. Vickers Telefon stand. »Ich möchte nicht gestört werden.«

»Soll ich hinausgehen?«

»Ja, und zwar sofort.«

Ein wohlgelauntes Lächeln. Sie schnappte sich die Büchse mit den Karamelbonbons. »Ich bin schon so gut wie draußen, Mr. Deighton. So gut wie. Lassen Sie sich Zeit. Ich werde dafür sorgen, daß niemand Sie stört.«

»Mrs. Vicker?«

»Ja?«

»Sie können dort Ihre Karamelbonbons essen, wenn Sie wollen.«

»Gut.«

»Stellen Sie das Radio in der Küche an, und bleiben Sie dort, bis ich komme.«

»Sehr wohl, Sir.«

»Ist das ganz klar?«

»Aber gewiß doch. Ich werde exakt das tun, was Sie sagen. Sie können ja nachsehen kommen, wenn Sie mir nicht glauben. Ich werde jetzt schnurstracks in die Küche gehen und meine Karamelbonbons essen und Radio hören.«

»Schließen Sie die Tür, wenn Sie diesen Raum verlassen«, sagte er scharf. »Gehen Sie jetzt, Mrs. Vicker.«

Sie verließ den Raum und zog die Tür hinter sich ins Schloß.

Salsbury hatte seinen Aktenkoffer auf den Schreibtisch gelegt. Er öffnete den Aktenkoffer. Er entnahm dem Koffer einen Satz Schraubenzieher und ein IF-Transmissionsgerät. Das Gerät war klein und von schwarzer Farbe. Drähte ragten heraus. Es war eines der Geräte, die Dawson in Brüssel gekauft hatte.

Klug. Ich bin ganz schön klug. Eine fabelhafte Idee, das IF-Transmittionsgerät mitzubringen. Ich hatte so ein Vorgefühl, als ich's einpackte. War damals wirklich nur ein Vorgefühl. Aber ich hab' recht behalten. Wie klug von mir. Ich kontrolliere die Situation. Ich habe sie alle unter Kontrolle. Voll unter Kontrolle. Unter Kontrolle. Kontrolle.

Salsbury hatte alles kreuz und quer durchgerechnet. Algebra im Gehirn. Das Für und Wider. Es hieß kühlen Kopf zu bewahren. Er durfte nicht in Panik verfallen, auf gar keinen Fall. Die Daten, die sein Computer dann ausspuckte, waren eindeutig. Es kam jetzt auf den Wissensstand von Paul Annendale an. Was wußte dieser Annendale, und was würde er den Edisons mitteilen?

Mrs. Vicker hatte eine Reihe winziger Glasschwäne auf ihrem Schreibtisch angeordnet. Jeder Schwan war anders, es gab Unterschiede in Größe, Form und Farbe, das sah man, wenn man die Schwäne aus aller Nähe betrachtete. Salsbury fegte die Schwäne mit einer einzigen Handbewegung vom

Tisch. Er sah ihnen nach, wie sie über den Teppichboden hüpften, und zugleich war das Klickern jener Tierchen zu hören, die beim Fallen aneinanderstießen. Salsburys Mutter hatte Nippesfiguren gesammelt, Figuren aus Glas, wenn auch keine Schwäne. Seine Mutter bevorzugte kleine Glashunde. Sie besaß Hunderte davon. Salsbury zermalmte einen der kleinen Schwäne unter seinem Absatz, wobei er sich vorstellte, es wäre ein kleiner Glashund, den er da zermalmte. Es war ein sehr befriedigendes Gefühl. Die Erfüllung ging so tief, daß Salsbury sich zu wundern begann. Dann fiel sein Blick auf das Telefon. Er stellte den Gedanken an Mutters Glashunde zurück und schloß den IF-Transmitter an. Als der Anschluß fertig war, wählte Salsbury die Nummer von *Edison's General Store*. Das Geschäft war drüben, auf der anderen Straßenseite, und Salsbury wußte, daß dort keiner der Apparate, die es gab, läuten würde, weder das Telefon im Geschäft, noch die Apparate, die sich im ersten Stock des Hauses, in der Wohnung, befanden. Er, Salsbury, würde alles hören können, was drüben geschah, die Telefone waren Mikrofon und Sender zugleich.

Es war ihm gelungen, nach dem Mord eine kleine Schutzburg um sich zu errichten, mit Wänden dünn wie Papier. Aber diese Papierwände brachen zusammen, als Salsbury die Gespräche vernahm, die im Hause Edison geführt wurden. Da war Buddy Pellineri, der Sam, Jenny und Paul in seiner unbeholfenen Art von den Beobachtungen berichtete, die er in der Nacht vom 5. August auf den 6. August gemacht hatte. Zwei Männer seien dagewesen. Im Wald. Jawohl, und die beiden hätten sich auch am Ufergelände des Trinkwasserreservoirs zu schaffen gemacht.

Rossner und Holbrook waren beobachtet worden!

Es war nicht der einzige Tiefschlag, den Salsbury in jenen Minuten hinnehmen mußte. Buddy war mit seinem Bericht noch nicht zu Ende, als Annendales Tochter eintraf. Sie brachte einen Eimer mit bluttriefenden Geschirrtüchern. Einen Eimer, den sie in Thorps Haus gefunden hatte. Der verdammte Eimer! Salsbury hatte die Küche aufgewischt, dann hatte er nach einem Versteck für die Leiche Ausschau gehalten. Es mußte sehr schnell gehen, und so hatte er den Eimer mit den blutigen Tüchern unter den Spülstein gestellt, in das Schränkchen. Er hatte vorgehabt, den Eimer mitzunehmen, aber das hatte er dann vor lauter Hast vergessen. Was die Leiche des Jungen betraf, Salsbury war sich darüber im klaren, daß das Versteck nicht besonders gut war. Immerhin aber war die Leiche so gut versteckt, daß er einigen Vorsprung gewann.

Die Tücher. Die verdammten Tücher. Er hatte die Beweisstücke am Ort des Verbrechens zurückgelassen. An einer Stelle, wo jeder Idiot sie finden konnte.

Nein, jetzt blieb ihm keine Zeit mehr für langwierige Überlegungen, wie man die Ereignisse verharmlosen, vertuschen, wie man den Dingen nachträglich eine Art alltägliche Logik andichten konnte. Er hatte sich in eine Krise hineinmanövriert. Der Erfolg des ganzen Projekt stand auf dem Spiel. Ich muß jetzt schnell sein, dachte Salsbury. Schneller denn je.

Er biß die Lippen zusammen und trat auf einen der kleinen Schwäne. Beglückt spürte er, wie das Glas unter seiner Sohle barst.

4. Kapitel

13 Uhr 10

Ein langanhaltender Donner rollte durch das Tal. Der Wind hatte aufgefrischt. Paul kam der Wind vor wie eine Schleppe im Brautkleid des Donners.

Er war hin und her gerissen zwischen seiner Bereitschaft, Emmy Thorp zu glauben, und seiner Überzeugung, daß doch etwas Wahres dran war an der Geschichte, die Rya erzählt hatte. Inzwischen hatte die Kleine sogar Beweise für ihre Story. Die blutigen Tücher.

Er ging die Stufen zur Veranda hinauf, Sam Edison folgte ihm. Sie waren vor der vorderen Eingangstür angekommen, als Sam seinem Freund die Hand auf die Schulter legte. »Warte noch!«

Paul fuhr herum. Er war wütend. Der Wind spielte in seinem Haar. »Warten? Auf was?«

»Was du vorhast, nennt man Einbruch.«

»Die Tür ist offen, siehst du das nicht?«

»Wir haben trotzdem kein Recht, hier einzudringen«, sagte Sam. Er gab die Schulter seines Freundes frei. Seine Hand tippte auf den kupfernen Türknopf. »Es ist ja kein Zufall, daß die Tür offen ist. Deine Tochter hat sie aufgebrochen, vergiß das nicht.«

Paul war klar, Sam sagte das nur, weil er ihm Schwierigkeiten mit der Polizei ersparen wollte. Aber die Ungeduld, sich Gewißheit zu verschaffen über den Verbleib seines Jungen, gewann die Oberhand über solche Überlegungen. »Was soll ich denn tun, Sam? Die Polizei rufen? Soll ich meine guten Beziehungen zum Polizeichef dieses Ortes einsetzen und ihn bitten, ein Ermittlungsverfahren gegen sich selbst einzuleiten?«

»Wir könnten die Polizei im nächsten Ort verständigen.«

»Nein.«

»Es ist unwahrscheinlich, daß die Leiche noch im Haus ist.«

»Die werden es nicht wagen, die Leiche bei hellichtem Tag aus dem Haus zu schaffen.«

»Vielleicht machen wir uns auch umsonst Sorgen. Vielleicht lebt der Junge noch.«

»Das hoffe ich. Bei Gott, das hoffe ich.«

»Wir sollten nicht ins Haus eindringen, Paul. Laß uns die Polizei des Staates Maine verständigen. Die sollen das untersuchen.«

»Du weißt, daß die zwei Stunden brauchen, ehe sie hier sind. Inzwischen ist die Leiche verschwunden.«

»Aber siehst du denn nicht, wie unwahrscheinlich die ganze Story ist, die deine Tochter uns auftischt? Warum in aller Welt sollte ein Mann wie Bob Thorp deinen Sohn Mark umbringen, kannst du mir das mal sagen?«

»Du hast gehört, was Rya gesagt hat. Dieser Soziologe hat ihm den Befehl dazu gegeben. Dieser Albert Deighton.«

»Sie hat nicht gesagt, daß der Mann Deighton hieß, Paul.«

»Du bist es, der auf den Namen Deighton gekommen ist, nach Ryas Beschreibung.«

»Zugegeben. Dann bleiben trotzdem noch einige Fragen.

Zum Beispiel diese. Emma steht dabei, wie ihr Mann ein hilfloses Kind umbringt. Anschließend geht sie zum Gemeindetreffen, das in der Kirche stattfindet. Der kleine Jeremy wird Zeuge eines brutalen Mords, als wir ihn deswegen befragen, läßt er einen Lügenvorhang herunter. Welche Wahrscheinlichkeit hat das, Paul?«

»Es sind deine Nachbarn, nicht meine. Du kennst sie besser als ich.«

»Eben«, sagte Sam. »Deshalb habe ich ja auch so große Zweifel an Ryas Darstellung. Ich lebe seit vielen Jahren in diesem Ort, genauso wie Thorp und seine Frau. Ich kenne die beiden, und ich sage dir, Paul, sie sind nicht fähig zu einem solchen Mord.«

Paul tastete nach seiner Magengegend. Die Krämpfe waren schlimmer geworden. Die Erinnerung an die Tücher, die Rya ihm gezeigt hatte, setzte ihm zu. Da war nicht nur Blut gewesen. Er hatte Haare gefunden. Marks Haare, unverkennbar. Paul war aus dem Gleichgewicht, auch körperlich, so tief saß der Schock. »Du hast die Menschen, von denen du sprichst, nur unter normalen Umständen erlebt«, sagte er. »Du weißt nicht, wie sie reagieren, wenn sie in eine Ausnahmesituation geraten.«

»In eine Ausnahmesituation?«

»In diesem Ort geht etwas Außergewöhnliches, etwas Unheimliches vor, Sam. Denk doch mal nach. Rya kommt und sagt, Mark ist ermordet worden. Sie bringt uns die blutigen Tücher. Buddy kommt und sagt, er hat Fremde gesehen, zwei Männer, die sich mitten in der Nacht am Trinkwasserreservoir zu schaffen machten. Wenige Tage nach Buddys Beobachtungen befällt eine rätselhafte Epidemie die Bewohner von Black River...«

Sam kniff die Augen zusammen. »Du siehst einen Zusammenhang zwischen Marks Verschwinden und der Epidemie?«

Ein Donner ließ das Haus in seinen Grundfesten erzittern. Sam wartete, bis das Grollen verhallt war. »Buddy ist nicht das, was man einen verläßlichen Zeugen nennt.«

»Als wir vorher mit ihm sprachen, hatte ich den Eindruck, daß du ihm seine Geschichte abnimmst.«

»Ich nehme ihm ab, daß er zwei Männer gesehen hat, zwei Sporttaucher. Aber die Schlußfolgerungen, die er daraus zieht, sind falsch.«

»Die Schatzsucher-These, meinst du.«

»Ich meine, daß es keine Sporttaucher gewesen sein können. Taucher tragen keine hüfthohen Gummistiefel. Ich will dir sagen, was Buddy gesehen hat: zwei Männer mit Tanks. Flüssigkeitstanks. In den Behältnissen befand sich eine chemische Substanz, die zur Vergiftung des Trinkwassers benutzt worden ist.«

»Jemand soll eine chemische Substanz ins Reservoir geschüttet haben?«

»Sieht ganz danach aus.«

»Und wer? Agenten der Regierung etwa?«

»Kann sein. Auch Terroristen kommen in Frage. Auch private Firmen.«

»Und mit welchem Motiv?«

»Sie wollen etwas ausprobieren. Sie wollen testen, ob die Substanz die beabsichtigte Wirkung hat.«

»Gesetzt den Fall, sie haben wirklich das Trinkwasser vergiftet...« Sam war nachdenklich geworden. »Was für eine Art Gift könnten sie denn hineingeschüttet haben? Eine Substanz, die unbescholtene Menschen in Psychopathen verwandelt, in Zombies, die ohne Skrupel Mordaufträge ausführen?«

Paul bedeckte seine Augen.

Sam legte ihm den Arm um die Schulter. »Wir werden deinen Jungen finden, verlaß dich drauf. Und ich bin sicher, er ist noch am Leben.«

»Ich bete zu Gott, daß du recht behältst, Sam.« Er war den Tränen nahe, aber er wußte, er durfte jetzt nicht weinen. Tränen waren ein Luxus, den er sich erst später leisten konnte. Er räusperte sich. »Ich bin sicher, es gibt eine Verbindung zwischen Deighton, dem Soziologen, und den beiden Männern, die Buddy beobachtet hat. Dieser Deighton ist nicht hier, um soziologische Studien zu treiben, Sam. Er weiß, daß unser Trinkwasser vergiftet wurde, und er befindet sich in Black River, um die Wirkungen zu untersuchen, die das Gift auf die Menschen hat.«

»Wenn das Trinkwasser vergiftet war, warum sind Jenny und ich dann nicht krank geworden?«

»Das weiß ich auch nicht. Und ich muß zugeben, ich habe auch keine Theorie für Marks Verschwinden.« Er legte den Kopf auf die Seite. »Oder vielleicht doch. Er hat etwas gesehen. Er hat etwas erfahren, was ihn für Deighton zu einem Risiko macht. Damit ist der Junge für ihn so gefährlich, daß...« Er verstummte.

Die beiden Freunde starrten sich an. Zu bizarr war die Vorstellung, daß die Einwohner von Black River zu Versuchskaninchen umfunktioniert worden waren. Paul hätte die These am liebsten als Witz abgetan. Aber das Lächeln, das er versuchte, gefror zu einer Grimasse.

»Wenn etwas dran ist an deiner Idee«, sagte Sam in seine Gedanken hinein, »dann hätten wir um so mehr Grund, uns rauszuhalten und die Polizei des Staates Maine einzuschalten.«

»Wir müssen anders herum vorgehen«, sagte Paul. »Wir müssen zuerst die Leiche finden, dann werden wir die Polizei verständigen. Wir müssen Mark finden, bevor er irgendwo im Wald verscharrt wird.«

Sams gütiges Gesicht überzog sich mit der Blässe des Grauens. Als sein Freund ihn musterte, war er so weiß wie sein Haar. »Sprich nicht von deinem Sohn, als wäre er schon tot, Paul. Du befürchtest, daß es so ist, aber du weißt es doch nicht, verdammt noch mal!«

Paul ließ die Luft aus den Lungen entweichen. Er tastete nach seinem Herzen. »Ich habe heute einen Fehler gemacht, Sam. Ich hätte Rya Glauben schenken sollen, als sie zu mir kam. Ich hätte unverzüglich hinfahren müssen. Rya ist keine Lügnerin, dafür kenne ich sie zu gut. Die blutigen Tücher haben mich überzeugt.« Er schloß die Augen. »Du sagst, ich soll nicht von Mark sprechen, als wäre er schon tot. Aber das muß ich! Wenn ich noch Hoffnung habe und finde seine Leiche... der Schmerz wäre so groß, daß ich es nicht ertragen kann. Kannst du das verstehen?«

»Ja.«

»Du brauchst nicht mit in Thorps Haus zu kommen, wenn du nicht willst.«

»Ich lass' dich nicht allein hineingehen, auf keinen Fall.«
»Gut. Dann laß uns nicht noch mehr Zeit verlieren.«
»Ich mag den Jungen«, sagte Sam. »Ich liebe ihn, als wär's mein eigener.«
Paul nickte, dann betraten die Freunde das düstere Haus.

Zwei oder drei Gehminuten vom Rooming House, wo Salsbury untergebracht war, lag das Gebäude der Telefongesellschaft, ein zweistöckiges Haus mit verklinkerter Fassade. Das Büro, wo der Publikumsverkehr abgewickelt wurde, befand sich im Erdgeschoß. Klein, sauber, zweckmäßig eingerichtet. Es gab acht graue Registerschränke, eine Registrierkasse, mit der bar bezahlte Rechnungen verbucht wurden, es gab einen kleinen Elektronenrechner, ein Fotokopiergerät, eine Schreibmaschine. In der Ecke standen zwei Stühle mit hohen Lehnen. Auf der anderen Seite des Raumes stand ein Metalltisch mit einem Drehstuhl. Es gab einige Stöße Werbematerial, und auf der Theke stand ein im Nickelständer verschweißter Flaggenschaft, von dem das Sternenbanner in einer recht kleinen Ausführung herunterhing. Die Möbel im Raum waren frisch abgewischt. Der Boden war frisch gewischt. Soweit Papier herumlag, war es geordnet worden. Alles wirkte sehr akkurat. Es gab nur eine einzige Angestellte in diesem Raum, eine schlanke, gutaussehende Frau Ende Vierzig. Das haselnußbraune Haar war kurzgeschnitten, die Haut der Frau war erstaunlich gepflegt. Das Gesicht war nicht gleichmäßig zu nennen, aber da gab es den Mund, der die Blicke der Besucher auf sich zog. Die Frau trug einen grünen Hosenanzug und eine weiße Baumwollbluse. Praktisch gekleidet sah sie aus, adrett. Die Brille war an den Bügeln mit einer Kette versehen, so daß die Frau sie um den Hals hängen konnte.
Sie begrüßte ihn mit einem geschäftsmäßigen Lächeln. »Regnet's draußen noch?« fragte sie.
Er schloß die mit einem Mittelpfosten versehene Tür. »Ja.«
»Was kann ich für Sie tun, Sir?«
»Ich bin der Schlüssel.«
»Ich bin das Schloß.«
Er betrachtete ihre Brüste. Sie hatte mit ihrer Brille zu spielen begonnen.

»Wie heißen Sie?« fragte er.

»Joan Markham.«

»Sind Sie die Sekretärin?«

»Meine Position ist die des Assistant Managers.«

»Wie viele Personen sind in der Telefongesellschaft von Black River tätig?«

»Heute?«

»Heute.«

»Sechs, wenn ich mich selbst mitzähle.«

»Zählen Sie die Namen der Beschäftigten auf.«

»Da wäre einmal Mr. Pulchaski.«

»Was macht der?«

»Er ist der verantwortliche Leiter.«

»Wo befindet er sich in diesem Augenblick?«

»In seinem Büro einen Stock höher.«

»Weiter! Wer sind die anderen?«

»Leona Ives, Mr. Pulchaskis Sekretärin.«

»Ist die jetzt bei ihm?«

»Ja.«

»Bleiben drei. Wer sind die anderen drei?«

»Die anderen drei arbeiten in der Vermittlung.«

»Handvermittlung?«

»Ganz recht.«

»Die Namen!«

»Mary Ultman, Betty Zimmermann und Louise Pulchaski.«

»Die letzte, ist das Mr. Pulchaskis Frau?«

»Seine Tochter.«

»Wo befindet sich die Vermittlung?«

Sie deutete nach hinten. »Wenn Sie dort entlanggehen, die erste Tür rechts.«

»Bis wann arbeitet die Tagesschicht in der Vermittlung?«

»Bis um fünf.«

»Wieviel Mädchen kommen zur Ablösung?«

»Zwei. Abends wird weniger telefoniert.«

»Wie lang arbeitet die Ablösung?«

»Bis um ein Uhr nachts.«

»Dann kommt die Nachtschicht?«

»Ganz recht.«

»Wieviel Mädchen?«

»Ein einziges. Nachts ist sehr wenig zu tun. Wir nennen das die Friedhofsschicht.«

Sie setzte sich ihre Brille auf. Wenige Sekunden später nahm sie die Brille wieder ab.

»Sind Sie nervös, Mrs. Markham?«

»Ja, sehr.«

»Sie sollen aber nicht nervös sein. Sie sind jetzt ganz ruhig. Ganz ruhig.«

Ihre Haltung löste sich. Ein Lächeln trat auf ihre wohlgeformten Lippen.

»Morgen ist Samstag«, sagte er. »Arbeiten Sie in der Vermittlung samstags mit der gleichen Besetzung?«

»Nein. Am Wochenende sind tagsüber immer nur zwei Mädchen eingesetzt.«

»Neben Ihrer Schreibmaschine sehe ich einen Notizblock und einen Kugelschreiber liegen. Ich möchte, daß Sie auf diesem Notizblock die Namen der Mädchen notieren, die heute abend, heute nacht und morgen tagsüber Dienst haben werden. Ich brauche außer den Namen auch die privaten Telefonnummern. Verstanden?«

»Ja.«

Sie ging zu ihrem Schreibtisch.

Salsbury durchquerte das Büro und trat an die Scheibe. Er sah auf die Main Street hinaus, dies war der westliche Teil der Straße, die quer durch Black River führte.

Draußen fegten abgerissene Blätter auf dem Pflaster entlang.

Salsbury warf einen Blick auf seine Uhr. Es war Viertel nach eins.

»Beeilen Sie sich, Sie hysterische Zicke.«

Sie sah auf. »Was?«

»Ich hatte Sie eine hysterische Zicke genannt. Vergessen Sie das. Machen Sie mir die Liste fertig, schnell.«

Sie schrieb die Namen auf den Block und fügte die Telefonnummern hinzu.

Zicken, dachte er. Sind alles Zicken. Verkommene, nichtsnutzige Zicken. Verkommen, wie's im Buche steht, jede dieser Frauen.

Ein leerer Lastwagen rumpelte vorbei. Er fuhr Richtung Sägemühle.

»Fertig«, sagte sie. Sie legte ihm den beschrifteten Block auf den Schaltertisch.

Salsbury verließ seinen Logenplatz am Fenster und kehrte in die Mitte des Raumes zurück. Sie hatte den Block vom Brett genommen und legte ihn in seine Hand. Er las die Namen. Sieben Namen. Sieben Telefonnummern. Er riß das oberste Blatt aus dem Block, faltete es und steckte es in die Brusttasche seines Oberhemds. »Wie viele Techniker haben Sie?« fragte er. »Gibt es eine Art Bereitschaftsdienst für Pannen?«

»Unsere Mannschaft in Black River besteht aus vier Technikern«, gab sie zur Auskunft. »Zwei in Tagschicht, zwei in Abendschicht. Es gibt keine Nachtschicht, und es gibt auch keine feste Schicht für die Wochenenden. Außerhalb der normalen Dienstzeit haben alle vier Mann Bereitschaftsdienst. Sie brauchen nicht zu arbeiten, aber sie müssen bereit sein, in Notfällen auszurücken. Sie müssen erreichbar sein.«

»Im Augenblick sind also zwei Männer im Dienst.«

»Ganz recht.«

»Wo befinden sich die beiden jetzt?«

»In der Sägemühle, da war eine Störung gemeldet worden.«

»Wann erwarten Sie die beiden zurück?«

»Gegen drei, vielleicht auch erst um halb vier.«

»Wenn die beiden hier eintreffen, geben Sie ihnen Anweisung, sofort zum Büro des Polizeichefs zu fahren.« Salsbury hatte beschlossen, Thorps Büro für die Dauer der Krise zu seinem Hauptquartier zu machen. »Verstanden, Mrs. Markham?«

»Ich habe verstanden.«

»Schreiben Sie mir jetzt die Namen und die privaten Telefonnummern der anderen beiden Techniker auf einen Zettel.«

Sie tat das und brauchte nur dreißig Sekunden dazu.

»Und jetzt hören Sie mir gut zu, Mrs. Markham.«

Sie beugte sich vor. Es schien ihr nichts auszumachen, daß sie ihn dabei berührte.

»Innerhalb der nächsten Minuten wird der Sturm die Telefonverbindungen, die von Black River nach Bexford führen, unterbrechen. Black River ist dann von auswärts nicht mehr zu erreichen. Es kann auch niemand mehr eine Verbindung nach draußen kriegen. Black River ist von der Welt abgeschnitten.«

»Das wird aber einen ganz schönen Aufruhr geben«, sagte sie.

»Sie meinen, Sie werden Beschwerden bekommen.«

»Es wird Beschwerden hageln, und die Leute können bei solchen Gelegenheiten ganz schön unangenehm werden.«

»Wenn die Leute anrufen, sagen Sie ihnen, die Techniker von Bexford sind dabei, den Schaden zu beheben. Die Sturmschäden an den Leitungen sind sehr umfangreich, deshalb dauert es viele Stunden, bis alles behoben ist. Sagen Sie den Leuten, sie werden bis morgen abend nicht telefonieren können. Ist das klar?«

»Die werden mir die Hölle heiß machen.«

»Ob das klar ist?«

»Ja.«

»Gut. Ich gehe jetzt und spreche mit den Mädchen in der Vermittlung. Danach gehe ich zu Ihrem Chef und zu seiner Sekretärin. Wenn ich diesen Raum verlasse, werden Sie vergessen, was ich gesagt habe. Sie können sich dann nur noch daran erinnern, daß ein Techniker aus Bexford zu Ihnen gekommen ist, um Sie über die Sturmschäden zu informieren. Er ist vor allem gekommen, um Ihnen zu sagen, daß seine Leute schon dabei sind, den Schaden zu beheben. Verstanden?«

»Ja.«

»Gehen Sie jetzt wieder an Ihre Arbeit.«

Sie kehrte an ihren Schreibtisch zurück.

Salsbury verließ den Raum, um mit den Mädchen in der Vermittlung zu sprechen.

Er kam sich wie ein Einbrecher vor.

Allerdings war er nicht ins Haus eingebrochen, um etwas zu stehlen. Ich werde nur die Leiche meines Sohnes mitnehmen, dachte er, das kann man wohl kaum Diebstahl nennen. Ich werde die Leiche mitnehmen, wenn es eine gibt.

Wenn es eine gibt, gehört sie mir.

Er wußte, er hatte ein Recht darauf, nach dem Verbleib seines Sohnes zu forschen. Trotzdem kam sich Paul in Thorps Haus wie ein Einbrecher vor.

Um 13 Uhr 45 waren Paul und Sam mit der Durchsuchung aller Räume im Erdgeschoß fertig. Sie hatten die Schlafzimmer und die Bäder durchsucht, samt allen Wandschränken, die es dort gab, das Wohnzimmer, das Speisezimmer und die Küche. Es gab keine Leiche.

Sie standen in der Küche. Paul öffnete die Tür zum Keller. Er knipste das Licht an. »Den Keller hätten wir uns zuerst ansehen sollen«, sagte er.

»Ich weiß nicht«, sagte Sam. »Ich weiß immer noch nicht, was ich von Ryas Geschichte halten soll. Es sind Freunde, deren Haus wir hier durchstöbern.«

»Wenn du meinst, mir macht es Spaß, ein fremdes Haus zu durchsuchen, irrst du dich.«

»Ich habe ein verdammt unangenehmes Gefühl bei der Sache.«

»Wir sind gleich fertig. Komm.«

Sie gingen die Stufen hinab.

Es gab einen Korridor und Türen. Der erste Raum war eine kleine Werkstatt, die sich Bob Thorp eingerichtet hatte. Seine Frau schien den Raum zugleich als Waschküche zu benutzen. Es gab eine Waschmaschine mit Trockenautomatik. In einem Korb lag ein Stapel mit frischgeplätteten Handtüchern. Es gab ein Regal, auf dem Flaschen mit Bleichmittel, Fleckenentferner und Packungen mit Waschpulver standen. Die Werkbank stand an der gegenüberliegenden Wand. Anglerutensilien lagen herum. Bob Thorp gehörte zu den Anglern, die sich eigene Schwimmer basteln. Mit der Zeit hatte er aus seinem Hobby eine Nebenerwerbsquelle gemacht. Er verkaufte die Schwimmer an andere Angler.

Sam öffnete die Wandschränke.

Nichts. Keine Leiche. Kein Blut. Nichts.

Pauls Magen schlug Purzelbäume. Ihm kam es vor, als hätte er ein Glas Salzsäure getrunken.

Paul öffnete die Schubfächer unter der Werkbank.

Nichts.

Der zweite Kellerraum war halb so groß wie der erste. Die Wände waren mit Regalen bestellt, und die Regale standen voller Einmachgläser und Konserven.

Sams Blick fiel auf eine Tiefkühltruhe. »Wenn, dann dort«, sagte er. Paul öffnete den schweren Deckel. Sein Freund war neben ihn getreten.

Die kühle Luft kroch an ihren Händen hoch und wurde zu einer weißlichen Schlange, die sich in die Schatten des Raumes verkroch.

Die Thorps bewahrten in dieser Tiefkühltruhe ihre Fleischvorräte auf. Es gab zwei oder drei Dutzend beschriftete Pakete mit Fleisch, platzsparend auf- und ineinandergeschichtet. Paul fand es nur logisch, daß man soviel Pakete in die Truhe packte, wie überhaupt hineingingen. Ihm fiel allerdings auf, daß die Pakete nicht sortiert waren. Unten lag Schweinefleisch, darüber Rind, dann wieder Schwein. Wer die Truhe eingeräumt hatte, war in großer Eile gewesen.

Paul ergriff ein fünf Pfund schweres Rindfleischpaket und legte es auf den Boden. Der tiefgefrorene Schinken, den er dann packte, wog zehn Pfund. Als nächstes kam Roastbeef. Ein Paket zu fünf Pfund und eines zu vier. Dann wieder Schinken. Schweinefleisch, zwanzig Pfund.

Mark lag auf dem Boden der Truhe. Die Arme waren auf der Brust gefaltet, die Knie hochgezogen. Wer Mark getötet hatte, hatte die Pakete mit tiefgekühltem Fleisch benutzt, um die Leiche abzudecken. Das Gesicht war blutverschmiert, die Augen wie gefrorene Milch.

Sam war hinausgewankt. Er beugte sich über ein Becken in der Waschküche und erbrach sich.

Paul stand da und betrachtete seinen toten Sohn. Die Wut, die Verzweiflung, die Sorge, all das war von ihm abgefallen. Ein tiefes Mitgefühl für Mark durchströmte ihn, das und eine unbeschreibliche Zärtlichkeit.

»Ich bin's, Mark«, sagte er. »Jetzt ist alles gut. Ich bin bei dir, du bist nicht mehr allein.«

Er hob die Fleischpakete, die noch auf der Leiche lagen, auf und schichtete sie auf die Vorräte, die er vor seinen Füßen aufgehäuft hatte. Das Grab leerte sich.

Er hatte sein totes Kind freigeschaufelt, als Sam zurückkam.

»Paul?«

Paul sah seinem Freund in die Augen.

»Ich gehe rauf. Ich rufe die Polizei an. Die Polizei im Staat Maine.«

Verkrustetes Blut verschloß Marks Lippen. Um sein Kinn lag ein gefrorener roter Schleier.

»Paul, hast du gehört, was ich sage?«

»Ja.«

»Ich verständige die Polizei in Maine.«

»Ja, tu das.«

»Kann ich dich hier alleinlassen?«

»Ich bin okay.«

»Sicher?«

»Mach dir keine Sorgen wegen mir.«

Sam betrachtete seinen Freund. Dann wandte er sich ab und ging in den Flur. Als die Kellertreppe in Sicht kam, begann er zu laufen. Er nahm zwei Stufen auf einmal. Paul beugte sich über die Truhe und streichelte die Wange seines Sohnes.

Kalt. Hart.

Er hob den Leichnam aus der eisigen Gruft und legte ihn in der Mitte des Raumes auf den Boden.

Er hauchte seine Hände an, um sich zu wärmen.

Sam war zurückgekommen. Er war bleich wie die Wand. Er blieb vor dem Leichnam stehen und schluckte. »Mit dem Telefon stimmt was nicht«, sagte er nach einer Weile. »Der Fehler scheint in der Zentrale zu liegen. Besser gesagt in den Leitungen.«

»In den Leitungen?«

»Der Sturm hat die Freileitungen zerrissen, irgendwo zwischen Black River und Bexford.«

Pauls schüttelte den Kopf. »Der Sturm? So windig ist es doch gar nicht.«

»Hier in Black River nicht. Aber in Richtung Bexford scheint ganz schön was los zu sein. Black River liegt ja sehr geschützt in den Bergen.«

»Die Freileitungen nach Bexford sind kaputt, sagst du. Das bedeutet... O mein Gott.«

Sam sah ihn aus zusammengekniffenen Augen an. »Das

bedeutet, innerhalb von Black River kann man telefonieren, aber nach auswärts sind alle Leitungen tot.«

»Mit wem hast du gesprochen?«

»Mit dem Mädchen in der Vermittlung. Mit Mandy Ultman.«

»Hat sie gesagt, wann der Schaden behoben sein wird?«

»Der Sturm muß ziemlich gewütet haben«, sagte Sam. »Die Techniker von Bexford sind rausgefahren, um die Leitungen zu reparieren. Mandy meint, es wird einige Stunden dauern, bis man wieder nach auswärts telefonieren kann.«

»Wie lange genau?«

»Bis morgen, hat sie gesagt.«

Paul hatte sich neben seinen toten Sohn gekniet. Er dachte über die Folgen nach, die der Ausfall der Auswärtsverbindungen auf die Aufklärung des Verbrechens hatte.

»Einer von uns beiden sollte nach Bexford fahren und die Polizei des Staates Maine von dort aus anrufen«, sagte Sam.

»Gut.«

»Soll ich hinfahren?«

»Wenn du willst. Du oder ich, das spielt keine Rolle. Aber erst müssen wir Mark hier wegbringen.«

»Die Leiche aus dem Haus bringen?«

»Ja.«

»Ist das nicht gegen das Gesetz?« Er räusperte sich. »Ich meine, es heißt doch, man darf nichts verändern, bis die Polizei ihre Feststellungen getroffen hat.«

»Ich kann den Jungen nicht hier im Keller liegenlassen, Sam.«

»Wenn Bob Thorp deinen Sohn umgebracht hat, dann muß man ihn des Mordes anklagen. Wie soll man ihn des Mordes anklagen, wenn du nicht mal mehr beweisen kannst, daß du den Toten in Thorps Haus gefunden hast?«

Paul war selbst überrascht, wie sicher seine Stimme klang. »Die Mordspezialisten der Polizei werden Marks Haare und genügend Blutspuren in der Tiefkühltruhe finden.«

»Aber...«

»Ich kann ihn nicht hier liegenlassen!«

»Also gut.«

»Du verstehst mich doch, Sam, oder?«

»Ja, ich versteh' dich. Wir tragen die Leiche zum Wagen.«

»Danke, Sam.«

»Und dann fahren wir zu mir. Wir werden seine Leiche im Haus behalten, bis...«

»Danke.«

»Wie sollen wir ihn tragen?«

»Pack du ihn an den Beinen.«

Sam griff zu.

»Vorsichtig, Sam.«

Sie hoben den starren Körper vom Boden auf.

»Sei vorsichtig, daß wir nirgends anstoßen, Sam.«

5. Kapitel

14 Uhr

Der Donner war so laut, daß er das Rauschen des Regens übertönte.

Zwei Männer standen an die Fenster des Büros gelehnt. Sie trugen Plastikumhänge mit dem Aufdruck POLICE. Bob Thorp hatte die beiden mit diesen Umhängen ausgestattet, und den Männern hatte das großen Spaß gemacht. Sie durften Sheriff spielen.

»Können Sie schießen?« fragte Salsbury.

Die beiden sagten ja, sie könnten schießen. Salsbury wandte sich zu Bob Thorp.

»Geben Sie den beiden Waffen.«

»Revolver?«

»Haben Sie auch Gewehre?«

»Ich hätte auch Gewehre.«

»Gewehre wären für diese Operation wahrscheinich geeigneter als Revolver«, sagte Salsbury. »Was meinen Sie, Thorp?«

»Gewehre wären besser«, sagte Thorp.

»Dann geben Sie ihnen Gewehre.«

Ein Blitz erhellte das Innere des Büros. Die Konturen der Menschen waren den Bruchteil einer Sekunde lang doppelt zu sehen.

Thorp ging zum Waffenschrank, schloß auf und nahm die Gewehre heraus.

»Haben Sie schon einmal mit einem Gewehr, geschossen?« fragte Salsbury die Männer in den gelben Umhängen.

Der eine nickte. Der andere sagte: »Viel Ahnung hab' ich von Gewehren nicht, aber ein bißchen. Bei Schrot ist der Vorteil, man braucht nicht so genau zu zielen. Man hält das Gewehr so ungefähr in die Richtung und drückt einfach ab.« Er wog die Waffe, die Salsbury ihm reichte, mit beiden Händen und schmunzelte.

»Schönes Stück.«

»Für diese Operation genau das Richtige«, sagte Salsbury. »Sie beide begeben sich jetzt auf den Parkplatz und besteigen den Polizeiwagen. Sie fahren die Main Street stadtauswärts, in östlicher Richtung. Verstanden?«

»Wir fahren in östlicher Richtung«, sagte einer der beiden Männer.

»Und dann blockieren Sie die Einfahrt in die Stadt. Sie stellen den Wagen quer und halten den ganzen Verkehr an.«

»Wir blockieren den gesamten Verkehr.« Der Mann war begeistert.

Salsbury nickte. »Sie lassen die Fahrzeuge dann einzeln passieren. Sie sagen jedem Fahrer, daß für Black River der Notstand ausgerufen ist. Wer in den Ort hineinfährt, muß als erstes hierherkommen, zum Büro des Polizeichefs. Hier erhält er dann weitere Anweisungen.«

»Warum wurde der Notstand ausgerufen?«

»Das brauchen Sie nicht zu wissen.«

»Und wenn die Leute fragen?«

»Sagen Sie ihnen, sie erfahren alles Nähere bei der Polizei.«

Die beiden nickten.

Thorp gab jedem der beiden zwölf Schrotpatronen.

»Wenn jemand Black River verlassen will, schicken Sie ihn ebenfalls zum Büro des Polizeichefs. Er muß erst hier vorsprechen, bevor er den Ort verlassen darf. Notstand. Alles klar?«

»Alles klar.«

»Alles klar.«

»Jedesmal, wenn Sie ein angehaltenes Fahrzeug weiterfahren lassen, geben Sie sein Kennzeichen per Funk an das Büro des Polizeichefs durch. Wir haben auf diese Weise eine Kontrolle, ob der Wagen wirklich hier auftaucht. Wer die Weisung nicht ausführt, ist ein Rebell und wird als solcher behandelt. Verstanden?«

Die beiden bejahten.

»Wenn jemand die Sperre durchbrechen will, schießen Sie«, sagte Salsbury.

»Auf den Kopf?«

»Auf den Kopf.«

Einer der beiden Männer verzog den Mund zu einer Geste lässiger Bitterkeit, wie er es bei John Wayne in einem Film gesehen hatte. »Sie können sich ganz auf uns verlassen.«

»Noch Fragen?«

»Wie lange soll die Sperre aufrechterhalten bleiben?«

»Sie werden nach sechs Stunden abgelöst«, sagte Salsbury. »Um acht.« Er schob das Tuch, mit dem er sich den Schweiß von der Stirn gewischt hatte, in die Tasche zurück. »Und noch etwas. Wenn Sie diesen Raum verlassen, werden Sie vergessen, daß Sie mit mir gesprochen haben. Nur der Inhalt unseres Gesprächs bleibt in Ihrem Gedächtnis. Sie werden glauben, Bob Thorp hat Ihnen die Anweisungen gegeben. Ist das ganz klar?«

»Ja.«

»Klar.«

»Dann los mit Ihnen!«

Die beiden Männer verließen den Raum. Als sie die Türschwelle überquerten, vergaßen sie, daß es einen Menschen namens Salsbury gab.

Blitze tauchten Black River in blendendes Licht, der nachfolgende Donner ließ die Scheiben vibrieren.

»Schließen Sie die Rolläden«, ordnete Salsbury an.

Thorp gehorchte.

Salsbury nahm hinter dem Schreibtisch Platz.

»Bob«, sagte er, als der Polizeichef von der Fensterfront zurückkehrte, »ich möchte Black River zusperren, wie man eine Burg verschließt. Die Zugbrücke wird hochgezogen, und Ende.« Er ballte die Hand zur Faust. »Niemand darf rauskommen.« Er dachte nach. »Genügen die beiden Männer, die ich eingeteilt habe?«

»Ich würde an Ihrer Stelle noch zwei Männer aufstellen, die den Fluß und den Bereich zwischen Fluß und Highway kontrollieren. Es könnte Leute geben, die mit einem Boot zu entkommen versuchen, die müßte man mit der Schrotflinte recht sicher erledigen können. Der zweite Mann erschießt jeden, der durch das Unterholz zwischen Fluß und Highway zu entkommen versucht.«

»Müßten das Scharfschützen sein?«

»Gute Schützen.«

»Dann nehme ich zwei von Ihren Leuten. Die können doch ordentlich schießen oder?«

»Aber ja.«

»Sonst noch was zu bedenken?«

»Es gibt ein paar Waldwege, die nicht instandgehalten werden. Könnte sein, daß der eine oder andere auf diesen Waldwegen wegzufahren versucht.«

»Dann blockieren wir die eben auch«, sagte Salsbury. Er stand auf. »Ich bin Herr über diese Stadt, und ich mache keine Kompromisse. Ich behalte die absolute Verfügungsgewalt über jeden Bürger, bis das Problem gelöst ist.«

Es war so vieles anders gekommen, als Salsbury es geplant hatte. Unglaublich, aber nicht zu leugnen. Er würde Dawson über diese Zielabweichungen Rechenschaft ablegen müssen. Früher oder später. Wahrscheinlich schon recht bald. Aber bevor er seine Versäumnisse und Fehler zugab, würde er das Projekt weiter vorantreiben. Er würde alles tun, was er ohne Dawsons und Klingers Hilfe tun konnte. Er würde ihnen zeigen, was für ein entschlußkräftiger Typ er war. Er war clever. Er war der Mann, auf den man sich verlassen konnte. Der Mann an der Front. Zumindest den General würde das beeindrucken. Aber auch Dawson, die Betschwester. Salsbury war entschlossen, Punkte zu sammeln, um das Donnerwetter, das über ihn niedergehen würde, abzuschwächen. Es war wichtig, daß er Stärke und Geschick bewies. Sehr wichtig. Eine Frage des Überlebens.

14 Uhr 30
Die Luft in Sams kleinem Bücherzimmer roch muffig und feucht.

Der Regen trommelte an die Scheiben, auf der Innenseite, wo die Feuchtigkeit kondensierte, liefen die Schlieren herunter.

Der Schock saß tief. So tief, daß Paul keinen klaren Gedanken fassen konnte. Er hatte in einem Lehnsessel Platz genommen. Seine Finger hielt er wie Klauen in die Polster gepreßt.

Sam stand vor dem Bücherregal. Er las in einem Jahresband psychologischer Zeitschriften, den er nach längerm Suchen aus der linken oberen Ecke gezogen hatte.

Das Ticken einer alten Uhr war zu hören. Die Uhr stand auf dem Fenstersims.

Jenny betrat den Raum, ohne die Tür wieder zu schließen. Sie kam zu Paul und kniete sich neben ihn. Sie begann seine Hand zu liebkosen.

»Wo ist Rya?« fragte er.

Bevor Sam seinen Freund zur Suchaktion in Thorps Bungalow begleitete, hatte er Rya ein Beruhigungsmittel gegeben.

»Sie schläft«, sagte Jenny.

»Hier!« sagte Sam.

Die beiden fuhren hoch.

Und dann war Sam da, zeigte ihnen ganz aufgeregt ein Foto, das in dem Jahresband abgedruckt war. »Sein Bild. Der Mann, der sich Deighton nennt.«

Paul betrachtete das Foto aus der Nähe.

»Kein Wunder, daß es weder Rya noch mir gelungen ist, den Artikel in den Inhaltsverzeichnissen aufzuspüren. Wir haben ja immer nach einem Verfasser namens Deighton gesucht. Aber der richtige Name ist Ogden Salsbury.«

»Ich erinnere mich, daß ich diesen Mann in Black River gesehen habe, und zwar im *Ultman's Café*. Es war an dem Tag, als der furchtbare Unfall geschah. Ich glaube, er wurde von der Serviererin bedient, die sich die Gabel in die Hand stieß.«

Jenny war aufgestanden. »Glaubst du, daß der Unfall dieser Frau in Zusammenhang steht mit dem, was uns Buddy Pellineri erzählt hat, und mit Marks Tod?« Er sah, daß ihr die Tränen in den schönen Augen standen.

»Ja«, sagte Paul und wunderte sich, daß er nicht weinen konnte. »Es gibt einen Zusammenhang, und wir werden herausfinden, welchen.« Er wandte sich zu Sam. »Ist Salsbury der Autor dieses Artikels?«

»Ganz recht. Und das Bemerkenswerte ist, er hat danach nichts mehr veröffentlicht. Der Artikel erschien vor zwölf Jahren.«

»Was könnte der Grund für die Funkstille sein?«

»Aus dem Artikel geht hervor, daß Salsbury damals ein recht umstrittener Mann war. Die einen hielten ihn für ein Genie, die anderen für einen Wahnsinnigen. Wegen der Kontroversen, die seine Forschungen hervorriefen, hat er die Vortragsreisen, denen er sich vorher widmete, ganz aufgegeben. Es heißt zum Schluß des Artikels, daß er sich nun wieder ganz auf die Forschung konzentrieren wollte.«

»Worum ging es denn in der Sache?«

Sam las die Überschrift des Artikels vor. »Beeinflussung menschlicher Verhaltensweisen durch unterschwellige Botschaften. Der Untertitel lautet: Kontrolle der Psyche durch das Ego.«

»Und was bedeutet das?«

»Soll ich den ganzen Artikel vorlesen?«

Paul warf einen Blick auf seine Uhr.

»Es kann nicht schaden, wenn wir die Gedanken unseres Gegners im einzelnen kennenlernen«, warf Jenny ein. »Wir können dann der Polizei gezielte Hinweise geben.«

»Sie hat recht«, sagte Sam.

Paul nickte. »Lies vor, Sam.«

14 Uhr 40

Leonard Dawson saß in seinem Studio in Greenwich, Connecticut. Er las einen Brief, den ihm Julia, seine Frau, geschrieben hatte, der Brief war auf blauen Papier geschrieben, das nach Lavendel duftete. Julia befand sich auf einer dreiwöchigen Bildungsreise durch das Heilige Land. Wie sie schrieb, war dieses so ganz anders, als sie erwartet hatte. Die Hotels gehörten entweder Araber oder Juden, und so fühlte sich Julia beschmutzt, wenn sie zu Bett ging. Sie hätte viel lieber in einem Stall geschlafen als in Hotels, die Araber und Juden gehörten. Sie berichtete von ihrer Fahrt nach Golgatha. Sie hatte im Fond einer chauffeurgesteuerten Limousine gesessen, die Bibel auf den Knien, aber dann hatte sie Golgatha beschmutzt vorgefunden. Es gab eine Gruppe amerikanischer Baptisten, die das Heiligtum besuchten. *Neger*. Mein Gott, hast du mich verlassen?

Es war Freitagnachmittag. Das weiße Telefon auf Dawsons Schreibtisch läutete. Nur Salsbury und Klinger kannten die Nummer dieses Telefons.

Dawson legte Julias Brief aus der Hand und wartete, bis das zweite Rufsignal ertönte.

Er nahm ab. »Ja?«

»Ich erkenne dich an der Stimme«, orakelte Salsbury. »Weißt du, wer ich bin?«

»Natürlich. Hast du das Störgerät eingeschaltet?«

»Ja.«

»Dann brauchst du nicht so geheimnisvoll zu tun. Selbst Wenn die Leitung angezapft wäre, was sie nicht ist, könnte der Abhörer kein Wort verstehen.«

»Wie die Dinge hier liegen, ist äußerste Vorsicht geboten«, sagte Salsbury. »Wir sollten uns nicht hundertprozentig auf das Störgerät verlassen.«

»Was heißt das: *wie die Dinge hier liegen?*«

»Es gibt Ärger.«

»Mit den Testpersonen?«

»Ja.«

»Was für Ärger?«

»Es gibt einen Toten.«

»Wird das bei den Behörden als natürliche Todesursache durchgehen?«

»Unter gar keinen Umständen.«

»Kriegst du die Sache allein in den Griff, oder brauchst du Hilfe?«

»Ich brauche Hilfe. Es wird nämlich noch ein paar Ausfälle unter den Testpersonen geben.«

»Ausfälle?«

Salsbury schluckte. »Todesfälle.«

»Wie das?«

»Es gibt Personen, die das Programm nicht annehmen.«

»Ihr Unterbewußtsein nimmt die Unterschwelligen Botschaften nicht auf?«

»Richtig.«

»Wie kommt es dann zu Todesfällen?«

»Ich bin enttarnt.«

»Wie konnte das geschehen?«

Salsbury zögerte mit der Antwort.

»Ich will die ganze Wahrheit wissen«, herrschte Dawson ihn an. »Es ist für uns alle lebenswichtig. Nun?«

»Eine Frau.«

»Was?«

»Ich schlief gerade mit einer Frau, als...«

»Als du von einem Nichtprogrammierten überrascht wurdest, willst du sagen.«

»Ja.«

»Du Idiot.«

»Ich habe einen Fehler gemacht, ja.«

»Du bist ein Idiot. Aber deine Tarnung kann wiederhergestellt werden.«

»Ich fürchte, das wird nicht gehen. Ich selbst habe dem Killer den Befehl gegeben. Was geschehen ist, ist geschehen.«

Obwohl Salsbury sich in Andeutungen erging, dämmerte Dawson jetzt, was in Black River geschehen war. Ein paar Sekunden lang war Stille im Draht. Dann: »Wieviel Unprogrammierte gibt es in Black River?«

»Vier bis fünf, die Kleinkinder und Kinder nicht gerechnet.«

»Das wäre eine Zahl, mit der sich fertig werden läßt.«

»Es gibt noch ein anderes Problem. Die beiden Männer, die wir zur Behandlung des Trinkwassers eingesetzt haben.«

»Was ist mit den beiden? Du weißt doch ganz genau, daß die nicht mehr reden können.«

»Sie sind bei der Aktion beobachtet worden.«

Schweigen am anderen Ende.

»Wenn du nicht selbst kommen kannst«, sagte Salsbury, »ich hätte Verständnis. Schick mir dann wenigstens unseren gemeinsamen Freund, und außerdem...«

»Wir kommen beide«, entschied Dawson. »Wir kommen mit dem Hubschrauber rüber. Noch heute. Spätestens bis 22 Uhr. Kannst du bis dahin den Deckel auf dem Topf halten?«

»Ich hoffe, schon.«
»Ich würd's dir empfehlen.«
Es klickte. Dawson hatte aufgelegt.

Dawson betrachtete den Hörer. In seiner Vorstellung erstand Salsburys Kopf, das Gesicht mit den dicken Brillengläsern. Herr, mein Gebieter, betete er. Du hast mir diesen Mann geschickt, damit ich ihn als Werkzeug benutze, zur Mehrung deines Lobes. Jetzt hat ihn Satan auf die Seite des Bösen gelockt. Hilf mir, die Dinge wieder zum Guten zu wenden. Was ich tue, tue ich für DICH.

Er ließ sich mit seinem Piloten verbinden und gab Anweisung, den Hubschrauber zu tanken. Er würde innerhalb einer Stunde starten, vom Hubschrauberlandeplatz in Greenwich.

Dann begann die Suche nach Klinger. Er mußte drei Telefongespräche führen, bis er ihn aufspürte. »Sand im Getriebe, Ernst.«

»Was Schlimmes?«

»Es knirscht ganz gehörig, ja. Kannst du in einer Stunde bei mir sein?«

»Wenn ich wie ein Geisteskranker aufs Gaspedal trete, ja. Wenn ich lebend ankommen soll, brauche ich mindestens eineinviertel Stunden.«

»Fahr los!«

Dawson ließ den Hörer auf die Gabel sinken. HERR, MEIN GEBIETER! Ich habe mich mit zwei Ungläubigen eingelassen, ich weiß. Aber DU warst es, der sie mir sandte, damit ich sie für DEINE Ziele einsetze. Bestrafe mich nicht, weil ich DEINEN Willen ausführte. Hab' Erbarmen mit mir, o Herr.

Er zog die Schublade seines Schreibtischs auf und nahm einen dicken Hefter heraus. Die Beschriftung lautete:

HARRISON-BODREI
PRIVATDETEKTIV
BEOBACHTETE PERSON: OGDEN SALSBURY

Wenn Dawson die Gedanken und Handlungen seiner beiden Partner besser durchschaute als sie selbst, dann hatte er das dem Privatdetektiv Harrison-Bodrei zu verdanken. Schon seit 15 Jahren ließ er Klinger, den Vertrauten im Pentagon, beobachten. Die Akte wurde laufend durch aktuelle Beobachtungen ergänzt. Das Dossier Salsbury war vergleichsweise jung, es war erst im Januar 1975 angelegt worden. Trotzdem umfaßte es Salsburys ganze Lebensspanne, bis hin zur frühen Kindheit, die Recherchen über Herkunft und Eltern eingeschlossen. Dawson hatte es im Verlauf der Jahre einige Male durchgelesen, vom ersten bis zum letzten Blatt. Trotzdem schien es ihm, als hätte er aus dem gespeicherten Wissen bisher nicht die richtigen Schlußfolgerungen gezogen. Ich hätte es wissen müssen, dachte er. Es war klar, daß ein Mann wie Salsbury bei einem Projekt dieser Größenordnung scheitern mußte. Aber ich habe es nicht wahrhaben wollen.

Wer war Salsbury? Kein Verrückter, der mit Schaum vor dem Mund durch die U-Bahn-Stationen lief. Aber auch kein Mensch, dem man so etwas wie geistige Gesundheit bescheinigen konnte. Salsbury stand seit seiner frühen Jugend an der Schwelle zum Wahnsinn. Die Erziehung hatte diese Ausprägung vertieft. Im Erwachsenenalter war er ein pathologischer Frauenhasser. Gelegentlich durchbrach er das Zölibat, indem er sich Prostituierte für ausgedehnte Wochenendorgien mietete. Sieben oder acht Frauen an einem Wochenende waren keine Seltenheit. Es waren wilde, ausgefallene Nächte, und immer wieder war es im Verlauf solcher Zusammenkünfte zu dem gekommen, was in dem schriftlichen Bericht des Detektivs under der Bezeichnung ›Schwierigkeiten‹ zusammengefaßt wurde.

Es gab zwei Protokolle, die nach Dawsons Urteil mehr über Salsbury verrieten als der ganze Rest der Akte. Er zog eines dieser beiden Protokolle aus dem Ordner, um sich den Inhalt zu vergegenwärtigen.

Eine Woche nach Vollendung seines elften Lebensjahrs wurde Ogden Salsbury der Aufsicht seiner leiblichen Mutter entzogen und der staatlichen Fürsorge unterstellt. Sein Vater war gestorben. Seine Mutter Katherine Salsbury und ihr Geliebter, ein gewisser Howard Parker, wurden später wegen Inzest-Handlungen und der Unzucht mit Minderjährigen für schuldig befunden und verurteilt. Katherine

Salsbury trat eine zehnjährige Gefängnisstrafe im Frauengefängnis von New Jersey an. Die Fürsogebehörde übergab den Sohn einer Nachbarin zur Pflege. Die Frau hieß Carrie Barger, seit ihrer Wiederverheiratung trägt sie den Familiennamen Peterson. Ogden war eines von mehreren Pflegekindern, die Mrs. Barger anvertraut wurden. Das im Bericht wiedergegebene Gespräch wurde vom Unterzeichner mit Mrs. Carrie Peterson am 22. Januar 1975 in ihrer Wohnung in Teaneck, New Jersey geführt. Die Befragte ist 69 Jahre alt. Das Gespräch fand am frühen Morgen statt. Trotz der frühen Stunde war Mrs. Peterson bereits betrunken. Sie trank während der Befragung weiter. Sie merkte nicht, daß die Unterhaltung auf Band aufgezeichnet wurde.

Dawson hatte die Passagen, die ihn besonders interessierten, farbig markiert. Er blätterte weiter, bis er die markierten Seiten fand.

Frage: Sie wohnten Tür an Tür mit Mrs. Salsbury. Dann müssen Sie doch auch mitbekommen haben, ob die Frau ihren Sohn geschlagen hat oder nicht.

Mrs. Peterson: Natürlich habe ich das mitbekommen. Sie schlug den Jungen, seit er gehen konnte. Das Kind war die Zielscheibe ihres Zorns. Sie hat den kleinen Kerl grün und blau geschlagen.

Frage: Sie hat ihm den Hintern versohlt?

Mrs. Peterson: Wenn es nur das gewesen wäre! Ich habe gesehen, wie sie mit den Fäusten auf ihn einschlug. Sie war eine kräftige Frau, müssen Sie wissen. Sie hatte auch die Gewohnheit, den Jungen in die Arme zu kneifen. Es war traurig, so traurig, daß ich oft in Tränen ausgebrochen bin, wenn der Junge zu mir kam. Er kam zu mir, weil er mit meinen Pflegekindern spielen wollte. Das war, bevor ich ihn von der Fürsorge als Pflegekind zugewiesen bekam. Der Junge hatte Wunden am ganzen Körper.

Frage: War Mrs. Salsbury Alkoholikerin?

Mrs. Peterson: Sie trank, aber als Alkoholikerin würde ich sie nicht bezeichnen. Sie war bösartig. Böse von Natur. Ich glaube auch, sie war etwas schwachsinnig. Ich habe die Erfahrung gemacht, daß manche schwachsinnigen Menschen in Krisensituationen ihre Wut an Kindern auslassen. Die Kinder leiden. Es ist furchtbar, wie die Kinder dieser Menschen leiden.

Frage: Ging sie mit Männern?

Mrs. Peterson: Ob sie Liebhaber hatte? Dutzende. Sie war eine lasterhafte Frau. Sie suchte sich die gemeinsten Männer aus. Die Männer mußten schmutzig aussehen. Arbeiter. Trinker. Einige der Liebhaber hielten es ein Jahr bei ihr aus, andere nur eine Woche oder zwei.

Frage: Dieser Howard Parker, was war mit dem?

Mrs. Peterson: Wenn ich schon den Namen höre!

Frage: Wie lange war Parker mit Mrs. Salsbury zusammen?

Mrs. Peterson: Sechs Monate glaube ich, und dann schritt die Polizei ein. Ein furchtbarer Mensch, wirklich.

Frage: Wußten Sie, was in Mrs. Salsburys Wohnung vor sich ging? Ich meine jetzt die Zeit, als Parker bei ihr wohnte?

Mrs. Peterson: Natürlich nicht, sonst hätte ich sofort die Polizei gerufen. Als das Verbrechen passiert war, kam der kleine Ogden zu mir, ich habe dann sofort die Polizei verständigt.

Frage: Würden Sie für mich wiederholen, was der Junge Ihnen damals gesagt hat?

Mrs. Peterson: Ich spreche nicht gern darüber. Es ist unvorstellbar, was dieser Mann dem Kind angetan hat. Die Frau war natürlich genauso schuld.

Frage: War Parker bisexuell veranlagt?

Mrs. Peterson: Was?

Frage: Ob er sexuelle Beziehungen zur Frauen und zu Männern unterhielt.

Mrs. Peterson: Ich weiß nur, daß er dem kleinen Jungen Gewalt angetan hat. Es ist ... Ich verstehe das nicht. Warum läßt Gott zu, daß Menschen so böse sind. Sehen Sie, ich liebe Kinder. Ich mag sie. Ich liebe Kinder, seit ich denken kann. Mehr als alles andere. Ich kann einen Menschen wie Parker nicht verstehen.

Frage: Ist es Ihnen peinlich, über die Umstände des Verbrechens zu sprechen?

Mrs. Peterson: Ja, schon.

Frage: Bemühen Sie sich bitte, Ihre Hemmungen zu überwinden, und sagen Sie mir, was Sie wissen. Es ist wichtig, daß Sie mir meine Fragen beantworten.

Mrs. Peterson: Wenn es Ogden hilft, gern. Ich muß allerdings sagen, ich bin enttäuscht von dem Jungen. Er hat mich nie wieder besucht. Verstehen Sie das? Ich habe ihn zu mir genommen, als er elf war, ich habe ihn aufgezogen, aber er hat mich nie besucht.

Frage: Das Protokoll der Gerichtsverhandlung ist in machen Punkten unklar. Wie es scheint, wurden einige Dinge nicht so genau formuliert, weil man Veröffentlichungen über den Fall vorbeugen wollte. Der Junge sollte nicht noch mehr Nachteile haben, als er ohnehin schon hatte. So geht zum Beispiel aus dem Protokoll nicht hervor, ob Parker oral oder anal mit dem Jungen verkehrte.

Mrs. Peterson: Dieser Verbrecher!

Frage: Hat der Junge Ihnen nicht gesagt, was Parker mit ihm gemacht hat?

Mrs. Peterson: Beides. Und die Mutter hat es zugelassen. Können Sie sich so etwas vorstellen? Eine durch und durch verdorbene Frau. Das Kind war völlig hilflos.

Frage: Es tut mir leid, daß Ihnen das so nahegeht. Der Junge war verletzt, als er zu Ihnen kam?

Mrs. Peterson: Es geht mir nahe, weil das Kind völlig unschuldig war. Ogden war diesen beiden Monstren hilflos ausgesetzt.

Frage: Ist es Ihnen angenehmer, wenn wir jetzt auf die Jahre zu sprechen kommen, als Ogden schon unter Ihrer Obhut war?

Mrs. Peterson: Zu Beginn haben Sie mir gesagt, diese Untersuchung geschieht in Ogdens Interesse. Also werde ich Ihnen auch sagen, was vorher geschah, in der Zeit, als der Junge unter der Fuchtel seiner Mutter und ihres Liebhabers war. Dieser Mann hat den Kleinen mißbraucht, jawohl! Das ging monatelang so, der Junge hat es mir erzählt. Er hatte Angst, sich irgend jemandem zu offenbaren. Die Mutter hat zugesehen. Eine lasterhafte Person. Krank. Jawohl, krank.

Frage: Was war der unmittelbare Anlaß, warum der Junge zu Ihnen flüchtete?

Mrs. Peterson: Es war mitten in der Nacht. Ogden war verletzt. Er kam zu mir und sagte, der Mann hätte ihn anal mißbraucht. Das arme Kind zitterte wie Espenlaub. Er weinte. Parker hatte ihn geschlagen. Die Lippen waren blutig. Er hatte einen Bluterguß unter einem Auge. Ich habe den Kleinen sofort ins Krankenhaus gebracht. Er mußte genäht werden. Er ist eine ganze Woche im Krankenhaus gewesen.

Frage: Nachher sind Sie dann von den Behörden zur Pflegemutter für Ogden bestimmt worden?

Mrs. Peterson: Ich hab's gern gemacht. Ogden war ein lieber Kerl. Wie ein richtiger Sohn. So gescheit. Der Lehrer in der Schule hat mir gesagt, dieser Ogden, das wird einmal ein Genie. Er hat dann wirklich eine Reihe von Stipendien bekommen, so gut waren die schulischen Leistungen. Er hat in Harvard studiert! Aber er hat mich nie wieder besucht. Man würde doch meinen, so ein Junge kommt eines Tages zurück und bedankt sich bei seiner Pflegemutter. Nach allem, was ich für ihn getan habe. Aber nein. Er kommt nicht. Nie ist er gekommen. Ich bin allein. Die Behörde sagen, ich darf keine Pflegekinder mehr aufziehen. Der Bescheid erging, als mein zweiter Mann starb. Sie sagen, Kinder brauchen Vater und Mutter. Eine Mutter genügt nicht. Sie sagen auch, ich bin schon zu alt. Eine verrückte Welt, nicht? Sie lassen die Kinder bei Leuten, die sie grün und blau schlagen, wenn die Eltern nur jung genug sind. Alte Menschen wie ich dürfen keine Kinder betreuen, obwohl ich Kinder liebe. Ich liebe Kinder wirklich, ich meine, das ist alles, was zählt. Ich liebe Kinder mit allen ihren Eigenarten, laut, sprunghaft, eigensinnig, das macht nichts. Habe ich nicht mein ganzes Leben den Kindern gewidmet? Ich bin nicht zu alt, um Kinder zu betreuen. Wenn ich bloß dran denke, wie Kinder in kaputten Familien leiden…

Die zweite Hälfte des Berichts bestand aus der Niederschrift eines Gesprächs, das der Detektiv mit Mrs. Petersons erstem Mann geführt hatte. Der Mann hatte sie geheiratet, als Ogden Salsbury bereits ihr Pflegekind war.

Ich sprach mit Mr. Allen J. Barger, der jetzt 83 Jahre alt ist, im Evins-Maebry-Altersheim in Huntington, Long Island. Das Gespräch fand am 24. Januar 1975 statt. Der Unterhalt für Mr. Barger wird von seinen drei Kindern aus der zweiten Ehe gezahlt. Mr. Barger zeigt Folgeerscheinungen von Senilität, er leidet an Bewußtseinstrübungen und Erinnerungslücken. Ich sagte ihm nicht, daß ich das Gespräch auf Band aufnahm.

Dawson blätterte im zweiten Teil des Berichts, bis er die farbig markierten Abschnitte gefunden hatte.

Frage: Haben Sie noch eine Erinnerung an die Pflegekinder, die Sie während der Ehe mit Carrie zu sich genommen haben?

Mr. Barger: Ich habe die Pflegekinder nicht zu mir genommen, sie hat sie zu sich genommen.

Frage: Haben Sie noch eine Erinnerung an diese Pflegekinder?

Mr. Barger: Ratten!

Frage: Wie meinen Sie das?

Mr.Barger: Ich denke nicht gern an die Kinder.

Frage: Ihre Frau liebte die Pflegekinder, aber Sie hätten die Kinder am liebsten aus dem Haus gehabt, nicht?

Mr. Barger: Die ganzen schmutzigen Gesichter am Tisch, wenn ich von der Arbeit heimkam! Meine Frau sagte, sie brauchte das Geld, das ihr der Staat für die Pflege der Kinder gab. Wir lebten in großen Depressionen. Sie brauchte das Geld, sagte sie, aber sie hat's vertrunken.

Frage: War Carrie Alkoholikerin?

Mr. Barger: Als wir heirateten, nein. Während der Ehe begann sie zu trinken.

Frage: Können Sie sich an ein Kind namens...

Mr. Barger: Mein Fehler war, daß ich, als ich mich zur Ehe mit ihr entschloß, nicht auf den Charakter gesehen hab'.

Frage: Können Sie mir das etwas näher erklären?

Mr. Barger: Meine zweite Frau habe ich geheiratet, weil sie einen guten Charakter hatte, bei ihr habe ich nicht so auf das äußere Erscheinungsbild gesehen. Deshalb hat die zweite Ehe auch gut funktioniert. Aber mit Carrie... Wissen Sie, ich war damals schon vierzig, und ich war's leid, jedes Wochenende zu einer Prostituierten zu gehen. Und dann war plötzlich Carrie da, 26, frisch wie ein Apfel, viel jünger als ich, und sie mochte mich auch, ich brauchte ihr kein Geld zu geben, sie mochte mich trotzdem. Ich habe damals nicht mit dem Kopf gedacht, sondern mit dem Unterleib. Ich hab' sie geheiratet, weil sie einen hübschen Körper hatte. Wie sie im Kopf beschaffen war, hat mich nicht interessiert. Und das war der Fehler.

Frage: Ich verstehe, was Sie meinen. Können Sie mir jetzt sagen, ob Sie sich an einen Jungen namens...

Mr. Barger: Sie hatte ausgesprochene Prachttitten.

Frage: Wie bitte?

Mr. Barger: Brüste. Sie hatte wunderschöne Brüste.

Frage: Wenn Sie mir jetzt bitte sagen würden, ob Sie sich an einen Jungen...

Mr. Barger: Sie war gut im Bett, kann ich Ihnen sagen. Allerdings hatte sie wenig Zeit für mich. Die Pflegekinder. Ich weiß auch nicht, warum ich das überhaupt zugelassen habe. Sie nahm die Pfle-

gekinder an, wie sie kamen, einfach so. Wir hatten nie weniger als vier, meist sogar sechs oder sieben. Carrie sagte mir, sie hätte sich immer eine große Kinderschar gewünscht. Daran lag's wohl. So eine richtige Mutter ist sie den Pflegekindern aber nicht gewesen. Für sie war das nur eine Art Traum. Was Romantisches.

Frage: Wie meinen Sie das?

Mr. Barger: Sie träumte davon, viele Kinder um sich zu haben. Aber wenn die Kinder wirklich da waren, dann war das alles nicht mehr so wichtig. Sie hatte die Kinder nicht im Griff, die konnten mit ihr machen, was sie wollten. Ich konnte mich um die Erziehung nicht kümmern, ich hatte meinen Beruf am Hals. Wenn ich nach Hause kam, war ich so müde, daß ich nur noch ans Ausruhen dachte. Ich hatte wirklich keine Lust, hinter den Kindern herzujagen. Mir waren die Kinder egal, wenn ich nur meine Ruhe hatte. Die Kinder wußten das, sie haben das auch respektiert. Verdammt noch mal, es waren ja nicht meine Kinder, oder?

Frage: Erinnern Sie sich an einen Jungen namens Ogden Salsbury?

Mr. Barger: Nein.

Frage: Der Junge hatte vorher in Ihrer Nachbarschaft gelebt, und als die Polizei die Mutter in Haft nahm, wurde der Junge in Pflege gegeben, und zwar zu Ihnen.

Mr. Barger: Sie meinen zu Carrie.

Frage: Können Sie sich wirklich nicht mehr an Ogden Salsbury erinnern? Seine Mutter hatte jede Menge Liebhaber, und einer dieser Männer, ein gewisser Parker, hat den Jungen vergewaltigt. Kindsmißbrauch. Ihre Frau muß Ihnen davon erzählt haben.

Mr. Barger: Jetzt, wo Sie's sagen, erinnere ich mich. Ogden. Er kam in einem sehr ungünstigen Augenblick.

Frage: Wie meinen Sie das, in einen ungünstigen Augenblick?

Mr. Barger: Weil wir damals nur Mädchen als Pflegekinder hatten.

Frage: Nur Mädchen? Wie kam das?

Mr. Barger: Carrie hatte sich das irgendwo in den Kopf gesetzt. Zwei oder drei Jahre lang nahm sie nur Mädchen. Sie hoffte wohl, Mädchen sind leichter unter Kontrolle zu halten. Jedenfalls war Ogden zwei oder drei Jahre lang der einzige Junge im Haus.

Frage: Und warum meinen Sie, daß das ungünstig war für ihn?

Mr. Barger: Weil die Mädchen wußten, daß er von Parker verge-

waltigt worden war. Sie hänselten ihn und verspotteten ihn wegen der Sache. Er bekam dann immer einen Wutanfall, schrie die Mädchen an. Die Mädchen fanden das wunderbar, das war es ja, was sie wollten. Sie setzten dann noch etwas Spott obendrauf, Ogden fiel wieder drauf rein und immer so weiter. Ich habe ihn, wenn das Zanken gar zu schlimm wurde, beiseitegenommen, um von Mann zu Mann mit ihm zu reden. Ich habe ihm gesagt, er soll sich nicht drum kümmern, was die Mädchen sagen. Ich habe ihm erklärt, Frauen sind nur zum Ficken und zum Kochen da. Später, als ich meine zweite Frau kennenlernte, habe ich meine Meinung zu diesen Dingen geändert, aber damals dachte ich noch so. Wie dem auch sei, Ogden hat's sehr geholfen. Es hat ihm geholfen, über die Hänseleien wegzukommen.

Es gab einen zweiten Bericht, den Dawson außerordentlich aufschlußreich fand. In diesem Bericht war ein Gespräch wiedergegeben, das der Detektiv mit Laird Richardson, einem Beamten im Bereich Innere Sicherheit des Pentagons, geführt hatte. Der Detektiv hatte Richardson 500 Dollar gegeben, und dafür hatte ihn dieser über den Inhalt der Akte informiert, die vom Pentagon über Salsbury geführt wurde. Wie bei dem ersten Bericht, so hatte Dawson auch hier die wichtigsten Abschnitte farbig kenntlich gemacht.

Frage: Welcher Art sind die Forschungsprojekte, die Salsbury für das Pentagon durchführt?

Richardson: Was auch immer es ist, für das Pentagon muß es verdammt wichtig sein. Die sind für diesen Hurensohn in den vergangenen zehn Jahren mit großen Beträgen in die Bresche gesprungen, unabhängig von dem Geld, das er für die Forschungsprojekte erhält. So was tut das Pentagon nur, wenn es sich davon eine gute Rendite erwartet.

Frage: In die Bresche gesprungen, wie meinen Sie das?

Richardson: Er nimmt sich ein paar Prostituierte, mißhandelt sie, und das Pentagon zahlt die Krankenhausrechnung und ein Schmerzensgeld.

Frage: Er mißhandelt die Prostituierten?

Richardson: Mit den Fäusten.

Frage: Wie oft kommt so was vor? Ich meine, daß das Pentagon mit Geld einspringen muß, um die Sache zu vertuschen?

Richardson: Ein- oder zweimal pro Jahr.

Frage: Trifft sich Salsbury regelmäßig mit Prostituierten?

Richardson: Immer am ersten Wochenende des Monats. Das ist der Takt, den er einhält, pünktlich wie ein Roboter. Man kann seine Uhr nach diesem Mann stellen, es ist unheimlich. Seine normale Tour geht quer durch die Massagesalons in Manhattan, dabei sucht er sich ein paar Mädchen aus, die er dann in ein Hotelzimmer bestellt. Außerdem ruft er noch Callgirls dazu. Wenn dann eine bei der Gruppe ist, die ein ganz bestimmtes Aussehen hat, eine Erscheinung, die ihn antörnt, schlägt er sie.

Frage: Wie muß die Frau aussehen, damit sie ihn antörnt?

Richardson: Meist sind es blonde Frauen, auf die er abfährt, aber es gibt Ausnahmen. Meistens welche mit bleicher Gesichtsfarbe, aber auch da gibt es Ausnahmen. Es gibt eine Konstante. Die Frau muß klein *sein. Nicht größer als 152 bis 156 Zentimeter. Gewicht nicht über 45 Kilo. Weiblich muß sie sein, hübsch im Gesicht, mit gutem Busen. Vor allem aber zart, hilflos und verletzlich.*

Frage: Warum bevorzugt er diesen Typus Frau?

Richardson: Das Pentagon hat auf ihn eingewirkt, bis er sich einer psychoanalytischen Behandlung unterzog. Aber die Behandlung mußte nach der ersten Sitzung abgebrochen werden. Salsbury weigerte sich, die Behandlung fortzusetzen. Immerhin hat der Psychiater bei der ersten Sitzung eines herausbekommen. Es ist nicht so sehr das Äußerliche, was ihn bei der Partnerin antörnt. Sie kann körperlich auch robust ausgestattet sein, wenn nur die Ausstrahlung stimmt. Sie muß nicht verletzlich sein*, sie muß verletzlich* wirken*, nur dann spürt er die Lust, auf die Frau einzuschlagen, und auf diesen Kitzel scheint es ihm anzukommen.*

Frage: Damit ich Sie richtig verstehe, wenn er den Eindruck hat, die Frau sei ihm gleichwertig oder überlegen, läßt er sie in Ruhe. Aber wenn er das Gefühl hat, er könnte über sie dominieren ...

Richardson: Dann tut das Mädchen gut, wenn es vor dem Liebestreff mit ihm nachprüft, ob die Prämie für ihre Krankenversicherung bezahlt ist.

Frage: Getötet hat er keine dieser Prostituierten, oder?

Richardson: Nein, aber ein paarmal war er nahe dran.

Frage: Sie sagten eingangs, das Pentagon springt mit Geld ein, um die Sache unter den Teppich zu kehren. In welcher Form geschieht das, wie muß ich mir das vorstellen?

Richardson: Der Agent fährt ins Hotel, wo die Sache passiert ist. Jemand aus der Abteilung Innere Sicherheit macht das.

Frage: Und dann?

Richardson: Der Agent kümmert sich um das mißhandelte Mädchen, er bezahlt die Krankenhausrechnung und gibt ihr eine Barsumme als Schmerzensgeld. Die Höhe des Schmerzensgelds hängt von der Schwere der Verletzungen ab.

Frage: Ist Salsbury für das Pentagon kein Sicherheitsrisiko?

Richardson: Nein, in keiner Weise. Wenn er insgeheim homosexuell wäre, ja. Aber seine Neigungen sind allgemein bekannt. Er ist also nicht erpreßbar. Niemand kann ihm drohen, daß er ihn beim Pentagon verpfeift. Wir wissen ja bereits alles über ihn, und Salsbury weiß, daß wir es wissen. Wenn er mit dem Mädchen fertig ist, ruft er eine bestimmte Telefonnummer im Pentagon an und gibt durch, wo er sich befindet. Innerhalb einer Stunde ist ein Agent im Hotel, räumt auf, kümmert sich um das Mädchen, regelt das Finanzielle.

Frage: Ein schmutziges Spiel, und Sie machen mit. Ekelt Sie das nicht an?

Richardson: Um die Wahrheit zu sagen, ja. Ich kann nicht verstehen, warum meine Dienststelle die Hand über diesen Hurenbock hält. Der Mann ist krank. Durch und durch verdorben. Der gehört in eine Zelle, bis ans Ende seines Lebens. Einzelhaft.

Frage: Wissen Sie, daß er als Kind mißbraucht worden ist?

Richardson: Das steht in seiner Akte, ja. Aber deshalb kann er mit dem Rest der Menschheit nicht so umspringen, wie er's tut. Daß jemand eine unglückliche Jugend gehabt hat, entschuldigt nicht alles. Was mich angeht, ich habe kein Mitleid für diesen Mann. Wenn ich an all die Strichmädchen denke, die wegen Salsbury im Krankenhaus gelandet sind, mit gebrochenem Kiefer, mit Blutergüssen um die Augen ... Glauben Sie, den Mädchen tut es weniger weh, weil Salsbury nicht voll verantwortlich ist für das, was er tut? Ich habe liberale Ansichten, wirklich, aber daß man Kriminelle wie Salsbury im nachhinein entmündigt, finde ich unsinnig. Der Mann gehört verurteilt und ins Gefängnis gesteckt. An einem einsamen Ort, wo es im Umkreis von tausend Meilen keine Frau gibt.

Dawson legte den Bericht in den Ordner zurück. Er ließ den Ordner in die Schublade sinken. Er schloß die Schublade.

Er faltete die Hände zum Gebet. O Herr, gib mir die Kraft, das Chaos zu ordnen, das Salsbury in Black River angerichtet hat. Wenn ich das Leck gestopft habe, wenn der Feldversuch planmäßig zu Ende gebracht ist, werde ich Salsbury und Klinger die Droge verpassen. Dann werde ich die beiden nach Belieben manipulieren können. Die Vorbereitungen dazu sind bereits getroffen, du weißt das, o Herr. Ich werde Salsbury und Klinger DEINER Herde zuführen, der Mantel DEINER Gnade soll sie streifen. Nicht nur Salsbury und Klinger werden zu DEINER Herde stoßen, sondern alle Menschen in dieser Welt. Satan wird keine Seele mehr rauben können. Es wird der Himmel auf Erden sein. Frieden auf der Welt, im milden Schein DEINER Liebe.

14 Uhr 55

Sam hatte Salsburys Artikel vorgelesen. Er schloß den Jahresband. »Schlimm«, sagte er. »Sehr schlimm.«

»Jetzt haben wir wenigstens eine Ahnung, was in Black River vorgeht«, sagte Paul.

»Ich schaue da nicht durch«, sagte Jenny. »Ein Artikel voller Expertenlatein, mehr nicht. Das Ego muß gebrochen werden, Psychodrogen, Kodeworte, Gedankenterror, Befriedigung der breiten Masse durch Änderung der Verhaltensmuster. Unterschwellige Botschaften im Dienste der Menschheit...« Sie schüttelte den Kopf. »Für mich ist Salsbury verrückt. Ein Fall für den Psychiater.«

»Salsbury ist ein Nazi«, sagte Sam. »Einer ohne Parteibuch. Er ist ein Nazi im Geiste. Eine ganz besondere Art des Wahnsinns. Eine sehr gefährliche Spezies. Das Schlimmste ist, es gibt in unserem Land Hunderttausende wie ihn, Menschen, die jedes Wort unterschreiben würden, das in diesem Artikel steht. Sie alle wollen eine Gesellschaft, die zu ihrem eigenen Besten manipuliert wird.«

Das Krachen des Donners hörte sich an, als sei der Himmel in zwei eherne Hälften zersprungen. Eine Bö schlug gegen das Haus. Das Rauschen des Regens wurde lauter.

»Es kommt jetzt nicht darauf an, ob Salsbury medizinisch gesehen ein Wahnsinniger ist oder nicht«, sagte Paul. »Von Belang ist in diesem Augenblick nur, daß er von der Planung zur Ausführung übergegangen ist. Er ist dabei, das wahnwitzige Projekt in die Wirklichkeit umzusetzen. Mein Gott, er ist dabei, Black River in seinem Sinne zu programmieren. Wir sind die Versuchskaninchen. Das erklärt auch die merkwürdigen Krankheitsfälle.«

»Wenn es so ist, warum sind Daddy und ich dann nicht krank geworden?« wandte Jenny ein. »Salsbury sagt in seinem Artikel, das Programm wirkt nicht bei Kindern, weil Kinder noch nicht mit Sex und Tod in Berührung gekommen sind. Davon, daß es auch Erwachsene geben könnte, bei denen die Programmierung durch unterschwellige Botschaften versagt, steht nichts in dem Artikel.«

»Ich wüßte eine Erklärung, warum du und dein Vater von der Programmierung nicht erfaßt wurden«, sagte Paul.

»Ich auch«, sagte Sam. »Das erste, was ein Pharmakologe lernt, ist die unterschiedliche Wirkungsweise der Wirkstoffe auf die Menschen. Penicillin hilft bei vielen, aber es gibt auch Menschen, wo der Stoff keinerlei Wirkung hinterläßt. Bei Sulfonamiden ist es ähnlich. Es kann an den Genen liegen, am unterschiedlichen Stoffwechsel, jedenfalls gehören wir beide zum kleinen Kreis derer, die von Salsburys Droge nicht wirksam erfaßt worden sind.«

»Dafür danke ich Gott«, sagte Jenny. Sie bedeckte die Gänsehaut auf ihren Armen mit den Händen.

»Ich wundere mich trotzdem, warum die Zahl derer, die von der Droge verschont geblieben sind, nicht größer ist«, sagte Paul. »Wir sind im Sommer. Die Leute machen Ferien. War denn niemand aus Black River verreist, als die Droge ins Trinkwasser gemischt wurde?«

»Das Rätsel erklärt sich aus dem Arbeitsrhythmus der Sägemühle«, sagte Sam. »Wenn Schnee fällt, ruht die Arbeit. Also werden die Ferien der Arbeiter auf den Winter gelegt. Auch die Angestellten nehmen ihren Urlaub im Winter.«

Paul hatte das Gefühl, als sei er von einer Riesenhand auf einen Plattenteller gestellt worden, der sich schneller und schneller dreht. Ein Teufelsrad. In seinem Kopf schwirrten die Ausdrücke und Fachbezeichnungen, die Salsbury in seinem Artikel gebraucht hatte. »Ich weiß, warum Mark, Rya und ich nicht programmiert wurden«, sagte er leise. »Wir sind zu einem Zeitpunkt in Black River angekommen, als die Droge bereits aus dem Reservoir in die Verbrauchsleitungen geflossen war. Wir haben im Zelt auch keinen Fernseher, so daß wir den unterschwelligen Botschaften nicht ausgesetzt waren. Alle anderen sind programmiert. Salsbury hat volle Kontrolle über Black River.«

Sie sahen sich an. Das Entsetzen stand zwischen ihnen, unsichtbar und doch spürbar wie ein Eisenhauch. Draußen zuckten die Blitze. Der Regen rauschte. Der Sturm zerrte an den Fensterläden.

Es war Sam, der als erster die Sprache wiederfand. »Wir alle sind beeindruckt vom technischen Fortschritt und von den umwälzenden Entwicklungen in der Technologie, aber wir vergessen dabei, daß die Medaille auch ihre dunkle Seite hat.« Er stand an den Kaminsims gelehnt, den Band in der Rechten. »Je komplexer die Gesellschaft sich entwickelt, um so störanfälliger werden ihre einzelnen Teile. Es wird ein Zustand erreicht, wo ein Verrückter mit einem Druck auf den Knopf alles zunichte machen kann. Es macht dabei keinen Unterschied, ob der Verrückte mit guten Vorsätzen handelt wie jene, die den Menschen das Glück aufzwingen wollen, oder ob der Täter eine dämonische Persönlichkeit ist, jemand, der sich am Opfertod der Menschen weidet. Wenn jemand einen Staatschef umbringt, dann bewirkt er damit Umwälzungen in der Innen- und Außenpolitik des Landes. Ein einziger Mensch ist heute in der Lage, genügend Bazillen herzustellen, um alle Menschen in der Welt zu vernichten, es genügt eine gute Ausbildung in Biologie und etwas Entschlußkraft. Ein einziger Mensch kann eine Atombombe herstellen. Er braucht dazu eine gewisse Begabung in Physik und ein paar Pfund Plutonium. Es ist nicht so fürchterlich schwer, sich ein paar Pfund Plutonium zu verschaffen, wenn man's unbedingt haben will. Der Mann baut die Bombe und deponiert sie in New York, das Ding ist nicht größer als ein Koffer. Er löscht zehn Millionen Menschen aus, weil ... vielleicht, weil er in Manhatten mal beklaut worden ist, oder weil er vor sieben Jahren in der Bronx für falsches Parken bestraft worden ist und die Handlungsweise des Polizisten als ungerecht empfindet.«

»Salsbury ist nicht allein«, sagte Jenny. »Er hat Helfer.«

»Der Meinung bin ich auch.«

»Die Investition für ein Programm, wie es in dem Artikel beschrieben ist, würde Millionen verschlingen«, sagte Paul. »Es wäre logisch, wenn ein großes Konsortium dahintersteckt.«

»Nein«, sagte Sam. »In einem solchen Konsortium sind zu viele Menschen an den Entscheidungen beteiligt. Irgend jemand würde plaudern. Die Sache würde bis zur Presse durchdringen, bis zu den Medien, ein Skandal wäre die Folge.«

»Vielleicht hat ein reicher Einzelgänger das Programm finanziert«, sagte Jenny. »Jemand von der Sorte Onassis oder Howard Hughes.«

Sam kraulte seinen Bart. »Das wäre denkbar. Aber warum gibt keiner von uns die naheliegende Antwort auf die Kernfrage? Warum zögern wir, die Dinge beim Namen zu nennen?«

»Du meinst, daß die Regierung dahintersteckt«, sagte Paul.

»Genau das meine ich«, sagte Sam. »Wenn es so ist, wenn Salsbury für die Regierung der Vereinigten Staaten arbeitet, für den CIA oder für den militärischen Bereich, dann können wir einpacken. Das ist das Ende, nicht nur für uns drei, sondern für alle Amerikaner.«

Paul war ans Fenster getreten. Er wischte die Tropfen ab und starrte auf die windgepeitschten Bäume hinaus, auf den Regen, der in dichten Schleiern durch die Düsternis getragen wurde. »Wäre es denkbar, daß nicht nur Black River programmiert wurde? Daß der Rest des Landes auch schon programmiert ist?«

»Nein«, sagte Sam. »Wenn das Programm auf nationaler Ebene eingesetzt würde, befände sich Salsbury in Washington, wo die Entscheidungen getroffen werden, wo man die Ausführung auf breiter Ebene überwachen kann.«

»Dann ist das mit Black River ein Feldversuch. Ein Test in einem eng abgesteckten Gebiet.«

»Wahrscheinlich.«

»Und das spricht für die These, daß die Regierung *nicht* dahintersteckt«, sagte Sam. »Die Regierung würde so was in einem Gebiet testen, wo sie hundertprozentige Kontrolle hat. In einer Militärbasis zum Beispiel. Aber nicht hier, in einem kleinen Ort in den Bergen.«

Die Blitze zuckten, und Paul vermeinte, das Gesicht seiner toten Frau in der Scheibe zu erkennen. Wieder ein Blitz. Mark. Er bedeckte seine Augen mit der Hand.

Annie und Mark. Die beiden waren für die Wissenschaft gestorben, als Blutopfer für den neuen Gott, der Technologie hieß. Annie war zu einer ganz normalen Blinddarmoperation ins Krankenhaus eingeliefert worden. Der Anästhesist hatte ihr ein brandneues Anästhetikum gegeben, das Beste und Modernste, viel wirksamer als Äther, viel einfacher zu verabreichen als Panthenol. Einfacher für den Anästhesisten. Annie war operiert worden, aber sie war nicht mehr aufgewacht aus der Narkose. Die beste, modernste und wirksamste Droge hatte ihre Leber zerstört. Was die Ärzte des Hospitals zu Freudenstürmen veranlaßte, war die Leber, ein Organ, das sich selbst regenerierte, wenn man ihm genügend Zeit dazu ließ. Alles, was man tun mußte war, Annie auf Intensivstation zu legen, ihren Kreislauf an Maschinen anzuschließen. Irgendwann würde die Leber wieder zu arbeiten beginnen. Nach fünf Wochen Intensivstation fütterten die Ärzte alle Daten in den Computer. Der Computer sagte, die Patientin war jetzt soweit, daß sie in ein normales Einzelzimmer gelegt werden konnte. Sie hatte sogar, Triumph der Medizin, ihr Bewußtsein wiedererlangt. Elf Wochen später bestimmte der Computer, daß die Patientin nach Hause entlassen werden konnte. Annie fühlte sich alles andere als wohl, aber wenn's der Computer sagte, war's wohl richtig. Sie fügte sich und ging nach Hause.

Sie war zwei Wochen zu Hause, als sie einen Rückfall erlitt. Sie starb innerhalb von 48 Stunden. Paul hatte oft über den Tod seiner Frau nachgedacht. Wenn er doch Medizin studiert hätte, er hätte sie vielleicht retten können. Aber das zu denken, tat weh und brachte nichts. Er hatte versagt. Er hätte den Ärzten im Krankenhaus sagen müssen, sie sollten bei der Narkose Äther benutzen oder eine auf breiter Ebene erprobte und langjährig eingesetzte Substanz. Er hätte ihnen sagen sollen, sie sollten sich ihren Computer sonstwohin stecken. Aber er hatte genickt, als man ihm das neues Anästhetikum vorschlug. Er hatte Vertrauen in die Technologie. Das Mittel war *neu*. Jeder Amerikaner wurde dazu erzogen, Achtung und Ehrfurcht vor dem Neuen zu haben. Viele von ihnen starben für diese Überzeugung.

Nachdem Annie tot war, hatte Paul so etwas wie Mißtrauen gegen die Technologie entwickelt. Er hatte die Bücher von Paul Ehrlich gelesen. Zurück zu den Quellen. Die jährlichen Fahrten nach Black River waren für ihn mehr als ein Erholungsprogramm. Er hatte vor, seine Kinder aus der Zange der Wirtschaft zu befreien; sie freizumachen von der Stadt, wo man dem Götzen Technologie diente. Sie sollten lernen, in Harmonie mit der Natur zu leben.

Es war ein unmöglicher Traum, das hatte Paul inzwischen eingesehen. Man rannte vor der Technologie weg, aber der Götze war schneller. Es gab keinen Fluchtweg mehr, kein Versteck. Die Fangarme der Stadt, der Lebensstil, der dort praktiziert wurde, all das reichte bis weit ins Land hinein, bis in die entlegensten Berge und Wälder. Es gab einen anderen Aspekt. Wenn man sich um den Fortschritt der Wissenschaft nicht kümmerte, wurde man zum ahnungslosen Opfer. Er zum Beispiel hatte sich nicht sachkundig gemacht über die neue Entwicklung auf dem Gebiet der Narkose. Er verstand wenig bis nichts von Medizincomputern, wie sie in den Krankenhäusern zum Einsatz kamen. Das hatte dazu geführt, daß er die Entscheidung, was das Narkosemittel anging, den Ärzten überließ. Er hatte, wie die Ärzte auch, dem Computer vertraut, Annie war daran gestorben. Mark. Auch er war ein Opfer der Sorglosigkeit seines Vaters geworden. Paul Annendale hatte sich nie für das Gebiet der unterschwelligen Botschaften interessiert. Das ging ihn nichts an, hatte er gemeint. Mark war gestorben, weil sein Vater die Gefahr, in die er sich begab, nicht vorausgesehen hatte. Es gab, wenn man zu Ende dachte, nur einen Weg, wie man in diesem Teil des Jahrhunderts überleben konnte. Man mußte in die Technologie, in den Fortschritt eintauchen, mitschwimmen, sich auf der Woge forttragen lassen, nur dann hatte man genügend Kraft, um mit den Armen zu rudern und an der Oberfläche zu bleiben. Es hatte keinen Zweck zu flüchten. Um den neuen Herausforderungen zu begegnen, mußte man stark sein.

Er löste den Blick von den regentriefenden Bäumen. »Es hat keinen Zweck, wenn wir nach Bexford fahren und die Polizei des Staates Maine in die Sache reinziehen«, bestimmte er. »Es gibt doch nur zwei Möglichkeiten. Gesetzt den Fall, es handelt sich um ein Testprogramm der Regierung. In diesem Fall können wir jeden Widerstand vergessen. Im anderen Fall aber wäre es eine große Gefahr, die Regierung auf das Testprogramm aufmerksam zu machen. Es würde sich mit Sicherheit ein militärischer Eierkopf finden, der die Sache in die Regie der Regierung übernimmt. Washington würde sich aller Erkenntnisse bemächtigen, die Salsbury gewonnen hat, und das Programm gegen mißliebige Gruppen der eigenen Bevölkerung einsetzen.«

Sam Edisons Blick glitt über die Bücherwände, über all das, was über den Machtanspruch des Staates, über Psychologie und Technologie geschrieben worden war. »Du hast recht«, sagte er. »Und jetzt weiß ich auch, warum man aus Black River keine Ferngespräche mehr führen kann.«

»Salsbury hat die Kontrolle über die Telefonzentrale übernommen«, sagte Paul.

»Wenn es so ist, dann hat er auch die Straßen blockieren lassen, die aus Black River herausführen. Wir könnten gar nicht bis Bexford vordringen, auch wenn wir es versuchten.«

»Wir sitzen in der Falle«, sagte Jenny leise.

»Das macht keinen Unterschied«, sagte Paul. »Wir haben eben festgestellt, daß es sowieso keinen Fluchtweg gibt. Daß es keinen Zweck hat wegzulaufen.« Er holte tief Luft. »Ich sehe eine Hoffnung. Wenn Salsbury nicht für die Regierung arbeitet, sondern von einem reichen Industriellen, von einem verrückten Einzelgänger finanziert wird, dann haben wir eine Chance, den Test zu stoppen. Wir können dafür sorgen, daß Black River zugleich die Endstation für Salsbury ist.«

»Du willst Salsbury stoppen?« Sam starrte auf den Fußboden. »Bist du dir darüber im klaren, was du da sagst? Salsbury stoppen, das bedeutet, wir müssen ihn überwältigen, ihn verhören und ihn töten. Einen Mann wie Salsbury kannst du nur ausschalten, indem du ihn tötest. Wir müßten zuvor aus ihm herauskriegen, wer sonst noch in das Testprojekt eingeweiht ist. Wir müßten alle Menschen töten, die von der Formel der Droge Kenntnis haben. Auch jene, die über das geheime Verbreitungssystem für die unterschwelligen Botschaften Bescheid wissen. Zwei Morde. Drei Morde. Vielleicht Dutzende.«

»Und keiner von uns ist ein Killer«, sagte Jenny.

»Du verkennst die Natur des Menschen«, sagte Paul. »Jeder Mensch ist ein potentieller Mörder. Wenn es ums Überleben geht, tötet er. Und hier geht's ums Überleben.«

»Ich habe Menschen im Krieg getötet, als Soldat«, sagte Sam.

»Ich auch«, sagte Paul. »Ein anderer Krieg, aber die Handlung war die gleiche.«

»Das hier ist etwas anderes«, sagte Jenny.

»Es ist nichts anderes«, widersprach ihr Paul. »Wir sind im Krieg. In einem Krieg, den uns Salsbury aufgezwungen hat.«

Ihr Blick suchte seine Hände. Sie stellte sich vor, wie diese Hände aussahen, wenn sie ein Messer oder ein Gewehr hielten, wenn sich die Finger um die Gurgel eines Menschen schlossen.

Er erriet ihre Gedanken. Er hob seine Hände und betrachtete sie. So ähnlich war es, wenn er sich die Hände wusch, nachdem er ein krankes Tier behandelt hatte. Seine Gedanken wanderten in solchen Augenblicken nach Südostasien zurück. Zu wissen, daß er diese Hände zum Töten als auch zum Heilen benutzen konnte, war eine Last, die ihn befangen machte. Man wusch sich, und die Hände waren sauber, ob man damit einen Menschen geliebt oder getötet hatte, sie waren sauber. Die Moralbegriffe, dem Menschen archetypisch mitgegeben, waren Segen und Fluch zugleich. Segen, weil sie es dem Menschengeschlecht ermöglichten, die meiste Zeit in Harmonie miteinander zu leben. Fluch, weil sie ein schlechtes Gewissen zeugten, wenn der Mensch, um zu überleben, einen anderen Menschen tötete. Das Gewissen kümmerte sich nicht darum, ob die Tat erforderlich, ob sie unvermeidbar war.

»Wir leben am Ende des zwanzigsten Jahrhunderts«, dachte er. »Um zu überleben, müssen wir unsere Entscheidungen mit der kühlen Intelligenz einer Maschine treffen.«

Edel zu handeln, war den Schwachen vorbehalten, jenen, die von der Woge des Neuen zerschmettert wurden.

»Die anderen oder wir«, sagte er. »Der Schlachtruf der Wahnsinnigen. Nur ist es diesmal nicht der Täter, der's sagt, sondern das Opfer. Die Bedrohung ist Wirklichkeit.«

Jenny schien die Idee akzeptiert zu haben, daß man Morde in Kauf nehmen würde, wenn es um die Ausschaltung Salsburys ging. Wie fast alle Menschen, so hatte auch sie schon Lust verspürt, einen anderen Menschen zu töten. Sie hatte der Versuchung widerstanden. Inzwischen lag die Situation anders. Mord war der einzige Ausweg, um zu überleben. Der Schutz, den Jenny um sich aufgebaut hatte, war zerbrochen.

Sie sah Paul in die Augen. »Nehmen wir einmal an, wir können uns dazu bringen, Salsbury zu töten. Wie sollten wir das anfangen? Er hat mit den Programmierten Hunderte von Leibwächtern, die ihn bis zur Selbstaufgabe verteidigen werden. Er kann jeden dieser Menschen zum Killer werden lassen, sie folgen willenlos seinen Befehlen. Was tun? Ist es richtig, wenn wir hier sitzen bleiben und abwarten, ob es vielleicht so gut ist, zu einem Schwätzchen hereinzuschauen?«

Sam hatte den Jahresband der psychologischen Zeitschrift in die Lücke im Bücherschrank zurückgeschoben. »Mir fällt da was ein...« Seine Augen irrten von Jenny zu Paul. »Was meint ihr, was tat Salsbury, als er Rya im Türrahmen stehen sah? Was tat er als erstes?«

»Er stürzte sich auf sie und versuchte sie festzuhalten«, sagte Jenny.

»Falsch.«

»Er gab Bob Thorp den Befehl, sie zu töten.«

»Auch falsch. Überlegt doch mal. Salsbury konnte doch davon ausgehen, daß Rya programmiert war, daß sie wie die anderen Zombies reagieren würde.«

Jenny sog den Atem durch die Schneidezähne. »Der Code«, sagte sie leise. »Er hat die Codeworte gebraucht, so wie er es in seinem Artikel beschrieben hat. Er war sicher, er könnte sie *erschließen*, so war doch der Ausdruck. Wenn er sie erschloß, hatte er völlige Kontrolle über sie, sie würde ihm dann nicht mehr weglaufen.« Jenny schloß die Augen. »Und das bedeutet, Rya muß die Codeworte gehört haben.«

»Wenn es so ist, und wenn sie sich an die Codeworte erinnert, dann werden *wir* Black River kontrollieren, wir werden Salsbury den Ort wieder abnehmen. Die Leute würden seinen Weisungen keine Folge mehr leisten. Er wäre allein.«

6. Kapitel

15 Uhr 15
Dr. Troutman, der Arzt des Ortes, betrat das Büro des Polizeichefs. Er trug seine schwarze Hebammentasche in der Rechten und eine Tafel Nußschokolade in der Linken. Er war zufrieden mit sich und der Welt. Während er an der Scheibe entlangging, hatte er ein Lied gesummt.

Das Summen verstummte. »Sie wollten mich sprechen, Mr. Thorp?«

Noch bevor Thorp etwas sagen konnte, trat Salsbury aus der Nische am Fenster hervor. »Ich bin der Schlüssel.«

»Ich bin das Schloß.«

»Im übernächsten Raum, wenn Sie den Flur entlanggehen, wartet Buddy Pellineri«, sagte Salsbury. »Sie kennen ihn, oder?«

»Ob ich Buddy Pellineri kenne?« Dr. Troutman runzelte die Stirn. »Natürlich kenne ich Buddy.«

»Ich habe ihm gesagt, er hat sich mit einem gefährlichen Virus infiziert. Sie würden ihm eine Spritze geben, damit er wieder gesund wird. Sie wissen ja, Buddy ist nicht der Klügste. Er hat keinerlei Fragen gestellt. Er wartet jetzt auf die Spritze.«

»Was für eine Spritze?« fragte Dr. Troutman. Seine ganze Ratlosigkeit klang durch.

»Ich hab' ihm das nur gesagt, um ihn hier festzuhalten. Sie werden ihm kein Serum injizieren, sondern Luft in die Vene.«

Dr. Troutman war schockiert. »Er würde an einer Embolie sterben.«

»Ich weiß.«

»Ich würde ihn töten.«

»Das rate ich Ihnen, Doc.«

Dr. Troutman warf einen hilfesuchenden Blick auf den Polizeichef, der hinter dem Schreibtisch saß. »So etwas kann ich unmöglich tun.«

»Was bin ich, Dr. Troutman?«

»Sie sind der Schlüssel.«

»Sehr gut. Und was sind Sie?«

»Ich bin das Schloß.«

»Sehen Sie. Sie werden jetzt in den Raum gehen, wo Buddy wartet. Sie werden sich nett mit ihm unterhalten. Sie werden dafür sorgen, daß er nicht mißtrauisch wird. Sie werden ihm erklären, daß er gegen einen Virus geimpft werden muß, und statt dessen werden Sie ihm eine Luftspritze in die Blutbahn geben. Es wird Ihnen nichts ausmachen, diesen Menschen zu töten. Sie werden es tun, ohne eine Sekunde zu zögern. Sobald er tot ist, werden Sie den Raum verlassen. Sie werden sich dann nur noch daran erinnern, daß Sie ihm eine Spritze Penicillin gegeben haben. Sie werden vergessen, daß Sie ihn getötet haben. In dem Augenblick, wo Sie die Schwelle des Zimmers überqueren, haben Sie es vergessen. Sie werden zu uns zurückkommen in dieses Büro. Sie werden zu Mr. Thorp sagen: *Ich habe ihm eine Penicillinspritze gegeben, morgen geht's ihm besser*. Danach kehren Sie in Ihre Praxis zurück. Sie werden sich dann nicht mehr an die Unterhaltung erinnern können, die ich mit Ihnen geführt habe. Ist das klar?«

»Ja.«

»Dann *tun* Sie's.«

Dr. Troutman verließ den Raum.

Die Entscheidung, Buddy Pellineri zu eliminieren, hatte Salsbury schon vor zehn Minuten getroffen. Zwar hatte Buddy mit nächtlichem Schüttelfrost und Übelkeit auf die Droge reagiert. Er hatte das Programm zur Gehirnwäsche verabreicht bekommen. Aber er war gefährlich, weil er ein Mensch war, der die eigenen geistigen Fähigkeiten nicht unter Kontrolle hatte. Wenn man ihm den Befehl gab, die beiden Männer zu vergessen, die er in der Nacht vom fünften auf den sechsten August beobachtet hatte, vergaß er sie vielleicht für immer oder nur für ein paar Stunden. Oder er vergaß sie überhaupt nicht. Ein programmiertes Genie war der ideale Sklave. Aber Buddy Pellineri war alles andere als ein Genie. Es war seine Tumbheit, die ihn zum Tode verurteilte.

Schade, daß Buddy sterben mußte, dachte Salsbury. Auf gewisse Weise war er ein hübscher Typ. Liebenswert.

Aber wozu habe ich die Macht, wenn ich sie nicht gebrauche? Ich habe die Macht, und ich werde sie behalten. Ich werde alle Menschen eliminieren, die mir die Macht zu entreißen suchen. Ich werd's ihnen zeigen. Allen werd' ich's zeigen. Dawson. Miriam. Den Huren. Den Experten im College, die meine Arbeit nicht anerkennen wollten. Meiner Mutter. Vor allem aber den Huren. Sie werden sehen, wer ich ... Tat-tat-tat-tat-tat-tat. Niemand kann mir die Macht wegnehmen. Niemand. Niemals.

15 Uhr 20

Rya setzte sich in ihrem Bett auf und gähnte. Sie sah Jenny an. Sie sah Sam an und Paul. Sie verstand nicht, was die drei von ihr wollten.

»Ob du dich erinnern kannst, was der Mann zu dir gesagt hat. Der Mann mit den dicken Brillengläsern.« Es war Paul, der die Frage an seine Tochter formulierte. »Denk gut nach, dann fällt es dir ein.«

Sie saß da und kratzte sich den Scheitel. »Wer bin ...«

»Sie ist noch ganz benommen«, sagte Jenny. »Wir müssen warten.«

Sam hatte am Fußende des Bettes Aufstellung genommen. Sein Blick war auf Jenny gerichtet. »Salsbury weiß, daß wir ihm auf die Schliche gekommen sind«, sagte er. »Er hat keine andere Wahl, als uns zu eliminieren. Sobald ihm eingefallen ist, wie er das am besten schafft, wird er hier auftauchen. Wir können nicht warten, bis die Wirkung des Sedativs nachläßt.« Er wandte sich zu seiner Tochter. »Stell die Kleine unter die kalte Dusche. Lang genug, bis sie aufwacht. Ich mach' derweil Kaffee.«

»Ich mag keinen Kaffee«, sagte Rya.

»Magst du Tee?«

»Ja, Tee.«

Sam eilte nach unten, um Teewasser aufzustellen.

Jenny führte Rya ins Bad, das sich am Ende des Flurs befand.

Paul blieb allein zurück. Er verließ Ryas Zimmer und ging ins Wohnzimmer, wo Marks Leiche auf dem Sofa lag.

Er setzte sich.

Die Dinge sind in Bewegung gekommen, dachte er. Wenn man dem großen, schönen, chromverzierten amerikanischen Traum entgegentritt, gerät vieles in Bewegung. Es kann dann sehr schnell gehen.

15 Uhr 26

Dr. Troutman öffnete die Tür. Sein Blick wanderte zu Bob Thorp. »Ich habe ihm eine Penicillinspritze gegeben«, sagte er. »Morgen geht's ihm besser.«

»Gut«, sagte der Polizeichef. »Dann können Sie ja nach Hause gehen.«

Der Arzt schob sich den letzten Riegel seiner Nußschokolade in den Mund. »Bis nächstens«, murmelte er. Sie hörten, wie er den Flur entlang zum Ausgang schlurfte.

Salsbury wandte sich zu Thorp. »Lassen Sie sich von jemandem helfen, die Leiche ist schwer. Bringen Sie den Leichnam in eine Gefängniszelle. Legen Sie ihn so auf die Pritsche, daß es aussieht, als ob er schläft.«

16 Uhr 14

Das Gurgeln des Regens in der Dachrinne war zu hören.

Im ganzen Raum roch es nach Tee und Zitronen.

Rya wischte sich die Tränen aus den Augen. Plötzlich fiel es ihr ein. »Ich weiß es wieder«, flüsterte sie. »Ich bin der Schlüssel.«

16 Uhr 45

Merkwürdig rasch hatte es zu regnen aufgehört.

Salsbury schob eine Leiste des Rolladens hoch und spähte auf die Union Road hinaus. Der Regen stand in kleinen Seen in den Senken, er bildete Strudel über den Abflußschächten. Von den Bäumen tropfte es wie schmelzendes Wachs.

Er war froh, daß es zu regnen aufhörte. Es war wichtig, daß Dawsons Hubschrauberpilot gute Flugbedingungen hatte.

Er brauchte keine Hilfe. Was er brauchte, war jemand, dem er die Schuld aufbürden konnte, wenn der Test doch noch platzen sollte.

Er dachte über die Möglichkeiten nach, die ihm blieben. Riskant war alles. Er konnte den Polizeichef und seine Leute zum *General Store* senden mit der Order, die Edisons und die Annendales festzunehmen. Das würde wahrscheinlich nicht ohne Blutvergießen abgehen. Ziemlich sicher würde es zu einer Schießerei kommen. Und das war schlecht. Es gab Behörden außerhalb von Black River mit Beamten, die nicht programmiert waren. Die Beamten würden Fragen stellen. Je mehr Leichen es gab, je mehr Todesfälle, für die man eine Erklärung erfinden mußte, um so größer die Gefahr der Entdeckung. Auf der anderen Seite, wenn er die Straßensperren aufrechterhielt, begab er sich in eine Sackgasse hinein. Es war ein Zustand, der sich nicht bis in die Ewigkeit hinein verlängern ließ.

Was, zum Teufel, ging in Edisons Wohnung vor sich? Sie hatten die Leiche des Jungen gefunden, das war ihm berichtet worden. Warum kam der Vater nicht zum Polizeichef gelaufen, um den Mord anzuzeigen? Warum versuchten sie nicht den Ort zu verlassen? Warum benahmen sie sich nicht, wie man es von ihnen erwarten durfte? Alles, was sie wußten, waren Buddys Beobachtungen aus jener Nacht. Daraus ließen sich unmöglich die Zusammenhänge konstruieren für das, was in den letzten Tagen in Black River geschehen war. Edison und Annendale hatten höchstwahrscheinlich keine Ahnung, daß es so etwas wie unterschwellige Botschaften überhaupt gab. Salsbury ließ seine Zunge gegen eine Zahnlücke schnalzen. Er ärgerte sich. Warum hatte er das IF-Transmissionsgerät nicht mitgebracht, mit dem er die Edisons hätte belauschen können. Er hatte die Tasche mit dem Gerät in seinem Zimmer in *Pauline Vickers Rooming House* zurückgelassen.

»Der Regen wäscht alles so schön sauber«, sagte Bob Thorp. Er stand am Fenster.

»Ich bin froh, daß es zu regnen aufgehört hat.«

»Es wird weiterregnen«, sagte Thorp.

Salsbury sah ihn erstaunt an. »Was?«

Bob Thorp brachte ein freundliches Lächeln auf seine Züge, wie Salsbury es ihm bei der Programmierung angewiesen hatte. »Es gibt um diese Jahreszeit immer eine ganze Serie von Gewittern. Die Gewitter sind wie ein Ball, der von einer Bergwand zur anderen fliegt, bis er schließlich einen Ausweg aus dem Tal findet.«

Salsbury dachte an Dawson und den Hubschrauber. Es war nicht gut, wenn es regnete. Gar nicht gut. »Seit wann sind Sie Meteorologe?« fragte er scharf.

»Ich bin kein Meteorologe, aber ich habe mein ganzes Leben in Black River gewohnt, ich kenne das Wetter, ich habe Hunderte von diesen Gewittern erlebt, und ich sage Ihnen...«

»Ich habe gesagt, der Regen ist zu Ende!« donnerte Salsbury. »Es gibt kein Gewitter mehr. Schluß, aus, fertig. Haben Sie mich verstanden?«

Thorp nickte. »Es gibt kein Gewitter mehr.«

»Ich will, daß der Regen zu Ende ist, und der Regen *ist* zu Ende«, sagte Salsbury streitsüchtig. »Habe ich recht?«

»Natürlich.«

»Der Regen ist zu Ende.«

»Ganz recht.«

»Dummer Bulle!«

Thorp schwieg.

»Sind Sie ein dummer Bulle, ja oder nein?«

»Ich bin nicht dumm.«

»Ich habe eben gesagt, daß Sie dumm sind. Haben Sie's nicht gehört? Sie sind dumm wie Bohnenstroh. Nun, Thorp?«

»Sie haben recht.«

»Sagen Sie's.«

»Was?«

»Daß Sie dumm wie Bohnenstroh sind.«

»Ich bin dumm wie Bohnenstroh.«

Salsbury war an das Fenster zurückgekehrt und starrte mißmutig auf die kobaltblauen Gewitterwolken.

»Thorp«, sagte er beiläufig, »gehen Sie für mich zu *Pauline Vickers Rooming House.*«

Der Polizeichef stand auf.

»Mein Zimmer dort ist im ersten Stock, die erste Tür rechts, wenn Sie von der Treppe kommen. Die Tür ist offen. Auf dem Bett steht eine Ledertasche. Holen Sie mir diese Ledertasche.«

16 Uhr 55
Die vier im *General Store* hatten den rückwärtigen Ausgang erreicht.

Sam hatte die Tür geöffnet, als sich drüben, in zwanzig Schritten Entfernung, ein Mann aus dem Schatten der Fliederbüsche löste. Der Mann trug einen dunklen Regenmantel. Er hielt eine doppelläufige Schrotflinte in den Händen.

»Kennst du den Mann?« fragte Paul. Seine Frage war an Jenny gerichtet.

»Das ist Harry Thurston. Er ist Vorarbeiter im Sägewerk. Ein Nachbar.«

Rya stand an ihren Vater gelehnt, ihre Hand umklammerte die Knopfleiste seines Hemdes. Ihr Vertrauen in die Welt der Erwachsenen war erschüttert, seit sie gesehen hatte, wie Bob Thorp ihren Bruder umbrachte. Angstvoll musterte sie den Mann, der mit vorsichtigen Schritten, den Blick auf die Tür gerichtet, näherkam.

»Wird der Mann uns töten?«

Paul legte ihr die Hand auf die Schulter. »Niemand wird getötet.«

Er spürte selbst, wie hohl es klang.

Zu den Artikeln, die Sam Edison im *General Store* verkaufte, gehörten Waffen, und so brauchten sie dem Posten, den Salsbury aufgestellt hatte, nicht wehrlos gegenübertreten. Jenny hielt ein geladenes Gewehr in der Hand, Sam und Paul sich mit Smith & Wesson-Revolvern 357 Combat Magnum bewaffnet, die sie mit 38er-Munition geladen hatten. Die Läufe der Waffe waren zu Boden gerichtet. Wenn es möglich war, würden sie einen Schußwechsel vermeiden.

»Ich spreche mit ihm«, sagte Sam. Er überquerte die überdachte Veranda, die um das ganze Geschäft lief, und wollte die Stufen hinuntergehen, als der Mann seine Schrotflinte hob.

»Halt! Stehenbleiben!«

Er hielt den Lauf auf Sams Brust gerichtet, der Finger lag am Abzug.

Paul warf Jenny einen Blick zu.

Sie stand da und biß sich auf die Lippen. Er sah ihr an, daß sie Harry Thurston am liebsten den Kolben auf den Kopf geschlagen hätte.

Ein Schußwechsel wäre die Folge gewesen. Paul stellte sich vor, wie die Patronen explodierten. Der Rauch quoll aus den Mündungen.

»Nur mit der Ruhe, Harry«, hörte er Sam sagen.

Jenny nickte.

Sam war auf der untersten Stufe angekommen. Er war noch zwanzig Schritt von dem Mann mit der Schrotflinte entfernt, als er ihm die Hand entgegenstreckte. Thurston schüttelte den Kopf.

»Harry«, sagte Sam.

Thurston hielt die Flinte auf ihn gerichtet. Sein Gesicht war wie eine Maske. »Tag, Sam«, quetschte er hervor.

»Was machst du denn in meinem Garten?«

»Das weißt du doch«, sagte Thurston.

»Weiß ich leider nicht.«

»Ich bewache euch.«

»Du bewachst uns? Warum?«

»Damit ihr nicht flieht.«

»Du willst verhindern, daß wir unser eigenes Haus verlassen, unser eigenes Grundstück?« Auf Sams Gesicht erschien ein breites Grinsen.

»Ich bewache euch, damit ihr nicht flieht.«

»Wer bist du denn, daß du uns bewachen kannst?«

»Ich bin bei der Polizei. Ich bin zum Polizisten ernannt worden.«

»Von wem?«

»Von Bob Thorp.«

»Wann?«

»Vor eineinhalb Stunden.«

»Warum will der Polizeichef daß wir im Haus bleiben?«

»Du weißt schon, warum«, sagte Thurston.

»Ich hab' dir vorhin schon gesagt, daß ich es eben *nicht* weiß.«

»Ihr habt was getan.«

»Was haben wir denn getan?«

»Was Verbotenes.«

»Aber du kennst uns doch, Harry. Du weißt doch, daß wir nichts Verbotenes tun würden.«

Thurston schwieg.

»Kennst du uns, ja oder nein?«

Schweigen.

»Was sollen wir denn verbrochen haben?«

»Das weiß ich nicht.«

»Hat dir das der Polizeichef nicht gesagt?«

»Nein.«

Es war eine lächerliche Situation, aber die Waffe, die Thurston auf Sam gerichtet hielt, war tödlich.

»Du weißt nicht, was wir verbrochen haben, aber du bist bereit, uns umzulegen, wenn wir das Grundstück verlassen. Ist das so?«

»So lauten meine Befehle.«

»Wie lange kennen wir beide uns schon, Harry?«

»Zwanzig Jahre.«

»Und wie lange kennst du Jenny?«

»Ziemlich lange.«

»Du bist bereit, alte Freunde von dir zu töten, nur weil dir jemand gesagt hat, du sollst es tun?« Sam kam es darauf an auszuloten, wie weit Salsburys Kontrolle über diesen Mann ging.

Thurston wußte keine Antwort. Er wirkte nervös. Seine rechte Schuhsohle schwang über das nasse Gras, vor und zurück, vor und zurück. Man sah ihm an, daß er sich in einem Konflikt befand. Gleichwohl war er entschlossen, die erhaltenen Weisungen des Polizeichefs auszuführen.

»Das genügt«, flüsterte Paul. »Sag jetzt den Code.«

»Ich glaube auch«, sagte Sam. Er wandte sich zu Thurston. »Ich bin der Schlüssel.«

»Ich bin das Schloß.«

»Laß den Lauf deiner Flinte sinken, Harry.«

Thurston gehorchte.

»Gott sei Dank!« entfuhr es Jenny.

»Komm zu mir, Harry.«

Thurston kam zu Sam gegangen.

»Ich kann's immer noch nicht glauben«, flüsterte Jenny. Wie ein Zombie, dachte Paul. Wie ein Zinnsoldat. Ein Schauder kroch über seinen Rücken.

Sam hob den Blick. »Wer hat dir wirklich den Befehl gegeben, uns zu bewachen, Harry?«

»Bob Thorp.«

»Nicht Salsbury?«

»Nein.«

»Aber du weißt, wer Salsbury ist.«

»Nein, ich weiß nicht, von wem du sprichst.«

»Vielleicht hat der Mann sich auch Albert Deighton genannt.«

»Wer?«

»Salsbury.«

»Ich kenne weder einen Salsbury noch einen Deighton.«

Jenny, Rya und Paul kamen die regennassen Stufen herunter.

»Salsbury hat Bob Thorp benutzt, um die Weisungen auszugeben«, sagte Jenny. »Anders kann ich's mir nicht vorstellen.«

»Worüber sprecht ihr eigentlich?« fragte Thurston.

Sam sah ihm in die Augen. »Harry, ich bin der Schlüssel.«

»Ich bin das Schloß.«

»Wir gehen jetzt auf einen Spaziergang zu Hattie Lange. Du wirst nicht versuchen, uns aufzuhalten. Verstanden?«

»Ich werde euch nicht aufhalten.«

»Du wirst nicht auf uns schießen.«

»Nein, natürlich nicht.«

»Du wirst uns auch sonst in keiner Weise Schwierigkeiten machen.«

»Ich werde euch keine Schwierigkeiten machen.«

»Wenn wir das Grundstück verlassen, wirst du zum Fliederbusch zurückgehen. Du wirst vergessen, daß wir das Haus verlassen habe. Ist das klar?«

»Ja.«

»Du wirst auch vergessen, daß wir dieses Gespräch miteinander gehabt haben. Geht das, Harry?«

»Aber sicher. Ich werde vergessen, daß ich euch gesehen

habe.« Für einen rechtschaffenen Zombie war Harry unglaublich locker.

»Du wirst glauben, wir befinden uns noch im Haus«, sagte Sam.

Thurston hatte sich umgewandt. Er warf einen Blick auf das Haus.

»Du wirst weiter Wache halten«, sagte Sam.

»Ich werde Wache halten. So lautete der Befehl, den mir Thorp gegeben hat.«

Harry Thurston kehrte in sein Versteck im Fliederbusch zurück. Sie sahen, wie er in der Lücke Aufstellung nahm und die Beine spreizte. Die Schrotflinte lag quer in seinen Händen. Er würde auf jeden schießen, der das Haus zu verlassen suchte.

»Unglaublich«, sagte Jenny.

»Sieht aus wie ein Fallschirmjäger«, sagte Sam. Er gab den anderen ein Zeichen. »Kommt, gehen wir.«

Sie folgten ihm.

Rya hatte die Hand ihres Vaters ergriffen. »Wird alles wieder gut werden, Paps? Wird es je wieder gut werden?«

Ein verwunschener Ausdruck lag in ihren Augen. Er drückte ihr die Hand. Erst jetzt fiel ihm auf, wie kalt ihre Finger waren. »Alles wird wieder gut«, sagte er. »Und das sehr bald.«

Sie gingen in westlicher Richtung, an den Gärten der Nachbarhäuser vorbei, jede Deckung ausnützend.

Paul war darauf gefaßt, daß ihnen hinter der nächstbesten Ecke ein Posten entgegentrat, den Salsbury ausgestellt hatte. Es hätte ihn ebensowenig überrascht, wäre Sams Experiment mit Harry in ein tödliches Duell eingemündet. Zwei langhallende Schüsse. Dann endloses Schweigen.

Sie kamen an der St.-Luke's-Kirche vorbei, der einzigen Kirche in Black River, die für alle Konfessionen geöffnet war. Die Fassade war frisch gestrichen. Es gab einen hohen Glokkenturm, der vorne an der Main Street stand.

Sam ging zum hinteren Eingang. Er drückte gegen die Tür, sie war nicht verschlossen. Sie schlüpften durch den Spalt, einer nach dem anderen.

Ein paar Minuten lang verharrten sie in dem fensterlosen Vorraum und warteten, ob ihnen jemand folgen würde.

Niemand kam.

»Manchmal hat man eben auch Glück«, flüsterte Jenny.

Sam ging voran. Sie betraten das düstere Kirchenschiff und umrundeten den Altar.

Sie betraten die Sakristei. Jenny stolperte über einen Stapel Meßgewänder. Ihre Schritte verursachten ein dumpfes Poltern auf dem Bretterboden. Sie warteten, bis der Hall verklungen war.

Sie hatten sich an der Hand ergriffen. Sam öffnete eine Tür. Eine Wendeltreppe kam in Sicht. Sam ging voran, Jenny folgte, dann kam Rya, Paul war der letzte. Er blieb auf der untersten Stufe stehen, bis sich seine Augen an das Dunkel gewöhnt hatten. Er hielt den gesicherten Revolver in der rechten Hand. Er warf einen Blick hinter sich. Die Kirche war schweigende Düsternis. Er folgte den anderen.

Die Wendeltreppe endete auf einer Plattform, die 3 Meter mal 3 Meter groß war. Sie standen auf der obersten Ebene des Glockenturms, die Glocke hing über ihnen. Die Kette, mit der die Glocke bewegt wurde, führte durch ein Loch im Fußboden in die Sakristei hinab.

Die Glockenkammer war niedrig, sie war nur 1,20 Meter hoch, so daß sie knien mußten. Es gab vier breite Aussichtsschlitze, einen auf jeder Seite. Jenny und Rya saßen an die Mauer gelehnt, Jenny hielt ihr Gewehr auf den Knien. Sie sprach mit Rya, aber ihre Stimme war so leise, daß Paul sie nicht verstehen konnte. Als sie Pauls Blick auf sich ruhen sah, lächelte sie. Ihre Hand liebkoste die Stirn des Mädchens.

Das wäre eigentlich meine Aufgabe gewesen, durchfuhr es Paul. Ich bin der Vater. Ich muß Rya trösten, ihr begreiflich machen, was nicht zu begreifen ist.

Wirklich? Nein, dachte er. Meine Aufgabe ist eine andere. Ich muß mich darauf vorbereiten, einen Menschen zu töten. Wahrscheinlich nicht nur einen.

Der Gedanke durchzuckte ihn, daß die Gewalt, das Blut, mit dem er sich beschmutzen würde, daß all das sein Verhältnis zu Rya verändern würde. Sie würde Angst vor ihm haben, so wie sie Angst vor Bob Thorp bekommen hatte. Gewiß, es gab Gründe für den Mord, den er begehen würde. Aber hatte nicht jeder Mörder ›Gründe‹? Ob Rya je vergessen würde, daß er getötet hatte? Ob sie je wieder unbeschwert miteinander lachen, sich necken würden?

Sam lag auf den Knien und spähte auf die Straße hinab. Paul kniete sich neben ihn. Ihm war klar, dies war nicht der Moment, wo man an die Monate und Jahre dachte, die nun folgen würden, und doch ertappte er sich bei der Frage, was aus ihm und Jenny werden würde, wenn dies alles überstanden war. Er hob den Kopf und sah die Dachkante des *General Store*, der einen halben Häuserblock entfernt lag. Zur Rechten lag Karkovs Tankstelle und die Garage. Dann, in einiger Entfernung, der Stern des Baseballplatzes. Die Wiese. Der Fluß. Die Straße. Dann sah er das Polizeiauto. Es war quer über die beiden Fahrbahnen der Ausfallstraße gestellt.

»Er hat die Ausfallstraße blockiert«, sagte er, zu Sam gewandt.

»Hab's schon gesehen.«

»Er hat uns wirklich in der Falle.«

»Und inzwischen wundert er sich ganz fürchterlich, warum wir nicht die Polizei verständigen oder aus Black River zu fliehen versuchen.«

Der größte Teil des Ortes lag zur rechten Seite. Der Platz. *Ultman's Café* mit den mächtigen dunklen Eichen. Das Rathaus. Geschäfte. Häuser mit Backsteinfassade. Bungalows. Das Gebäude der Telefongesellschaft. Die katholische Kirche. Der Friedhof. Das Union-Theater mit seinem altmodischen Vordach. Die Straße zur Sägemühle. Und all das reingewaschen vom Regen, niedlich, friedlich, unschuldig. Aber inmitten dieser Unschuld lauerte das Böse, versteckt im Hirn eines Menschen, der sie alle unterjochen wollte.

»Bist du sicher, daß Salsbury sich nach wie vor im Rathaus verschanzt?« fragte Paul.

»Wo sonst?«

»Könntest recht haben.«

»Das Büro des Polizeichefs ist die ideale Kommandozentrale, wenn er den Ort unter seine Fuchtel bekommen will.«

Paul warf einen Blick auf seine Uhr. »Viertel nach fünf.«

»Wir werden hier oben warten, bis es dunkel wird«, sagte Sam. »Bis um neun. Dann werden wir uns ans Rathaus heranschleichen. Wir werden die ausgestellten Wachen mit

Hilfe des Codes außer Gefecht setzen. Und dann packen wir uns Salsbury.«

»Hört sich leicht an.«

»Ist auch leicht«, sagte Sam.

Ein Blitz zuckte herab, und kurz darauf schlug der Donner ein. Der Regen, der folgte, war wie ein Bombardement aus Stahlkugeln, das auf dem Stahldach des Glockenturms widerhallte.

17 Uhr 20

Bob Thorp lächelte, weil er die Anweisung erhalten hatte zu lächeln. Er hatte die Arme vor dem muskulösen Brustkasten verschränkt. Er lehnte an der Fensterbank und sah Salsbury zu, der sich an seinen Schreibtisch gesetzt hatte.

Das IF-Transmissionsgerät war ans Telefon angeschaltet worden. Salsbury hatte Sam Edisons Nummer angewählt. Er wartete.

Er saß da, vorgebeut, schwitzend, die Hand um den Hörer gekrampft. Er lauschte. Nichts. Die Ohren der Mikrofone waren aufgesperrt, aber zu hören war nichts.

Schweigen. Stille. Dämmerung.

Das Ding funktioniert nicht, dachte Salsbury. Made in Belgium. Wie könnte es denn auch funktionieren? Er legte auf. Er öffnete das Gehäuse des Geräts und prüfte die Anschlüsse. Dann wählte er aufs neue Edisons Nummer.

Die Verbindung öffnete sich. Ein Rauschen, ähnlich einer Muschel aus dem Meer, die man ans Ohr hält.

Das Ticken einer Uhr, laut wie Peitschenschläge.

Salsbury sah auf seine Armbanduhr. 17 Uhr 24.

Nichts. Schweigen.

17 Uhr 26.

Er legte auf und wählte neu.

Wieder das Ticken der Uhr.

17 Uhr 28.

17 Uhr 29.

17 Uhr 30.

Im ganzen Haus schien es niemanden zu geben, der sprach. Niemand lachte. Niemand bewegte sich. *Edison's General Store* war ein verdammtes Geisterhaus.

17 Uhr 32.

17 Uhr 33.

Salsbury hielt den Hörer ans Ohr gepreßt. Seine Nerven waren zum Zerreißen gespannt. Warum sagte dort niemand auch nur einen Ton?

17 Uhr 34.

17 Uhr 35.

Sie waren drüben. Sie mußten drüben sein.

Er warf den Hörer auf die Gabel.

Sie wissen, daß sie belauscht werden, dachte er. Sie rühren sich nicht, weil sie mich verunsichern wollen. Das ist die Lösung. So muß es sein.

Er wählte neu.

Das Ticken der Uhr, nur das Ticken der Uhr.

17 Uhr 39.

17 Uhr 40.

»Diese verdammten Scheißer!«

Diesmal landete der Hörer mit soviel Schwung auf der Gabel, daß ein mondförmiges Stück Plastik abbrach.

Salsbury war schweißüberströmt.

Er stand auf. Die Wut schnürte ihm die Kehle zu.

Sein Blick wanderte zu Thorp. »Selbst wenn es ihnen gelungen wäre, aus dem General Store zu fliehen«, sagte er nachdenklich. »Sie müssen noch im Ort sein. Es sind schließlich keine Zauberer, die sich irgendwo hinversetzen können. Die Ausfallstraßen sind gesperrt. Der Ort ist zu, verdammt noch mal, er ist zu! Oder etwa nicht?«

Thorp lächelte.

»Sie sollen mir antworten, Sie blöder Bulle!«

Thorps Lächeln verschwand.

Salsbury lief der Schweiß in den Steg der Brillenfassung. Es war ein unangenehmes Gefühl. Als ob einem zerschmolzene Butter in die Augenwinkel geträufelt würde.

»Ist Black River zu, ja oder nein?«

»Black River ist zu«, sagte Thorp gehorsam.

»Niemand kann raus, ohne daß ich das erfahre, richtig?«

»Richtig. Niemand kann raus, ohne daß Sie es erfahren.«

Salsbury zitterte vor Zorn. »Selbst wenn sie aus dem Haus geflohen sind, ich werde sie finden. Werde ich sie finden?«

»Ganz sicher.«

»Ich kann diesem gottverdammten Black River den Arsch aufreißen, sooft es mir paßt. Richtig?«

»Richtig.«

»Sie können nicht fliehen?«

»Sie können nicht fliehen!«

Salsbury ließ sich auf den Sessel sinken, als sei eine Feder in seinem Rückgrat zersprungen. »Aber die Sperren am Ortsrand sind ja gar nicht so wichtig. Meine Gefangenen im General Store haben das Gebäude nicht verlassen, weil sie es gar nicht verlassen können. Das Haus wird bewacht. Es ist ein Gefängnis, nichts als ein Gefängnis. Sie sitzen drin wie die Maus in der Falle. Sie glauben, sie können mich täuschen, aber ich lasse mich nicht aufs Kreuz legen. Nicht mit so einem billigen Trick.« Er wählte noch einmal Edisons Nummer an.

Er vernahm das Ticken der Uhr, sonst nichts.

17 Uhr 44.

17 Uhr 45.

Er legte auf.

Er wählte neu.

Tick-tack-tick-tack-tick-tack...

17 Uhr 46.

17 Uhr 47.

Er legte auf.

Er sah den Polizeichef an und grinste. »Ist Ihnen klar, was die wollen?«

Thorp schüttelte den Kopf.

»Die wollen, daß ich durchdrehe. Ich soll ein Kommando losschicken, das jedes Haus absucht.« Er kicherte. »Das wäre ja auch kein Problem. Ich könnte ganz Black River durchsuchen lassen, Haus für Haus, die Leute würden bereitwillig mitmachen. Aber das kostet Zeit. Stunden. Wenn die Suche vorüber ist, muß ich bei allen Beteiligten die Erinnerung löschen. Vierhundert Personen, vierhundert Löschvorgänge. Damit würde ich wieder ein paar Stunden vertun. Sie wollen, daß ich meine Zeit mit nutzlosen Aktionen vertrödle. Sie wollen, daß ich in Panik gerate, und sobald das nötige Durcheinander entstanden ist, wollen sie fliehen. Habe ich recht?«

»Sie haben recht.«

Salsburys Stimme überschlug sich. »Aber bei diesem Spiel mache ich nicht mit. Ich werde warten, bis Dawson und Klinger eingetroffen sind. Ich lasse mich nicht in eine Sackgasse hineintreiben. Nicht ich. Ich habe die Situation unter Kontrolle.«

Donner rollte durch das Tal. Die Fenster des Büros erzitterten.

Salsbury wählte noch einmal Edisons Nummer an.

17 Uhr 50.

17 Uhr 51.

Kichernd legte er auf.

Dann wuchsen ihm zwei Sorgenfalten in den Mundwinkeln. Wie, wenn die drüben wußten, daß sie belauscht wurden? Das würde bedeuten, sie wußten alles. Sie wußten, warum er in Black River war. Wer er war. Undenkbar.

Er wählte die Nummer.

17 Uhr 52.

Nichts. Stille.

Er legte auf und wandte sich zu Thorp. »Es ist unerheblich, ob sie meinen Plan kennen oder nicht. Sie können mir nicht entkommen. Ich habe sie, wo ich sie haben wollte. Mein ist die Macht...« Er starrte das IF-Transmissionsgerät an, dann wanderte sein Blick zu Thorp. »Wie glauben Sie, wie wird Miriam reagieren, wenn sie erfährt, welche Macht in meinen Händen liegt?«

»Wer ist Miriam?«

»Das wissen Sie doch.«

»Nein. Ich kenne diese Miriam nicht.«

»Meine geschiedene Frau.«

»Ach so.«

»Ein verdorbenes Flittchen.«

Thorp schwieg.

»Frigide wie eine Tiefkühltruhe.«

»Das tut mir aber leid.«

»Ich will Ihnen sagen, wie sie reagieren wird«, sagte Salsbury. »Sie wird auf Händen und Füßen angekrochen kommen. Sie wird sich vor mir winden wie ein Wurm, Mr. Thorp. Oder etwa nicht?«

»Doch, natürlich«, sagte Thorp.

Die Macht. Die Nacht. Mutter...

»Wissen Sie, was ich tun werde, wenn sie angekrochen kommt?«

»Nein.«

»Ich werde sie ins Gesicht treten.«

»Das ist Körperverletzung«, sagte Thorp.

»Bei Dawson das gleiche. Ich gebe ihm einen Tritt ins Gesicht.«

»Ich sagte schon, das ist Körperverletzung. Dafür landen Sie im Gefängnis.«

»Ich werde mir Dawson vorknöpfen«, sagte Salsbury feierlich. Plötzlich begann er zu kichern. »Diesen verdammten Heuchler.«

Thorp runzelte die Stirn.

»Meinen Sie, daß ich in Black River ein paar hohe Schaftstiefel finden kann, Mr. Thorp?«

»Was?«

»Hohe Schaftstiefel. Es gibt ein paar Leute, denen ich gern ins Gesicht treten möchte. Nicht viele. Nur ein paar.«

Tat-tat-tat-tat-tat-tat-tat-tat-tat-tat...

18 Uhr 30

»Wer ist da?«

»Sind Sie's, Mrs. Wolinski?«

»Ja.«

»Ich bin der Schlüssel.«

»Ich bin das Schloß.«

»Ist Ihr Mann zu Hause?«

»Ja. Er ist raufgegangen.«

»Ist er allein da oben?«

»Ob er allein ist? Ja.«

»Und Sie, wo sind Sie jetzt, sind Sie auch allein?«

»Ja, ich bin allein.«

»Kennen Sie Sam Edison?«

»Ja, natürlich.«

»Ist Sam jetzt bei Ihnen, Mrs. Wolinski?«

»Nein.«

»Ist Jenny Edison bei Ihnen?«

»Nein. Warum sollte sie?«

»Haben Sie Sam oder Jenny heute irgendwo gesehen?«
»Nein. Hören Sie, ich bin…«
»Mrs. Wolinski, wenn Sie gleich auflegen, werden Sie jedes Wort unserer Unterhaltung vergessen. Sie werden glauben, jemand hat Sie angerufen, um Ihnen eine Lebensversicherung zu verkaufen. Jemand aus Bexford. Ist das gut verstanden?«
»Ja.«
»Legen Sie jetzt auf, Mrs. Wolinski.«

18 Uhr 45
»Hier St. Margaret Mary's.«
»Bin ich mit dem Pfarrhaus verbunden?«
»Ganz recht.«
»Spreche ich mit Pater O'Hara?«
»Ich bin Pater O'Hara.«
»Ich bin der Schlüssel.«
»Ich bin das Schloß.«
»Sind Sie allein, Pater O'Hara?«
»Ja.«
»Und wo ist Ihre Haushälterin?«
»Sie hat heute frei.«
»Kennen Sie Sam und Jenny Edison?«
»Natürlich kenne ich die. Nette Leute.«
»Ist einer der beiden bei Ihnen?«
»Hier im Pfarrhaus? Nein.«
»In der Kirche vielleicht?«
»Nein. Warum fragen Sie?«
»Haben Sie Sam Edison oder Jenny Edison heute gesehen?«
»Nein. Ich…«
»Kennen Sie Paul Annendale?«
»Ich glaube nicht, daß ich jemanden dieses Namens kenne. Wenn Sie mich anrufen, um…«
»Halten Sie den Mund, Pater O'Hara. Wenn Sie jetzt auflegen, werden Sie vergessen, daß wir miteinander telefoniert haben. Sie werden sich nur daran erinnern, daß jemand Sie angerufen hat, das hat sich dann aber als eine falsche Verbindung herausgestellt. Ist das verstanden, Pater O'Hara?«

»Ja.«
»Legen Sie auf, O'Hara.«

19 Uhr

»... ihn oder sie heute im Laufe des Tages getroffen?«
»Sam ja. Ich habe Sam gesehen. Er war im Geschäft.«
»Wann war das, Mrs. Jamison?«
»Heute früh um neun.«
»Nachher haben Sie ihn nicht mehr getroffen?«
»Nein.«
»Mrs. Jamison, ich möchte, daß Sie am Telefon stehenbleiben. Geben Sie jetzt den Hörer Ihrem Mann.«
»Hallo, wer spricht da?«
»Mr. Jamison?«
»Ja?«
»Ich bin der Schlüssel.«
»Ich bin das Schloß.«

19 Uhr 30

»Ich möchte, daß Sie am Telefon stehenbleiben, Mrs. Potter. Geben Sie jetzt den Hörer bitte Reverend Potter.«
»Verstanden. Einen Moment bitte.«
»Hier Reverend Potter.«
»Ich bin der Schlüssel.«
»Ich bin das Schloß.«
»Kennen Sie Sam Edison und seine Tocher Jenny?«
»Ja, sehr gut sogar.«
»Haben Sie einen von den beiden heute gesehen?«
»Nein.«
»Sind Sie sich dessen absolut sicher?«
»Ja.«
»Haben Sie mit einem der beiden heute telefoniert?«
»Nein. Ich...«
»Kennen Sie Paul Annendale und seine Tochter Rya?«
»Ja. Die beiden kommen jedes Jahr, um...«
»Haben Sie die beiden heute gesehen oder gesprochen?«
»Weder noch. Ich war tagsüber...«
»Was, zum Teufel, ist eigentlich los, Potter?«
»Wie bitte?«

»Wo, zum Teufel, sind Sam Edison und seine Tochter Jenny? Wo ist Paul Annendale? Wo ist Rya Annendale?«

»Ihre Ausdrucksweise...«

»Ich habe in den vergangenen eineinhalb Stunden mit fünfzig Leuten telefoniert. Niemand hat die Gesuchten gesehen oder gesprochen. Niemand weiß, wo sie stecken. Aber *ich* weiß, daß sie noch in Black River sind! Ich bin verdammt sicher, daß sie noch in Black River sind, Reverend Potter! Wissen Sie, was ich glaube? Die sind noch im General Store.«

»Ihre Art, mir...«

»Sie sitzen im General Store und stecken den Kopf in den Sand. Sie wollen Versteck mit mir spielen, mich an der Nase herumführen. Sie wollen, daß ich selbst hingehe und nach ihnen suche. Sie wollen, daß ich Ihnen Bob Thorp auf den Hals schicke. Wahrscheinlich sind sie bewaffnet. Nun, so leicht lasse ich mich nicht aufs Glatteis locken. Ich werde keine Schießerei beginnen. Was mache ich nachher mit den Leichen? Ich werde die Vögelchen aushungern. Ich kriege sie, Potter, verlassen Sie sich drauf. Und wissen Sie, was ich mit ihnen anfange, wenn ich sie habe? Die Edisons sind ein Sonderfall. Bei den Annendales liegt die Sache etwas anders, von ihnen weiß ich schon alles, was ich wissen will. Sie konnten auf die Droge nicht ansprechen, weil sie zur fraglichen Zeit gar kein Wasser aus dem Reservoir getrunken haben. Und deshalb werde ich sie umlegen, sobald ich sie habe. Ich werde Bob Thorp beauftragen, ihnen die Rübe runterzuschießen, Reverend Potter. Wenn Sie wissen, was ich damit sagen will.«

7. Kapitel

21 Uhr

Der Wind war abgeflaut. Die Abenddämmerung hatte sich auf Black River gesenkt. Ein gelb-schwarz bemalter Hubschrauber flog über das Tal dahin. Der Pilot folgte der Straße, er flog in einer Höhe von zwanzig Metern. Als die Ortschaft auftauchte, steuerte der Pilot den Platz im Zentrum an. Der

Hubschrauber verharrte in einigen Metern Höhe über diesem Platz, das Donnern der Rotoren erfüllte den kleinen Ort.

Rya, Jenny, Paul und Sam befanden sich immer noch im Glockenturm der Kirche. Sie duckten sich hinter die Mauer, als der Hubschrauber den Turm passierte. Das blinkende, blitzende Gebilde schien gefährlich nah, aber niemand in der Kabine konnte sich vorstellen, daß die Gegner des Tests im Glockenturm Zuflucht gefunden hatten, und so schaute weder Dawson noch Klinger auf die Sehschlitze im Turm, und auch der Pilot hielt den Blick auf den Platz gerichtet, auf die Pfützen, die vom Luftdruck der Rotorblätter weggedrückt wurden.

»Zwei Passagiere und der Pilot«, sagte Sam.

Der Hubschrauber zog hoch, flog eine Kurve und landete auf dem Parkplatz des Rathauses, nur zehn Meter von dem dort abgestellten Streifenwagen der Polizei entfernt.

Als das Geräusch der Rotoren verklungen war, wandte sich Jenny zu Sam. »Glaubst du, daß die beiden Passagiere mit Salsbury in Verbindung stehen?«

»Daran habe ich keine Zweifel«, sagte Sam.

»Steckt die Regierung dahinter?«

»Nein«, sagte Paul.

»Ich bin deiner Meinung«, sagte Sam. »Was da unten steht, ist kein Militärhubschrauber. Und selbst der Präsident fliegt mit einem Militärhubschrauber, auch wenn er innen sehr luxuriös ausgestattet ist. Kein Regierungsbeamter fliegt mit solch einem kleinen Ding.«

»Was nicht ausschließt, daß die Regierung irgendwie die Hände mit drin hat in der Sache.«

»Ausgeschlossen ist das nicht, aber vorläufig würde ich sagen, es ist ein gutes Zeichen, daß es keine Militärmaschine ist.«

»Was nun?« fragte Rya.

»Wir müssen warten«, sagte Paul. »Wir bleiben hier sitzen und warten.«

Der Gestank des verbrannten Treibstoffs stieg zum Glokkenturm hoch.

In den Bergen war das Rollen des Donners zu hören. Zwischen zwei Gipfeln zuckte ein Blitz. Paul erinnerte es an die weißblauen Lichtbögen, die in den Frankenstein-Filmen die Apparaturen krönen.

Die Zeit schien stillzustehen. Paul hatte so etwas noch nicht erlebt. Die Sekunden waren da, aber sie vergingen nicht, sondern blieben im Raum schweben. Jede Sekunde war eine Luftblase in der Flasche, die an dem Nickelgalgen am Kopfende von Annies Bett gehangen hatte.

Es war 21 Uhr 20 geworden, als zwei Wagen die Main Street heruntergefahren kamen, ein Polizeiauto und ein Ford LTD. Die Wagen hielten vor dem General Store an, ihre Scheinwerfer zerschnitten die sinkende Nacht. Bob Thorp und die beiden Polizeibeamten, die ihn begleiteten, kletterten aus dem Wagen. Jeder hielt eine schußbereite Pistole in der Rechten. Ein paar Sekunden lang blieben sie im Lichtschein des Fords stehen, dann gingen sie die Stufen zum General Store hoch und verschwanden auf der überdachten Veranda.

Die Türen des Fords schwangen auf. Drei Männer erschienen. Der Motor des Wagens lief noch, die Türen blieben offen. Die Männer blieben hinter dem Wagen stehen, so daß ihre Gestalten nicht klar zu erkennen waren. Paul konnte auch nicht sehen, ob die drei bewaffnet waren. Aber er war ziemlich sicher, um wen es sich handelte. Um Salsbury und die beiden Männer, die der Hubschrauber eingeflogen hatte.

»Sollen wir runtergehen und sie erschießen?« fragte Paul. »Wir hätten den Vorteil, daß sie uns den Rücken zudrehen.«

»Zu gefährlich«, sagte Sam. »Wir wissen nicht, ob die drei bewaffnet sind. Vielleicht hören sie uns kommen. Auch wenn es uns gelingt, sie zu überraschen, einer der drei würde vermutlich entkommen. Warten wir noch.«

Es war 21 Uhr 35, als einer von Bob Thorps Männern aus dem General Store zurückkam und sich zu den drei Männern aus dem Ford gesellte. Was gesprochen wurde, war auf dem Glockenturm nicht zu verstehen. Der Polizist blieb bei dem Wagen. Salsbury und seine beiden Partner begannen den Anstieg zum General Store.

21 Uhr 50

Sie hatten den Jahresband in Sam Edisons Bücherregal gefunden. »Also gut«, sagte Dawson. »Jetzt wissen wir, wie sie von der Sache Wind bekamen. Ogden, kennen die auch unsere Codes?«

Salsbury gab sich beleidigt. »Natürlich nicht. Wie, zum Teufel, sollten sie den denn erfahren haben?«

»Das kleine Mädchen könnte den Code gehört haben, als du mit Thorp gesprochen hast.«

»Unmöglich. Sie kam erst ins Haus, als ich Thorp schon erschlossen hatte.«

»Hast du versucht, den Code bei ihr zu benutzen?«

Habe ich das versucht? Salsbury erinnerte sich nicht. Er sah sie in seiner Erinnerung, wie sie vor ihm zurückwich. Er hatte versucht, sie festzuhalten, aber sie hatte sich seinem Griff entwunden. Ob er den Code bei ihr einzusetzen versucht hatte? Er wußte es nicht mehr.

»Nein«, sagte er. »Ich hatte gar keine Zeit, den Satz zu sagen. Sie ist sofort losgerannt. Ich bin ihr nachgerannt, aber sie war so schnell, daß ich sie nicht mehr erwischt habe.«

»Bist du absolut sicher?«

»Ja.«

Klinger gab sich keine Mühe, seine Verachtung zu verbergen. »Sie hätten wissen müssen, daß Edison Schwierigkeiten machen würde. Sie hätten sich über den Mann informieren müssen, vor allem über seine Bibliothek.«

»Wie in aller Welt konnte ich denn ahnen, daß in seiner Bibliothek dieser Artikel versteckt ist.« Salsburys Augen quollen aus den Höhlen. Auf seinen Wangen wuchsen zwei dunkelrote Flecken.

»Wenn Sie Ihre Pflicht getan hätten...«

»Meine Pflicht!« Salsbury spuckte die beiden Worte aus, wie man einen verdorbenen Bissen ausspuckt. Er war wütend, und vor allem hatte er Angst, und beides zusammen wurde zu der für Salsbury typischen Überheblichkeit. »Wir sind hier nicht in einer stinkigen Kaserne, Klinger. Dies ist nicht Ihre Armee. Und ich bin kein Rekrut, den Sie herumkommandieren können.«

Klinger wandte sich von ihm ab. Er trat ans Fenster. »Wir wären vielleicht alle besser dran, wenn Sie bei mir den nötigen Drill verpaßt bekommen hätten.«

Salsbury stand da und starrte auf den breiten Rücken des

Generals. Er spürte, daß er bei dem Wortwechsel den kürzeren gezogen hatte. Klinger war sich seiner Sache so sicher, daß er ihn nicht einmal eines Blickes würdigte.

Sekunden vergingen. Salsbury versuchte es einen Ton braver. »Ich hätte noch so sorgfältig vorgehen können...«

»Schluß jetzt«, entschied Dawson. Er sprach leise, aber es lag so viel Entschlossenheit in seinen Worten, daß Salsbury sein Klagelied verebben ließ. Klinger wandte sich um. »Wir haben keine Zeit, um uns gegenseitig zu beschuldigen«, fuhr Dawson fort.»Wir müssen erst diese vier Personen finden.«

»Ins Tal können Sie nicht geflohen sein«, sagte Salsbury. »Das Ostende des Ortes ist hermetisch abgeriegelt.«

»Sie hatten auch den General Store hermetisch abgeriegelt, wie Sie es nennen«, sagte Klinger sarkastisch. »Aber sie sind Ihnen entkommen.«

»Du bist zu hart in deinem Urteil, Ernst«, sagte Dawson. Er lächelte wie ein Kirchenvater, der einen Streit zwischen den Presbytern schlichtet, aber in seinen schwarzen Augen lagen Haß und Verachtung. »Ich bin Ogdens Meinung, daß der Ort nach Osten hin sicher abgeriegelt ist. Wir werden allerdings die Mannschaften am Fluß und im Wald noch verdreifachen. Ogden hat völlig richtig gehandelt, als er das Gros der Männer zunächst zur Bewachung der Waldwege eingeteilt hat.«

»Es bleiben zwei Möglichkeiten«, sagte Klinger. Er hatte beschlossen, den Strategen herauszukehren. »Entweder die vier sind noch im Ort und verstecken sich in irgendeinem Haus. Dann werden sie versuchen, heute nacht auszubrechen. Sie werden entweder über den Fluß oder durch den Wald fliehen. Möglichkeit zwei: sie sind schon weg. Dann wählen Sie den Weg durchs Gebirge. Thorp sagt, Paul Annendale und seine Tochter haben Erfahrung in den Bergen.«

Bob Thorp, der steif wie eine Ehrenwache an der Tür verharrte, nickte. »So ist es.«

»Ich sehe nicht, wie sie den Weg durch die Berge schaffen wollen«, sagte Salsbury. »Die haben ein elfjähriges Mädchen bei sich, sie können also nicht schnell marschieren. Sie brauchen Tage, bis sie zur nächsten bewohnten Ortschaft gelangen und Hilfe alarmieren können.«

»Das elfjährige Mädchen, von dem Sie sprechen, hat die

letzten sieben Jahre in Black River ihre Sommerferien verbracht«, sagte Klinger. »Und zwar im Zelt. Die ist so fit, daß sie keine Belastung für die Gruppe bedeutet. Außerdem ist es egal, ob die Gruppe fremde Hilfe erst nach vier Tagen oder schon nach zwei Tagen alarmieren kann. Der Schaden, der für uns entsteht, ist der gleiche.«

Dawson schien nachzudenken. »Nehmen wir einmal an, sie wählen den Weg durch die Berge, dann hätten sie bis Bexford eine Strecke von hundert Kilometern zurückzulegen. Wie weit könnten sie schon gekommen sein?«

»Fünf Kilometer«, sagte Klinger. »Vielleicht sechs.«

»Weiter nicht?«

»Das bezweifle ich«, sagte Klinger. »Sie mußten den ersten Teil der Strecke sehr vorsichtig gehen, weil sie den aufgestellten Wachen ausweichen mußten. Und dann haben sie auch Zeit verloren, um die Richtung festzulegen. Das kleine Mädchen drückt auf das Tempo, auch wenn sie Wandererfahrung hat.«

»Sechs Kilometer«, sagte Dawson nachdenklich. »Das würde bedeuten, sie sind jetzt irgendwo zwischen den neuangepflanzten Schonungen und der Sägemühle.«

»Das könnte sein.«

Dawson schloß die Augen. Was er murmelte, konnte keiner seiner beiden Gefährten verstehen. Plötzlich starrte er sie an, als hätte er eine Eingebung. »Wir werden als erstes eine Suchaktion in den Wäldern in die Wege leiten.«

»Das ist doch absurd«, sagte Salsbury. Ihm war bewußt, daß Dawson seinen Plan als den unerforschlichen Ratschluß Gottes ausgeben würde, aber das war ihm jetzt egal. »Eine Suchaktion in den Wäldern, das ist, als wollten wir eine Nadel im Heuhaufen suchen.«

Dawsons Antwort kam eiskalt, und Salsbury mußte an den erkalteten Leichnam des Jungen denken, der im Nebenzimmer lag. »Im Holzfällercamp arbeiten zweihundert Mann, das ist unsere Suchmannschaft. Die Männer kennen sich im Wald aus. Wir werden sie mit Gewehren und Pistolen ausrüsten, mit Taschenlampen und Sturmlaternen. Wir geben ihnen ein paar Lastwagen und Jeeps. Die Mannschaften fahren bis zu einem Punkt zwei Kilometer östlich vom Holzfällerlager. Dort schwärmen sie aus, bilden eine Suchkette und durchkämmen den Wald, Meter für Meter. Die vier Flüchtlinge können uns nicht entkommen.«

»Hört sich gut an«, sagte Klinger. Er war beeindruckt.

»Was ist, wenn sie gar nicht in den Bergen sind?« sagte Salsbury. »Sie könnten doch noch im Ort sein und sich in irgendeinem Haus verbergen.«

»Darüber brauchen wir uns nicht den Kopf zu zerbrechen«, sagte Dawson. »Hier ins Rathaus können sie nicht eindringen, das wird von Bob Thorp und seinen Männern bewacht. Aus dem Ort raus können sie nicht, weil alle Fluchtwege abgeriegelt sind. Sie können nur eines tun: warten.« Ein Wolfslächeln spielte um seine Lippen. »Wenn die Suchmannschaften im Wald sie bis vier Uhr morgens nicht aufgespürt haben, durchkämmen wir die Stadt, Haus für Haus. So oder so muß das ganze Unternehmen morgen mittag gelaufen sein.«

»Das ist knapp«, sagte der General.

»Ist mir egal, ob's knapp ist«, sagte Dawson. »Ich will die vier bis morgen mittag tot nebeneinander aufgebahrt sehen. Ebenfalls bis morgen mittag bekommen alle Einwohner des Ortes ein neues Gedächtnis verpaßt. Wir müssen unsere Spuren verwischen. Wir werden nicht das geringste Risiko eingehen.«

»Du willst sie alle vier erschießen?« sagte Salsbury. Er war verwirrt und enttäuscht. Er schob sich die Brille hoch. »Ich möchte Sam Edison und seine Tochter erst noch untersuchen. Die Annendales können erschossen werden, kein Problem. Aber bei Sam Edison und seiner Tochter muß ich erst noch herausfinden, warum sie auf die Droge nicht angesprochen haben. Ich muß...«

»Geschenkt«, sagte Dawson brüsk. »Wenn wir sie einfangen und zum Laboratorium in Greenwich schaffen, besteht die Gefahr, daß sie uns unterwegs entwischen. Das ist ein Risiko, das wir nicht eingehen können. Sie wissen zuviel.«

»Aber wir haben dann zuviel Leichen«, protestierte Salsbury. »Wir müssen uns jetzt schon um den Jungen kümmern. Und um Buddy Pellineri. Nehmen wir an, es gibt noch ein paar Tote bei der Suchaktion. Nehmen wir an, es kommt zu einem Feuergefecht. Wie wollen wir den auswärtigen Behörden die Todesfälle klarmachen?«

Dawson trat vor ihn. »Du wirst die Leichen ins *Union-Theater* schaffen lassen. Dort inszenierst du ein tragisches Feuer. Die Toten waren Zuschauer. Dr. Troutman schreibt die Totenscheine aus. Die Verwandten der Toten werden programmiert, damit sie keine Autopsie verlangen.«

»Erstklassig«, sagte Klinger und grinste. »Wirklich erstklassig, Leonard.«

Dieser Speichellecker, dachte Salsbury. Der General gab sich martialisch, aber er war bereit, einem Zivilisten die Planung zu überlassen.

»Großartig«, sagte Klinger. »Wirklich großartig, Leonard.«

»Danke, Ernst.«

Salsbury musterte die beiden giftig. »Westentaschenchristus«, murmelte er.

Dawson war nicht einmal beleidigt, eher erstaunt wie ein Vater, der sein Kind mit einem zerbrochenen Spielzeug ertappt hat. »Für jede Gotteslästerung, die wir aussprechen, wird uns der HERR einst zur Rechenschaft ziehen. Niemand von uns hat eine Chance, SEINER Rache zu entgehen.«

Salsbury schwieg.

»Die Hölle ist keine Erfindung der Menschen«, sagte Dawson. »Sie war vorher da und wird noch dasein, wenn es keine Menschen mehr gibt.«

Salsburys Blick irrte zu Klinger, aber es war offensichtlich, daß der ihm nicht beispringen würde. Die Art, wie Dawson sprach, gefiel ihm nicht. Seine Stimme hatte geklungen wie die eines Hohenpriesters, der in den Falten seines Gewandes einen scharfgeschliffenen Dolch verbarg. Wer würde als Opfer auf den Altar gelegt werden?

Dawson unterbrach ihn bei seinen ungemütlichen Gedankenspielen. Er tippte auf seine Armbanduhr. »Bringen wir's hinter uns, meine Herren. Die Stoppuhr läuft.«

•

22 Uhr 12

Der Hubschrauber war gestartet. Er flog eine elegante Schleife über dem Platz und verschwand in der Düsternis der Berge.

Sekunden später war das Donnern der Rotoren zu einem sanften Schwirren geworden. Sam, der am Ausguck kniete, wandte sich zu Paul. »Ob die zur Sägemühle fliegen?«

»Sieht ganz so aus«, sagte Paul. »Aber was wollen sie dort?«

»Gute Frage.«

»Könnte es sein, daß sie unseren Trick durchschaut haben? Daß Thurston geplaudert hat?«

»Unwahrscheinlich.«

»Und wenn?«

»Wir wissen es nicht«, sagte Sam düster. »Aber selbst wenn sie uns auf die Schliche gekommen sind, vergiß nicht, wir kämpfen jetzt mit gleichen Chancen. Bisher verfügte die Gegenseite über eine Armee von programmierten Zombies. Damit ist es jetzt vorbei. Wir können die Männer mit dem Code jederzeit außer Gefecht setzen.«

»Ob die beiden Männer, die mit dem Hubschrauber eingeflogen sind, ebenfalls zum Sägewerk weitergeflogen sind?« fragte Jenny.

Sam prüfte die Sicherung seines Revolvers. Er hielt den Arm ausgestreckt, aber er konnte in der Dunkelheit nur die Umrisse der Waffe erkennen. Er blinzelte. »Ich weiß es nicht.«

Der Smith-&-Wessen-Revolver in Pauls Hand war plötzlich hundert Kilo schwer. »Wir müssen Salsbury erledigen«, sagte er leise. »Es wird Zeit!«

»Du hast recht.«

Jenny tastete nach der Hand ihres Vaters. Ihre Finger kamen auf seinem Handrücken zu liegen. Er spürte, wie sie nach dem Abzug tastete. »Was ist, wenn Salsburys Kumpanen bei ihm geblieben sind? Wenn die drei noch im Büro des Polizeichefs sind?«

»Zumindest einer ist zur Sägemühle geflogen«, sagte Paul. »Der Pilot allein kann dort gar nichts ausrichten. Im schlimmsten Fall haben wir's mit Salsbury und einem weiteren Mann zu tun. Mit den beiden müßten wir fertig werden, meine ich.«

»Ich möchte mitgehen«, sagte Jenny. »Dann sind wir drei gegen zwei.«

»Du bleibst bei Rya«, sagte Sam. »Das Mädchen braucht dich.« Er nahm seine Tochter in die Arme und küßte sie auf die Wange. »Mach dir wegen uns keine Sorgen, Jen. Wir pakken das schon. Kümmere du dich um Rya.«

»Und wenn ihr nicht zurückkommt?«

»Wir werden es heil überstehen, verlaß dich drauf.«

»Und wenn nicht?«

»Dann bist du auf dich allein gestellt«, sagte Sam. Es war so dunkel, daß sie seine Tränen nicht sehen konnte.

»Wir machen uns umsonst Sorgen«, sagte Paul. »Die anderen sind im Nachteil. Sie wissen nicht, wo wir sind. Wir aber wissen, wo Salsbury ist.«

Rya hatte sich an ihren Vater geschmiegt. Sie fragte ihn, ob sie mitkommen dürfte, und er erklärte ihr, daß das nicht möglich war. Er streichelte ihr Haar, und dann stand er auf.

Es war 22 Uhr 20, als er und Sam sich die Wendeltreppe hinabtasteten.

8. Kapitel

22 Uhr 20

Phil Karkor war der Besitzer der Tankstelle in Black River. Er und seine Freundin Lolah Tayback hatten um zehn Uhr versucht, den Ort zu verlassen. An der Straßensperre war ihr Wagen angehalten worden. Die Wachen waren ans Fenster gekommen und hatten Phil Karkov zu Bob Thorp beordert.

Phil Karkov war ein höflicher, wohlerzogener Mann. Er war großgewachsen, breitschultrig und rothaarig. Er war Mitte Dreißig. Etwas unpassend war die Nase, sie sah aus, als sei sie bei zahlreichen Faustkämpfen zur Zielscheibe von Schlägen geworden. Aber das schien nur so. Die Nase ausgenommen, war Phil Karkov ein gutaussehender, vor allem aber ein freundlicher Mann, der gern lächelte und sich hilfsbereit zeigte, auch wenn die Dame, der es zu helfen galt, nicht mehr so jung und nicht mehr so hübsch war. Phil Karkov war ein Musterbürger, und so folgte er bereitwillig der Anweisung, die der Polizist ihm gegeben hatte.

Er betrat den Dienstraum des Polizeichefs in Begleitung seiner Freundin und wurde von Salsbury empfangen. Salsbury öffnete die beiden mit dem Code. Das Programm funktionierte ganz prächtig. Nein, die beiden hatten nicht zu fliehen versucht. Sie wollten eine Spazierfahrt machen. Nein, ihnen sei heute nichts Verdächtiges im Ort aufgefallen. Sie hätten vorgehabt, in Bexford ein Bier zu trinken.

Salsbury schickte Phil Karkov nach Hause. Er befahl ihm, bis zum Morgengrauen im Haus zu bleiben.

Dann war da noch die Frau, Karkovs Freundin. Salsbury beschloß, sie noch etwas dazubehalten.

Sie war eine Kindfrau. Ihr silberblondes Haar reichte bis auf die Schultern. Das Gesicht war klar und rein. Kristallgrüne Augen. Zimtfarbene Sommersprossen. Stupsnase. Grübchen. Ein wohlgeformtes Kinn. Zerbrechlich sah diese Frau aus. Mädchenhaft. Naiv. Sie war etwas über 1,50 Meter groß. 45 Kilo. Ein federleichtes Geschöpf, schlank, zart, auf hexenhafte Weise weiblich. Sie trug ein rot-weiß gestreiftes T-Shirt. *No bra.* Kein Büstenhalter. Sie trug Shorts aus Jeansstoff. Die Brüste waren hochangesetzt, nicht zu groß, nicht zu klein. Die Warzen malten sich auf dem T-Shirt ab. Die Taille war unglaublich schlank, die Beine lang, glatt, ohne sichtbare Muskeln. Salsbury stand vor ihr und inspizierte ihre Formen, weidete sich an ihrem Gesichtsausdruck. Ihre Blicke trafen sich. Lolah errötete. Sie war zart, sanft und verletzlich wie kein anderes der Mädchen, denen Salsbury in den vergangenen zwanzig Jahren sein erotisches Augenmerk zugewandt hatte.

Sie war, wie er die Frauen mochte. Weich, nachgiebig, verletzlich, hilflos. Die Macht. Mutter. Die Augen der Hure, die über ihm stand.

Er fuhr aus seinen Träumen hoch. »Lolah?«

»Ja.«

»Wie alt bist du?«

»Sechsundzwanzig.«

»Bist du mit Phil Karkov verlobt?«

»Nein.« So zart. So mädchenhaft.

»Aber er ist dein fester Freund.«

»Sozusagen.«

»Schläfst du mit ihm?«

Ihr Gesicht überzog sich mit einem Schimmer der Scham. Ihre schönen Lippen zitterten.

Süßes, kleines Biest.

Ich pfeife auf dich und deine guten Ratschläge, Dawson. Ich pfeife auf dich, Klinger. Er mußte kichern.

»Schläfst du mit deinem Freund, Lolah?«

Ihre Antwort kam so leise, daß er sie kaum verstand. »Muß ich das sagen?«

»Du mußt mir die Wahrheit sagen.«

Im Flüsterton: »Ja.«

»Ob du mit ihm schläfst?«

»Ja.«

»Wie oft?«

»Jede Woche.«

»Sprich lauter.«

»Jede Woche!«

»Du hast es faustdick hinter den Ohren, wie?«

»Warum?« Vorsichtiges Lächeln.

Er lachte, spielte am Lauf seiner Waffe herum. Lolahs Lächeln gefror. »Werden Sie mir weh tun?«

»Wieviel mal pro Woche schläfst du mit ihm?«

»Zweimal«, flüsterte sie. »Zweimal oder dreimal.«

Salsburys Blick wanderte von ihren Schenkeln zur Wand und von dort zu Bob Thorp, der an der Tür stand. »Machen Sie, daß Sie rauskommen, Thorp. Begeben Sie sich zum Wachposten am Ende des Flurs. Warten Sie dort, bis ich Sie rufe.«

»Wie Sie wünschen.« Thorp verschwand und zog die Tür hinter sich ins Schloß.

»Lolah?«

»Ja, bitte?«

»Was macht Phil Karkov mit dir?«

»Wie meinen Sie das?«

»Im Bett.«

Sie senkte den Blick. Sie trug keine Strümpfe. Zwischen den Riemchen ihrer Sandalen schimmerte die sanftgebräunte Haut.

Das Gefühl der Macht kam über Salsbury, füllte ihn bis in

die letzten Poren. Ein Feuerwerk aus Funken, Nadeln und Eiskristallen. Das Herz schlug ihm bis zum Halse. Das Programm, hier hatte es seine wahre Bestimmung gefunden. Die Frauen. Die Furche zwischen den Brüsten der Frauen. *Macht. Mutter*. Der Himmel hatte ihm die Macht über die Seelen der Menschen in die Hand gelegt. Niemand konnte ihm mehr etwas anhaben. Niemand konnte ihn mißbrauchen. Er mißbrauchte jetzt die anderen. So würde es von jetzt ab laufen. Er war Gott, die anderen waren seine Opfer. Nun und immerdar, Amen. Hast du gehört, Dawson? Kannst du mich sehen, Miriam? Ich danke dir, Herr, daß du mir eine Frau mit so einem hübschen Hintern geschickt hast. Amen. Salsbury war glücklich. Seit er Thorps Frau genommen hatte, war er nicht mehr so glücklich gewesen.

»Ich wette, Phil macht alles mit dir, was er will«, sagte er.

Sie antwortete ihm nicht. Sie stand da und bohrte die Fußspitze in den Boden.

»Tut er das, Lolah? Gib's zu. Sag, daß du alles mit dir machen läßt. Ich will, daß du's aussprichst.«

»Ja.«

»Du sollst die Worte sagen.«

»Er tut alles mit mir, was er will.«

»Und du läßt es mit dir geschehen.«

»Ich lasse es mit mir geschehen.«

Er griff ihr Kinn mit Daumen und Zeigefinger und zwang sie, ihn anzusehen. Angst stand in ihren Augen.

»Jetzt werde *ich* mit *dir* tun, was ich will.«

»Bitte, tun Sie mir nicht weh.«

»Kleines Biest«, sagte er. »Süßes, kleines Biest.« Er war so erregt wie noch nie in seinem Leben. Er hatte zu schnaufen begonnen. Alles schien plötzlich sehr klar, sehr rein, sehr offen. Es gab keine Probleme mehr. Die Welt war unter seiner Kontrolle. Die Frauen der Welt waren unter seiner Kontrolle. Er war der Boß. *Der absolute Boß*. Es war die Bezeichnung, die Howard Parker benutzt hatte, wenn er von sich sprach, Salsbury konnte sich sehr genau an diese Gespräche erinnern. Die Erinnerung kam so klar wie die Halluzination eines LSD-Süchtigen. Ich bin der absolute Boß, dachte er. Sie gehört mir.

»Natürlich werde ich dir weh tun, mein Kleines«, sagte er freundlich. »Ich werde mit dir tun, was mir gerade einfällt.«

Salsbury trat einen Schritt zurück. Er stemmte seine kleinen Fäuste in die Seiten.

Der Hubschrauber war auf den Landeplatz am Holzfällercamp eingeschwebt.

Dawson wartete, bis das Surren der Rotoren erstarb. »Ogden Salsbury muß eliminiert werden«, sagte er in die Stille hinein.

Klinger sah keine Probleme, dieser Feststellung zuzustimmen. »Natürlich. Er ist unzuverlässig.«

»Er ist ein Risiko.«

»Ich sehe nur eine Schwierigkeit«, sagte Klinger. »Können wir das Projekt ohne ihn zu Ende bringen?«

»Was Ogden weiß, ist im Computer in Greenwich gespeichert«, sagte Dawson. »Das System ist einsatzreif entwickelt. Wir brauchen die gewünschten Daten nur abzurufen.«

»Hat er die Daten nicht verschlüsselt?«

»Natürlich hat er alles verschlüsselt. Aber ich habe den Computer vorprogammiert, noch bevor er in Greenwich angeliefert wurde. Er ist so programmiert, daß er auf einen bestimmten Code alle Daten freigibt, die ich abfrage, unabhängig von Sperren und Codes, die Salsbury eingegeben hat.«

»Wann wollen wir's tun?«

»Was tun?«

»Ihn... eliminieren.«

»Nicht wir werden es tun. Du wirst es tun, Ernst.«

»Ich? Sollte ich nicht besser jemanden programmieren, der den Job für uns ausführt?«

»Du wirst es selbst tun. Vergiß nicht, daß Ogden die Leute deprogrammieren kann, die wir auf ihn ansetzen.« Dawson lächelte. »Du hast doch einen Revolver dabei, oder?«

»Doch, ja.«

»Hast du dir das Ding wieder auf den Rücken geklebt?«

»Ans Schienbein.«

»Sehr schön.«

»Zurück zu meiner Frage«, sagte Klinger. »Wann soll er eliminiert werden?«

»Noch heute nacht. Innerhalb der nächsten Stunde, würde ich sagen.«

»Warum warten wir nicht, bis wir wieder in Greenwich sind?«

»Weil ich ihn nicht auf dem Grundstück in Greenwich begraben will. Das wäre zu riskant.«

»Und hier? Was machen wir hier mit seiner Leiche?«

»Du vergräbst sie im Wald.«

Dawson löste seinen Sitzgurt.

Schweigen.

»Du willst ihn ganz einfach von der Bildfläche verschwinden lassen, wie?«

»Richtig«, sagte Dawson.

»Seine Beurlaubung beim *Brockert Institute* geht nur bis zum fünften nächsten Monats. Wenn er dann nicht wieder zum Dienst antritt, geht die große Suche los. Das Pentagon dürfte nervös werden.«

»Sie werden ihn überall suchen, nur nicht in Black River. Es gibt nichts, was sie nach Black River führen könnte. Ogdens Spur führt nach Miami. Urlaub in Miami.«

»Sie werden die größte Menschenjagd dieses Jahrhunderts veranstalten«, sagte Klinger nachdenklich. »Die Abteilung Innere Sicherheit im Pentagon, das FBI...«

»Du weißt, daß wir nichts zu befürchten haben, Ernst. Alles ist wasserdicht abgeschottet. Es gibt offiziell keine Verbindung von Salsbury zu dir oder mir. Das Pentagon wird zu der Feststellung kommen, daß Salsbury zur anderen Seite desertiert ist.«

»Könnte sein.«

»Ganz bestimmt.«

Dawson war aufgestanden. Er begab sich zum Ausstieg.

»Soll ich nach Black River zurückfliegen, oder soll ich einen Jeep nehmen?« fragte Klinger.

»Es wäre zu auffällig, wenn du mit dem Hubschrauber dort ankommst«, sagte Dawson. »Nimm den Jeep. Du steigst in einiger Entfernung vom Rathaus aus und gehst den Rest des Wegs zu Fuß.«

»Einverstanden.«

»Und noch etwas, Ernst.«

»Was denn?«

Dawsons Fünfhundert-Dollar-Jacketkronen glänzten im Licht der Instrumententafel. Auf seinen Lippen lag ein Lächeln. Seine Augen leuchteten. Die Nasenflügel blähten sich. Es war der Ausdruck eines Wolfs, der Witterung aufgenommen hat. »Du machst dir zuviel Gedanken um diesen Neandertaler, Ernst.«

»Mag sein.«

»Es geht jetzt ums Überleben. Es kommt nicht an auf einen Mann wie Salsbury. Wir müssen diese Schlacht gewinnen, und wir werden sie gewinnen. Wir werden auch allen weiteren Schwierigkeiten trotzen, die sich erheben.«

»Ich wünschte, ich hätte dein Selbstvertrauen.«

»Es gibt keine Probleme, Ernst, wirklich nicht. Es kann gar keine geben. Unser Plan ist gottgewollt. Wir haben den Segen des HERRN. Du darfst nie vergessen, daß wir SEINEN Willen ausführen.«

»Ich werd' dran denken«, sagte Klinger leise.

Er tastete nach dem Revolver in seinem Hosenbein. Erst als er das Metall an den Fingerspitzen fühlte, durchströmte ihn so etwas wie Sicherheit und Gottvertrauen.

Paul und Sam hatten die Kirche verlassen. Sie gingen querfeldein, Richtung Fluß.

Buschwerk, Sträucher, hohes Gras. Die Halme waren naß vom Gewitterregen, und das Wasser schoß in ihre Fußspuren. Schon nach wenigen Schritten waren ihre Jeans bis zu den Knien durchnäßt.

Sam ging voran, sie folgten einem Trampelpfad. Pfützen, Schlick, Sand und Lehm. Sie versanken bis zu den Knöcheln, ruderten mit den Armen, um die Balance zu halten, schleppten sich weiter, hörten das Rauschen des Flusses.

Nach zehn Minuten hatten sie das Ufer erreicht. Sie erklommen den Felsen. Unten schossen die dunklen Fluten dahin wie quirlendes Öl. Die Ufer stiegen beiderseits auf eine Höhe von drei Metern an. Findlinge waren zu sehen, die über die Böschung hinausragten, die Stümpfe von Weidenbäumen, die Silhouetten von Eichen und Ahornbäumen.

Sie hatten keine Taschenlampe mitgebracht, und es wäre

auch zu gefährlich gewesen, mit Licht zu gehen. Sie gingen in westlicher Richtung, auf die Berge zu. Sam ging voran, unermüdlich, geduldig und stark. Ein Krieger mit schneeweißem Haar.

Ich werde einen Menschen töten, dachte Paul. Vielleicht mehrere Menschen. Gegner, Opfer...

Der Geruch verwesender Pflanzen stieg zu ihm hoch. Der Fluß hatte die Böschung unterspült. Schlamm, Moder.

Der Pfad, der am Ufer entlangführte, endete an einem Felsvorsprung. Sam deutete nach links. Sie durchquerten ein Feld mit Apfelbäumen.

In den Bergen zuckten Blitze. Der Donner kam erst, als Paul den Blitz schon vergessen hatte. Er schrak zusammen. Die Vögel, die in den Bäumen nisteten, flogen auf.

Sie gingen in nördlicher Richtung. Sie schlugen einen großen Bogen um den dunklen Bereich, wo sie das Rathaus vermuteten. Dann erkannte Paul die Umrisse des Gebäudes. Sie standen vor der Rückseite.

Sam deutete auf den Zaun. Er hielt Ausschau nach den Wachposten, die Salsbury aufgestellt hatte. Niemand war zu sehen.

Sie überwanden den Zaun. Sam war flink wie ein junger Mann. Er duckte sich hinter die Büsche, verschwand in der Deckung der Pinien. Buschwerk, Ginster, hüfthohe Stauden.

Paul schob den Revolver in den Gürtel. Er wollte die Wiese überqueren, als er zu zittern begann.

Das Fieber, dachte er. Die Droge.

Nein, das war nicht möglich. Er hatte nicht von dem vergifteten Wasser getrunken.

Seine Hand wanderte zur Magengrube. Er spürte, wie seine Eingeweide zu rumoren begannen.

Er dachte nach.

Ich habe Angst.

Ich habe Angst, ein Mörder zu werden.

Ich habe Angst, getötet zu werden.

Die Zukunft hatte sechs Seiten, wie ein Würfel.

Die Übelkeit überkam ihn und die Ahnung, daß dieser Würfel keine Augen hatte. Sechsmal Tod. Man würfelte, aber man hatte keine Wahl.

Paul biß die Zähne zusammen.
Er folgte Sam.

22 Uhr 30
Lolah Tayback hatte sich entkleidet. Salsbury betrachtete ihre Blöße.

»Ich bin der absolute Boß«, sagte er.

»Jawohl, Sir.«

»Sieh mich an, Lolah.«

Sie hielt den Blick gesenkt.

»Lolah?«

»Bitte nicht.« Sie hatte zu weinen begonnen.

»Was ist los mit dir, Lolah?«

»Ich habe Angst.«

»Magst du mich nicht?«

Sie schwieg.

»Magst du mich, Lolah?«

»Ja, Sir.«

»Sag die Wahrheit, Lolah.«

»Ich mag Sie nicht.«

Er schlug sie ins Gesicht.

Sie taumelte zurück.

»Kleine Hure!«

»Bitte tun Sie mir nicht weh.«

»Hure, hab' ich gesagt.«

»Tun Sie mir nichts, bitte.«

»Ich werde dich...«

»Bitte nicht!«

Er schlug zu.

Es gab eine doppelarmige Peitschenleuchte, die den Parkplatz hinter dem Rathaus in blauweißes Licht tauchte. Der Schein war so hell, daß die Tannenzweige wie das Gefieder eines Schwans schimmerten. Das Pflaster sah aus wie geschmolzener Asphalt, und die Pfützen glitzerten wie zerbrochene Spiegel. Eine Reihe von Personenwagen waren auf dem Platz geparkt, unter anderem der städtische Krankenwagen und der Streifenwagen der Polizei.

Sie waren an der rückwärtigen Eingangstür des Rathauses

angekommen. Paul lehnte sich gegen die Füllung. Die Tür schwang auf. Ein Flur. Zwielicht. Zwei Männer. Bob Thorp und einer seiner Leute.

Thorp hatte den Revolver aus dem Halfter gezogen. Der Mann neben ihm hielt seine Schrotflinte auf Paul gerichtet.

»Ich bin der Schlüssel«, sagte Paul.

»Ich bin das Schloß«, sagten die beiden im Chor.

»Sprecht leise«, befahl Paul.

Die beiden nickten.

»Stecken Sie Ihren Revolver wieder in den Halfter, Mr. Thorp.«

»Wie Sie wünschen.«

»Und Sie, nehmen Sie Ihre Flinte runter.«

Der Mann gehorchte.

Paul empfand keinen Triumph, daß es ihm gelungen war, die beiden Männer zu öffnen, sie zu manipulieren, auf die Knöpfe ihres Unterbewußtseins zu drücken. Ihm war klar, daß ihr Leben in seiner Hand lag, ihr Leben und ihre Würde. Das Gefühl war wie der Gang durch einen alten Dom. Paul erschauerte.

Sam ging den Flur entlang und öffnete die erste Tür zur Rechten. Ein neonerleuchteter Raum tat sich auf.

22 Uhr 36

Tat-tat-tat-tat-tat-tat-tat ...

Salsburys Knöchel bluteten.

Er öffnete den Waffenschrank im Büro des Polizeichefs und nahm einen Smith-&-Wesson-Revolver vom Haken. Er suchte und fand die Munition. Er lud die Waffe.

Er kehrte zu Lolah Tayback zurück.

Sie lag auf dem Fußboden, mit angezogenen Knien. Ihre Oberlippe blutete. Das Septum war gebrochen.

»Arme Lolah«, sagte er.

Er ging um sie herum, ihre Augen folgten ihm.

Er hielt ihr die Mündung der Waffe auf die Nasenwurzel. Sie schloß die Augen.

Er fuhr mit dem Lauf auf ihren Jochbögen entlang, am Hals hinunter und verharrte auf den Brüsten. Er umrundete die Warzenhöfe, dann drang er zu den Brustspitzen vor.

Lolah erschauderte.

Salsbury überkam der heilige Ernst. Er hatte sie, wo er sie haben wollte.

Der Raum war voller Akten. Ein unpersönlicher Raum. Neonlicht, grüngestrichene Wände, graugestrichenes Metall, braungekachelter Boden.

Der ideale Raum für ein Verhör.

»Mr. Thorp«, begann Sam, »wer befindet sich zu diesem Zeitpunkt in Ihrem Büro?«

»Zwei Personen.«

»Wer sind diese Personen?«

»Lolah Tayback und *er*.«

»Wer ist *er*?«

»Ich weiß es nicht.«

»Sie kennen seinen Namen nicht?«

»Nein.«

»Ist es Salsbury?«

Thorp zuckte die Achseln.

»Wie sieht der Mann aus?«

»Zwanzig Kilo Übergewicht«, sagte Thorp.

»Dicke Brillengläser?«

»Ganz recht. Dicke Brillengläser.«

»Nur dieser Mann und Lolah Tayback sind im Büro?«

»Nur die beiden.«

»Sind Sie sicher?«

»Ganz sicher.«

»Und wo sind Salsburys Freunde?«

»Welche Freunde?«

»Die Männer, die im Hubschrauber eingeflogen kamen.«

»Die sind nicht hier.«

»Keiner von beiden?«

»Keiner von beiden.«

»Wo sind sie denn hin?«

»Weiß nicht.«

»Sind sie vielleicht zur Sägemühle geflogen?«

»Ich weiß es nicht.«

»Haben sie gesagt, sie würden nach Black River zurückkommen?«

»Das weiß ich nicht.«

»Wie hießen die beiden Männer?«

»Es tut mir leid, aber das weiß ich auch nicht.«

Sam trat einen Schritt zurück. »Das wär's«, sagte er, zu Paul gewandt.

»Gehen wir zu ihm?« fragte Paul.

»Ja, und zwar sofort.«

»Ich gehe vor«, sagte Paul. »Ich werfe mich gegen die Tür, und du kommst nach.«

»Ich bin der Älteste von uns beiden«, sagte Sam. »Ich habe weniger zu verlieren.«

»Ich bin der Jüngere«, sagte Paul. »Ich bin auch schneller als du, und deshalb mache ich die Vorhut.«

»Es ist nicht wichtig, ob du schnell bist. Salsbury hat keine Ahnung, daß wir schon im Rathaus sind. Wir überrumpeln ihn, und fertig.«

»Vielleicht erwartet er uns. Vielleicht hat er einen heißen Empfang für uns vorbereitet.«

»Gut«, sagte Sam. »Du gehst vor, und ich folge dir.«

Salsbury hatte ihr bedeutet, sich auf den Rücken zu legen. Er drückte den Lauf seiner Waffe in ihr glattes Fleisch. Seine Zunge wanderte über die trockenen Lippen, er mußte schlucken. Er schob sich die Brille hoch. »Du bist scharf drauf, gib's zu«, flüsterte er. »Diesmal kriegst du soviel, wie du brauchst. Hörst du mich, du kleines Biest? Und jetzt halt still. Ich verspreche dir, bei allem, was mir heilig ist, ich mach's dir, wie du's haben willst.«

Paul stand vor der Tür, den entsicherten Revolver in der Hand. Er hatte gehört, wie Salsbury sich mit seinem Opfer unterhielt. Sam hatte recht. Der Mann ahnte nicht, daß seine beiden Widersacher sich ins Rathaus geschlichen hatten.

Er öffnete die Tür mit lautloser Geschicklichkeit. Geduckt, zum Sprung bereit, kroch er auf die Gestalt zu, deren Rücken vom Schreibtisch verdeckt wurde. Er hielt die 357er Magnum auf den Kopf des Mannes gerichtet.

Als er den Schreibtisch umrundet hatte, sah er die Frau. Sie war nackt. Das Gesicht war blutverschmiert, aber die Frau war bei vollem Bewußtsein. Sie lag mit ausgebreiteten Armen und Beinen auf dem Fußboden und starrte den Mann an, der über ihr kniete.

Salsburys Gesicht war schweißüberströmt. Unter dem Rand der Brille zuckten dunkelrote Flecken. Die Augen glänzten wie im Rausch. Er sah aus wie ein Troll, der seinen Tanz um den vergifteten Dorfbrunnen schon hinter sich hat, wie der Frosch, der sich über die schlafende Königstochter hermacht. Die Mündung der Waffe war auf ihre Schenkel gerichtet, in einer bizarren, abstoßenden Nachahmung des Liebesaktes. Paul Annendale war so angewidert, daß er die Gefahr vergaß, in der er schwebte.

Salsbury nutzte die Chance. Er sprang auf, hob den Revolver und gab einen Schuß auf Paul ab.

Er verfehlte ihn um wenige Zentimeter. Die Kugel schlug in die Wand. Putz rieselte von der Decke und breitete sich als winziger weißer Schleier über Pauls Schulter.

Pauls Erstarrung wich. Er riß die Waffe hoch und drückte ab. Der erste Schuß zerschmetterte die Scheibe, der zweite traf Salsbury in die rechte Schulter.

Salsburys Revolver fiel zu Boden. Er selbst wurde gegen die Wand geschleudert.

Er sank zu Boden. Seine Hand tastete sich zur Schulter vor, versuchte die Wunde zu bedecken. Das Blut sprudelte unter seinen Fingern hervor. Der Schmerz und die Macht. *Tat-tat-tat-tat . . .*

Er sah einen Mann auf sich zutreten. Der Mann war groß. Blaue Augen.

Salsbury konnte das Gesicht nicht klar erkennen. Etwas stimmte nicht ganz mit seinen Augen, er wußte nicht, was es war. Immerhin war zu erkennen, daß der Mann leuchtend blaue Augen hatte. Salsbury fühlte sich in das Meer der Zeit zurückgeschleudert. Er war wieder ein kleiner Junge. Mutter konnte nicht weit sein.

»Parker?« fragte er unsicher. »Sind Sie Parker?«

»Wer ist Parker?« fragte der Mann mit den leuchtend blauen Augen.

»Bitte tun Sie mir nichts«, sagte Salsbury.

»Wer ist Parker?«

»Bitte lassen Sie mich in Ruhe, Parker.«

»Ich heiße nicht Parker.«

Salsbury brach in Tränen aus. Er saß an die Wand gelehnt, ließ das Blut über seine Finger rinnen und schluchzte.

Der Mann mit den blauen Augen ergriff ihn beim Kinn. »Sehen Sie mich an, Salsbury. Sehen Sie mir ins Gesicht, verdammt noch mal!«

»Sie tun mir weh, Parker.«

»Ich... bin... nicht... Parker!«

Der Schmerz war wie fortgeflogen. »Sie sind nicht Parker?«

»Mein Name ist Annendale.«

Der Schmerz kehrte zurück. »Ich verstehe. Sie sind Annendale. Ach so. Hm.«

»Ich werde Ihnen jetzt ein paar Fragen stellen, Salsbury.«

»Ich habe Schmerzen«, stöhnte Salsbury. »Sie haben mich verwundet. Das durften Sie nicht.«

»Sie werden meine Fragen beantworten.«

»Nein«, sagte Salsbury. Sein Gesichtsausdruck war verbissen. Wenn er Angst hatte, so war es nicht zu erkennen. »Ich werde keine Ihrer Fragen beantworten.«

»Jede einzelne Frage werden Sie beantworten, wenn Sie nicht wollen, daß ich Ihren Kopf als Zielscheibe benutze.«

»Ich habe nichts dagegen, daß Sie meinen Kopf als Zielscheibe benutzen. Solange ich lebe, bleibt die Macht in meinen Händen. Die Macht und das Wissen.«

»Wer sind die beiden Männer, die mit dem Hubschrauber eingeflogen wurden?«

»Das geht Sie nichts an.«

»Sind es Regierungsbeamte?«

»Lassen Sie mich in Ruhe.«

»Sie kommen nicht mehr raus aus der Schlinge, Salsbury. Sie müssen sterben oder reden.«

»Sie können mich nicht einschüchtern mit Ihren Drohungen.«

»Sind es Regierungsbeamte?«

»Verpissen Sie sich, Annendale.«

Der Schlag mit dem Revolverknauf zerschmetterte Salsburys rechte Hand. Der Schmerz kroch von der Hand zum Herz und von dort zur blutenden Wunde an der Schulter.

Salsbury begann zu spucken. Fast hätte er sich übergeben.

»Habe ich mich deutlich genug ausgedrückt, Salsbury?«

»Hurensohn!«

»Ob es Regierungsbeamte waren, will ich wissen.«

»Ich sagte Ihnen, Sie sollen sich verpissen, Annendale!«

Klinger parkte den Jeep im westlichen Teil der Main Street, zwei Häuserblocks vom Rathausplatz entfernt.

Er stieg aus und schloß die Tür. Er hatte den Schlüssel in die Tasche gleiten lassen, als er Gewehrfeuer hörte. Drei Schüsse, in kurzem Abstand abgegeben. Schüsse in einem geschlossenen Raum. Nicht sehr weit weg. Stadteinwärts. Das Rathaus? Das Büro des Polizeichefs? Klinger stand da und lauschte.

Keine Schüsse mehr. Nichts.

Er zog die plattnasige 32er Webley aus dem Wadenhalfter und entsicherte sie.

Er schlug einen Bogen um das *Union-Theater*. Ein Umweg, aber der sicherste Weg, um zum Hintereingang des Rathauses zu gelangen.

9. Kapitel

22 Uhr 55

Sie hatten Lolah Tayback in den Krankenwagen gelegt. Sie hatten sie auf der Trage festgebunden. Sie hatten ein knisternd sauberes, weißes Tuch über sie gebreitet. Der Kopf war hochgestützt worden, damit sie bei der Überführung ins Krankenhaus in Bexford nicht an ihrem eigenen Blut erstickte. Die Atmung war regelmäßig. Sie stöhnte bei jedem Atemzug.

Sam stand vor der Klappe des Krankenwagens und warf einen Blick ins Innere. Dann wandte er sich Anson Crowell zu.

Anson Crowell war einer von Thorps Beamten. Er war von Sam mit falschen Antworten programmiert worden.

»Gehen wir's noch einmal durch«, sagte Sam. »Was ist mit dem Mädchen passiert?«

»Sie ist von einem unbekannten Täter vergewaltigt worden.«

»Wo hat sich die Tat ereignet?«

»In ihrer Wohnung.«

»Wer hat sie gefunden?«

»Ich.«

»Wer hatte die Polizei verständigt?«

»Die Nachbarn.«

»Und warum?«

»Die Nachbarn hatten das Mädchen schreien gehört.«

»Haben Sie den Täter schon dingfest gemacht?«

»Nein.«

»Wissen Sie, wer's war?«

»Nein, aber es gibt Hinweise.«

»Können Sie darüber was Näheres sagen?«

»Nein, das geht nicht. Es könnte die Ermittlungen erschweren oder verzögern.«

»Es könnte die Ermittlungen erschweren, wenn Sie Polizeibeamten einer anderen Dienststelle über den Fall Auskunft geben?«

»Wir haben in Black River unsere eigene Kompetenz, derartige Fälle zu behandeln.«

»Ist das nicht übertriebene Geheimniskrämerei?«

»Sie müssen das nicht persönlich nehmen. Wir haben unsere Anweisungen, und die müssen wir befolgen, im Interesse der Aufklärung des Falles.«

»Sie könnten mir immerhin sagen, wie der Verdächtige aussieht.«

»Keine Einwendungen.« Der Polizeibeamte betete die Beschreibung des Täters herunter, so wie es ihm von Sam ins Unterbewußtsein eingespeichert worden war. Der fiktive Täter ähnelte Ogden Salsbury in keiner Weise.

»Was tun Sie, wenn die Polizei von Bexford ihre Mithilfe bei der Suche nach dem Verdächtigen anbietet?«

»Ich lehne dankend ab«, sagte der Beamte. »Wir wickeln die Fahndung in eigener Regie ab, ohne fremde Hilfe. So steht es in den Vorschriften. Ich hätte sowieso nicht die Kompetenz, daran etwas zu ändern. Das kann nur der Polizeichef von Black River.«

»Gut«, sagte Sam. »So könnt's gehen. Steigen Sie ein.«

Er stand dabei, als der Polizist in den Krankenwagen einstieg. Er sah, wie der Polizist auf der gepolsterten Bank neben der Verletzten Platz nahm.

»Sie laden noch ihren Verlobten ein, wie ich es Ihnen vorhin erklärt habe«, sagte Sam. »Er erwartet Sie am Ende der Main Street, kurz vor der Ortsausfahrt.«

Sam hatte Phil Karkov per Telefon programmiert. Phil würde die Rolle des besorgten Verlobten spielen, der die von einem Unbekannten überfallene Freundin ins Krankenhaus begleitete. Auch was Lolah den Ärzten und dem Personal im Krankenhaus in Bexford sagen würde, war programmiert. Sie sei von einem Fremden in ihrer Wohnung überfallen worden. »Phil Karkov wird bei ihr bleiben, nachdem sie ärztlich versorgt ist«, beendete Sam sein Briefing. »Er wird darauf bestehen, ein Zimmer im Krankenhaus zu bekommen. Was Sie angeht, so fahren Sie mit dem Krankenwagen nach Black River zurück, nachdem Sie sich vergewissert haben, daß bei Lolah keine Lebensgefahr vorliegt.«

»Ich verstehe«, sagte Crowell.

Sam schloß die Tür. Er ging um den Krankenwagen herum, um mit dem Fahrer zu sprechen. Es war ein Feuerwehrmann, den Sam für die Fahrt nach Bexford rekrutiert hatte.

Es schien keinen Weg zu geben, Salsburys Willen zu brechen. Der Mann hatte starke Schmerzen, aber er war nicht bereit, irgend etwas über seine Komplizen preiszugeben. Er saß in Thorps Dienstzimmer, in dem Stuhl, den ihm Paul angewiesen hatte. Pauls Fragen beantwortete er mit bizarrem Hochmut, mit Schweigen und Obszönitäten.

Eine weitere Schwierigkeit war, daß Paul keine Erfahrung in der Befragung eines Zeugen hatte. Er war alles andere als ein Inquisitor. Er wußte, daß Salsbury sein Geheimnis unter dem Druck der Folter preisgeben würde. Aber wie folterte man einen Menschen, ohne ihn physisch zu zerstören?

»Wer waren die Männer im Hubschrauber?«

Salsbury schwieg.

»Waren es Regierungsbeamte?«

Schweigen.

»Handelt es sich um einen Test, den die Regierung bezahlt?«

»Gehen Sie zum Teufel, Annendale!«

Wenn er ergründen wollte, was Salsbury wirklich Angst machte, würde der Mann sein Geheimnis preisgeben. Nur dann. Jeder Mensch hatte Ängste, die ihn prägten. Im Falle von Salsbury, der so offensichtlich an der Schwelle zum Wahnsinn stand, mußte es einen wahren Kleiderschrank voller Skelette geben. Aber wo lag der Schlüssel zu diesem Schrank verborgen? Es gab Tausende von Möglichkeiten, ein Labyrinth, so verworren wie die Psyche des Menschen. Wenn Salsbury ein Mensch war, der unter Höhenangst litt, konnte er ihn auf den Glockenturm der Kirche schleppen und ihm mit einem Sturz in die Tiefe drohen. Wenn Salsbury unter Platzangst litt, unter dem Wahn, daß freie Fläche eine tödliche Gefahr für ihn darstellte, dann konnte er ihn auf das Baseballfeld des Ortes schleppen. Es genügte, wenn er ihn in die Mitte des Platzes setzte, und Salsbury würde zu sprechen beginnen. Wenn Salsbury krankhafte Angst vor Ratten hatte, konnte er ihn mit ein paar Ratten in ein Zimmer sperren. Schon die bloße Drohung, dies zu tun, würde genügen. Vor was hatte dieser Mann Angst?

Plötzlich fiel Paul ein, wie Salsbury reagiert hatte, als er ihn im Dienstzimmer des Polizeichefs überwältigte. Der Mann war zu Tode erschrocken gewesen. Aber nicht, weil er vor Paul Annendale Angst hatte. Wenn überhaupt, dann hatte er einen anderen Eindringling erwartet. Einen gewissen Parker. Das war der Name, mit dem er Paul angesprochen hatte.

Wer war Parker? Was hatte dieser Parker mit Salsbury gemacht? Was hatte so tiefe Wunden in der Seele Salsburys hinterlassen, daß er bei der bloßen Erinnerung an den Vorgang mit Panik reagierte?

»Salsbury!«

Schweigen.

»Wer waren die Männer im Hubschrauber?«

»Sie langweilen mich zu Tode mit Ihren Fragen.«

»Waren es Beamte aus Washington?«

»Annendale, Sie kommen mir vor wie eine kaputte Schallplatte.«

»Ihnen steht was Schlimmes bevor, Salsbury.«

»Sie können mich nicht kleinkriegen. Sie nicht.«

»Ich werde mit Ihnen tun, was Parker getan hat.«

Salsburys Hände krampften sich um die Stuhlkante. Seine Augen hatten den Ausdruck eines gehetzten Tieres angenommen.

Ich habe ihn bei seinem schwachen Punkt erwischt, dachte Paul. Hoffentlich merkt er nicht, daß es nur ein Bluff ist.

Er war der Lösung des Rätsels ganz nahe, das spürte er. Aber er wußte nicht, was dieser Parker mit Salsbury angestellt hatte.

»Woher kennen Sie Parker?« stammelte der Mann auf dem Stuhl.

Paul ging um ihn herum und betrachtete ihn aus der Nähe. Salsbury schien sich nicht einmal mehr zu erinnern, daß er selbst es war, der den Namen Parker ins Gespräch gebracht hatte. Er schöpfte neue Hoffnung.

»Es geht Sie nichts an, woher ich Parker kenne. Ich kenne ihn. Sehr gut sogar. Und ich weiß auch, was er mit Ihnen getan hat.«

»Ich... war damals erst zwölf Jahre alt. Das dürfen Sie nicht tun.«

»Ich darf es tun, und ich werde es tun.«

»Sie sind nicht der Typ Mann, der so was macht«, stöhnte Salsbury. Der Schweiß troff ihm von der Stirn.

»Ich bin nicht der Typ?«

»Sie sind nicht schwul«, entfuhr es Salsbury. »Sie sind keiner von diesen verdammten Schwulen.«

Paul sortierte die Karten, die ihm in die Hand gespielt worden waren. »Es gibt Schwule, denen man's nicht ansieht, Salsbury. Wenn man eine solche Veranlagung hat, dann läßt man's nicht raushängen.«

»Sie waren doch mal verheiratet.«

»Viele Schwule sind verheiratet.«

»Sie haben Kinder gezeugt.«

Paul zuckte die Achseln. »Das hat nichts zu bedeuten.«

Salsbury schloß die Augen.

»Ogden?«

Salsbury schwieg.

»Steh auf, Ogden.«
»Wagen Sie es nicht, mich anzurühren.«
»Du stellst dich hin und stützt die Arme auf den Tisch.«
»Ich stehe *nicht* auf.«
»Komm schon, es wird dir Spaß machen.«
»Nein, das tue ich nicht.«
»Bei Parker hat es dir aber Spaß gemacht.«
»Das ist nicht wahr.«
»Doch, Ogden, du bist ganz der Typ für so was.«
Salsbury wand sich auf seinem Stuhl. »Nein.«
»Steh auf und stütz dich auf den Schreibtisch.«
»Ich habe Schmerzen.«
»Steh auf und laß die Hosen runter.«
Ein Schaudern ging durch Salsburys Gestalt. Er war aschfahl geworden.
»Wenn du nicht freiwillig aufstehst, Ogden, dann muß ich Gewalt anwenden. Du bist mir unterlegen. Du bist verletzt. Ich habe eine Waffe.«
»Bitte, nicht.«
»Es wird dir Spaß machen, Ogden, das weiß ich. Parker hat mir erzählt, wie sehr es dir gefallen hat.«
Salsbury hatte zu schluchzen begonnen. Er saß da und würgte.
»Sag mir, wer die Männer sind.«
»Nein.«
»Hast du Angst, Ogden?«
»Ja, ich habe Angst.«
»Du kannst es dir aussuchen, wie's weitergeht. Entweder du beantwortest meine Fragen, oder ...«
»Oder?«
Paul mußte sich zwingen, mit der Einschüchterung fortzufahren. Er überwand seinen Ekel. Er griff Salsbury beim Hemdzipfel, der aus der Hose ragte. Er versuchte, ihn aus dem Stuhl zu heben. Aber Salsbury war zu schwer.
Er stand über ihn gebeugt. »Wenn ich mir dir fertig bin, macht Bob Thorp weiter, du weißt dann schon, wie's geht. Du brauchst nur noch stillzuhalten, Ogden. Ich werde ihn programmieren und ihm sehr genau sagen, wie du es gern hast.« Paul wußte, daß er unfähig war, die Drohung auszu-

führen. Vielleicht genügte der Bluff. »Nach Bob Thorp darf dann die übrige Mannschaft ran. Du kennst die Männer ja bereits. Du wirst es genießen.«

Salsburys Widerstand zerbrach. »Ich sage Ihnen alles, was Sie wissen wollen, aber rühren Sie mich nicht an. Bitte, rühren Sie mich nicht an. Zwingen Sie mich nicht, mich auszuziehen. Ich werde reden, wenn Sie mir das versprechen.«

Paul schrie ihm die Frage ins Gesicht. »Wer waren die Männer im Hubschrauber? Wenn du mit heilem Hintern aus der Sache herauskommen willst, dann rede!«

»Die beiden heißen Dawson und Klinger.«

»Insgesamt waren es drei.«

»Ich weiß nicht, wie der Pilot heißt.«

»Dawson und Klinger. Vornamen?«

»Leonard Dawson und ...«

»*Der* Leonard Dawson?«

»Ja. Und Ernst Klinger.«

»Ist Klinger ein Regierungsbeamter?«

»Er ist General des Heeres.«

»Handelt es sich bei dem Test um ein Projekt der Regierung?«

»Nein.«

»Um ein militärisches Testprogramm?«

»Nein.«

Paul hatte erfahren, was er wissen wollte. Er hatte seine Fragen mit der Geschwindigkeit eines Maschinengewehrs gestellt. Trommelfeuer. Salsbury hatte jede Frage beantwortet, ohne auch nur eine einzige Sekunde zu zögern.

Klinger duckte sich hinter die Büsche, die den Parkplatz des Rathauses von der Rasenfläche trennten. Erstaunt und beunruhigt beobachte er, wie die Männer die Frau auf der Bahre in den weißen Cadillac schoben.

Er veränderte seinen Standort, so daß er die Beschriftung des Wagens erkennen konnte. BLACK RIVER – EMERGENCY. Rot auf weiß. Ein Krankenwagen.

Das rote Blinklicht hatte zu zucken begonnen, und der Widerschein war wie ein Nest blutiger Vipern, die auseinanderkrochen, um die Blätter auf den Bäummen anzunagen.

Der bärtige, weißhaarige Mann war Sam Edison. Klinger kannte ihn von dem Foto, das er in der Bücherstube im ersten Stock über dem General Store entdeckt hatte.

Er hörte, wie der Motor gestartet wurde. Der Cadillac bog auf die Main Street in östlicher Richtung ein. Parkplatz und Straße waren so weit entfernt, daß Klinger keinen sicheren Schuß mit seiner Webley hätte anbringen können.

Als die Hecklichter des Cadillacs in der Dunkelheit verglüht waren, überquerte Klinger den leeren Parkplatz. Er betrat das Rathaus durch den Hintereingang.

Wir haben die Kontrolle über den Ort verloren, dachte er. Eine Handvoll Männer hat uns das Heft aus der Hand gewunden. Alles war umsonst. Der Test, der große Plan, das ganze Projekt. Vorbei. Es war Zeit, den Staub von Black River von den Füßen zu schütteln. Er hatte einen falschen Paß, den Leonard Dawson ihm besorgt hatte. Er würde sich in ein anderes Land absetzen und von dem Geld leben, das Leonard als Vorauszahlung zur Verfügung gestellt hatte.

Aber da gab es die andere Hälfte seines Ichs. Nicht aufgeben, sagte die andere Hälfte. Laß dich nicht in Panik hineintreiben. Warte ab. Du mußt das Problem aussitzen.

Er warf einen Blick auf das Zifferblatt seiner Armbanduhr. Es war 23 Uhr 3.

In der Ferne rumorte das Gewitter. Der Wind hatte wieder aufgefrischt. Es würde zu regnen beginnen.

23 Uhr 4.

Er stand im Flur des Rathauses und starrte auf die blaßblau schimmernde Rasenfläche hinaus. Worauf warte ich? Er versuchte, seine Gedanken zu ordnen. Er konnte keine Entscheidung treffen, wenn ihm keine Daten zur Verfügung standen. Spionage. Aufklärung. Information. Wahrscheinlich sind sie in Thorps Dienstzimmer, dachte er. Er beschloß, sich an der Außenfassade des Rathauses entlangzuschleichen und unter den Fenstern des Polizeibüros zu lauschen.

Wie in Korea, dachte er. Wie in Laos. Spähtrupp in Feindesgbiet. Diesmal stand der Feind mitten in Amerika.

23 Uhr 5

Sam stand im Türrahmen. Sein Blick war auf Ogden Salsbury gerichtet, der zusammengesunken auf seinem Stuhl kauerte.

Er wandte sich zu Paul. »Bist du sicher, daß er alles gesagt hat, was er weiß?«

»Ja.«

»Bist du auch sicher, daß er die Wahrheit gesagt hat?«

»Ja.«

»Es geht um Leben oder Tod für uns alle, das weißt du.«

»Er hat alles gesagt, was er weiß, und er hat mich nicht belogen. Ich bin ganz sicher.«

Salsbury saß da und wimmerte. Sein Blick folgte Sam, der seinen Platz an der Tür verlassen hatte und in die Mitte des Raumes getreten war.

Paul vermochte nicht zu ergründen, ob Salsbury überhaupt noch wahrnahm, was um ihn vorging. Er schien gebrochen, erschöpft, am Ende.

Das Gefühl, sich auf die Ebene dieses Mannes herabgelassen zu haben, lag wie ein Alp auf Paul. Gefühl und Verstand waren im Widerstreit. Wieder und wieder sagte er sich vor, daß er gar keine andere Wahl gehabt hatte. Sie lebten im letzten Viertel des zwanzigsten Jahrhunderts. Wenn man als Individuum überleben wollte, mußte man nach den Regeln spielen, die von der Technologie diktiert wurden. Dies war vielleicht die einzige Ära in der Entwicklung des Menschen, wo der Zweck wirklich die Mittel heiligte. Trotzdem fühlte sich Paul beschmutzt, verletzt, schuldig.

»Es wird Zeit«, sagte Sam. Seine Stimme klang ruhig und klar. »Einer von uns beiden muß es tun.«

»Als er elf war, ist er von einem Mann vergewaltigt worden«, sagte Paul. »Der Mann hieß Parker.« Er beobachtete Salsbury aus den Augenwinkeln. Der zeigte keine Reaktion.

»Ist das von Belang für unsere Entscheidung?« fragte Sam.

»Ich meine schon.«

»Ist es von Belang für die Opfer, daß Hitler wahnsinnig war? Macht es die sechs Millionen wieder lebendig?« Sam sprach leise, aber Paul merkte ihm die Anstrengung an und den Schmerz, der in den Worten mitklang. Er sah, wie das Kinn des Freundes zu zittern begann. »Er ist im Alter von elf

Jahren vergewaltigt worden«, fuhr Sam fort. »Rechtfertigt das den Mord an Mark? Wenn Salsbury mit seinem Plan durchkommt, übernimmt er die Kontrolle über Black River und über andere Ortschaften, vielleicht über ganze Länder. Er wird Menschen zu neuen Verbrechen, zu neuen Morden programmieren. Ist es da von Belang, ob man ihm im Alter von elf Jahren Unrecht angetan hat?«

»Gibt es keinen anderen Weg, ihn an der Ausführung seiner verbrecherischen Pläne zu hindern?« fragte Paul. Er kannte die Antwort.

»Das haben wir bereits durchdiskutiert.«

»Trotzdem. Gibt es keinen anderen Weg?«

»Ich übernehme die Sache«, sagte Sam. »Ich werd's tun.«

»Nein, die Verantwortung liegt bei mir. Wenn ich jetzt versage, würdest du auch beim Kampf gegen Dawson und Klinger allein dastehen, das kann ich nicht zulassen. Du kannst nicht allein mit den beiden fertig werden. Du sollst wissen, daß du fest auf mich zählen kannst.«

Salsburys Zunge schob sich über die geschwollenen Lippen, es sah aus wie ein blutgefüllter Wurm. Sein Blick irrte von der Wunde an der Schulter über den Hemdzipfel zu Paul. »Sie wollen mich doch nicht etwa töten!«

Paul zog seinen Combat-Revolver und legte an.

Salsbury streckte ihm die blutverschmierte Hand entgegen. »Schießen Sie bitte nicht. Ich biete Ihnen eine Partnerschaft an. Sie sind ab sofort mit im Geschäft, Sie und Ihr Freund.«

Paul zielte auf das Herz. Er wunderte sich, wie ruhig seine Hand auf einmal war.

»Wenn Sie an diesem Geschäft beteiligt sind, haben Sie ausgesorgt. Sie können sich kaufen, was Sie wollen. Sie haben mehr Geld, als Sie je ausgeben können. Überlegen Sie mal, was das bedeutet!«

Paul überlegte, aber dann war das zerbrochene Nasenbein der Frau wieder da und das blinde Weiß in den Augen des toten Jungen.

»Was ich Ihnen anbiete, ist mehr wert als Geld. Sie können sich die Frauen kaufen, die Sie haben wollen. Die teuersten, die besten, die verwöhntesten, alle kommen auf den Knien zu Ihnen gekrochen, weil Sie über Geld in Hülle und Fülle verfügen. Sie können sich natürlich auch Männer kaufen, wenn Sie das lieber mögen. Oder Kinder. Kleine Mädchen. Kleine Jungen...«

Paul sah Marks Leichnam vor sich, die kleine, steife Gestalt, hineingequetscht in eine Tiefkühltruhe.

Und dann stand Ryas Bild vor ihm, die Schwester des Opfers, seine Tochter, die mit einem schweren seelischen Schock aus dem furchtbaren Erlebnis hervorgegangen war.

Er drückte ab.

Er spürte einen Schlag im Handgelenk. Der Rückstoß hatte den Lauf hochgerissen. Der Schuß traf Salsbury in die Kehle.

Das Geräusch war ohrenbetäubend, das Echo schwang hin und her zwischen den Wänden, stahl sich in Pauls Gehirn und verebbte. Er wußte, daß er das Geräusch nie vergessen würde.

Er gab einen weiteren Schuß ab.

Diesmal traf er Salsbury in die Brust. Der Schuß kam mit solcher Gewalt, daß der Getroffene mitsamt seinem Stuhl an die Wand geschleudert wurde.

Salsbury war tot.

Paul wandte sich ab.

Sam legte ihm die Hand auf die Schulter. »Ist dir schlecht?«

»Ich weiß nicht.« Er war wie in Trance.

»Am Ende des Flurs ist die Toilette.«

»Ich bin ganz okay, Sam. Danke.«

»Du siehst aber gar nicht okay aus.«

»Es ist nicht der erste Mensch, den ich töte. Ich war im Krieg, weißt du.«

»Das hier ist anders«, sagte Sam. Er kniff die Augen zusammen und betrachtete die blutüberströmte Gestalt auf dem Boden. »Im Krieg tötet man auf Entfernung, nicht aus einem Meter Abstand.«

»Es ist nichts«, sagte Paul. »Wirklich nicht.« Er stolperte zur Tür und wankte den Flur entlang.

Er fand die Toilette, beugte sich über ein Becken und übergab sich.

Klinger hatte den Rasen überquert. Er kroch im Schutz der Büsche, den schußbereiten Revolver in der Rechten. Er war unter dem Fenster angekommen, als seine Finger die Glasscherben berührten. Er hob den Blick. Eines der Fenster im Büro des Polizeichefs war zersplittert, auch der heruntergezogene Rolladen war beschädigt.

Vorsichtig schob er den Kopf über die Fensterbrüstung. Die Lücke in dem Rolladen gab den Blick ins Innere frei. Noch bevor er etwas wahrnehmen konnte, ertönte ein Schuß, so nahe, daß Klinger wie elekrisiert zusammenfuhr. Gleich darauf ein zweite Detonation. Er fand sich am Boden wieder. Es dauerte Sekunden, bis Klinger verstand, daß die Schüsse nicht ihm gegolten hatten. Er stand auf und äugte durch die Lücke in dem zersplitterten Rolladen.

Thorps Büro, steril, graublau getönt. Stählerne Aktenregale. Ein eichener Tisch. Eine Aluminiumtafel an der Wand. Ein Bücherbord aus Stahl.

Dann sah er Salsbury.

Tot.

Wo war Sam Edison? Wo war Paul Annendale? Wo war die Frau? Wo war das Mädchen?

Der Raum schien leer zu sein. Bis auf Salsbury. Salsburys Leichnam.

Er spürte, wie die Angst in ihm hochkroch. Wie, wenn die beiden Männer ihm bereits auf der Spur waren? Er warf einen Blick auf die Treppenstufen, die zum rückwärtigen Eingang führten. Bewegte sich da nicht eine Gestalt in den Büschen? Er verließ das Fenster, lief über die Rasenfläche und über den Parkplatz. Er duckte sich hinter die Hecke, und wenig später hatte er einen Winkel erreicht, von wo er die Tür des Rathauses beobachten konnte.

Als er von der Toilette kam, stand Sam auf dem Flur.

»Besser?«

»Ja«, sagte Paul.

»Ich weiß, wie schwer dir das gefallen ist.«

»Uns steht noch Schwierigeres bevor.«

»Da hast du recht.«

»Scheiße.«

»Hat Salsbury gesagt, wer die beiden Männer sind, die im Hubschrauber eingeflogen kamen?«

Paul stand an die Wand gelehnt. »Die beiden sind seine Komplicen bei diesem schmutzigen Geschäft. Der eine heißt Leonard Dawson, der Name dürfte dir bekannt sein.«

Sam Edison quittierte den Hinweis mit einem grimmigen Nicken.

»Der andere ist General des Heeres. Der Mann heißt Ernst Klinger.«

Sam verzog das Gesicht zu einer sorgenvollen Grimasse. »Dann ist es also doch ein Projekt der Regierung.«

»Merkwürdigerweise nein. Drei Mann haben sich das ausgedacht, Salsbury, Dawson und Klinger. Die Regierung hat nichts mit dem Projekt zu tun.« Paul erklärte seinem Freund, was er von Salsbury über das Testprogramm erfahren hatte. Er kam auch auf die Ziele des Dreiergestirns zu sprechen, auf den finanziellen Aspekt.

Sams Miene hatte sich aufgehellt. »Wie es scheint, haben wir den dreien gerade noch zur rechten Zeit einen Knüppel zwischen die Beine geworfen.«

»Aber wir haben sie noch nicht zu Fall gebracht.«

»Wenn wir es richtig anfangen, können wir das Projekt kippen.«

»Vielleicht.«

»Wir müssen vier Dinge tun«, sagte Sam. Er spreizte den Zeigefinger ab. »Erstens Dawson töten.« Der Mittelfinger. »Ernst Klinger töten.« Der vierte Finger. »Die Programme in den Computern in Greenwich löschen.« Kleiner Finger. »Mit dem Schlüssel-Schloß-Code die Erinnerung der Bewohner von Black River neu programmieren.«

Paul sah entmutigt aus. »Ich stelle mir das alles sehr schwierig vor. Kaum zu schaffen.«

Sam wußte, es gab nur eine einzige Möglichkeit. Sie mußten das Problem mit aller Entschlossenheit angehen, die sie aufbringen konnten. Mit Wenn und Aber war dieser Gefahr nicht zu begegnen. »Es ist zu schaffen, Paul! Gehen wir die Aufgaben nacheinander durch. Zunächst einmal Dawson und Klinger. Wo sind die beiden? Was hat Salsbury gesagt?«

»Angeblich sind sie zum Holzfällercamp geflogen.«

»Warum?«

Paul berichtete von Dawsons Plan, der eine Durchsuchung der Wälder vorsah. »Aber Dawson und Klinger dürften sich in diesem Augenblick nicht im Holzfällercamp befinden«, fügte er hinzu. »Sie hatten vor, ihr Hauptquartier in der Sägemühle einzurichten. Zum Holzfällercamp wollten sie nur, um die Menschenjagd in Szene zu setzen. Im Camp befinden sich an die neunzig Mann. Dawson hat vor, die neunzig Mann als Wachen um die Sägemühle zu verteilen. Alle übrigen Arbeiter sollen sich an der Suchaktion beteiligen.«

»Die Wachposten, die er aufstellt, nützen ihm nichts«, sagte Sam. »Wir können sie mit dem Code außer Gefecht setzen. Wir werden Dawson und Klinger überraschen. Du wirst sehen, wir packen sie, bevor sie weiteres Unheil anrichten können.«

»Hoffentlich haben wir Glück.«

»Wir werden's schaffen, ganz sicher.«

»Bleibt die Sache mit den Computern in Greenwich. Wann erledigen wir das?«

»Später, wenn wir mit Dawson und Klinger abgerechnet haben.«

»Trotzdem würde mich interessieren, wie du dir das Knakken der Computer vorstellst. Wie kommen wir überhaupt auf das Gelände?«

»Du hast doch gesagt, die Angestellten in Greenwich sind programmiert.«

»Wenn man Salsbury glauben kann, ja.«

»Dann sehe ich keine Schwierigkeiten. Wir haben den Code.«

»Und wie biegen wir die Dinge in Black River wieder so hin, daß keine Spuren zurückbleiben?«

»Das schaffen wir schon.«

»Du bist so verdammt optimistisch.«

»Das ist auch notwendig in der Lage, in der wir uns befinden. Du solltest ebenfalls mit etwas mehr Mut an die Sache herangehen, das könnte nicht schaden.«

Paul stieß sich von der Wand ab. »Also gut. Wir werden's versuchen. Wir haben keine andere Wahl. Aber ich möchte, daß wir Jenny und Rya verständigen, bevor wir uns Dawson und Klinger vorknöpfen. Die haben die Schüsse gehört, sie werden sich Sorgen machen, was passiert ist. Laß uns zur Kirche gehen und ihnen Bescheid sagen, wie der neueste Stand der Dinge ist.«

Sam nickte. »Gehen wir.«

»Was machen wir mit Salsburys Leiche?«

»Darum kümmern wir uns später.«

Sie verließen das Rathaus durch den Hinterausgang. Sie überquerten den Parkplatz. Sie hatten die Allee erreicht, als Paul stehenblieb. »Warum gehen wir eigentlich den Umweg?«

Sam sah ihn erstaunt an. »Weil's sicherer ist.«

»Wir brauchen uns nicht mehr zu verstecken«, sagte Paul. »Wir haben die Kontrolle über Black River. Wir haben den Code.«

»Da hast du recht.«

Sie gingen zurück, umrundeten das Rathaus und bogen auf den östlichen Teil der Main Street ein.

11 Uhr 45

Klinger stand auf der Wendeltreppe, umfangen von samtener Düsternis. Oben im Glockenturm waren Stimmen zu hören. Zwei Männer, eine Frau, ein Kind. Sam Edison. Jenny Edison. Paul Annendale. Rya Annendale.

Er lauschte. Er erfuhr, was die Schlächterei in Thorps Büro zu bedeuten hatte. Er erfuhr, daß der Plan verraten war. Das Testprogramm, die Programme in Greenwich, das ganze Projekt war verraten. Klinger war schockiert.

Was ihn besonders schockierte, waren die Beweggründe der Rebellen. Denen schien es nicht um Geld zu gehen. Es ging um den Gedanken, sich für andere aufzuopfern. Unverständlich. So etwas stand in den Werbeanzeigen für Heer und Luftwaffe. Es war keine Motivation, an der man sich im praktischen Leben orientieren konnte. Klinger hätte sofort eingesehen, wenn Sam und Paul das Mittel der unterschwelligen Programmierung für eigene Rechnung einsetzten. Aber idealistische Beweggründe? Verdächtig. Und gefährlich! Schon recht früh in seiner dienstlichen Laufbahn hatte Klinger die Erfahrung gemacht, daß Männer, die bewußt auf

Macht verzichteten, viel gefährlicher waren als jene, die nach Macht gierten, ganz einfach, weil jemand, der nicht von der Macht geblendet wurde, unberechenbar war in seinen Handlungen.

Immerhin, gegen die Rebellen, die sich da oben im Glokkenturm ihren Plan zurechtlegten, war ein Kraut gewachsen. Der Große Plan war gefährdet, aber er war noch nicht mißlungen. So leicht, wie dieser Edison und sein Freund Paul Annendale sich das alles vorstellten, war es nicht. Klinger war überzeugt, daß er das Projekt noch retten konnte.

Er hörte, wie sich die beiden Männer von Jenny und Rya verabschiedeten. Sie wünschten sich Glück. Sie umarmten sich. Sie küßten sich. Und Jenny sagte, sie würde für Pauls Erfolg und für das Leben ihres Vaters beten.

Sie begannen den Abstieg. Es war stockdunkel auf der Wendeltreppe. Die Taschenlampe wagten Sam und Paul nicht zu benützen.

Klinger nutzte das Geräusch, das die beiden beim Herunterkommen verursachten, um die Stufen bis ins Kirchenschiff hinunterzueilen.

Mit vorsichtigen Schritten tastete er sich an den Bankreihen entlang. Vor dem Altar angekommen, blieb er stehen. Durch die Kirchenfenster drang der Schein einer fernen Straßenlaterne. Das Fensterkreuz war ein Schatten, der aus der Wand herauszuwachsen schien. Erst als sich seine Augen an das Halbdunkel gewöhnten, verstand Klinger, daß er das Kruzifix anstarrte. Er war unschlüssig, wie er jetzt vorgehen sollte.

Eine Möglichkeit war, den beiden im Chorgestühl aufzulauern. Er konnte versuchen, sie zu erschießen, wenn sie aus der Sakristei kamen.

Nein, entschied er. Das Licht war zu schlecht. Er hatte kein Ziel. Sie waren zwei, er war allein. Selbst wenn er einen erwischte, es blieb das Risiko, daß der andere flüchtete.

Vielleicht gelang es ihm, den Lichtschalter zu finden. Er konnte das Licht anknipsen in dem Augenblick, wo Sam und Paul das Kirchenschiff betraten. Er würde den Überraschungseffekt ausnützen und seine Schüsse abgeben, ehe die beiden ihre Waffe ziehen konnten. Der Nachteil war, daß auch er vom Licht geblendet sein würde. Es war unklar, ob er unter diesen Umständen treffen würde.

Dann fielen ihm Jenny und Rya ein, die im Glockenturm warteten. Die beiden würden durch den Schußwechsel alarmiert werden. Jenny Edison würde mit Sicherheit ihren Vater zu rächen versuchen, sie würde kämpfen bis zum letzten Schuß. Sie hatte gute Aussichten, ihn, Klinger, auszuschalten. Die Mauer, die um die Glockenkammer lief, war eine ideale Schießscharte. Der Turm war uneinnehmbar, solange die Verteidiger Munition hatten. Es gab also Risiken, selbst wenn es ihm gelang, die beiden Männer im Überraschungsangriff niederzustrecken. Ein Kinderspiel würde es jedenfalls nicht sein, auch wenn Klinger sich des Segens aller Heiligen, deren Bilder auf ihn herabsahen, sicher war.

Ob ich gut gerüstet bin für meinen Kommandoauftrag? Klinger wußte, er war tief hinter den Linien des Feindes. Für Kommandoaufträge dieser Art brauchte man eigentlich eine Maschinenpistole. Eine Waffe aus deutscher oder belgischer Produktion. Die Magazine. Ein automatisches Sturmgewehr mit Munition. Und Handgranaten. Drei oder vier Handgranaten. Vietnam. Hinter den Linien. Er vermeinte, das Rascheln der Bambusstauden zu hören.

Edison und Annendale hatten noch zwanzig Stufen zu bewältigen, dann war die Wendeltreppe zu Ende. Das Schürfen ihrer Sohlen auf dem scharfkantigen Staub der Stufen verriet Klinger, daß ihm nur noch wenige Stufen blieben, um sich zu verstecken.

Er huschte zur fünften Bankreihe, schob sich in die Bank und stolperte über einen Schemel, den ein vergeßlicher Kirchgänger zurückgelassen hatte. Ein Poltern war zu hören, bevor es Klinger gelang, den Schemel zu packen und unter die Bank zu schieben. Gebückt hastete er weiter. Am Mittelgang angekommen, legte er das Knie auf die Rundung der Bank. Er lag auf der Bank, das Gesicht in die Maserung gepreßt, als die beiden Männer aus der Sakristei kamen.

Sie traten ins Dunkel.

Sam trat drei Schritte nach vorn, dann blieb er stehen. »Da war ein Geräusch«, flüsterte er.

Paul stand da und lauschte dem Singen des Windes. Donnern in der Ferne. Das Rauschen der Bäume auf dem Kirchplatz. Das Knacken der Holzdecke.

»Was war das vorhin für ein Geräusch?«

»Was meinst du? Ich habe nichts gehört.«

Paul starrte in die Dunkelheit. Er kniff die Augen zusammen, als könnte er so die Düsternis des Kirchenschiffs mit Licht erfüllen. Seine Gedanken wanderten an den Fensterbögen entlang, verfingen sich im Gewirr der Linien an der Decke. Er lag in einem See. Seine Haare waren so lang, daß sie bis auf den Grund des Sees reichten. Wasserpflanzen. Schlingpflanzen. Schlamm. Paul spürte, wie sich ein Ring aus Eis um seinen Hals legte. Angst.

»Ich bin sicher, ich hab' was gehört«, flüsterte Sam.

»Wie willst du denn was gehört haben, wo wir selber soviel Lärm gemacht haben?«

»Da war was.«

»Vielleicht der Wind.«

»Nein. Es war ein polterndes Geräusch. So wie ein Stuhl, der umgestoßen wird.«

Sie standen da und lauschten.

Eine Minute. Zwei Minuten.

Nichts.

»Komm«, sagte Paul. »Gehen wir.«

»Warten wir noch einen Augenblick.«

Eine Bö ließ das Fenster über ihnen erzittern.

»Jetzt hast du's selbst gehört«, sagte Paul. »Es ist das Fenster.«

Sam war erleichtert. »Du hast recht.«

»Schnell jetzt, wir dürfen keine Zeit verlieren.«

Sie verließen die Kirche durch den vorderen Ausgang. Sie gingen die Main Street in östlicher Richtung. Wenig später hatten sie Pauls Wagen erreicht, der vor *Edison's General Store* geparkt war.

Der Wagen war in die Straße eingebogen, die zur Sägemühle führte. Als die Rücklichter zu winzigen roten Punkten zusammengeschrumpft waren, erhob sich Klinger aus seiner Deckung hinter den Fliederbüschen. Die Telefonkabine vor

Ultman's Café lag nur einen Häuserblock entfernt. Das Telefonverzeichnis war nur wenige Seiten stark. Klinger suchte und fand die Telefonnummer der Big Union Supply Company. Eine Sammelnummer. Darunter die Direktanschlüsse der einzelnen Abteilungen und Außenlager, auch die Nummer des Holzfällercamps. Insgesamt zwanzig Nummern. Die Sammelnummer würde zur nächtlichen Stunde nicht antworten. Und Klinger hatte keine Zeit, alle zwanzig Nebenanschlüsse auszuprobieren. Wo würde Dawson sein Hauptquartier errichten? Klinger wälzte das Problem hin und her in dem peinlichen Bewußtsein, daß ihm die Zeit weglief. Vor einem der Nebenanschlüsse stand die Bezeichnung Zentralbüro. Dawson würde das Zentralbüro besetzen. Er war die Spinne im Netz, oder er fühlte sich so. Klinger wählte die Nummer des Zentralbüros.

Der Ruf ging durch, niemand nahm ab. Zwölfmal. Fünfzehnmal. Klinger wollte schon auflegen, als Dawsons ärgerliche Stimme ertönte. »Big Union Supply Company.«

»Hier spricht Klinger.«

»Hast du ihn erledigt?«

»Er ist tot, aber nicht ich habe ihn getötet, sondern Edison oder Annendale, ich weiß nicht, wer von beiden.«

»Wo sind die beiden jetzt?«

»Irgendwo in Black River. Jedenfalls waren sie vor wenigen Minuten noch hier. Sie spüren mir nach, ich bin der nächste, den sie umlegen wollen. Sie glauben allerdings, ich wäre in der Sägemühle. Sie glauben, wir beide sind in der Sägemühle.« Er erklärte ihm in wenigen Sätzen, was er von dem Gespräch im Glockenturm mitbekommen hatte.

»Warum hast du sie nicht eliminiert, als du die Chance dazu hattest?« kam Dawsons Frage.

»Weil ich eben nicht die Chance dazu hatte«, sagte Klinger gereizt. »Ich hatte kein Licht zum Zielen.«

»Und nun?«

»Edison und Annendale haben vor, den Wagen etwa einen Kilometer vor Erreichen der Sägemühle im Wald zu parken. Sie werden den Rest des Weges zu Fuß gehen. Du hättest die Möglichkeit, ihnen entgegenzugehen und sie zu überraschen.«

»Das beste wäre, du setzt dich in den Wagen und kommst ebenfalls her. Wir könnten sie in einer Zangenbewegung angreifen, dann sitzen sie in der Falle.«

»Das macht militärisch keinen Sinn, Leonard. Sie sind zu viert, jedenfalls sind sie vier, wenn die Frau und das Mädchen mitgehen. Drei sind bewaffnet. Das Risiko ist zu groß, daß wir es nicht in Kauf nehmen können. Es ist günstiger, wenn du sie überrascht. Du gehst ihnen entgegen und erschießt sie aus dem Hinterhalt.«

»Aber wenn Edison und Annendale den Code kennen, bin ich ohne jeden Schutz. Sie können die bewaffneten Wachposten umdrehen, und genau das werden sie tun. Sie werden die Arbeiter zum Kampf gegen uns umfunktionieren.« Seine Stimme hatte sich von Wort zu Wort hinaufgeschraubt. »Ich bin allein!«

»Du schaffst das schon.«

»Ich bin Geschäftsmann, kein Killer, Ernst. Du verstehst dich besser aufs Schießen als ich.«

»Ich kann nicht weg aus dem Ort. Es gibt hier wichtige Aufgaben zu erledigen.«

»Ich töte keine Menschen.«

»Ach nein?«

»Nicht auf diese Weise.«

»Wie meinst du das?«

»Nicht persönlich.«

»Hast du genügend Waffen dort?«

»Ja.«

»Du nimmst ein Gewehr oder eine Schrotflinte und erschießt Edison und Annendale aus dem Hinterhalt. Wenn Edisons Tochter und das kleine Mädchen dabei sind, erschießt du alle vier. Ich weiß, daß du das kannst.«

»Ich habe keine Übung.«

»Du bist ein As im Tontaubenschießen.«

»Du verstehst mich nicht. Töten ist gegen meinen Glauben. Gegen meine religiöse Überzeugung.«

»Du mußt deine religiöse Überzeugung eben beim Schießen hintanstellen«, sagte Klinger. »Es geht jetzt um dein Überleben.«

»Man kann seine religiöse Überzeugung nicht manipulieren, Ernst. Entweder man hat eine Moral, oder man hat keine. Daran ändert es nicht, daß man seine Entscheidung unter einer tödlichen Bedrohung zu treffen hat. Jedenfalls habe ich keine Lust, die Sache allein zu erledigen, ohne deine Hilfe. Das geht ganz einfach nicht. Ich tu's nicht.«

Klinger dachte nach, was er sagen konnte, um Dawsons Skrupel zu zerstreuen. Sie standen da und redeten, inzwischen verstrich wertvolle Zeit! Er ließ die früheren Gespräche mit Dawson in Gedanken vorüberziehen. Dann fand er den richtigen Einstieg. »Leonard, es gibt eines, was ich meinen Soldaten einpräge, wenn ich sie in die Schlacht schicke, und ich sage dir das gleiche. Wenn es knüppeldick kommt, wenn wir auf dem Schlachtfeld stehen, und die Splitter der Granaten fliegen uns um die Ohren, wenn wir verzagt sind und keine Hoffnung mehr haben, den nächsten Tag zu erleben, dann gibt es nur einen Gedanken, der uns hilft, das Tief zu überwinden. Ich meine den Glauben an die gerechte Sache. Vergiß nicht, daß wir für eine gerechte Sache kämpfen, Leonard. Du hast gesagt, du stehst allein, aber das ist nicht wahr. Gott ist bei dir, er führt deine Hand.«

»Du hast recht«, sagte Dawson.

»Du bist doch davon überzeugt, daß wir für eine gerechte Sache kämpfen, oder?«

»Natürlich. Was ich tue, tue ich für SEINE Ehre.«

»Dann kann nichts schiefgehen.«

»Einverstanden«, sagte Dawson. »Ich werde sie töten, ich ganz allein. Ich hätte nicht zögern dürfen bei dem Werk, das von IHM gesegnet ist. Es ist offensichtlich, daß ER mich als SEIN Werkzeug benutzen will. Ich danke dir, Ernst, daß du mir auf den richtigen Weg geholfen hast, Ernst.«

»Das ist Freundespflicht«, sagte Klinger. »Du hättest das gleiche getan. Und jetzt solltest du losgehen.« Er sah auf seine Armbanduhr. »Ich schätze, daß sie jetzt gerade aus dem Auto steigen. Dir bleiben zehn Minuten.«

»Und du?«

»Ich gehe in die Kirche zurück.«

»Gott sei mit dir.«

»Viel Glück, Leonard.«

10. Kapitel

Samstag, der 27. August 1977
00 Uhr 10
Singen und Heulen schien die Wipfel der Tannen einzuhüllen. Das Gewitter war näher gekommen. Ein Donnerschlag folgte dem anderen, laut, hart, eine Steinaxt, die im Opfertempel von Stufe zu Stufe fällt, bis der Altar erreicht ist, wo der Priester steht. Der Himmel erstrahlte im Licht der Blitze, und das Gerippe der Äste und Zweige stand wie ein Scherenschnitt der Angst gegen die elektrische Energie der zuckenden blauweißen Bögen.

Kleine Tiere huschten durchs Unterholz, auf der Suche nach Nahrung und Wasser, auf der Suche nach Wärme und Geborgenheit. Vielleicht spürten auch sie die Drohung des Sturms, die Nähe des Todes.

Paul und Sam hatten erwartet, auf bewaffnete Posten zu treffen. Es gab keine. Das Gebäude jenseits des Waldes war hell erleuchtet. Aber kein Mensch war zu sehen, kein Arbeiter, kein Posten, nichts.

Sie schlugen einen Bogen, verbargen sich im Schutz des Waldes. Dann pirschten sie sich an den Rand des Parkplatzes, wo die Arbeiter und Angestellten des Sägewerks ihre Fahrzeuge hinstellten. Sie fanden ein Dickicht aus Lorbeerbüschen, das sie als Deckung benutzten.

Dort drüben stand der Hubschrauber, nur zehn Meter entfernt. Nachdem sie eine Weile hinter dem Gebüsch gekauert hatten, erschien ein Mann. Das Glühen einer Zigarette. Der Mann sah zum Himmel, betrachtete die schnellziehenden Wolken, die sich diesseits der Blitze als schwere, tintenblaue Tücher abzeichneten, als Tücher, die über einen graphitfarbenen Himmel gezogen wurden.

»Könnte das Dawson sein oder Klinger?« flüsterte Paul.

»Weder noch«, flüsterte Sam. »Ich vermute, das ist der Pilot.«

»Ob er bewaffnet ist?«

»Sieht nicht so aus.«

»Gehen wir los?«

»Warte noch.«

»Warum?«

»Wir müssen abwarten, bis er uns den Rücken zukehrt.«

Sie hockten im Gebüsch und warteten.

Der Pilot hatte die Zigarette fallen gelassen. Sie sahen, wie er die Glut mit dem Absatz austrat. Er steckte die Hände in die Taschen und begann, im Kreis um den Hubschrauber herumzugehen, mit langsamen, nachdenklichen Schritten. Er kam dem Gebüsch, wo sie versteckt waren, bis auf zehn Schritt nahe, dann wandte er sich ab.

»Jetzt«, sagte Sam.

Paul sprang auf. Er lief auf den Parkplatz. Er hatte den Mann fast erreicht, al jener sich umdrehte.

Das Gesicht war eine Maske, in der zwei Katzenaugen leuchteten.

»Wer...?«

»Ich bin der Schlüssel«, schnitt ihm Paul das Wort ab.

»Ich bin das Schloß.«

»Sprechen Sie im Flüsterton.«

»Jawohl, Sir.«

Paul trat einen Schritt vor, weil die Kanzel des Hubschraubers den Blick auf das Gebäude behinderte. Die Fenster waren erleuchtet, die Fassade in Licht gebadet. Wenn es überhaupt Menschen in dem Gebäude gab, dann waren sie geblendet von all den Lampen. Sie würden auf diese Entfernung kaum den Hubschrauber erkennen können, geschweige denn einen Menschen.

Paul kehrte in die Deckung des Hubschraubers zurück. Er gab dem Piloten das Zeichen, zu ihm zu kommen.

Dann war Sam da, er führte das Verhör.

»Wie heißen Sie?«

»Malcolm Spencer.«

»Sind Sie der Pilot der Maschine?«

»Jawohl.«

»Wo ist Mr. Dawson?«

»Im Sägewerk.«

»In welchem Gebäude?«

»Im größten.«

»Welches Stockwerk?«

»Im Erdgeschoß. Dort ist ein Büro, wo der Publikumsverkehr abgewickelt...«

»Wo ist Mr. Klinger?« fragte Sam.

»Der ist in Black River«, sagte der Pilot.

»Das glaube ich Ihnen nicht.«

»Wie meinen Sie?«

»Haben Sie gesagt, Mr. Klinger ist in Black River?«

»Ganz recht.«

Paul und Sam sahen sich an.

»Stimmt was nicht?« fragte der Pilot. Er schien nicht zu verstehen, was sie an seiner Antwort so Besonderes fanden.

»Sie lügen«, sagte Paul.

Der Pilot musterte ihn. Er war überrascht. »Ich habe die Wahrheit gesagt, Sir.«

»Ich bin der Schlüssel«, sagte Paul.

»Ich bin das Schloß«, sagte Spencer.

»Wo ist Mr. Klinger?«

»In Black River.«

Paul starrte seinen Freund an. »Verdammt!«

»Sie haben Klinger und Dawson zum Holzfällercamp geflogen«, sagte Sam. »Und von dort haben Sie die beiden zum Sägewerk gebracht.«

»Nein. Nur Mr. Dawson ist zum Sägewerk mitgeflogen. General Klinger ist vom Holzfällercamp nach Black River gefahren.«

»Wann ist er losgefahren?«

»Noch bevor wir zum Sägewerk flogen.«

»Sie sagen, er hat einen Wagen genommen. Was für...«

Sam konnte seine Frage nicht beenden. Die Nacht wurde vom Blitz eines Schusses erhellt, Bruchteile von Sekunden später kam der Knall.

Paul hatte sich instinktiv zu Boden geworfen. Er schlug eine Rolle.

Die Kugel schlug in das Teerpflaster, wo Paul gestanden hatte.

Ein zweiter Schuß. Teerfetzen spritzten in alle Richtungen.

Paul hatte sich aufgesetzt. Er sah den Schützen. Der Mann kniete, wie ein Sportschütze. Er war nur zehn Schritte entfernt. Er mußte aus dem Wald gekommen sein.

Paul hob seine Combat-Magnum. Er umklammerte die Waffe mit beiden Händen und gab fünf Schüsse auf den Angreifer ab.

Alle fünf Schüsse verfehlten das Ziel.

Aber die Tatsache, daß zurückgefeuert wurde, schien den Angreifer aus dem Konzept gebracht zu haben. Statt weiterzuschießen, sprang er auf und rannte los, auf den Waldrand zu.

Paul lief ein paar Schritte hinter ihm her, zielte und schoß.

Der Fremde rannte weiter. Er war nicht getroffen worden. Sekunden später tauchte er ins Dunkel des Waldes ein.

»Sam?«

»Hier bin ich.«

Sam lag auf dem dunklen Pflaster. Nur sein Bart und sein weißes Haar waren zu erkennen.

»Bist du verletzt?«

»Er hat mich am Bein erwischt, ja.«

Paul lief zu ihm. Er kniete sich neben ihn. »Schlimm?«

»Fleischwunde«, sagte Sam. »Der Schütze war Dawson. Du mußt ihn kriegen. Lauf los, laß ihn nicht entkommen.«

»Aber du bist verletzt, es ist besser, wenn ich dich erst...«

»Nur ein Kratzer. Spencer wird mich verbinden. Schnapp dir Dawson.«

Paul rannte los. Er war am Ende des Parkplatzes angelangt, als er das Gewehr am Boden liegen sah. Entweder hatte Dawson die Waffe zurückgelassen, weil er ohne sie schneller laufen konnte. Oder aber er war bei dem Schußwechsel in Panik geraten, so daß er Hals über Kopf davongestürzt war.

Weiter, in den Wald hinein. Paul lud seine Pistole im Laufen nach. Er hatte sich die Munition im General Store in die Hosentasche gesteckt.

00 Uhr 10

Stufe für Stufe ging Klinger die Wendeltreppe hoch. Er stöhnte und blieb stehen. Er zählte bis dreißig, erklomm drei weitere Stufen, blieb wieder stehen. Wenn er nicht äußerste Vorsicht walten ließ, würden sie ihn hören. Er wußte, die Frau war bewaffnet. Das Mädchen? Er wußte nicht recht, ob von der Kleinen Gefahr drohte. Wie auch immer, er würde beide töten, sobald er die Glockenkammer betrat und freies Schußfeld hatte.

Behende brachte er drei weitere Stufen hinter sich. Er blieb stehen und verschnaufte. Immer noch zu laut. Ob sie ihn gehört hatten? Er beschloß zu warten. Draußen heulte der Wind. Die beiden da oben würden das Geräusch, das er mit seinen Sohlen verursachte, für das Knarren des Dachstuhls halten. Der Wind, der Sturm, der Regen.

Er stieg drei weitere Stufen hoch.

00 Uhr 16

Dawson war in einem großen Bogen gelaufen. Er erreichte das Gebäude dreißig oder vierzig Schritte vor seinem Verfolger. Er verschwand um die Ecke.

Als Paul die Ecke erreichte, blieb er stehen. Der Blick ging auf den nördlichen Teil des Holzlagerplatzes. Ein Lager von Stämmen, die für den Winter aufgeschichtet worden waren, als Vorrat für die Sägemühle. Bulldozer, Lastwagen. Ein Förderband, das Sägemehl zum Verbrennungsofen beförderte ... Es gab viele Verstecke, wo Dawson sich verbergen konnte.

Er betrat das Haus. Ein hellerleuchteter Flur. Menschenleer. Er ging bis zum Ende des Flurs. Der Maschinenraum. Neonlicht. Die Maschinen schwiegen. Keine Menschenseele war zu sehen. Zur Rechten eine Waschkaue für die Arbeiter. Zur Linken eine Stahltreppe, die in die oberen Stockwerke führte.

Er lief die Stahltreppe hoch, nahm zwei Stufen auf einmal.

Der erste Stock des Gebäudes. Ein Flur. Er ging nach rechts. Er kannte das Gebäude von einer Führung, an der er vor zwei Jahren teilgenommen hatte. Rya war damals dabeigewesen.

Er war vor der fünften Tür angekommen. Er griff nach dem Türknopf.

Die Tür war verschlossen.

Er nahm einen Anlauf und trat gegen das Türblatt. Noch einmal.

Nichts. Das Schloß hielt.

Er sah sich um. Am Ende des Korridors schimmerte ein Glaskasten. Er lief hin. Ein Feuerlöscher wurde sichtbar, daneben eine Axt, gehalten von einer schwarzglänzenden Spange.

Paul schob sich den Revolver in den Gürtel. Er öffnete den Glaskasten und nahm die Axt heraus. Er benutzte das stumpfe Ende der Axt, um den Türknopf abzuschlagen. Die Tür sprang auf. Er ließ die Axt fallen und trat ein.

Das Büro war dunkel. Er konnte das Licht nicht anknipsen, wenn er Dawson sein Versteck nicht verraten wollte. Er schloß die Tür zum Gang.

Er tastete sich zur Fensterfront. Der Blick ging auf eine Terrasse. Er öffnete ein Fenster, schwang sich auf die Brüstung. Ein Dach. Dachpappe.

Der Wind war stärker geworden, er mußte balancieren, um nicht umgerissen zu werden.

Er zog den Revolver aus dem Gürtel.

Wenn sich Dawson im nördlichen Teil des Hofes verbarg, dann hatte er von hier oben die besten Chancen, ihn zu entdecken.

Er trat an den Rand des Dachs. Unten war Düsternis.

Paul hätte die Scheinwerfer anknipsen können, die auf den nördlichen Teil des Hofes gerichtet waren. Aber er wußte nicht, wo die Schalter waren. Sie zu finden, konnte eine Ewigkeit dauern.

Er hatte keine Ewgigkeit.

Nichts regte sich im Hof. Nichts außer dem Förderband, das zum Verbrennungsofen führte. Das Band hätte abgestellt werden müssen, das war Sache der letzten Schicht. Aber der zuständige Arbeiter hatte das übersehen.

Das Band führte steil bergauf, bis zu einer Höhe von sechs Metern. Der Verbrennungsofen lag vierzig Meter entfernt. Der Ofen war konisch geformt. Zehn Meter im Durchmesser an der Basis, drei Meter an der Spitze. Die Höhe betrug dreizehn Meter. Der Ofen wurde mit Gas befeuert, er brannte Tag und Nacht, auch wenn er nicht mit Sägemehl beschickt wurde. Paul konnte sehen, daß die Vorräte, die bis zum Ende der Schicht aufgehäuft worden waren, erst zur Hälfte verbrannt waren. Es war Dawson gewesen, der den Männern der nachfolgenden Schicht die Aufnahme der Arbeit verwehrt hatte. Die Männer waren zur Suchaktion in den Wald beordert worden.

Neben dem Verbrennungsofen ein riesiges Becken. Stämme, die wie Alligatoren unter der Wasseroberfläche schwebten. Ein Kran. Ein Haken. Kabel. Es gab einen betonierten Kanal, der aus dem Becken in die Sägemühle führte. Bei normalem Betrieb der Mühle konnten die Männer die ausgesuchten Stämme an Haken in die Mühle hineinziehen. Dort wurde das Holz von den Maschinen übernommen. Östlich und nördlich des Beckens lagen die Vorräte aufgehäuft. Stämme für den ganzen Winter, ein Berg von dreizehn Metern Höhe. Zur Linken lag die Rampe, der Verbrennungsofen. Die Fluter, wo die Stämme vom Becken in die Mühle gezogen wurden, waren vom Dach verdeckt. Zwei Sattelschlepper waren zu sehen, eine Reihe von Bulldozern. Der Zaun.

Von Dawson keine Spur.

Es blitzte. Nach einigen Sekunden der Donner. Es begann zu regnen, dicke, schwere Tropfen.

Außer dem Donner hatte Paul noch ein Geräusch gehört, das er nicht definieren konnte.

Er wirbelte herum.

Dawson war aus dem Fenster des Büros gesprungen, er landete auf dem Dach, einen Meter von Paul entfernt. Er war älter als Paul, zehn Jahre älter. Er war stärker und größer als Paul. Jetzt, im Widerschein der Blitze, sah er wie ein Riese aus. Der Regen schimmerte auf der Schneide der Axt, die er in den Händen hielt. Er hob die Axt.

Klinger hatte die erste Hälfte der Wendeltreppe bezwungen, als es zu regnen begann. Das Plätschern der Tropfen auf den Dachziegeln war zu hören, das Geräusch war so laut, daß es seine Schritte übertönte. Die perfekte Tarnung.

Er wartete, bis der Regen stärker geworden war. Dann setzte er seinen Aufstieg fort. Er legte keine Pausen mehr ein, wie er es vorher getan hatte. Er schmunzelte. Nichts war zu hören von seinen Schritten. Nichts. Er strich über den Lauf der Waffe. Er war zuversichtlicch. Alles würde gut werden.

Er brauchte nur eine Minute, um die zweite Hälfte der Wendeltreppe zurückzulegen. Die letzten Stufen ging er gebückt, bereit zum Sprung. Auf der obersten Stufe angekommen, katapultierte er sich in den Glockenraum.

Paul hatte sich weggeduckt.

Er hörte, wie die Axt über seinen Kopf hinwegpfiff.

Er erschrak, als er sich schreien hörte. Merkwürdig, er konnte nicht aufhören zu schreien. Er stand da, starrte den Mann mit der Axt an, hielt die Waffe vor sich gestreckt.

Er schoß.

Die Kugel traf Dawson in die rechte Schulter.

Die Axt krachte auf das Dach, sprang hoch wie ein Wurfholz, segelte über die Dachkante und zerschmetterte die Windschutzscheibe eines Sattelschleppers.

Wie eine Puppe auf einer Spieluhr drehte sich Dawson. Seine Rechte bekam Pauls Jacke zu fassen. Die Waffe glitt zu Boden, rutschte über die Kante des Daches, und Paul hörte, wie sie auf dem Stahldach des Sattelschleppers aufkam. Dann verlor er den Boden unter den Füßen.

Umschlungen, ein verbissen ringendes Paar, rollten die beiden Männer über das abschüssige Dach. Dann der Fall.

Es war dunkel in der Glockenkammer. Aber die Umrisse des kleinen Mädchens waren klar zu erkennen. Sie war allein.

Klinger verstand das nicht.

Es war mehr, als er zu hoffen gewagt hatte. Das kleine Mädchen, allein.

Gut so. Er würde sie einzeln abknallen.

Ein merkwürdiges Geschöpf. Sie saß an die Wand gelehnt. Über ihr war der Sichtschlitz zu erkennen.

Sie sah ihn an. Verachtung lag in ihrem Blick.

Klinger ärgerte sich.

Einmal gehörte es sich nicht, daß sie ihn so ansah.

Und dann war es auch nicht richtig, daß man ihm mitten in der Nacht Rätsel aufgab.

Hier oben gab es zwei Menschen zu töten, nicht nur einen. Die Plattform war zu klein für ein Versteckspiel, wie es Frauen liebten.

Er beschloß, seinen Augen zu trauen. Wo eine Frau und ein Mädchen hätten sein müssen, war nur ein Mädchen.

Der Donner kam wie der Faustschlag eines Riesen, und die Zinken des Blitzes waren spitz wie ein Stilett. Der Sturm rüttelte im Gebälk, ließ das Dach klagen und stöhnen wie ein Opfer bei der Inquisition.

Klinger stand über dem Mädchen.

Sie hob den Blick. Ihre Stimme zitterte. »Bitte... erschießen... Sie... mich... nicht.«

»Wo ist die andere?« fragte Klinger. »Sag mir, wo sie hingegangen ist.«

»He, Mister«, sagte eine Stimme hinter ihm.

Sie hatten ihn also doch kommen gehört. Sie hatten ihm aufgelauert. Beide.

Die Frau hatte sich versteckt.

Aber wo? Und wie?

Er wußte, daß sein Spiel verloren war. Es gab keinen Ausweg mehr. Zorn, Bitterkeit, Erstaunen.

Er wandte sich. Er würde ihnen die Stirn bieten, auch und gerade im Tode.

Aber da stand niemand. Die Treppe. Die Wand. Nichts. Leere. Blitz und Donner.

Er fuhr herum.

Das Kind. Er war allein mit dem Kind.

»He, Mister.«

Er hob den Blick. Etwas wie eine Fledermaus schwebte über ihm. Die Frau. Jenny Edison. Er konnte ihr Gesicht nicht erkennen, aber er wußte, daß sie es war. Sie hatte ihn überlistet. Und er war sich so clever, so unheimlich geschickt vorgekommen. Sie hatte die Glocke erklommen, hielt die eherne Wandung umarmt, schwebte zwei Meter über der Plattform.

Es ist jetzt siebenundzwanzig Jahre her, daß ich in Korea kämpfte, dachte er. Ich bin zu alt für solche Einsätze. Zu alt.

Er konnte die Waffe nicht sehen, die sie auf ihn gerichtet hatte. Aber er wußte, daß die Mündung auf seine Stirn zielte. Er wußte, daß die Mündung seiner Stirn sehr nahe war. Und er wußte, daß Jenny Edison die Waffe entsichert hatte.

Er nahm noch wahr, wie das Kleid des kleinen Mädchens zu rascheln begann. Die Kleine kroch aus der Schußlinie.

»Gute Reise, Sie Ekel«, sagte Jenny Edison.

Er war tot, noch ehe die Ohren das Geräusch des Schusses an das Gehirn hätten weitermelden können.

Dawson landete auf dem Rücken. Etwas unter ihm zitterte. Und dann spürte Dawson, wie das Gewicht seines Gegners ihm die Luft aus den Lungen quetschte.

Das Förderband vibrierte, bis das Gewicht der beiden Männer die mittlere Förderrolle passiert hatte.

Es gelang Paul, den Kopf zu heben. Die Luke im Ofen war zu sehen. Ein Ball, gelb, orangerot, rot. Dreißig Meter hoch.

Fünfundzwanzig.

Dawson zuckte zusammen, als sich der Ellenbogen des Gegners in seine Schulter bohrte. Die Wunde. Er war noch benommen vom Fall. Wie ein Ertrinkender holte er Luft. Der Regen war ihm in die Nasenlöcher geronnen. Er blies wie ein Wal.

Das Rumpeln des Laufwerks war lauter geworden, und Paul hörte, wie sich das Zittern der letzten Rollen ankündigte, ein ärgerliches, heftiges Geräusch, das in einem satten Klatschen seinen Höhepunkt finden würde, wenn das Band, von der Last befreit, talwärts schwang.

Zwanzig Meter.

Die Straße des Todes.

Paul versuchte, sich vom Band zu rollen.

Dawson hielt ihn umfangen.

Fünfzehn Meter.

»Laß mich los!« Paul wand sich im Griff des Gegners, stöhnte und spuckte. Er hatte nicht die Kraft, sich zu befreien.

Zehn Meter.

Paul nahm alle Kraft zusammen, die ihm blieb. Er holte aus und landete eine Rechte auf Dawsons Nase.

Die Krallen lösten sich.

Fünf Meter.

Vier Meter.

Er spürte die Hitze des Ofens. Er schrie vor Angst. Er gab sich einen Ruck und ließ sich über den Rand des Förderbandes in die Tiefe fallen.

Wie tief werde ich fallen?

Der Schmerz war kurz, wie ein Pflaster, das mit einer raschen Bewegung abgerissen wird. Er war ins Gras gefallen, ins Unkraut, das am Rande des Beckens wuchs.

Als er seinen Blick hob, sah er Dawson, der ins Feuer katapultiert wurde.

Er konnte nicht hören, ob Dawson schrie, so laut war der Donner, der in diesem Augenblick über das Gelände des Sägewerks rollte.

Das Ende

Samstag, der 27. August 1977
05 Uhr 00

Die Eßbaracke im Holzfällerlager war ein Rechteck von 24 Meter Länge und 12 Meter Breite. Sam und Rya hatten an einem der Tische Platz genommen. Zwischen ihnen und der Tür der Baracke waren die Gesichter der Holzfäller. Gesichter, in denen die Spuren der überstandenen Anstrengungen zu erkennen waren.

Die Männer hatten eine Schlange gebildet. Einer nach dem anderen trat vor. Sam setzte das Schlüssel-Schloß-Programm ein, um das Gedächtnis der Männer neu zu strukturieren. Erst wenn die neuen Erinnerungen fest verankert waren, durfte der Mann weitergehen. Rya hakte seinen Namen auf der Liste ab. Der nächste trat vor.

Sie hatten dreißig Männer neu strukturiert, als Rya die Liste sinken ließ. Es war eine Liste, die Sam sich vom Lohnbuchhalter der Firma hatte aushändigen lassen. Alle Namen waren verzeichnet.

»Wie fühlst du dich?«

»Und du?« kam seine Gegenfrage.

»Du bist der Verletzte, nicht ich.«

»Auch du hast Wunden davongetragen«, sagte er leise.

»Nein«, sagte Rya. »Ich fühle mich nur plötzlich so erwachsen.«

»Ich weiß, daß es dir weh getan hat.«

»Es ist etwas anderes«, sagte sie. »Es hat mich traurig gemacht.«

Er nickte. »Ich seh's.«

»Es wird nie mehr so wie früher sein.« Ihre Lippen zitterten. Sie räusperte sich. »Wie geht's mit deinem Bein?«

»Das eine ist ein bißchen länger als das andere«, sagte er. »Wenn das nicht stört...«

Er faßte sie beim Kinn.

Sie strich mit ihrer kleinen Hand über seine Schläfen.

Er freute sich, als sie sich für ihn zu einem Lächeln zwang.

Das Lächeln war wichtiger als alle Antibiotika, die Doc Troutman verschrieben hatte.

06 Uhr 30

Vor zwei Stunden war der Himmel aufgerissen. Die Sturmwolken waren unterwegs zum Horizont. Sie hatten ihre Kraft verloren.

Als die Sonne aufging, drangen die Strahlen bis zur Erde vor. Es war eine klare, ehrliche Herbstsonne.

Die drei Männer hatten mitten im Tannenwald, etwa einen Kilometer oberhalb Black River, ein Grab ausgehoben. Sie warfen die Leichen Salsburys und Klingers in die Tiefe.

»Zuschaufeln«, sagte Jenny.

Sie begannen zu schaufeln.

Mit jedem Brocken Erde, der auf die zwei Toten geworfen wurde, wurde Jenny leichter ums Herz.

09 Uhr 30

Der Hubschrauber war in Augusta zwischengelandet, um zu tanken. Es war halb zehn, als er auf dem Landestreifen in Greenwich niederging.

»Auftanken und nachsehen lassen«, sagte Paul. »Wir fliegen heute abend nach Black River zurück.«

»Jawohl, Sir«, sagte Malcolm Spencer.

»Wenn der Hubschrauber okay ist, gehen Sie nach Hause und ruhen Sie sich aus«, sagte Paul. »Wir treffen uns heute abend um sieben auf dem Landeplatz. Die Zeit müßte genügen, damit Sie wieder fit sind. Und was mich angeht, ich kann auch ein paar Stunden Ruhe gebrauchen.«

»Danke, Sir«, sagte Spencer.

Paul sprang aus dem Hubschrauber. Er blieb auf der asphaltierten Fläche stehen. Er reckte und streckte sich. Vor dem Abflug aus Maine hatte er eine Dusche genommen. Er hatte sich rasiert und frische Kleidung angezogen. Die Erfrischung war nur vorübergehend gewesen. Er fühlte sich wie gerädert. Die Glieder schmerzten. Er hatte Kopfschmerzen.

Er ging auf das Haus zu.

Er umrundete das Gebäude.

Er ging die Stufen zum Hintereingang hinauf und klopfte an.

Eine Frau öffnete. Sie trug eine Dienstbotenuniform. Sie war klein und stämmig. Das Gesicht war freundlich. Die Frau war Mitte Fünfzig. Das Haar war in einem Knoten gebunden. Die Hände waren mit Mehl bestreut. Er hatte sie beim Kuchenbacken angetroffen.

»Ich bin der Schlüssel.«

»Ich bin das Schloß.«

»Lassen Sie mich ins Haus ein.«

Sie trat zur Seite.

Er trat ein.

»Wo sind die Computer?« fragte er.

»Was?«

»Dawsons Computer. Wo sind sie?«

»Ich habe keine Ahnung, Sir.«

Er nickte. »Okay. Vergessen Sie, daß ich mit Ihnen gesprochen habe und daß Sie mich gesehen haben. Kehren Sie zu Ihrer Arbeit zurück.« Er betrat die Küche. »Ich sehe, Sie machen einen herrlichen Kuchen. Sehr schön. Machen Sie weiter, lassen Sie sich durch mich nicht stören. Vergessen Sie, daß ich da war.«

Sie begann, ein Lied zu summen. Er sah, wie sie an den Tisch zurückkehrte, auf dem der Teig ausgerollt war.

Er durchquerte einen Raum nach dem anderen, bis er die Computer gefunden hatte.

Er setzte sich und tippte den Öffnungscode ein, den Salsbury ihm bei der Befragung verraten hatte.

Es gab fünf Bildschirme. Auf allen leuchtete ein Wort auf:

EINGABE

Paul ging so vor, wie Salsbury es ihm erklärt hatte.

Er begann die Programmierung:

ALLE GESPEICHERTEN DATEN LÖSCHEN

Fünf Sekunden später begann auf den Sichtschirmen ein Stern zu flimmern. Die Ausführungsanzeige erschien:

ALLE GESPEICHERTEN DATEN GELÖSCHT

Nach fünf Sekunden erlosch die Anzeige.

Er gab den zweiten Befehl ein:

ALLE PROGRAMME LÖSCHEN

Es dauerte zwölf Sekunden, bis der Computer reagierte.

BITTE LETZTE WEISUNG BESTÄTIGEN

Die Kopfschmerzen waren schlimmer geworden, und die Schrift verschwamm vor seinen Augen.

Er zwang sich zur Geduld. Er tippte noch einmal die Anweisung ein:

ALLE PROGRAMME LÖSCHEN

Die drei Worte blieben dreißig Sekunden stehen. Dann begann die Schrift zu zittern und erlosch.

Paul tippte den Suchbegriff ›Black River‹ ein. Er befahl dem Computer, alle für Black River gespeicherten Daten und Programme auszudrucken.

Der Computer schwieg.

Paul tippte den Schlüssel-Schloß-Code ein. Wieder befahl er dem Computer, alle über das Schlüsselprogramm gespeicherten Daten und Programme auszudrucken.

Der Computer schwieg.

Er tippte einen Prüfbefehl ein. Der Computer sollte seine eigenen Funktionen prüfen.

Die Leuchtschirme blieben leer.

Er lehnte sich auf dem Stuhl zurück und schloß die Augen.

Vor Jahren, in der High-School, war er dabeigewesen, als ein Mitschüler seinen Finger verlor. Es war in der Lehrwerkstatt gewesen. Sie hatten Holz bearbeitet, und der Junge hatte sich den Finger zwischen dem zweiten und dritten Fingerglied abgetrennt. Zwei oder drei Minuten lang hatte es einen ziemlichen Aufruhr gegeben in der Werkstatt. Alle waren hilflos umhergerannt und hatten sich den Kopf zerbrochen, was sie in diesem Falle tun sollten. Nur der Junge mit dem abgeschnittenen Finger war ganz ruhig geblieben. Er hatte dagestanden und launige Bemerkungen gemacht, so schlimm sei das ja nun auch wieder nicht. Als seine Stimmung die Mitschüler ansteckte, als auch die anderen Witze zu machen begannen, war sich der Junge der Bedeutung des Unfalls auf einmal bewußt geworden. Er hatte zu schreien begonnen und war kaum zu beruhigen gewesen.

Ähnlich war es jetzt bei Paul. Erst jetzt, in Greenwich, wurde ihm klar, daß sein Sohn tot war. Mark tot. Die Erkenntnis traf ihn wie ein Dolchstoß. Er sackte zusammen. Das Bild seines Jungen, der zusammengekauert in der Tiefkühltruhe gelegen hatte, war wieder da, und nicht nur das Bild, sondern der Gedanke an den Tod. Er verstand, daß er Mark nie wiedersehen würde.

Er saß da und weinte.

18 Uhr 00

Sam war aus dem Wagen gestiegen. Er stand an die Tür gelehnt und betrachtete die Veranda des General Store, jenes Geschäftes, das er so viele Jahre bewirtschaftet hatte.

»Was ist, Vater?« fragte Jenny.

»Ich denke gerade darüber nach, wieviel ich für das Geschäft wohl verlangen kann.«

»Willst du verkaufen?«

»Ja.«

»Aber... du hast dein ganzes Leben in diesem Haus verbracht, Vater. Ich weiß, daß dein Herz dran hängt.«

»Ich ziehe weg aus Black River«, sagte er. »Ich kann hier nicht mehr leben. In einem Ort, wo ich jeden Bewohner...

öffnen kann, ihn programmieren kann, ihn mißbrauchen kann.«

»Du wirst die Menschen nie mißbrauchen, Vater, das hast du nie getan.« Sie ergriff ihn am Arm. Rya war um den Wagen herumgekommen. Sie rieb den Kopf an Sams Schulter.

»Das Gefühl, daß ich es tun könnte... Das zu denken, kann einem Mann das Leben verleiden.«

Er ging die Stufen zu seinem Geschäft hinauf. Zum erstenmal in seinem Leben kam er sich alt vor.

Samstag, der 1. Oktober 1977

Die folgenden Worte waren die Überschrift eines Artikels, der an jenem Tag in der NEW YORK TIMES erschien:

Mrs. Dawson beauftragt Privatdetektiv –
Ermittlungen des FBI als unzureichend bezeichnet

Samstag, der 8. Oktober 1977

Boys geleiteten sie in die Hochzeitssuite.

Ein Strauß Nelken und ein Strauß Rosen standen in den Vasen im Vorraum, mit einem Kärtchen des Generalmanagers. Herzlichen Glückwunsch. Jenny reichte Paul eine Rose und ließ ihn dran riechen. Dann nahm sie eine Nelke und gab sie ihm.

Sie gingen zu Bett und liebten sich.

Sie ließen sich Zeit. Sie machten, was dem anderen Spaß machte, und genossen es beide. Er war in ihr, sie war in ihm. Alles war leicht, alles war gut. Es war eine wunderschöne Nacht. Sie leerten das Glas bis zur Neige.

Sie lagen da und schwiegen, satt, glücklich, müde. Ihre Hände berührten sich. Er schloß die Finger um ihr Handgelenk und küßte ihre Schulter.

»Es war anders als sonst«, sagte sie.

»Aber schön«, sagte er. »Wenigstens für mich.«

»Das meine ich nicht. Für mich war's genauso schön.«

»Und trotzdem sagst du, es war anders.«

»Wahrscheinlich weil wir beide andere Menschen geworden sind«, sagte sie. »Ich weiß es nicht. Ich spüre nur, wir leben intensiver. So, als ob wir's wirklich ernst meinen.«

»Ich bin stolz, daß du das sagst.«

»Aber wir haben auch etwas verloren. Die Unschuld ist nicht mehr da, die wir hatten, als wir uns in den Bergen liebten.«

»Wir sind eben nicht mehr unschuldig.«

»Da kannst du recht haben«, sagte sie.

Wir sind Mörder, dachte sie. Wir sind Kinder der neuen Zeit, angepaßt an die Erfordernisse von Maschinen, eingestellt auf die Schliche von Computern. Wir sind Überlebensstrategen.

Und wenn schon. Sie schämte sich nicht, weil sie sich gewehrt hatte. Was soll's. Wir sind Mörder. Aber selbst Mörder dürfen Glück empfangen. Mehr noch, sie dürfen Glück geben. Ist das nicht die Hauptsache im Leben, daß man dem anderen Glück geben kann?

Sie dachte an den kleinen Mark, an den gefälschten Totenschein, an das Kindergrab neben Annie.

Er umfaßte Jennys Schulter. Er schloß sie in seine Arme. Er spürte, wie die Welt kleiner und kleiner wurde, bis sie nur noch aus zwei Körpern bestand, aus ihrem und seinem.